文学基础新编

叙事理论与实践

张 炜 李晓红 程佳佳 编

中国传媒大学出版社
·北京·

目　录

第一讲　生发篇——上古、先秦文学

第一章　碎片化的神话 / 004

第一节　在碎片拼图里寻找文化原力 / 004
第二节　有偏好的图谱：神话人物分析 / 007
第三节　碎片化的原因 / 009
第四节　同时期的世界文学 / 012

第二章　乱世迸发创世纪的佳篇 / 013

第一节　《诗经》，纯真的情感力量 / 013
第二节　楚辞，浪漫与瑰丽的吟唱 / 021
第三节　史诗空间里的简练表达 / 022

第二讲　瑰丽篇——秦汉、魏晋南北朝文学

第一章　质朴与瑰丽的秦文汉赋 / 032

第一节　秦朝散文 / 032
第二节　华丽的汉赋 / 033
第三节　汉赋的发展 / 036

第二章　《史记》与《汉书》：历史偏好与国人的思考方式 / 039

第一节　司马迁与《史记》/ 039
第二节　《史记》赏析 / 043
第三节　《汉书》介绍与赏析 / 049

第三章　质朴见真章——两汉乐府诗与《古诗十九首》/ 053

第一节　两汉乐府诗 / 053

第二节 《古诗十九首》/ 058

第四章 多姿多彩的精神面目：魏晋南北朝文学 / 062

第一节 自由与死亡织就的天空 / 062
第二节 文学中的超越意识 / 064
第三节 魏晋风度 / 068

第五章 多姿多彩的文学面目：魏晋南北朝文学赏析 / 071

第一节 建安风骨与三曹 / 072
第二节 陶渊明与田园诗 / 076
第三节 谢灵运的山水诗 / 080
第四节 南北朝民歌 / 082
第五节 多元、多样、多彩的面目——辞赋、骈文与散文、小说 / 084
第六节 同时期的世界文学 / 089

第三讲 辉煌篇——唐宋文学

第一章 千峰竞秀的唐诗 / 098

第一节 初唐、盛唐诗坛 / 098
第二节 诗仙李白 / 104
第三节 诗圣杜甫 / 108
第四节 同时期的世界文学 / 113

第二章 中晚唐及五代的诗与诗人 / 115

第一节 唐诗晚唱 / 115
第二节 白居易与元白诗派 / 118
第三节 晚唐诗歌、李商隐词的初现及晚唐五代词 / 121

第三章 姹紫嫣红的宋词 / 126

第一节 柳永与北宋前期词人的探索 / 127
第二节 大家赏析 / 132
第三节 流变 / 138

第四章 以复古之名创新——唐宋文体文风改革和唐传奇与俗讲变文 / 144

第一节 唐散文的文体文风改革 / 144
第二节 宋代散文大家 / 146
第三节 唐传奇与俗讲变文 / 150

第四节 元好问与辽金诗歌 / 153
第五节 同时期的世界文学 / 154

第四讲 丰富篇——元明文学

第一章 元代的社会与文学 / 161

第一节 戏剧独宠 / 161
第二节 北方戏剧圈、南方戏剧圈 / 167
第三节 元代文学的审美情趣 / 169

第二章 明代文学的社会属性是如何拓展的 / 173

第一节 明代小说的分类介绍 / 174
第二节 “三言”“二拍”与明代的短篇小说 / 176
第三节 《杜十娘怒沉百宝箱》赏析 / 180
第四节 《金瓶梅》与世情小说的勃兴 / 183

第三章 戏剧名家辈出 / 186

第一节 汤显祖与《牡丹亭》/ 187
第二节 其他名家名剧 / 190
第三节 同时期的世界文学 / 191

第五讲 锦绣篇——清代文学

第一章 清代诗文创作 / 200

第一节 清代早期诗、词 / 200
第二节 清代散文 / 204

第二章 清代小说《聊斋志异》《儒林外史》《红楼梦》 / 205

第一节 《聊斋志异》/ 205
第二节 《儒林外史》/ 206
第三节 《红楼梦》/ 207

第三章 清戏曲与讲唱文学 / 210

第一节 清初戏曲与《长生殿》《桃花扇》/ 210
第二节 清中叶戏曲与讲唱文学 / 213

第四章 西风烈——近代篇 / 215

第一节 清后期的诗、文 / 215

第二节 文化下移与文体革命 / 218
第三节 近代后期的小说与戏曲 / 221
第四节 同时期的世界文学 / 224

第六讲 盛开篇——现代文学

第一章 新文学发轫 / 238

第一节 小说 / 238
第二节 诗歌 / 239
第三节 散文 / 241

第二章 大家诞生 / 246

第一节 小说大家茅盾 / 248
第二节 小说大家老舍 / 254
第三节 小说大家巴金 / 258
第四节 小说大家沈从文 / 263
第五节 杂文大家鲁迅 / 267
第六节 散文大家林语堂 / 269
第七节 戏剧大家曹禺 / 271
第八节 20世纪30年代的其他文学足迹 / 274

第三章 抗战文学 / 278

第一节 国统区创作概况 / 278
第二节 孤岛文学 / 281

后记 / 284

第一讲　生发篇——上古、先秦文学

【概论】

神话是文学的源头，更是蕴含着民族性格与历史记忆的文明的端倪，神话传承着最古老与最初始的部族对世界的认知。

但中国的神话却呈现出碎片化的特征，这是很少见的。这说明在远古时代，有比神话更重要的精神认知出现，它为了自己能够成长，撕碎了神话的绳索与盔甲。

《诗经》是中国人的文学图腾，《离骚》是中国人的精神气质，双壁耀世，其文学价值无可比拟。

春秋战国时代，文学是缺位的，但那段历史精彩绝伦，在百家争鸣之下，中国人的精神世界空前活跃。

Chapter 1
第一章 碎片化的神话

神话，一般指的是关于世界起源、上古传说、自身历史、宗教信仰与仪式的集合体，它通常会通过口述、寓言、小说、仪式、舞蹈和戏曲等流布方式代代相传。而且，上古神话大多会被假定是真实历史的一部分。在没有文字之前，传说与歌谣是主要的传播方式，几乎每个部族都有将口耳相传的内容转变为神话的倾向，进而在神话传说的基础上形成史诗。于是，史诗成为最早的文学形式。

第一节 在碎片拼图里寻找文化原力

从文学的角度来说，神话传说表现了原始部族的人们对自然、社会现象的认识和自身的愿望，它们大都是通过部族人的幻想与渲染来勾连自然和社会，而这些正是文学想象力的胚芽。神话传说中的主人公，包括各种自然神和神化了的英雄，具有人神同构的性质。神话的情节一般表现为突破、神力和奇迹。神话传说的意义通常显示为对某种自然和社会现象的解释；有的表达了先民征服自然、变革社会的愿望。

中国并没有形成较为系统或完整的神话传说，古代文献中，除了《山海经》等书中记载的神话比较集中之外，其余则散见于经、史、子、集等各类书中。这些材料往往只有片段，缺乏完整的故事情节，更没有从神话中发育出来的史诗，这一点与世界上许多其他的民族不同。关于中国神话的最初的文字记载散见在《尚书》《礼记》《左传》《列子》《庄子》《楚辞》《国语》《纬书集成》《吕氏春秋》《楚帛书》《淮南子》《史记》《水经注》等古老典籍中。所以说，中国的神话是碎片化的存在。

一、创世神话：人与自然相互对应的关系，也就是关于所谓“天人合一”的最早认知，是中国人世界观的胚芽

“盘古开天辟地”的神话是创世神话中的一则。话说最早的宇宙本是一团混沌，在这之中沉睡着一个人，他的名字叫盘古。他的身边放着一把样子古怪的斧头。不知过了多少年，有一天盘古忽然醒来，觉得自己所在的空间是那么压抑，于是他拿起身旁的斧头对着周围挥舞，直到将这团混沌上下分开，这也意味着把天和地被明确地划分出来了。但是天与地分开没多久就又开始慢慢合拢，盘古就用自己的身体来支撑着天与地，盘古每天都长

高一丈，将天与地撑开一丈，就这样坚持了很久很久，天与地的位置已经足够高远，并被固定住了，但是伟大的盘古却因此耗尽了气力，累死了。

他死后身体开始发生变化，骨骼变成了山脉和丘陵，肉身变成了平原和盆地，血和汗水变成了江海，毛发变成了森林、草原和沼泽。他的元神到了天与地的中心，疲倦地睡去。

盘古有着人的形状，因而天地的造就源自人的努力。所以，中国人对天地万物有一种亲近感，天与地是和人有关系的，并不是别的存在，也不是神造就的，天地之格与人之格是相同的，这种情感不同于西方文化中宇宙、上帝、人的三角关系。大自然与万物都是从盘古的身躯变化而来的，是盘古的骨骼、肉身、血与汗水、毛发转化而成的，它们存在着对应关系。所以，自然与人有着合一的对应关系，中国哲学上所谓的“天人合一”，从最早的创世神话中就体现出来了。

另外一则创世神话是“女娲补天”。《淮南子·览冥训》载：

> 往古之时，四极废，九州裂，天不兼覆，地不周载。火爁炎而不灭，水浩洋而不息，猛兽食颛民，鸷鸟攫老弱，于是女娲炼五色石以补苍天，断鳌足以立四极，杀黑龙以济冀州，积芦灰以止淫水。

那个时候四极崩废，九州总是地震，天不安于值守，地也不安稳，森林大火没有熄灭的时候，大水漫溢没有停歇的时候，动物凶猛，频频袭击人类，连天上飞的猛禽也袭击老弱之人，整个世界全乱套了。

女娲来了，收集了五色石头进行熔炼，以补苍天的缺口，斩断鳌的四足来支撑四极，杀黑龙以恢复冀州的安宁与秩序，积攒芦灰以杜绝水患。

从这则神话传说中我们可以感受到中国人的世界观，天地自然出现状况，需要用天地自然的材料来修补，天盖漏了用石头补，大地不稳，找个最四平八稳的动物的部件来修理，用生态的手段恢复生态，这就是中国人的世界观，任何状况都会有相应的化解之道，相生相克的原理存在于世界万物之中，属于终极原理。

因为这份认识，在中国人的文化里很少有“终结者”或“世界末日”这样的概念存在，倒是“兵来将挡、水来土掩”的说法常出现，任何问题都存在着破解之道，正所谓“卤水点豆腐、一物降一物”，天崩地裂都可以修复，没有什么是没办法解决的。所以，中国人对待世界有一份从骨子里散发出的从容，“大禹治水”的故事说明解决的办法一定有，但不一定一开始就能被你找到，而是需要你付出智慧与努力。

从这则神话传说中，我们还知道了拯救世界的也可以是女性，说明这则神话传说始于母系社会时期，女性是氏族的核心与领袖。熔炼补天石是个力气活，斩断鳌足也需要力量，杀黑龙就更不用说了，但做这些的恰恰是位女性，想想后来中国社会对女性的压迫之深，反差实在太大，这也说明我们的文化前后落差之大。

二、战争神话

黄帝和炎帝是活跃在中原的两个大部族的首领，他们在向东发展的过程之中发生了严重的冲突。《史记·五帝本纪》载：

炎帝欲侵陵诸侯，诸侯咸归轩辕。轩辕乃修德振兵，治五气，艺五种，抚万民，度四方。教熊罴貔貅貙虎，以与炎帝战于阪泉之野，三战然后得其志。

这一则神话中所言“诸侯”“修德”等，很明显是出于后世儒者的附会。但黄帝和炎帝在阪泉之野确实发生过一场残酷的战争，《新书·益壤》称当时的战场是“流血漂杵”。而黄帝居然能驱使熊、罴等猛兽参加战斗，为这次战争增添了神奇的色彩。这些猛兽可能是某些部落的图腾，它们分别代表不同的部落跟随着黄帝参加战斗。阪泉之战以黄帝的胜利而告终，它导致炎黄两大部族的融合，华夏民族由此而正式形成，并发展成为中华民族的主要部分。这则神话实际上是对一次历史事件的记录和解释。

阪泉之战过后，另一次著名的大战发生在黄帝和蚩尤之间：

《太平御览》卷十五引《志林》载：

黄帝与蚩尤战于涿鹿之野。蚩尤作大雾弥三日，军人皆惑，黄帝乃令风后法斗机作指南车，以别四方，遂擒蚩尤。

蚩尤属于南方的苗蛮部族，他有 81 个铜头铁额的兄弟，这可能是暗示他们的军队已经装备了金属盔甲。一些文献上提到了蚩尤冶炼金属并制作兵器，这与当时冶金术的发展程度是相适应的。这场战斗十分激烈，涉及风伯、雨师等天神，而风、雨、旱、雾等气象也成了相互进攻的利器。这两则神话不仅涉及古代的祈雨、止雨巫术，还涉及一些具有重要文化意义的发明，内涵较为丰富。

黄帝正是在对内兼并和对外抗御的两场战争之中大显神威，才确立了他作为中华民族始祖的形象。出于对中华民族始祖的爱戴，后世又把许多发明创造，如车、陶器、井、鼎、音乐、铜镜、鼓等，归功于黄帝或是黄帝的臣子。黄帝在神话中又成了一个善于发明创造的文化英雄。

尽管后世多有修改附会，但神话碎片里依然蕴含着属于中国人的文化原力和基因。从战争神话里，我们可以意识到战争从一开始就不是单纯的，战争中有联合战略，有准备战术，更有智慧与智谋。指南车的发明与使用，成为黄帝打败蚩尤的关键。神话中传达的更为重要的讯息在于：世界是打出来的，融合是战争的结果。这与“枪杆子里出政权”是何等气息相通，这才是中国人价值观里的原力。

三、造人神话

（一）女娲造人

《太平御览》卷七十八引《风俗通》载：

俗说天地开辟，未有人民，女娲抟黄土作人，剧务，力不暇供，乃引绳于泥中，举以为人。故富贵者，黄土人也；贫贱凡庸者，引絙人也。

民间传说中，天地开辟之初，大地上并没有人类，是女娲把黄土捏成团造了人。她干得又忙又累，竭尽全力还赶不上。于是她把绳子投入泥浆中，拉起绳子一甩，泥浆洒落在地上，就变成了一个个人。后人说，富贵的人是女娲亲手抟黄土造的，而贫贱的人只是女娲用绳沾泥浆，把泥浆洒落在地上变成的。《太平御览》中更进一步记载：女娲在造人之前，于正月初一创造鸡，初二创造狗，初三创造猪，初四创造羊，初五创造牛，初六创造马，初七这一天，女娲用黄土和水，仿照自己的样子造出了一个个小泥人。

为了让人类永远地繁衍下去，她创造了嫁娶之礼，自己充当媒人，让人们懂得“造人”的方法，凭自己的力量传宗接代。后世对这则神话的修改附会也是逐渐演化而来的，但女娲的勤劳基因却是彰显无疑的。对比世界其他重要的创世造人神话，女娲无疑是最勤劳的那位，这个基因也根植在中国人的生命中。

各部族又有自己的始祖神话。商民族始祖契是简狄吞食燕卵而生的，周民族始祖后稷的诞生和经历更具传奇色彩。后稷的神话故事记录在《诗经·大雅·生民》中：姜嫄因踩到天帝的足印而受孕，并顺利产下后稷，姜嫄觉得不祥，便把他丢弃在窄巷、树林等处，但后稷分别得到牛、羊、樵夫、鸟的救助，活了下来，并迅速表现出种植农作物的天赋，最终成为周人的始祖。中国人认为，“谋事在人，成事在天”“天时地利人和”。这说明存在超越人之上的神秘的拥有主宰力量的天，凡能成就大事的人都会得到天的启示或支持，这也是中国人的人生观中重要的原力支点。

第二节　有偏好的图谱：神话人物分析

一、英雄类

（一）刑天舞干戚

故事出自《山海经·海外西经》。《山海经·校注》记载：“刑天与帝争神。帝断其首，葬于常羊之山。乃以乳为目，以脐为口，操干戚以舞。”刑天是《山海经》里提到的一位无头巨人，原是炎帝的手下。自炎帝被黄帝在阪泉之战中打败后，刑天便跟随在炎帝身边，定居南方。当时，蚩尤起兵复仇，却被黄帝铲平，身首异处，刑天一怒之下便手拿利斧，与黄帝单打独斗。

最后刑天不敌，被黄帝斩去头颅，而没了头的刑天并没有因此死去，而是重新站了起来，并把胸前的两个乳头当作眼睛，把肚脐当作嘴巴，左手握盾，右手拿斧。因为没了头颅，所以他只能永远与看不见的敌人厮杀，永远战斗。

他是一位不屈不挠的战神，死了都要打，永远在战斗。

（二）共工怒触不周山

那是在黄帝的后裔颛顼掌握权力的时期，颛顼施行了一系列政令，华夏大地变得日益繁荣。但在大多数人获得利益之际，也侵害了少数人的利益。共工就是被侵害得最严重的人，他集结了不少人起兵谋反，一路攻城略地所向无敌，直逼不周山（王城所在）。祝融身为大将，带兵迎战；祝融武艺超群，更懂带兵之道。两军交战，共工一方全军覆没，仅剩共工一人，共工宁死不投降，最后盛怒之下一头撞向不周山。这一撞竟将不周山撞翻，这不周山不仅仅是王城所在，也是擎天柱，于是天门敞开，洪水泛滥，生灵涂炭。

这又是一位不屈不挠的斗士，可以失败，但绝不示弱，死也要拼，倾尽全力，无所畏惧。

（三）后羿射日

据《山海经·大荒南经》和《山海经·大荒东经》载："羲和者，帝俊之妻，生十日。"这十个太阳住在树上，轮流出现，"一日方至，一日方出"。《淮南子》载："尧时十日并出，草木焦枯。"于是后羿弯弓搭箭，"仰射十日，中其九日，日中九乌皆死，堕其羽翼，故留其一日也"。人间的秩序又得到了恢复。

十个太阳都是天帝俊的儿子，后羿要射落九日，这不仅需要神技，还要有超人的胆略。

二、执着与顽强类

（一）精卫填海

炎帝有一个善良、可爱的小女儿，名字叫精卫。她从小就有一个梦想，希望见到无边的大海。小女孩一天天长大，也一天比一天漂亮。终于在她认为自己有能力找到大海的时候，她悄悄地离开了部落。最终她找到了大海，她为大海的伟大而陶醉，正当她奔向大海的时候，大海同样卷着巨浪奔向精卫。

最后，大海把精卫带走了，带着她离开了这个世界，精卫死前那一刻才醒悟过来，精卫的灵魂因为愤怒而化作一只青鸟。精卫为了报复大海，决定把大海填平，于是就夜以继日地含着西山的石头去填海。

（二）夸父逐日

相传在黄帝时期，夸父族的首领想要把太阳摘下来，放到人们的心里面，于是就开始追逐太阳。他口渴的时候喝干了黄河、渭水，准备往北边的大湖（或大海）去喝水，在奔向大湖的路上他被渴死了。他的手杖化作邓林，成为一片桃园，而他的身躯化作夸父山。

（三）大禹治水

《山海经·海内经》载：

> 洪水滔天。鲧窃帝之息壤以堙洪水，不待帝命。帝令祝融杀鲧于羽郊。鲧复（腹）生禹，帝乃命禹卒布土以定九州。

尧舜时期，水患严重。舜命禹去治水。禹用疏导的方法，把水引入大海。他一心治水，前后 13 年，风里来雨里去，三过家门而不入。洪水终于止住，百姓过上了安宁的生活。禹在人民心中树立了威信。据《吕氏春秋》记载，他向东走到海边，向南走到"羽人裸民之乡"，向西走到三危之国，向北走到犬戎国。在治水过程中，"禹八年于外，三过其门而不入"（《孟子·滕文公上》），"疏河决江，十年未阚其家"（《尸子》），"股无胈，胫无毛，手足胼胝，面目黎黑，遂以死于外"（《史记·李斯列传》），可谓历尽千辛万苦。

（四）吴刚伐树

相传在月亮上有一棵高五百丈的月桂树。汉朝时有个叫吴刚的人，醉心于仙道而不专心学习，因此天帝震怒，把他困在月宫之中，令他在月宫伐桂树，并说："如果你砍倒桂树，就可获仙术。"吴刚便开始砍伐桂树，但吴刚每砍一斧，树的创伤就马上愈合，日复一日，吴刚伐桂的愿望仍未达成，因此吴刚在月亮上常年伐桂，但始终砍不倒这棵树，因而后世的人得以见到吴刚在月中无休止地砍伐月桂的形象。

三、高尚类

百鸟朝凤

很久很久以前，凤凰只是一只很不起眼的小鸟，身上的羽毛也很普通，丝毫不像传说中的那般光彩夺目。但它有一个优点——它很勤劳。不像别的鸟那样吃饱了就知道玩，而是从早到晚忙个不停，将别的鸟扔掉的果实一颗一颗捡起来，收藏在洞里。

这有什么意思呀？这不是财迷精、大傻瓜吗？可别小看了这种贮藏食物的行为，到了一定的时候，就能发挥大用处了！

果然，有一年森林大旱，鸟儿们觅不到食，都饿得头昏眼花，快支撑不下去了。这时，凤凰急忙打开山洞，把自己多年积存下来的干果和草籽拿出来分给大家，和大家共渡难关。

旱灾过后，为了感谢凤凰的救命之恩，鸟儿们从自己身上选了一根最漂亮的羽毛，拔下来制成一件光彩耀眼的百鸟衣献给凤凰，并一致推举它为鸟中之王。

以后，每逢凤凰生日之时，四面八方的鸟儿都会飞来向凤凰表示祝贺，这就是百鸟朝凤的故事。

勤劳、关爱他人、奉献自身是评价一个人品德是否高尚的重要标准。

第三节　碎片化的原因

一、重视祖先，重视历史，却忽视神话传说

中国早期历史上也有各种神话传说，但却没有形成史诗，而且缺少系统的、完整的记载，后世的研究大多是从各种书籍中寻找支离破碎的记录，呈现出的是碎片化的传说与神话。

为什么会形成这样一种状态呢？按常理而言，每个民族都会非常珍视自己的初始与成长，不管神话或传说多么幼稚或奇异，都会被小心保存并代代相传，其中有敬畏、骄傲、自豪的情感存在，像我国的藏族就有《格萨尔王》史诗，蒙古族也有史诗《江格尔》。汉族是一个非常尊重祖先的民族，甚至达到祖先崇拜的程度，但自己民族的神话传说不仅没有形成史诗，甚至连像样的、系统的记录都没有，这对我们这么重视历史记录的民族来讲的确是不可思议的。

二、为什么会出现这样的结果？

关于中国神话传说碎片化的问题有很多种观点：

（1）一种观点是说汉族是一个早熟的民族，早早就进入了理性阶段，可能人们觉得那

些神话传说太过幼稚，因而对它们不够重视，并且愿意遗忘，最后神话传说就只有片段得以流传或者被碎片化了。但是，为什么我们的民族会早熟呢？从文化进化阶段的角度而言，我们的神话传说中的主人公与世界其他民族一样经历了动物形，再到半兽半人形，再到人形的阶段，从心智上来讲并没有不同。还有，若是早熟，也应该是全面早熟，比如理性的、逻辑的、抽象的能力都应该得到发展，但汉族的逻辑性与抽象思考的能力都不够发达，唯独对伦理道德情有独钟，所以早熟一说颇有些勉强。

（2）有一种观点认为，汉族是经过长期混杂而形成的，很多部族的融合不是完全由战争或征服完成的，而是通过婚姻或者联盟的形式。所以，各个部族的神话传说随着大融合而逐渐模糊，成为大家都不再热衷的记忆。然而，中国历史上有龙的图腾、凤的图腾，这些图腾形象都不是原有的生物，而是人为创造的，是结合了许多种动物的相关部分组合而成的，也许龙凤图腾的诞生过程就体现了相关部族的融合——根据各部族的图腾组建新的人造图腾。如果从龙凤图腾形成的逻辑来推断，各部族的神话传说不应该消失，而是应该更复杂，且枝蔓交织。所以，这种解释也有牵强之处。

（3）还有一种比较接近事实的观点是统治者对文化的关注，为了教化民众，统治者对这些来自远古的民间神话传说进行修改或删除。有学者进行过专门的研究，对于各种神话传说，后世之人可以随意修改、添加，总是按照当时的政治需要增减内容，结果在很多神话传说的记述中就出现了各种修改印迹，不合统治者口味的或没有什么教化价值的内容就被选择性地抛弃了。

（4）秦始皇的“焚书坑儒”可能毁掉了许多记载有神话传说的书籍，让众多神话传说成为绝唱。

（5）文字繁复，记录不便。中国古代文字与口语属于两个系统，民间的传说如果想用文字记录下来，的确需要懂得书写的人来做，但也许这些文化人不屑于做这样的工作，而民间传承人却因为不会书写而使部分神话传说与文字记录失之交臂。

（6）中国古代神话之所以散失并碎片化，除了上述原因之外，可能还有“神话历史化”的原因。所谓“神话历史化”，就是把神话看成历史传说，通常的做法是把天神下降为人的祖先，并把神话故事当作史实看待，构成了一些虚幻的始祖以及祖先的传承谱系。而史家们在记述历史的时候，往往根据自己的审美或好恶进行删减、修改或抛弃，司马迁就说过：“其文不雅驯，缙绅先生难言之。”（《史记·五帝本纪》）因此，也有相当一部分神话不能进入历史记述。

（7）神话历史化，是史家自觉或不自觉的行为。思想家或学者也十分热衷于篡改或改造神话传说，即对神话进行歪曲，使其成为佐证自己某种观点的现实事件，从而成为构筑远古历史的基石。这种例子在儒家传统典籍中比比皆是，从《尚书》《左传》《国语》，一直到《史记》《吴越春秋》《越绝书》，都是如此，宋代罗泌所作《路史》更是其集大成之作。改造的结果是神话大量消亡，历史向前延伸，各氏族的谱系更加严密。

例如，我国东方部族中很多是以鸟作为图腾的，其中也必然流行着很多关于鸟的神话。《路史》中将有关鸟的神话改造解释为一系列的官名，并按照后世的社会官僚系统组织起来，就连孔子也会不自觉地按照需要随意解释神话传说。孔子曾表示“不语怪力乱神”，还直接参与了对神话的改造。据《尸子》记载，当子贡向孔子提及黄帝有四张面孔的神话时，孔子说：“黄帝取合己者四人，使治四方……此谓之四面也。”四张面孔被解释为黄帝找了四位很像自己的人，代表自己去四个方向进行统治，“黄帝四面”的神话就变成了一件有关治理天下的史实。另一则有关夔的神话，在孔子那里也遭到了同样的对待。儒家思想是中国传统文化的主流，作为圣人的孔子对待神话的态度对后世文化有着深远影响。

（8）统治者按照自身需要随意篡改神话传说。与此同时，思想家和文化精英也对神话传说进行解释与改造。后来神话传说更被道教利用，成为仙界传说的来源之一。各种神话传说中的人物或者变身成为道教里拥有法力的天尊，或者成为验证奇迹的证据。神话传说就这样在不受各方重视又被各方自取所需中支离破碎了。

但是，古代神话传说依然是一个民族抹不去的一页，是印刻在民族记忆中的，是文化的原力所在，对民族性格、民族精神的形成都有着巨大支撑。不仅如此，神话再如何碎片化也会对后世作家的文学创作产生很大的影响。在文学作品中，我们依然能够看见神话传说的变种或精神的延续、发光。它成为文学创作的素材，或者直接影响文学创作的思维方式、表现手法和欣赏效果。

曹植采用洛水女神的形象，创作了脍炙人口的《洛神赋》，这无疑是利用神话素材进行的一次成功的创作。明清时期的神魔小说对神话的采用和重塑达到了最高点，其中的代表作为《西游记》，孙悟空以及其“腾云驾雾”“七十二般变化”成了中国文学中极有影响的文学塑造。从孙悟空身上，我们不难看到“石中生人”的夏启、“铜头铁额”的蚩尤、“与帝争位”的刑天以及“淮涡水怪”无支祁的影响。

三、 贤德优胜

黄帝以后，黄河流域部落联盟的杰出首领先后有尧、舜、禹三人。那时候，首领由部落联盟推选产生。尧年老了，召开部落联盟会议，大家推举有才德的舜为继承人。尧死后，舜继位。舜年老了，也采取同样的办法把位置让给治水有功的禹。这种更替首领位置的办法，历史上叫作“禅让”。

相传，尧很节俭。他住在茅屋里，吃糙米饭，喝野菜汤，身上穿着麻布袄。舜的品德也很好，能以身作则。他在历山耕田，历山的人不再争田界，互相很谦让。人们都愿靠近舜居住。舜在一个地方住上三年，那里就成了村落。

翻开中国上古神话，一个圣贤的世界扑面而来。尽管神话中没有十分完整的情节，神话人物也没有系统的神系家谱，但它们却有着鲜明的东方文化特色，其中尤为显著的是它的尚德精神。这种尚德精神，在与西方神话特别是希腊神话比较时，显得更加突出。中国古代神话中的这种尚德精神，一方面源自原始神话的内在特质，另一方面则归功于后代神话改造者们的着墨。在西方神话尤其是希腊神话中，对神的褒贬标准多以智慧、力量为准则，而中国上古神话中对神的褒贬则多以道德为准绳。这种思维方式深深地注入了中国人的文化心理之中。

第四节　同时期的世界文学

一、《奥西里斯神话》（古埃及）

奥西里斯（Osiris），另译名俄塞里斯，是大地之神盖布（男）与天神努特（女）的第一个儿子，他与他的妹妹伊西斯结为夫妇。他是将埃及引向繁荣的伟大法老。最后，他被自己的弟弟赛特所嫉妒，并在一次酒宴上被弟弟害死。

二、《荷马史诗》（古希腊）

荷马（Ομηροζ/Homer，约公元前 9 世纪—公元前 8 世纪），古希腊盲诗人。《荷马史诗》记述了大约发生在公元前 12 世纪至公元前 11 世纪的特洛伊战争以及关于海上冒险的故事，它是古希腊长篇叙事史诗的代表作。史诗《伊利亚特》和《奥德赛》，即荷马根据民间流传的短歌综合编写而成的。荷马生活的年代大致在公元前 10 世纪至公元前 8 世纪之间，《荷马史诗》在很长时间里影响了西方的宗教、文化和伦理观。

三、《圣经·旧约》（古希伯来）

古希伯来神话来源于《圣经·旧约》，为人所熟知的《世界最初的七天》《亚当与夏娃》《诺亚方舟》《巴别塔》全都取材于《圣经·旧约》的第一篇《创世记》，内容都和希伯来人所信仰的上帝耶和华有关。

四、《梨俱吠陀》（古印度）

《梨俱吠陀》是《吠陀》中最重要的一部作品，是印度最古老的一部诗歌集。它的内容包括神话传说、对自然现象和社会现象的描绘与解释，以及与祭祀有关的内容。《梨俱吠陀》中有不少描写神的诗歌。如关于天神因陀罗的诗有 250 首，关于火神阿耆尼的诗有 200 首。不少诗写得很有哲理，如黎明女神出现时，袒露胸脯，以光为衣，她在东方出现，非常年老又十分年轻，在过去、现在和将来都永放光芒。她消磨世人的青春，可自己却永不衰老。相当一部分诗歌反映了当时的社会状况和人们意识的变化，诗歌表现了私有观念的增强和社会分工的细化。它是印度文学之源，同时也是全人类的宝贵文化遗产。

Chapter 2
第二章　乱世迸发创世纪的佳篇

中国历史上的文学两派并流，一派是现实主义，一派是浪漫主义，追根溯源，两派均可以说是源远流长。中国文学的现实主义起源于《诗经》，浪漫主义起源于《楚辞》。

第一节　《诗经》，纯真的情感力量

早在文字产生以前，就存在口头流传的原始歌谣。甲骨卜辞和《周易》卦爻辞中的韵语，是有文字记载的古代诗歌的萌芽。《诗经》是我国古代诗歌的开端，其中的作品反映了生活的方方面面，体现出深厚而丰富的文化积淀。

一、《诗经》的编定：风、雅、颂用诗和传诗

《诗经》也叫《诗》，是我国第一部诗歌总集，《诗经》中诗歌的写作年代从周初至春秋中叶，它是五百多年间诗歌作品的汇辑，约在公元前6世纪编定成书。诗歌来源地约相当于今天的陕西、山西、河南、河北、山东及湖北北部一带，而作者则包括了从贵族到平民的各个阶层。《诗经》的跨越时间如此之长，涉及地域如此之广，作者又是如此纷杂，显然是经过有目的地搜集整理才最终成书的。

《诗经》的编集过程在先秦古籍中没有明确记载，但从历史上有广泛影响的“献诗”“删诗”之说来看，则透露了《诗经》作品来源和编定的一些消息。周代公卿列士献诗、陈诗，以颂美或讽谏，则是有史籍可考的。《诗经》中当然不乏这类作品。汉代人认为周代设采诗之官到民间采诗，献于朝廷以了解民情，也为《诗经》中诗歌的收集提供了一种注解。公卿列士所献之诗，也许是自己的创作，也许是从自己所属地域采集来的作品。

虽不能确定周王朝是否实行过采诗制度，但如若没有周王朝和各诸侯国乐官的参与，民间之诗很难汇集于王廷。因此，可以说《诗经》内的诗篇既有公卿列士所献之诗，也有采集于各地的民间之诗，以及周王朝乐官保存下来的宗教、宴飨中的乐歌等。事实上，早在孔子的时代，已有与今本《诗经》相近的“诗三百篇”存在。孔子对“诗”做过“正乐”的工作，甚至也可能对“诗”的内容和文字进行加工整理。但汉代学者认为《诗经》由他删选而成，则更可能是一种托词。

整理编定《诗经》的人和《诗经》编定的具体情形，我们今天已无从得知。可能周王

朝的乐官在《诗经》的编集和成书过程中，起到相当重要的作用。大约公卿列士所献之诗，以及采集来的民间之诗，最后都集中到王朝乐官手中，乐官掌管的诗一定很多，整理编选其中的一部分作为演唱和教诗的底本，是完全可能的。

《诗经》可以按风、雅、颂分为三类，“诗”最初都是乐歌，只是由于古乐失传，后人已无法了解风、雅、颂各自在音乐上的特色了。风即音乐曲调，国风即各地区的乐调，相当于现在各地的民歌。国是地区、方域之意。十五国风共 160 篇，包括《周南》《召南》《邶风》《鄘风》《卫风》《王风》《郑风》《齐风》《魏风》《唐风》《秦风》《陈风》《桧风》《曹风》《豳风》。“周南”“召南”“豳”都是地名，“王”是指东周王都洛阳，其余是诸侯国名，十五国风即这些地区的地方音乐，现存的是歌词，音乐部分已经失传。国风中，《豳风》全部是西周作品，其他除少数产生于西周外，大部分是东周作品。

“雅”即正，指朝廷正乐，属于西周王畿的乐调，相当于王庭音乐。雅分为大雅和小雅，大雅共 31 篇，属于西周时期的作品，大部分作于西周初期，小部分作于西周末期；小雅共 74 篇，除少数篇目可能是东周时期的作品外，其余都是西周晚期的作品。大雅的作者主要是上层贵族；小雅的作者既有上层贵族，也有下层贵族和地位低微者。其中歌词保存了下来，音乐却失传了。

“颂”是宗庙祭祀之乐，大多是舞曲，其中的音乐可能比较舒缓。周颂共 31 篇，写作于西周初期。周颂不同于其他诗的体例，并不是由数章构成的，且每篇只有一章。鲁颂共 4 篇，产生于春秋中叶鲁僖公时期，都是颂美鲁僖公之作，《泮水》《閟宫》体裁近乎雅诗，《有駜》《駉》则近于国风。商颂共 5 篇，大约是殷商中后期的作品。从内容上可分为两类：《那》《烈祖》《玄鸟》明显是祭歌，主要是写歌舞娱神和对祖先的赞颂；《长发》和《殷武》的祭祀意味不浓，可能是一种祝颂诗，主要写商部族的历史传说和神话。商颂的前三篇不分章，后二篇分章，风格近似于“雅”。

《诗经》中的作品内容十分广泛，上溯至殷商，下延至春秋中叶，可以说是反映了西周初期至春秋中叶社会生活的各个方面。《诗经》像一轴巨幅画卷，将当时的政治、经济、军事、文化以及世态人情、民风习俗等，都形象地表现出来。

二、《诗经》内容赏析

（一）燕飨诗

《诗经》中有以君臣、亲朋欢聚宴享为主要内容的燕飨诗，这类诗篇更多地反映了上层社会的欢乐与和谐的生活状态。如《小雅·鹿鸣》就是反映天子与群臣宴饮的诗，后来也被用于形容贵族与宾客宴饮。

小雅·鹿鸣

呦呦鹿鸣，食野之苹[1]。我有嘉宾[2]，鼓瑟吹笙。吹笙鼓簧，承筐是将[3]。人之好我，示我周行[4]。

呦呦鹿鸣，食野之蒿。我有嘉宾，德音孔昭[5]。视民不恌[6]，君子是则是效[7]。我有旨酒，嘉宾式燕以敖[8]。

呦呦鹿鸣，食野之芩。我有嘉宾，鼓瑟鼓琴。鼓瑟鼓琴，和乐且湛[9]。我有旨酒，以燕乐嘉宾之心[10]。

注释：

1. 呦呦（yōuyōu）：鹿的鸣叫声；鹿见食而呼同伴。苹：艾草。下文中的蒿指青蒿，芩（qín）指蒿类植物。

2. 我：主人。嘉宾：指宴请的客人。

3. 承：奉，指双手捧奉礼品。将：送，献。

4. 示：告诉，指示。周行（háng 杭）：大路，大道。

5. 德音：符合道理的话。孔：很，甚。昭：明，透彻。

6. 视：与“示”同。恌（tiāo）：同“佻”，轻佻、轻薄。

7. 则：法则、规则。效：仿效。旨：甘美。

8. 式：语助词。燕：同“宴”，欢宴。敖：同“遨”，游乐、尽兴、舒畅快乐。

9. 和乐：和谐欢乐。湛（dān）：深厚，指“乐之久”，非常快乐。

10. 燕：安；“燕乐嘉宾之心”，指“安乐嘉宾的心”。

周代上层社会中的很多社会交往都是以宴饮的方式进行的，燕飨诗正是这种社会生活的真实反映。周代是农业宗法制社会，宗族间相亲相爱的关系是维系社会的重要纽带。周代国君、诸侯、群臣大都是同姓子弟或姻亲，周朝的统治者十分注重维系血缘亲族关系，利用这种宗法关系来加强统治。“燕飨”不是单纯为了享乐，而是包含诸多政治目的。在这些宴饮中，体现的是亲亲之道、宗法之义，宴饮也同时是君臣之间进行交流的特殊场景。

《诗经》的文学成就体现在抒情与写实的统一。纵观《诗经》中的作品，基本都是抒情诗和叙事诗，尤以抒情诗占多数。质朴率真的抒情，以及情感化的叙事，形成了抒情与写实的统一，也反映出华夏民族早期的表达基调。

首先，抒情诗所抒发的情感是真实的。《诗经》中那些抒发人生感慨的作品，是作者人生感受的真切表达。其次，抒发情感的方式是坦率直白的。例如，表达相思之情就直说“求之不得，寤寐思服。悠哉悠哉，辗转反侧”（《关雎》）。最后，叙事性的诗作中也饱含着作者的真挚感情。

（二）战争诗

国风·秦风·无衣

岂曰无衣？与子同袍。王于兴师，修我戈矛，与子同仇！

岂曰无衣？与子同泽。王于兴师，修我矛戟，与子偕作！

岂曰无衣？与子同裳。王于兴师，修我甲兵，与子偕行！

这是一首激昂慷慨、同仇敌忾的战歌，表现了秦国军民响应王的诏令，共御外侮的高昂士气，其爽朗矫健的风格正是秦人尚武精神的反映。这也是《诗经》中“风”的魅力所在，不同地域有着迥然不同的民风与特色。

《诗经》中这类完全从正面歌颂角度所写的战争诗，并不注重具体描写战斗场面，而是集中表现军威声势。《诗经》战争诗中强调道德感化和军事力量的震慑，不具体写战场的厮杀、格斗，这种情况的出现也许是经过了编撰者的过滤，将那些血腥的直面杀戮的诗篇删减掉而导致的，这也符合我国古代崇德尚义、注重文德教化的传统，是使敌人不战而服的政治理想的体现，表现出与世界其他民族古代战争诗不同的风格。

《诗经》是四言诗的典范。《诗经》是以四言为基本句式同时又参差变化的，比较灵活，间杂二言句到八言句。《诗经》的四言诗节奏鲜明，音韵谐洽，有天然的音乐美感。

重章复沓是《诗经》的基本章法结构。所谓重章，并不是把完全相同的字句再罗列一遍，而是改变或替换一些字词后的复唱。这种章法结构使诗句产生两种变化：一是字词虽变而意义相同；二是改变字词后使诗章间形成意义上的层递关系。

《诗经》的语言表现很有特色，一是质朴畅达，二是词汇丰富，三是双声叠韵的联绵词和叠字的大量运用。例如，“窈窕”“参差”“关关”等。这不但增加了诗歌的韵律，还增加了诗歌的形象美与意境美。

国风·豳（bīn）风·七月

七月流火[1]，九月授衣[2]。一之日觱发[3]，二之日栗烈[4]。无衣无褐[5]，何以卒岁。三之日于耜[6]，四之日举趾[7]。同我妇子，馌彼南亩[8]，田畯至喜[9]。

七月流火，九月授衣。春日载阳[10]，有鸣仓庚[11]。女执懿筐[12]，遵彼微行[13]，爰求柔桑[14]。春日迟迟[15]，采蘩祁祁[16]。女心伤悲，殆及公子同归[17]。

七月流火，八月萑苇[18]。蚕月条桑[19]，取彼斧斨[20]，以伐远扬[21]，猗彼女桑[22]。七月鸣鵙[23]，八月载绩。载玄载黄[24]，我朱孔阳[25]，为公子裳。

四月秀葽[26]，五月鸣蜩[27]。八月其获，十月陨萚[28]。一之日于貉[29]，取彼狐狸，为公子裘。二之日其同[30]，载缵武功[31]，言私其豵[32]，献豜于公[33]。

五月斯螽动股[34]，六月莎鸡振羽[35]，七月在野，八月在宇，九月在户，十月蟋蟀入我床下。穹窒熏鼠[36]，塞向墐户[37]。嗟我妇子，曰为改岁[38]，入此室处。

六月食郁及薁[39]，七月亨葵及菽[40]，八月剥枣[41]，十月获稻，为此春酒[42]，以介眉寿[43]。七月食瓜，八月断壶[44]，九月叔苴[45]，采荼薪樗[46]，食我农夫。

九月筑场圃[47]，十月纳禾稼[48]。黍稷重穋[49]，禾麻菽麦[50]。嗟我农夫，我稼既同，上入执宫功[51]。昼尔于茅，宵尔索绹[52]。亟其乘屋[53]，其始播百谷。

二之日凿冰冲冲[54]，三之日纳于凌阴[55]。四之日其蚤[56]，献羔祭韭[57]。九月肃霜[58]，十月涤场[59]。朋酒斯飨[60]，曰杀羔羊。跻彼公堂[61]，称彼兕觥[62]，万寿无疆[63]。

注释：

1. 七月流火：火（古读huǐ），或称大火，星名，即心宿。流，流动。每年夏历五月，黄昏时候，这星当正南方，也就是正中和最高的位置。过了六月就偏西向下了，这就叫作“流”。

2. 授衣：将裁制冬衣的工作交给女工。九月丝麻等事结束，所以在这时开始做冬衣。

3. 一之日：十月以后第一个月的日子。以下二之日、三之日等仿照此句，为豳历纪日法。觱（bì）发（bō）：大风触物声。

4. 栗烈：或作“凛冽”，形容气寒。

5. 褐：粗布衣。

6. 于：犹“为”。为耜是说修理耒耜（耕田起土之具）。

7. 趾：足。“举趾”是说去耕田。

8. 馌（yè）：馈送食物。亩：指田身。田耕成若干垄，高处为亩，低处为甽。田垄东西向的叫“东亩”，南北向的叫“南亩”。这两句是说妇人童子往田里送饭给耕者。

9. 田畯（jùn）：农官名，又称农正或田大夫。

10. 春日：指二月。载：始。阳：温暖。

11. 仓庚：鸟名，就是黄莺。

12. 懿（yì）：深。

13. 微行：小径（桑间道）。

14. 爰（yuán）：语词，犹“曰”。柔桑：初生的桑叶。

15. 迟迟：天长的意思。

16. 蘩（fán）：菊科植物，即白蒿。古人用于祭祀，女子在嫁前有“教成之祭”。一说用蘩“沃”蚕子，则蚕易出，所以养蚕者需要它。祁祁：众多（指采蘩者）。

17. 公子：指国君之子。殆及公子同归：是说怕被公子强迫带回家去。一说指怕被女公子带去陪嫁。

18. 萑（huán）苇：芦苇。八月萑苇长成，收割下来，可以做箔。

19. 蚕月：指三月。条桑：修剪桑树。

20. 斨（qiāng）：方孔的斧头。

21. 远扬：指长得太长而高扬的枝条。

22. 猗（yǐ）：《说文》《广雅》作“掎”，牵引。“掎桑”是用手拉着桑枝来采叶。南朝乐府诗《采桑度》云“系条采春桑，采叶何纷纷”，似先用绳系桑然后拉着绳子采。女桑：小桑。

23. 鵙（jú）：鸟名，即伯劳。

24. 玄：是黑而赤的颜色。玄、黄指丝织品与麻织品的染色。

25. 朱：赤色。阳：鲜明。以上二句言染色有玄有黄有朱，而朱色尤为鲜明。

26. 葽（yāo）：植物名，今名远志。秀葽：远志结实。

27. 蜩（tiáo）：蝉。

28. 陨萚（tuò）：落叶。

29. 貉：通“祃（mà）”。田猎者演习武事的礼叫祃祭或貉祭。于貉：举行貉祭。《郑笺》：“于貉，往博貉以自为裘也。”

30. 同：聚合，言狩猎之前聚合众人。

31. 缵（zuǎn）：继续。武功：指田猎。

32. 豵（zòng）：一岁小猪，这里用来代表比较小的兽。私其豵：小兽归猎者私有。

33. 豜（jiān）：三岁的猪，代表大兽。大兽献给王公贵族。

34. 斯螽（zhōng）：虫名，蝗类，即蚱蜢、蚂蚱。旧说斯螽以两股相切发声，“动股”言其发出鸣声。

35. 莎鸡：虫名，今名纺织娘。振羽：鼓翅发声。

36. 穹：穷尽，清除。窒：堵塞。穹窒：将室内满塞的角落搬空，搬空了才便于熏鼠。

37. 向：朝北的窗户。墐：用泥涂抹。贫家门扇用柴竹编成，涂泥使它不通风。

38. 曰：《汉书》引作“聿”，语词。改岁：是说旧年将尽，新年快到。

39. 郁：植物名，唐棣之类。树高五六尺，果实像李子，赤色。薁（yù）：植物名，果实大如桂圆。一说为野葡萄。

40. 菽（shū）：豆的总名。

41. 剥（pū）：读为“扑”，打。

42. 春酒：冬天酿酒经春始成，叫作“春酒”。枣和稻都是酿酒的原料。

43. 介：祈求。眉寿：长寿，人老眉间有毫毛，叫秀眉，所以长寿称眉寿。

44. 壶：葫芦。

45. 叔：拾。苴（jū）：秋麻之籽，可以吃。

46. 樗（chū）：木名，臭椿。薪樗：采樗木为薪。

47. 场：是打谷的场地。圃：是菜园。春夏做菜园的地方秋冬就做成场地，所以场圃连成一词。

48. 纳：收进谷仓。稼：古读如“故”。禾稼：谷类通称。

49. 重：即“种”，是先种后熟的谷。穋（lù）：即稑（lù），稑是后种先熟的谷。

50. 禾麻菽麦：这句的“禾”是专指一种谷，即今之小米。

51. 功：事。宫功：指建筑宫室，或指室内的事。

52. 索：动词，指制绳。绹（táo）：绳。索绹：是说打绳子。上两句言白天取茅草，夜晚打绳子。

53. 亟：急。乘屋：盖屋。茅和绳都是盖屋需用的东西。以上三句言宫功完毕后，急忙修理自己的屋子。因为播谷的工作又要开始了，不得不急。

54. 冲冲：古读如“沉”，凿冰之声。

55. 凌：是聚集的水。阴：指藏冰之处。

56. 蚤：读为“爪”，取。这句是说取冰。

57. 献羔祭韭（jiǔ）：这句是说用羔羊和韭菜祭祖。《礼记·月令》说仲春献羔开冰，四之日正是仲春。

58. 肃霜：犹“肃爽”，双声连语。这句是说九月天高气爽。

59. 涤场：清扫场地。这句是说十月农事完全结束，将场地打扫干净。一说“涤场”即“涤荡”，“十月涤荡”是说到了十月草木摇落无余。

60. 朋酒：两樽酒。这句连下句是说年终燕乐。

61. 跻（jī）：登。公堂：或指公共场所，不一定是国君的朝堂。

62. 称：举。兕（sì）觥（gōng）：角爵。古代用兽角做的酒器。

63. 万：大。无疆：无穷。此句和以上二句言升堂举觞，祝君长寿。

译文：

七月大火向西落，九月妇女缝寒衣。十一月北风劲吹，十二月寒气袭人。没有好衣服没有粗衣，怎么度过这年底？正月开始修锄犁，二月下地去耕种。带着妻儿一同去，把饭送到向阳的土地上去，田官十分高兴。

七月大火向西落，九月妇女缝寒衣。春天阳光暖融融，黄鹂婉转把歌唱。姑娘提着深竹筐，沿着小道一路走。伸手采摘嫩桑叶，春来日子渐渐长。人来人往采白蒿，姑娘心中好伤悲，害怕要随贵人嫁他乡。

七月大火向西落，八月要把芦苇割。三月修剪桑树枝，取来锋利的斧头，砍掉长高的枝条，攀着细枝去摘嫩桑。七月伯劳声声叫，八月开始把麻织。染丝有黑又有黄，我的红色更鲜亮，献给贵人做衣裳。

四月远志结了籽，五月知了叫声急。八月田间收获忙，十月树上叶子落。十一月上山猎貉，猎取狐狸皮毛好，送给贵人做皮袄。十二月猎人会合，继续操练打猎。打到小猪归自己，猎到大猪献王公。

五月蚱蜢弹腿叫，六月纺织娘振翅。七月蟋蟀在田野，八月来到屋檐下。九月蟋蟀进门口，十月钻进我床下。堵塞鼠洞熏老鼠，封好北窗糊门缝。叹我妻儿好可怜，岁末将过新年到，迁入这屋把身安。

六月食李和葡萄，七月煮葵又煮豆。八月开始打红枣，十月下田收稻谷。酿成春酒美又香，为了主人求长寿。七月里面可吃瓜，八月到来摘葫芦。九月拾起秋麻子，采摘苦菜又砍柴，养活农夫把心安。

九月修筑打谷场，十月庄稼收进仓。黍稷早稻和晚稻，粟麻豆麦全入仓。叹我农夫真辛苦，庄稼刚好收拾完，又为官家筑宫室。白天要去割茅草，夜里赶着搓绳索。赶紧上房修好屋，开春还得种百谷。

十二月凿冰声阵阵，正月搬进冰窖中。二月开初祭祖先，献上韭菜和羊羔。九月寒来始降霜，十月清扫打谷场。两樽美酒敬宾客，宰杀羊羔大家尝。登上主人的庙堂，举杯共同敬主人，齐声高呼寿无疆。

（三）《诗经》的文学成就

《诗经》中“赋”“比”“兴”的运用开创了我国古代诗歌创作的基本手法，也成为《诗经》艺术特征的重要标志。“赋”就是铺陈直叙，作者将自己的情感及其希望表达的事物平铺直叙地呈现出来。“比”就是打比方，以此物比彼物。“兴”则是触景生情、触物兴词，客观事物触发了诗人的情感，引起诗人歌唱。“赋”“比”“兴”三种手法在《诗经》的创作中往往交相使用，共同构建了诗歌的艺术形象。

有研究认为，“赋”是《诗经》中运用得最多的表现手法，它可以是直接叙事，也可以是直接刻画描写，还可以是直言其志或直抒胸臆。直接叙事的如《七月》，直接刻画描写的如《芣苢》，直言其志和直抒胸臆的诗就更多了，它成为《诗经》的主要表现手法。

“比”一般就是比喻，也是《诗经》中用“比”最常见的修辞情形。更有用整首诗作“比”，如《魏风·硕鼠》借用大老鼠比喻不劳而获、脑满肠肥的贵族。

“兴”就是起兴或发端，一般处在一首诗或一章诗的开头位置。就其与诗歌情思的关系来看，基本有相关和不相关两种情形。它与诗歌情思相关时，一般会起到烘托氛围或与诗歌意义发生某种联系的作用；与诗歌情思没有意义相关时，其作用则往往是起韵。

国风·郑风·野有蔓草[1]

野有蔓草，零露漙兮[2]。有美一人，清扬婉兮[3]。邂逅相遇[4]，适我愿兮[5]。

野有蔓草，零露瀼瀼[6]。有美一人，婉如清扬。邂逅相遇，与子偕臧[7]。

注释：

1. 蔓（màn）草：蔓延生长的草。蔓：蔓延。一说茂盛。
2. 零：降落。漙（tuán）：形容露水多。
3. 清扬：目以清明为美，扬亦明也，形容眉目漂亮传神。婉：美好。
4. 邂（xiè）逅（hòu）：不期而遇。
5. 适：适合。
6. 瀼（ráng）：形容露水浓，多。
7. 偕臧（cáng）：一同藏匿，指消失这草木丛中。臧，同“藏”。

译文：

野草蔓蔓连成片，草上露珠亮闪闪。有位美女路上走，眉清目秀美又艳。不期而遇真正巧，正好适合我心愿。

野草蔓蔓连成片，草上露珠大又圆。有位美女路上走，眉清目秀美容颜。不期而遇真正巧，与她幽会两心欢。

清秀妩媚的少女，就像滴着点点露珠的绿草一样清新可爱。而绿意浓浓、生趣盎然的景色，和诗人邂逅相遇的喜悦心情，正好交相辉映。

《诗经》中“赋”“比”“兴”手法运用得最为成熟的作品是《秦风·蒹葭》：

> 蒹葭苍苍，白露为霜。所谓伊人，在水一方。溯洄从之，道阻且长。溯游从之，宛在水中央。
>
> 蒹葭凄凄，白露未晞。所谓伊人，在水之湄。溯洄从之，道阻且跻。溯游从之，宛在水中坻。
>
> 蒹葭采采，白露未已。所谓伊人，在水之涘。溯洄从之，道阻且右。溯游从之，宛在水中沚。

在这首诗中，“赋”“比”“兴”的运用已达到了情景交融、物我相谐的艺术境界，对后世诗歌意境的创造有直接的示范作用。河滨芦苇的露水凝结为霜，触动了诗人思念“伊人”之情，而三章兴句写景物的细微变化，不仅点出了诗人追求“伊人”的时间地点，渲染出三幅深秋清晨河滨的图景，而且烘托了诗人由于时间的推移，越来越迫切地怀想“伊人”的心情。在铺叙中，诗人反复咏叹由于河水的阻隔，意中人可望而不可即，可求而不可得的凄凉伤感心情，凄清的秋景与感伤的情绪浑然一体，构成了凄迷恍惚、耐人寻味的艺术境界。

雅、颂多为西周时期的作品，出自贵族之手，体现了“雅乐”的威仪，国风多为春秋时期的作品，有许多采自民间，更多地体现了“新声”的自由奔放，比较接近当时的口语。

第二节 楚辞，浪漫与瑰丽的吟唱

一、《离骚》简介

《离骚》是屈原的代表作，是带有自传性质的一首长篇抒情诗。全诗共三百七十多句，近二千五百字。东汉王逸认为“离，别也；骚，愁也”，也就是分别的忧愁。《离骚》内容纷呈，既有理想与现实的冲突，也有以花草禽鸟的比兴和瑰奇迷幻的“求女”神境作象征，借助自传性回忆中激荡的情感，以及复沓纷至、倏生倏灭的幻境交替展开全诗。

作品感慨自身的郁郁不得志，更对楚怀王有着浓烈的希望与失望交织的情愫，更叹奸佞当道，深切倾诉了对楚国命运和人民生活的关心。屈原主张“举贤而授能”“循绳墨而不颇”，提出“皇天无私阿”。作品中大量的比喻和丰富的想象，表现出绚烂的浪漫主义精神，并开创了中国文学上的“骚”体诗歌的形式，对后世影响深远。

二、《离骚》的内容赏析

（一）《离骚》为我们塑造了一个坚贞高洁的主人公形象

进不入以离尤兮，退将复修吾初服。制芰荷以为衣兮，集芙蓉以为裳。不吾知其亦已兮，苟余情其信芳。高余冠之岌岌兮，长余佩之陆离。芳与泽其杂糅兮，唯昭质其犹未亏……佩缤纷其繁饰兮，芳菲菲其弥章。民生各有所乐兮，余独好修以为常。虽体解吾犹未变兮，岂余心之可惩！

（二）《离骚》对屈原自己的上下求索有出色的描写

第一次远逝历经多处神界，最后受阻于帝阍。第二次远逝，由于目睹故国而不忍离去。对这两个情节的理解，一般根据“灵氛”所言“何所独无芳草兮，尔何怀乎故宇”，认为这象征着屈原试图离开楚国另寻可以实现自己理想之处，但由于对宗国的留恋而终不能成行。这两次远逝中都有十分壮丽的场景，试看这一段描写：

朝发轫于苍梧兮，夕余至乎县圃。欲少留此灵琐兮，日忽忽其将暮。吾令羲和弭节兮，望崦嵫而勿迫。路漫漫其修远兮，吾将上下而求索。饮余马于咸池兮，总余辔乎扶桑。折若木以拂日兮，聊逍遥以相羊。前望舒使先驱兮，后飞廉使奔属。鸾皇为余先戒兮，雷师告余以未具。吾令凤鸟飞腾兮，继之以日夜。飘风屯其相离兮，帅云霓而来御。纷总总其离合兮，斑陆离其上下。吾令帝阍开关兮，倚阊阖而望予。时暧暧其将罢兮，结幽兰而延伫。世溷浊而不分兮，好蔽美而嫉妒。

三、《离骚》的历史地位与影响

楚辞是一种不同于《诗经》的全新的诗歌样式，以《离骚》为代表的楚辞无论是在句式还是在结构上，都较《诗经》自由且富于变化，在抒发情感的时候不受限制，也适合表现复杂、浓烈的感情。

从句式上看，它以杂言为主，用词繁复，不惜堆砌辞藻以求华丽的形式与美感，这一喜好为后世汉代赋体文学所继承并发扬光大。以《离骚》为代表的楚辞创造的文学传统主要有以下两个方面。

第一，浪漫瑰丽的气质。这种气质的表现有二：一为感情热烈奔放，不求含蓄，浓烈且大胆地倾泻式表达；二为想象奇幻，楚辞中描绘的很多图景充满了幻想，并创造出一幅幅雄伟壮丽的画卷。上天、入地、进入森林秘境、遨游神话空间，这使得诗歌显出缥缈迷离、谲怪神奇的美学特征，对李白、李贺等后世诗人有巨大影响。

第二，香草美人的意象。从楚辞开始，香草美人的象征性表达对后世的文学创作产生了重大影响。王逸认为："善鸟香草，以配忠贞；恶禽臭物，以比谗佞；灵修美人，以媲于君；宓妃佚女，以譬贤臣；虬龙鸾凤，以托君子；飘风云霓，以为小人。"（《楚辞章句·离骚经序》）

但楚辞中的香草美人意象又与巫祭传统有关，它包含一些关于原始宗教的情感体验，如《九歌》中所体现的人神交接的艰难，以及苦苦追求的悲剧精神。由于屈原卓越的创造能力，使香草美人意象结合着屈原的生平遭遇、人格精神和情感经历，从而更富有现实感，也更加充实，赢得了后世文人的认同，并形成了具有影响深远的香草美人的文学意象。

张衡《四愁诗》仿效屈原以美人喻君子，曹植《洛神赋》"感宋玉对楚王神女之事，遂作斯赋"。李贺的诗多寄情于香草美人，如凄婉哀绝的《苏小小墓》等。蒲松龄一生不遇，作《聊斋志异》渲染花妖，自云："知我者，其在青林黑塞间乎！"（《聊斋志异·自序》），显然也是受到了楚辞香草美人传统的影响。

因为《离骚》，屈原成为一位文化偶像。《离骚》的"骚"，《诗经》国风的"风"，合为"风骚"，成为文学的代名词。

第三节　史诗空间里的简练表达

春秋战国时代是一个风起云涌的时代，也是一个充满变革与创新的时代。一幕一幕的历史故事或可歌可泣，或辉煌壮丽，或充满了心机与阴谋，更有形形色色的勇士、壮士、谋士穿插其间，但叙事文学却是相对缺位的，与这个时代相匹配的是叙事散文、说理散文。《左传》等先秦叙事散文，充满了对自身的认知，对世界的思考；《孟子》《庄子》等先秦说理散文，则重在人生的理想与抱负。

一、《左传》的叙事和记言

（一）《左传》

《左传》相传是春秋末年鲁国的左丘明为《春秋》进行注解而作的一部史书，记叙范围起自鲁隐公元年（公元前 722 年），迄于鲁哀公二十七年（公元前 468 年），是一部编年史。

《左传》主要记载了东周前期二百五十四年间各国政治、经济、军事、外交和文化方面的重要事件和重要人物，是研究中国先秦历史的很有价值的文献，也是优秀的散文著作。

《左传》以《春秋》的记事为纲，增加了大量的历史事实和传说，叙述了丰富多彩的历史事件，描写了形形色色的历史人物。把《春秋》中的简短记事，发展成为完整的叙事散文。《左传》记述了周王室的衰落与诸侯的争霸，以及宫室的卑弱与大夫兼并，表现了新旧政治势力的消长，揭示了社会变革的趋势。

《左传》还注意暴露丑恶，褒扬美善。作者本着“不隐恶”的态度，对统治阶级内部的矛盾，诸如勾心斗角、争权夺利、僭越篡逆、互相残杀和贵族们的荒淫无耻、奢侈糜烂的生活，以及他们虚伪奸诈、贪婪残暴的性格，进行了如实的记录和描写。《左传》更注重褒奖美善，记述了许多人物不顾个人安危奔赴困难的感人事迹，肯定和赞扬了忠良正直之士，歌颂了这些人物的爱国情怀。

《左传》还创立了一种新形式，即在叙事中或叙事结束后直接引入议论，以“君子曰”“君子是以知”“孔子曰”等来对事件或人物作出道德伦理评价。这种形式更鲜明地表现出作者的立场和感情，增强了叙事的感情色彩。《左传》确为先秦散文“叙事之最”，标志着我国叙事散文的成熟。

《左传》中对晋文公从流亡到复国的记述如下：

晋公子重耳之及于难也，晋人伐诸蒲城，蒲城人欲战，重耳不可，曰：“保君父之命而享其生禄，于是乎得人。有人而校，罪莫大焉。吾其奔也。”遂奔狄。从者狐偃、赵衰、颠颉、魏武子、司空季子。

狄人伐廧咎如，获其二女叔隗、季隗，纳诸公子。公子娶季隗，生伯儵，叔刘；以叔隗妻赵衰，生盾。将适齐，谓季隗曰：“待我二十五年，不来而后嫁。”对曰：“我二十五年矣，又如是而嫁，则就木焉，请待子。”处狄十二年而行。

过卫，卫文公不礼焉。出于五鹿，乞食于野人，野人与之块。公子怒，欲鞭之。子犯曰：“天赐也。”稽首受而载之。

及齐，齐桓公妻之，有马二十乘。公子安之。从者以为不可，将行，谋于桑下。蚕妾在其上，以告姜氏。姜氏杀之，而谓公子曰：“子有四方之志，其闻之者，吾杀之矣。”公子曰：“无之。”姜曰：“行也！怀与安，实败名。”公子不可。姜与子犯谋，醉而遣之。醒，以戈逐子犯。

及曹，曹共公闻其骈胁，欲观其裸。浴，薄而观之。僖负羁之妻曰：“吾观晋公子之从者，皆足以相国。若以相，夫子必反其国。反其国，必得志于诸侯。得志于诸侯，而诛无礼，曹其首也。子盍蚤自贰焉？”乃馈盘飧置璧焉。公子受飧反璧。

及宋，宋襄公赠之以马二十乘。

及郑，郑文公亦不礼焉。叔詹谏曰：“臣闻天之所启，人弗及也，晋公子有三焉，天其或者将建诸？君其礼焉。男女同姓，其生不蕃。晋公子，姬出也，而至于今，一也。离外之患，而天不靖晋国，殆将启之，二也。有三士足以上人而从之，三也。晋，郑同侪，其过子弟，固将礼焉，况天之所启乎？”弗听。

及楚，楚子飨之，曰："公子若反晋国，则何以报不穀？"对曰："子女玉帛，则君有之；羽、毛、齿、革，则君地生焉。其波及晋国者，君之余也。其何以报君？"曰："虽然，何以报我？"对曰："若以君之灵，得反晋国，晋楚治兵，遇于中原，其辟君三舍。若不获命，其左执鞭弭，右属櫜鞬，以君以周旋。"子玉请杀之。楚子曰："晋公子广而俭，文而有礼。其从者肃而宽，忠而能力。晋侯无亲，外内恶之。吾闻姬姓，唐叔之后，其后衰者也。其将由晋公子乎！天将兴之，谁能废之？违天，必有大咎。"乃送诸秦。

秦伯纳女五人，怀嬴与焉。奉匜沃盥，既而挥之。怒，曰："秦，晋匹也，何以卑我？"公子惧，降服而囚。他日，公享之，子犯曰："吾不如衰之文也，请使衰从。"公子赋《河水》，公赋《六月》。赵衰曰："重耳拜赐！"公子降，拜，稽首。公降一级而辞焉。衰曰："君称所以佐天子者命重耳，重耳敢不拜？"

二十四年春，王正月，秦伯纳之。不书。不告入也。及河，子犯以璧授公子，曰："臣负羁绁，从君巡于天下，臣之罪甚多矣。臣犹知之，而况君乎？请由此亡。"公子曰："所不与舅氏同心者，有如白水！"投其璧于河。

译文：

晋国的公子重耳遭受危难的时候，晋国军队到蒲城去讨伐他。蒲城人打算抵抗，重耳不同意，说："我依靠君父的天命享有养生的俸禄，得到所属百姓的拥护。有了百姓拥护就同君父较量起来，没有比这更大的罪过了。我还是逃走吧！"于是重耳逃到了狄国。同他一块儿出逃的人有狐偃、赵衰、颠颉、魏武子、司空季子。

狄国人攻打一个叫廧咎如的部落，俘获了君长的两个女儿叔隗和季隗，把她们送给了公子重耳。重耳娶了季隗，生下伯鯈和叔刘。他把叔隗给了赵衰做妻子，生下赵盾。重耳想到齐国去，对季隗说："等我二十五年，我不回来，你就改嫁。"季隗回答说："我已经二十五岁了，再过二十五年改嫁，就该进棺材了。还是让我等您吧。"重耳在狄国住了十二年才离开。

重耳经过卫国，卫文公没有给他相应的礼遇。重耳走到五鹿，向乡下人讨饭吃，乡下人给了他一块泥土。重耳大怒，想用鞭子抽他。狐偃说："这是土地的象征，立国的预兆。"重耳叩头表示感谢，把泥块接过来放到了车上。

重耳到了齐国，齐桓公把女儿嫁给了他，还给了他八十匹马。重耳满足于这种安逸的生活，但随行的人认为不应该这样待下去，便在桑树下商量继续前行的事。有个养蚕的女奴正在桑树上，就把听到的话报告给了重耳的妻子姜氏。姜氏把女奴杀了，对重耳说："你有远行四方的打算吧！我已经把偷听到这件事的女奴杀了。"重耳说："没有这回事。"姜氏说："你走吧，怀恋妻子和安于现状，会毁坏你的功名。"重耳不肯走。姜氏与狐偃商量，用酒把重耳灌醉，然后把他送出了齐国，重耳酒醒之后，拿起戈就去追击狐偃。

到了曹国，曹共公听说重耳的肋骨长得连在一起，想偷看。重耳洗澡时，曹共公走近了去看他的肋骨。曹国大夫僖负羁的妻子对丈夫说："我看晋国公子的随从人员，都有治国之才。有他们辅佐公子，公子一定能回到晋国当国君。重耳当国君后，一定能在诸侯中称霸。在诸侯中称霸而讨伐对他无礼的国家，曹国恐怕就是头一个。你为什么不趁早向他表示自己对他与曹君不同呢？"于是僖负羁就给重耳送去了一盘饭，在饭中藏了一块宝玉。

重耳接受了饭食，将宝玉退还了。

到了宋国，宋襄公送给了重耳二十辆马车。

到了郑国，郑文公也不依礼接待重耳。大夫叔詹劝郑文公说："臣下听说上天所帮助的人，其他人是赶不上的。晋国公子有三件不同寻常的事，或许上天要立他为国君，您还是依礼款待他吧！同姓的男女结婚，按说子孙后代不能昌盛。晋公子重耳的父母都姓姬，他一直活到今天，这是第一件不同寻常的事。遭到流亡国外的灾难，上天却不让晋国安定下来，大概是要为他开出一条路，这是第二件不同寻常的事。有三位才智过人的贤士跟随他，这是第三件不同寻常的事。晋国和郑国是同等的国家，晋国子弟路过郑国，本来应该以礼相待，何况晋公子是上天所帮助的人呢？"郑文公没有听从叔詹的劝告。

到了楚国，楚成王设宴款待重耳，并问道："如果公子返回晋国，拿什么来报答我呢？"重耳回答说："美女、宝玉和丝绸您都有了；鸟羽、兽毛、象牙和皮革，都是贵国的特产。那些流散到晋国的，都是您剩下的。我拿什么来报答您呢？"楚成王说："尽管如此，总得拿些什么来报答我吧？"重耳回答说："如果托您的福，我能返回晋国，一旦晋国和楚国交战，双方军队在中原碰上了，我就让晋军退避九十里地。如果得不到您退兵的命令，我就只好左手拿着马鞭和弓梢，右边挂着箭袋和弓套奉陪您较量一番。"楚国大夫子玉请求成王杀掉公子重耳。楚成王说："晋公子志向远大而生活俭朴，言辞文雅而合乎礼仪。他的随从态度恭敬而待人宽厚，忠诚而尽力。现在晋惠公没亲近的人，国内外的人都憎恨他。我听说姬姓的一族中，唐叔的一支是衰落得最迟的，恐怕要靠晋公子来振兴吧！上天要让他兴盛，谁又能废除他呢？违背天意，必定会遭大祸。"于是楚成王就派人把重耳送去了秦国。

秦穆公把五个女子送给重耳做姬妾，秦穆公的女儿怀嬴也在其中，有一次，怀嬴捧着盛水的器具让重耳洗手，重耳洗完便挥手让怀嬴走开。怀嬴生气地说："秦国和晋国是同等的，你为什么瞧不起我？"公子重耳害怕了，脱去衣服把自己关起来表示谢罪。又有一天，秦穆公宴请重耳。狐偃说："我比不上赵衰那样擅长辞令，让赵衰陪你去吧！"在宴会上，公子重耳作了一首《河水》诗，秦穆公作了《六月》这首诗。赵衰说："重耳拜谢君王恩赐！"公子重耳走下台阶，拜谢，叩头。秦穆公也走下一级台阶表示不敢接受叩谢的大礼。赵衰说："君王提出要重耳担当辅佐周天子使命，重耳怎么敢不拜谢？"

鲁僖公二十四年，春天，周历正月。秦穆公派兵护送晋公子重耳回国。到了黄河边上，狐偃拿了一块宝玉献给公子重耳，并说："我牵马执缰服侍您走遍了天下各国，（一路上）得罪您的地方太多了。连我自己尚且知道有罪，何况您呢？让我从此走开，到别国去吧！"公子重耳说："我要是不同舅舅一条心，就请河神作证。"说着把那块宝玉扔到了河里，以示求河神作证。

（二）《左传》的影响

除《左传》之外，《国语》《战国策》也都是先秦叙事散文中比较有代表性的，对后代的文学创作产生了深远影响。它们的叙事传统和语言艺术对史传文学、散文和小说创作的滋养尤为明显。

司马迁、班固、陈寿、范晔等后世史家继承了《左传》开创的既叙述故事又描写人物的形象生动的写史传统，他们不仅是历史学家，同时也是文学家，其作品既是历史著作，又是文学作品。

《左传》中的文章一直为人们所喜爱，尤其受到唐宋以来的古文家的推崇，并把它作为学习对象。韩愈《进学解》认为“沉浸浓郁，含英咀华”的古代作品中，就包括《左传》。宋人把《左传》与《史记》、韩文、杜诗相提并论，并把它们共同作为文学范本。

（三）《左传》的叙事艺术

《左传》对历史事件因果关系、发展过程的重视，对历史事件故事化的描写，以及对历史事件的叙述条理井然而又富于变化等特点，在后世史传文学中都有充分体现。

首先，先秦叙事散文在叙述历史事件时都自带褒贬，乐于亮出作者的倾向性，这对我国古代小说注重教化作用产生直接影响。而且《左传》《国语》等作品中用“君子曰”等对事件进行的评述，在文言小说如《唐宋传奇》《聊斋志异》等书中被直接借鉴，即便在明清白话小说中，也有明显的借鉴痕迹。

其次，先秦叙事散文奠定了我国古代小说基本的叙事结构。我国古代小说偏好按时间顺序安排结构，串联情节，特别重视对故事起因、过程、结果的完整描写，并以倒叙、插叙、补叙等方式追叙事件的起因，以预叙的方式暗示故事的结局。这些都能够在《左传》等散文中找到模板。

再次，我国古代小说写人的基本手法在先秦叙事散文中已初具规模。我国古代小说主要通过描写人物个性化的言行，通过生动的细节描写来刻画人物，表现人物性格，而较少使用长篇的外貌描写、心理描写，而这正是《左传》《国语》《战国策》等历史著作描写人物的共同特点。

最后，我国古代小说和戏曲作品对历史题材的重视，也受到先秦叙事散文的启示。首先体现在诸如《东周列国志》之类以先秦叙事散文为题材的作品中，其次古代小说大量选用历史题材，这也和我国叙事文学的最初成果产生在历史著述中不无关系。

二、先秦说理散文

《论语》首创的语录体以记言为主，这种写作方式在《墨子》中得到发展，并在《孟子》中形成对话式辩论文。但语录体并不是《论语》文学价值的主要体现，《论语》的文学色彩在于表现了孔子及其弟子的形象、性格，以及其深刻平实、含蓄隽永的语言风格。

《庄子》中丰富的寓言和奇崛的想象，使其成为先秦说理散文的瑰宝。先秦说理散文中最有文学价值的是《庄子》。《庄子》一书的文学价值，不仅在于寓言数量多，还在于这些寓言表现出超常的想象力，构成了奇特的形象世界，《庄子》的想象虚构，往往超越时空的局限和物我的分别，恢诡谲怪，奇幻异常，变化万千。“北溟之鱼，化而为鹏，怒而飞，其翼若垂天之云，水击三千里，抟扶摇而上者九万里。”（《逍遥游》）

《荀子》《韩非子》中的专题文论，则标志着我国古代说理文的完全成熟。《荀子》一文有严谨详密的论证、犀利的议论、植根于现实的寓言。荀子是我国先秦时期的思想家，他的文章以其说理的清晰、论辩的透辟、逻辑的周密，在先秦诸子说理文中别具一格。荀子思想的深邃丰富，理论的系统严整，使其不仅单篇行文缜密，而且全书各章相互照应，论证严谨周详。

韩非（约公元前 280 年—公元前 233 年）不仅是战国时期法家的集大成者，也是战国末期集诸子学说之大成的思想家。他师承荀子，继承了荀子的哲学和政治学说，进一步发展成为刑名法术之学。他推崇老子，借鉴了老子的哲学思想，舍弃了老子的柔弱无为，对"道"赋予法术的内涵，主张刚强有为。他还将法、术、势三者冶为一炉，形成了自己完整的思想体系。《韩非子》以论辩的透彻、逻辑的严密，成为先秦说理散文论辩艺术的集大成者。

《韩非子》中的许多寓言千百年来流传不衰。"守株待兔"（《五蠹》）、"矛与盾"（《难一》）、"滥竽充数"（《内储说上》），以及"郑人买履""画鬼最易""买椟还珠"（《外储说上》），都以其丰富的内涵、生动的故事，成为脍炙人口的成语典故，至今仍为人们广泛运用。

[作业]

用楚辞《离骚》的笔法，主要是"……兮……"句式创作一首十行以上的诗歌，内容是赞赏一位你最喜欢的影视人物或公众人物，这首现代仿《离骚》之作，必须要有赞赏人物的名字、他（她）的主要事迹或行为，以及你对他（她）的欣赏或赞美。

第二讲　瑰丽篇——秦汉、魏晋南北朝文学

【概论】

一、秦朝散文

在中华民族的历史上，秦始皇统一中国的赫赫武功很难有几个封建帝王可以与之相比，可是有秦一代在文学上的成就却乏善可陈。成书于秦统一六国前夕的《吕氏春秋》从客观上反映了战国末年即将实现国家统一的趋势。李斯是秦代唯一有作品流传下来的文人，《谏逐客书》是一篇优秀的古代公文。

二、两汉文学

西汉与东汉总共四百余年，是中国历史上的昌盛时期。汉代文学在价值取向、审美风尚、文体样式等诸多方面都有开创性，为后世树立了典范。

从汉武帝开始，思想界由对历史的批判，尤其是对秦朝覆亡的反思转入对本朝理论体系的构筑。与此相应，文学也由对历史的批判转入对现实的关注，歌功颂德、推崇英雄、弘扬业绩成为西汉盛世文学的主要使命，“大赋”是这种使命的主要承担者。

汉代文学的民间创作和文人创作都呈现出兴旺的景象，二者相互促进，有力地推动了汉代文学的发展。除诗歌外，汉代史传文学也出现了民间创作和文人创作相融汇的痕迹，《史记》《吴越春秋》都把许多民间传说写入书中，增加了这两部作品的传奇色彩。

汉代文学以铺张扬厉著称，无论是辞赋、诗歌还是散文，也不管是出自文人之手还是出自乐府民歌，都普遍存在这种倾向，因而形成汉代文学的唯美之潮。汉代文学家们对现实中的一切都怀着极大兴趣去描绘、去表现，而且漫无节制地铺陈扩展。

两汉时期是文学体裁发生重大变革的时代，许多重要的文学样式都在这个阶段孕育产生，形成了丰富多彩的文学景观。

汉代文学的发展可以分为四个时期：

（1）自汉高祖至汉景帝，是汉代文学的初创期。多种文体基本上沿袭了战国时期文学的余绪，同时又有新的因素萌生，出现了像《七发》那样为汉赋奠定基础的作品。这个时期的代表作家是贾谊和枚乘，他们在辞赋和政论方面都有较高的成就。

（2）从汉武帝至汉宣帝，是两汉文学的全盛期。代表汉代文学最高成就的新体赋在此期间定型、成熟，出现了以司马相如为首的一大批辞赋作家。史传文学也发展到高峰，不朽的传记文学名著《史记》由司马迁撰写完毕。

（3）从汉元帝到汉和帝，是两汉文学的中兴期。辞赋创作掀起第二次高潮，相继涌现出扬雄、班固等著名的辞赋作家。班固的《汉书》在此期间问世，成为继《史记》之后又一部重要的传记文学作品。

（4）从汉安帝到汉灵帝是汉王朝由盛转衰的时期，也是汉代文学的转变期。五言古诗进入成熟阶段，《古诗十九首》代表了这一时期文人五言诗的最高成就。不论是作家在诗文中对人的生命、命运及价值的重新发现、思索和追求，还是诗文的日趋整饬华美，都预示着一个文学自觉时代即将到来。

Chapter 1
第一章　质朴与瑰丽的秦文汉赋

第一节　秦朝散文

一、《吕氏春秋》

秦始皇统一中国结束了诸侯纷争的局面，文学也随之进入一个新的阶段。由吕不韦的门客集体撰写的《吕氏春秋》成书于秦王政八年（公元前 239 年），这部著作体系完整，广泛吸收了诸子百家的观点，客观上反映了战国末年即将实现国家统一的历史趋势。

战国时期，魏国有信陵君，楚国有春申君，赵国有平原君，齐国有孟尝君，他们都以喜养宾客名闻天下。吕不韦为秦相时，觉得以秦国之强而自己不如四公子那样有名望是一种耻辱，就大招门客并给以厚待，养士至三千人。吕不韦也让他的门客把各自的见识写下来，集论而成《八览》《六论》《十二纪》，共二十多万言，将这些言论编撰成百科全书式著作，“备论天地古今万物之理”，名为《吕氏春秋》，并将书中内容公布于咸阳城门附近，诸侯游士宾客若有能增损一字者即赏给千金，这也是“一字千金”的由来。

《吕氏春秋》在杂取儒、道、阴阳各家为己所用的过程中，也对各家学说进行了发展和改造，从而构成自己的理论体系，这正是《吕氏春秋》一书的重要创造。同时也预示了在秦汉大一统王朝即将出现之际，诸子百家思想逐渐从分到合，朝着为封建大一统建构理论的方向演变。

《吕氏春秋》的文学价值主要体现在其创作了丰富多彩的寓言故事。据初步统计，全书中的寓言故事共有二百多则。这些寓言大都是化用中国古代的神话、传说和故事而来，还有些是作者自己的创造，在中国寓言史上具有相当重要的地位。例如“刻舟求剑”的故事：“楚人有涉江者，其剑自舟中坠于水，遽契其舟，曰：‘是吾剑之所从坠。’舟止，从其所契者入水求之。舟已行矣，而剑不行。求剑若此，不亦惑乎？”

二、李斯的散文

与政治上的功绩相反，秦始皇推行严酷的文化专制政策，焚书坑儒，彻底毁灭了这个时代的文学激情，抹掉了这个时代的诗性光彩。流传下来的长城歌谣悲伤凄婉，为后世创作“孟姜女哭长城”这样批判秦始皇暴政的故事提供了最好的历史素材。

秦代唯一有作品流传下来的文人是李斯，他的《谏逐客书》铺陈排比，纵横议论，逻辑性强，富有文采。记载秦始皇巡游封禅的刻石铭文也多出自李斯之手，除《琅邪台》铭文外，都是三句一韵的特殊诗体，质实雄壮，对后世碑铭文产生重要影响。

《谏逐客书》中最精彩的是中间一段，语词泛滥，意杂诙嘲，句奇语重，兔起鹘落，可谓骈体之祖。李斯虽为羁旅之臣，然其抗言陈词，有一种不可抑制的气势，成为后世奏疏的楷模。

> 今陛下致昆山之玉，有随和之宝，垂明月之珠，服太阿之剑，乘纤离之马，建翠凤之旗，树灵鼍之鼓。此数宝者，秦不生一焉，而陛下说之，何也？必秦国之所生然后可，则是夜光之璧不饰朝廷，犀象之器不为玩好，郑卫之女不充后宫，而骏良駃騠不实外厩，江南金锡不为用，西蜀丹青不为采。所以饰后宫、充下陈、娱心意、悦耳目者，必出于秦然后可，则是宛珠之簪、傅玑之珥、阿缟之衣、锦绣之饰不进于前，而随俗雅化、佳冶窈窕，赵女不立于侧也。

文章辞采华美，排比铺张，音节流畅，理气充足，挟战国纵横说辞之风，兼具汉代辞赋之丽。末尾作结，指出秦人“逐客以资敌国，损民以益雠（chóu）”的危害，有极强的理论说服力和艺术感染力。

第二节　华丽的汉赋

汉代立国之后，社会由战乱转为安定，农业获得稳定发展，国力不断增强，与此相伴的是文化事业和文学艺术的再度繁荣。

汉代君臣多为楚地人，他们在将自己的喜怒哀乐之情和审美感受付诸文学写作时，便不自觉地采用了《楚辞》所代表的文学样式，从而创造出汉代文坛独具风貌的“赋”。

一、以梁孝王为核心的文学朋友圈

对汉代文学的发展具有重要推进作用的是以诸侯王为中心的文学群体的出现，其中首推梁孝王刘武。梁孝王与汉景帝同为窦太后所生，两人在兄弟宗亲中最亲近。刘武在反对吴、楚等七国之乱中有功，梁国又为诸侯国中的大国，居天下膏腴之地。于是，梁孝王广筑苑囿，招延四方豪杰文士，一时俊逸之士如枚乘、公孙诡、邹阳、严忌、羊胜等都跟从梁孝王“游于梁园”，形成极具影响的文学群体。

枚乘是梁园文学群体的杰出代表。《汉书·艺文志》记载了枚乘的九篇赋，他的《梁王菟园赋》《忘忧馆柳赋》都为前人所称道，然而其中以《七发》最为著名。《七发》以楚太子有病，吴客前往探病为开端。吴客指出，太子的病是“久耽安乐，日夜无极”造成的，是“纵耳目之欲，恣支体之安”的结果。此病即使令扁鹊、巫咸共同医治，也不可能见效。只有请博闻强识的君子经常启发、诱导，改变其贪恋佚乐的情志，才可以救治。《七发》辞藻繁富，多用比喻和叠字，以叙事写物为主，是一篇完整的新体赋，它标志着汉赋体制的正式确立。自此以后，以七段成篇的赋成为一种专门文体，号称“七体”。

二、汉赋大家司马相如

梁孝王去世和汉武帝继位是汉代文学由初期进入盛期的转折点。它掀开了汉代盛世的帷幔，同时也开启了汉代文坛的新纪元。汉武帝少时即好文学，他即位之后对文学之士的亲幸，以及对文学事业的热心推动，是前代君主不曾有的。于是，当时的文坛俊杰都集中在汉武帝周围，形成了一个庞大的文学侍从群体。其中以司马相如（约公元前 179 年—公元前 118 年）最负盛名。他雄踞西汉文坛，创作出了具有典范意义的汉赋。

司马相如字长卿，蜀郡成都人，青少年时期喜好读书，又学击剑。他初入仕途时，因剑术好，在汉景帝周围任武骑常侍，时常随从天子狩猎。但这远不符合司马相如的志向，他“意颇不自得”。梁孝王来朝这一偶然事件改变了他的人生道路和事业发展轨迹。梁孝王入朝时，随从游说的文人学子非常多，枚乘等著名汉赋家也在其中。司马相如见后非常羡慕，遂以患病为由去梁国做宾客，成为梁园文学群体中的一员。这里的文化氛围有利于他在文学创作方面迅速成长，数年后，司马相如创作了《子虚赋》，显示出他超群的才华。

梁孝王死后，梁园宾客解体，司马相如回到蜀地。他懂音乐，善于鼓琴，以一曲“凤求凰”撩动比邻而居的临邛富家女卓文君，二人结为伉俪，度过了一段闲散生活。

汉武帝继位后，大力征召天下贤良方正的文学之士。有一次汉武帝偶然读到《子虚赋》，对其赞赏有加，还感慨不能与作者同处一个时代！不想司马相如的老乡杨得意恰好服侍在皇帝身边，就说：“臣同乡司马相如自言为此赋。”汉武帝十分惊喜，遂召司马相如入宫。司马相如表示“《子虚赋》乃叙诸侯之事，不足观，请为天子游猎之赋”，于是作《上林赋》。二赋假借“子虚”“乌有先生”“亡是公”三人为辞，以推天子、诸侯苑囿之大和田猎之盛。“其卒章归之于节俭，因以讽谏。武帝大悦，以相如为郎。”

三、《子虚赋》《上林赋》

《子虚赋》《上林赋》是司马相如的代表作，也是汉赋中具有开拓意义和典范作用的作品。这两篇文章的写作时间相距十年，《子虚赋》作于司马相如为梁孝王宾客时，《上林赋》作于汉武帝召见之际，但两赋内容连属，构思一贯，结体谨严，可以看作一篇完整作品的上下章。

在《上林赋》中，“亡是公”以“楚则失矣，而齐亦未为得”一语起势，将全篇的意蕴提到一个新的高度。在作者看来，“子虚”自炫物资繁富、奢侈逾度的思想最为浅陋；“乌有先生”重精神、尚道义，从较高的基点上对这种观点进行了否定。然而，“乌有先生”谈话的思想基点，乃是诸侯国中较有见识的贤臣思想，这与大一统的盛世强国精神尚有明显的高下之别。

司马相如针对他们二人共同的失误给予总体批评，然后笔锋一转，以上林的巨丽之美否定了齐、楚的辽远盛大，使诸侯国相形见绌。作者写上林苑囿的广阔，天子畋猎声势的浩大，离宫别馆声色的淫乐。描写上林苑的文字占据了作品的绝大部分篇幅，这些文字以浓重的笔墨，生动地描绘出庞大帝国统治中心前所未有的富庶、繁荣，气势充溢、信心十足；通过畋猎这一侧面，写出汉帝国中央王朝在生活享乐方面也独具坚实丰厚的物质基础。

在作者的笔下，居于这个庞大帝国统治中心的天子是个既懂得享乐奢侈、又勤政爱民、为国家计久远的英明君主。他在酒足乐酣之时，茫然而思："嗟乎，此太奢侈！"尽管如此，这位英主认为自己是以勤于政事的闲暇率众出猎，奢侈而不废政务。他担心后嗣陷于"靡丽"歧途，"往往而不返"，"非所以为继嗣创业垂统也"。他不想对后世产生误导，遂发布了一个同之前设立上林苑时迥然不同的命令：

> 于是乎乃解酒罢猎，而命有司，曰："地可垦辟，悉为农郊，以赡萌隶；隤墙填堑，使山泽之人得至焉；实陂池而勿禁，虚宫馆而勿仞。发仓廪以救贫穷，补不足，恤鳏寡，存孤独。出德号，省弄罚，改制度，易服色，革正朔，与天下为更始。"

这条命令否定了上林的巨丽之美，从天子对后世子孙的垂范作用，以及天子对人民、对社稷所负使命的角度看待畋猎之事。用道德的、政治的潜在力量和功效，以天下大治的社会理想升华了对上林巨丽之美的否定。

《子虚赋》《上林赋》对楚国云梦和天子上林苑的辽阔、两处物产的丰富、天子畋猎的声势做了极其夸张的描绘，使之超出事物的现实可能性。这样极度夸张的描写赋予作品强烈的艺术感染力，使作品具有超乎寻常的巨丽之美。同时，在司马相如的笔下，夸张的艺术渲染原则和严正的艺术旨趣紧密地结合在一起，对艺术巨丽之美的追求和对艺术社会意义（即讽谏作用）的依归较好地融为一体。

上林赋（节选）

且夫齐楚之事，又乌足道乎！君未睹夫巨丽也，独不闻天子之上林乎？左苍梧，右西极。丹水更其南，紫渊径其北。终始灞浐，出入泾渭；酆镐潦潏，纡馀委蛇，经营乎其内。荡荡乎八川分流，相背而异态。东西南北，驰骛往来，出乎椒丘之阙，行乎洲淤之浦，经乎桂林之中，过乎泱漭之野。汩乎混流，顺阿而下，赴隘狭之口，触穹石，激堆埼，沸乎暴怒，汹涌澎湃。滭弗宓汩，逼侧泌瀄。横流逆折，转腾潎洌，滂濞沆溉。穹隆云桡，宛潬胶戾。逾波趋浥，涖涖下濑。批岩冲拥，奔扬滞沛。临坻注壑，瀺灂賈坠，沈沈隐隐，砰磅訇磕，潏潏淈淈，湁潗鼎沸。驰波跳沫，汩濦漂疾。悠远长远，寂漻无声，肆乎永归。然后灏溔潢漾，安翔徐回，翯乎滈滈，东注太湖，衍溢陂池。于是乎鲛龙赤螭，䱭䲛渐离，鰅鰫鳍鮀，禺禺魼鳎，揵鳍掉尾，振鳞奋翼，潜处乎深岩，鱼鳖讙声，万物众伙。明月珠子，的砾江靡。蜀石黄碝，水玉磊砢，磷磷烂烂，采色澔汗，藂积乎其中。鸿鹔鹄鸨，駕鹅属玉，交精旋目，烦鹜庸渠，箴疵䴔卢，群浮乎其上，泛淫泛滥，随风澹淡，与波摇荡，奄薄水渚，唼喋菁藻，咀嚼菱藕。

《子虚赋》《上林赋》的结构都是篇首几段用散文领起，中间若干段用韵文铺叙，篇末又用散文结尾。作品气势恢宏，波澜起伏，一转再转，而又气脉贯通，一泻千里。这两篇作品句法灵活，用了许多排比句，并间杂长短句。在对各种景物进行描写时，司马相如不是像枚乘那样多用长句，而是大量采用短句，描写山水用四字句，描写游猎主要用三言，音节短促，文采斑驳陆离。总之，《子虚赋》《上林赋》在许多方面都超越前人而成为千古绝调，是汉赋的典范之作，也成为后代赋类作品的楷模。

四、《长门赋》

在司马相如的作品中，《长门赋》是受到历代文人称赞的成功之作。作品以一个受到冷遇的嫔妃的口吻写成。君主许诺朝往而暮来，可是天色将晚，还不见幸临。她独自徘徊，对爱的企盼与失落充满心中。她登上兰台遥望其行踪，“唯见浮云四塞，天日窈冥”。雷声震响，她以为是君主的车辇，却只见风卷帷幄。作品将离宫内外的景物同人物的情感有机地结合在一起，以景写情，在赋中已是别创。作品后部尤为感人：

> 日黄昏而望绝兮，怅独托于空堂。悬明月以自照兮，徂清夜于洞房。援雅琴以变调兮，奏愁思之不可长。案流征以却转兮，声幼妙而复扬。贯历览其中操兮，意慷慨而自卬。左右悲而垂泪兮，涕流离而从横。舒息悒而增欷兮，蹝履起而彷徨。揄长袂以自翳兮，数昔日之諐殃。无面目之可显兮，遂颓思而就床。抟芬若以为枕兮，席荃兰而茝香。
>
> 忽寝寐而梦想兮，魄若君之在旁。惕寤觉而无见兮，魂迋迋若有亡。众鸡鸣而愁予兮，起视月之精光。观众星之行列兮，毕昴出于东方。望中庭之蔼蔼兮，若季秋之降霜。夜曼曼其若岁兮，怀郁郁其不可再更。澹偃蹇而待曙兮，荒亭亭而复明。妾人窃自悲兮，究年岁而不敢忘。

作品中的女主人公在确信君主不会幸临之后，更加感到孤独。她援雅琴以寄愁思，闻之者亦悲伤流泪；睡梦中君主在自己的身旁，醒来后尤为悲凉。这篇赋以骚体写成，幽怨深婉，情味隽永，匠心独具，为历代宫怨作品之祖。

第三节 汉赋的发展

一、汉宣帝对赋的观点

汉宣帝期间，上层社会发生了一场关于赋的社会意义乃至文学性质的讨论。很多大臣不赞同朝廷奖掖赋的创作，他们从文化的功利作用这一角度看问题，认为赋属于“淫靡不急”之事。然而，汉宣帝认为“赋之大者，与古诗同义；小者辩丽可喜。譬如女工有绮縠，音乐有郑卫，今世俗犹皆以此虞说耳目。辞赋比之，尚有仁义、风喻，鸟兽、草木多闻之观，贤于倡优、博弈远矣”（《汉书·王褒传》）。在这场辩论中，汉宣帝指出了某些不以讽喻为宗旨的文学作品存在的合理性，他认为文学作品没有必要都要自带功能性，以娱乐为旨归的文学存在也是“辩丽可喜”的，这相当于是对纯文学必要性的肯定。这对汉代文学乃至后世文学的发展，都产生了不可低估的影响。

司马相如在其著名的《子虚赋》《上林赋》中虽然有大量笔墨都用在了文学描绘上，但还是要加上一个小尾巴，用于劝谏皇帝，不能太过奢侈，要向古代圣贤学习，赋要有教化的功能。可以看出当时的文学并没有获得相应地位，而汉宣帝的观点则推动了纯文学地位的确立。向前追溯，整个春秋战国时代风起云涌，各种人物轮番登场，演绎着辉煌壮丽的历史大剧，武力煌煌，智慧霍霍，相互之间明暗角力。然而，那时我们的文学实际上是缺位的，尤其是叙事文学。存在于编年史中的文字简洁而精炼，以纪事为要，不能不说是个遗憾，这个遗憾直到《史记》出现才有所弥补。可以说汉宣帝的观点为纯文学打开了一扇门。

二、其他赋家的创作

（一）王褒《洞箫赋》

《洞箫赋》是汉代文坛具有“辩丽可喜”特点的代表作，它以善于描摹物态在文学史上占有一席之地。作品以洞箫演奏时音调的美妙和艺术感染力为中心，并从几个不同的方面展开描写，力求展现洞箫音乐艺术得以形成的原因。作品一方面从洞箫的前身即竹管的生长环境写起，生动地描写了江南山川对竹的孕育，天地精气的滋养，竹的周围“孤雌寡鹤，秋蜩玄猿，噫如悲吟”，它们的感情熔铸了竹的特殊气质，构成了洞箫先天的感情基因。

另一方面则着力描写洞箫演奏者的音乐天分。演奏洞箫的是盲乐师，他们因才能、感情无从舒发，便专注于这一乐器，专注于音乐。这也是促使洞箫音乐艺术臻于极境的重要条件之一。

作品的主干部分是对洞箫演奏时艺术效果的描绘：

> 若乃徐听其曲度兮，廉察其赋歌。啾咇嗯而将吟兮，行鍖銋以和啰。风鸿洞而不绝兮，优娆娆以婆娑。翩绵连以牢落兮，漂乍弃而为他。要复遮其蹊径兮，与讴谣乎相和。故听其巨音，则周流汜滥，并包吐含，若慈父之畜子也。其妙声，则清静厌瘱，顺叙卑达，若孝子之事父也。科条譬类，诚应义理，澎濞慷慨，一何壮士！优柔温润，又似君子。故其武声，则若雷霆輘輷，佚豫以沸。其仁声，则若飙风纷披，容与而施惠。或杂遝以聚敛兮，或拔摋以奋弃。悲怆怳以恻惐兮，时恬淡以绥肆。被淋洒其靡靡兮，时横溃以阳遂。哀悁悁之可怀兮，良醰醰而有味。

节奏的变化各尽其妙，感人至深，移人情性，能使品行节操较低下者归诸廉洁方正、仁恩重厚。在作者笔下，洞箫独特的艺术感染力是任何著名乐师演奏其他乐器都无法达到的。这篇赋既表现出作者对洞箫艺术有较深的感受，同时又在文学创作方面取得了不同凡响的成就，它直接启迪了东汉时期一些以乐器、音乐为题材的作品的产生，并以穷变于声貌的成就影响了后世作品的发展。

（二）扬雄

扬雄是学者也是赋家的代表，是继王褒之后在西汉后期文坛中取得突出成就的作家。扬雄创作的赋中以《甘泉赋》《河东赋》《羽猎赋》《长杨赋》四篇最著名，具有较强的针对性。扬雄的赋在艺术表现上的创造性成就不多，其《甘泉赋》多用“兮”字，以骚体句写成，而《羽猎赋》《长杨赋》则尽脱骚体，可以看出司马相如对他的影响。

扬雄的赋驰骋想象，铺排夸饰，表现出汉赋的基本特征，同时又有典丽深湛、词语蕴藉的特点。与司马相如赋的意气风发、词语雄肆相比，扬雄的赋呈现出另一种风格。

甘泉赋

乱曰：崇崇圜丘，隆隐天兮。登降峛崺，单埢垣兮。增宫嵾差，骈嵯峨兮。岭巆嶙峋，洞亡砀兮。上天之縡（在），杳旭卉兮。圣皇穆穆，信厥对兮。来祇郊禋，神所依兮，徘徊招摇，灵㖸鲑兮。烨光眩燿，隆厥福兮。子子孙孙，长亡极兮。

Chapter 2

第二章 《史记》与《汉书》：历史偏好与国人的思考方式

第一节 司马迁与《史记》

西汉王朝到汉武帝时期达到鼎盛，文学创作也出现空前繁荣的局面。在政论散文和辞赋得到长足发展的同时，历史散文中也出现了里程碑式的杰作，这就是由司马迁撰写的《史记》。《史记》代表了古代历史散文的最高成就，鲁迅称它是“史家之绝唱，无韵之离骚”。

《史记》是在西汉时期散文发生转变的过程中出现的，其风格兼有前期的气势磅礴、感情激切以及后期的深广宏富、醇厚典雅等特点；其内容既有前期历史反思的余绪，又有后期沟通天地人三者的尝试。司马迁是汉代成就最高的散文家，他渊博的学识、深邃的思想、不朽的人格，以及挥洒自如的神来之笔，都令后代文人仰慕不已，千载之后依然可以想见其风姿。

一、《史记》的孕育准备

（一）司马迁生平

司马迁（公元前145年—?），字子长，生于夏阳龙门（今陕西韩城）。龙门南临黄河，北去50里是著名的龙门山，长河名山，气势雄浑，同时又有丰富的历史文化底蕴。相传大禹曾在龙门凿山治水。龙门古称少梁，春秋时期先属秦，后属晋，战国时期属魏，后又入于秦，屡为秦晋、秦魏征战之地，不少著名的战役都发生于此。司马迁的童年是在家乡龙门渡过的，在饱览故乡山河名胜的同时，他也有机会听到许多历史传说和故事，这样具有历史底蕴的乡土文化培育了司马迁的豪迈灵秀之气。

（二）父亲的传承

司马迁的父亲司马谈，曾任太史令，是一位刻苦勤奋的学者。“学天官于唐都，受《易》于杨何，习道论于黄子。”（《太史公自序》）唐都是天文学家，汉武帝初年曾受诏测定二十八宿的角度和距离，后来又和司马迁等人一道制定“太初历”。杨何是《易》学家，元光元年（公元前134年）曾被朝廷征聘，官至中大夫。黄子，又称黄生，司马谈向他学习的是道论，亦即当时流行的黄老之学。

司马谈知识广博，他虽然身为太史令，但对诸子百家学说却有深入系统的研究。他的《论六家要旨》一文，分析了先秦到汉初六个主要学术流派的得失，精辟深刻，切中肯綮。司马谈在学术观点上的兼容并包和崇尚道家学说的倾向，对司马迁有着直接影响。

（三）用心学习

司马迁在史官家庭中长大，受到良好的文化熏陶，自幼就养成了读书的习惯，据《太史公自序》的陈述“年十岁则诵古文”，司马迁从十岁开始诵读用籀文写就的文献。汉代通行的是隶书，籀文是先秦古文字，当时已不易读懂，可以看出司马迁从小就打下了坚实的古文基础。

司马迁还“转益多师”：向儒学大师孔安国学习古文《尚书》，向董仲舒学习公羊派《春秋》。后来司马迁担任太史令，他又利用工作上的方便，翻阅由国家收藏的各种文献资料。从《史记》提供的线索来看，司马迁阅读的范围是非常广泛的，上至古老的有关三代的典籍，下至西汉盛世司马相如等人的辞赋，他都有涉猎。至于诸子百家的著作、春秋战国到秦汉之际的史料，乃至朝廷的公文档案，都是他的阅读对象。

（四）游历四方搜集资料

司马迁在二十岁时有过漫游的经历，向东南方到达会稽（今浙江绍兴），探访大禹的遗址，在长沙水滨凭吊屈原，在登封瞻仰许由的坟墓，在楚地参观春申君的宫殿。在刘邦发迹的丰沛之地，司马迁参观萧何、曹参、樊哙、夏侯婴等人的故居，听“故老”讲述楚汉相争时这些开国功臣的逸事。在漫游过程中，司马迁流露出对传统文化极其深厚的感情。“适鲁，观仲尼庙堂车服礼器，诸生以时习礼其家，余祗回留之，不能去云。”（《孔子世家》）“余适长沙，观屈原所自沉渊，未尝不垂泪，想见其为人。”（《屈原贾生列传》）

司马迁有很强的好奇心，喜欢对历史真相探根求源。游览韩信故里时，他听当地人讲，韩信年轻时就胸怀大志，尽管家境贫寒，仍然把故去的母亲安葬在高敞地。司马迁实地考察了韩信母亲的墓地，那里果然地势开阔，旁可置万家，证实了传说的可信性。在战国时魏国的首都大梁（今河南开封），他打听到所谓的夷门就是城东门，魏公子信陵君枉驾屈尊所请的侯嬴，曾经当过夷门监，即城东门的守护人。

长途漫游使司马迁直接感受到各地民风习俗的差异，加深了他对某些历史记载的理解；置身齐地领略到民性阔达，有大国之风；过薛地所见多暴桀子弟，而邹鲁多缙绅之士，两者大相径庭。司马迁入仕之后，曾出使西南，远到昆明；又侍从汉武帝东达于碣石，见到了大海；西至崆峒（今甘肃平凉），搜集关于黄帝的传说；到过北部边塞，登上了秦时所筑的长城；还参加了汉武帝带领群臣负薪塞河的活动。司马迁在广阔的地域中留下了自己的足迹，大大地拓展了他的视野，为《史记》的写作搜集了许多新鲜的材料，他在游览过程中的真切体验和亲身感受也一道被他写入书中。

司马迁在漫游和在朝廷任职期间，有机会接触各个阶层的人物，从他们那里得到许多历史知识。周霸向他讲述过项羽的传说，公孙秀功向他讲述过荆轲刺秦王的具体情节，朱建之子和他评议过陆贾其人，至于卫青不肯招贤的情况，则是苏武之父苏建向他介绍的。除此之外，樊哙之孙樊他广向他谈起过汉初几位开国功臣发迹的故事，贾谊之孙贾嘉和司马迁有书信来往，冯唐的儿子冯遂和司马迁是至交。司马迁还亲眼见过名将李广、大侠郭解，并和李广之孙李陵同在朝廷任职。上述交游进一步丰富了《史记》的材料来源，加深了他对某些历史人物的印象和理解，从而使入传的人物都显得惟妙惟肖，富有生活气息。

（五） 父亲的嘱托

司马迁的父亲曾任太史令，他把修史作为自己神圣的使命，可惜壮志未酬就与世长辞了。元封元年（公元前 110 年），汉武帝前往泰山举行封禅大典，司马谈因病滞留洛阳，无法参加。这时，刚刚出使西南返回的司马迁匆匆赶到洛阳，接受了父亲的临终嘱托。司马谈固然对于无缘参加封禅大典而感到无比遗憾，但是更使他抱恨终生的还是未能完成修订史书一事。于是，他把希望寄托在儿子身上，勉励他完成自己未竟的事业。他拉着司马迁的手泣不成声，殷切地说道："余死，汝必为太史。为太史，无忘吾所欲论著矣。"司马迁俯首流涕，向父亲表示："小子不敏，请悉论先人所次旧闻，弗敢阙。"（《太史公自序》）司马迁在与父亲生死诀别之际接受了修史的嘱托，修史的决心从此立下。三年后，司马迁继任太史令。太初元年（公元前 104 年），他在参与制定"太初历"以后，就开始了《太史公书》亦即《史记》的写作。

（六） 意外事件

天汉三年（公元前 98 年），李陵战败投降匈奴，司马迁因向汉武帝解释事情原委而被捕入狱，并被处以宫刑，这在形体上和精神上给他带来极大的创伤。出狱后，司马迁任中书令，他忍辱含垢，继续写作《史记》。至征和二年（公元前 91 年），他在写给任安的信中称："仆窃不逊，近自托于无能之辞，网罗天下放失旧闻，考之行事，稽其成败兴坏之理，凡百三十篇。"（《汉书・司马迁传》）《史记》一书的写作至此已经基本完成，从太初元年（公元前 104 年）正式开始写作算起，前后经历了 14 年。司马迁大约死于汉武帝末年，即公元前 87 年前后。

（七） 人生理想与抱负

司马谈在向儿子讲述自己立志修史的动机时说道："自获麟以来，四百有余岁，而诸侯相兼，史记放绝。今汉兴，海内一统，明主贤君忠臣死义之士，余为太史而弗论载，废天下之史文，余甚惧焉，汝其念哉！"（《太史公自序》）司马谈有感于自孔子作《春秋》之后再无系统的历史著作出现，战国至秦汉许多重大历史事件和英雄人物未能写入史书，因此，他要修订一部历史著作，一方面继承古代史学传统，另一方面弘扬秦汉一代的辉煌。

司马迁开始修史时，也是出于同样的动机和目的。他在和壶遂讨论修史的宗旨时引述父亲的观点，把修史看作载"明圣盛德"、述"功臣世家贤大夫之业"（《太史公自序》）。此时的司马迁之所以修史，为的是给西汉及前代历史做总结，颂扬圣君贤臣的德行功绩，属于润色宏业的自觉行动。经历李陵之祸以后，司马迁的形体与精神受到摧残，心境发生了很大变化，他的修史动机也有所调整充实。他在列举周文王、孔子、屈原、左丘明、孙膑、吕不韦、韩非等人著书立说的动因时称："此人皆意有所郁结，不得通其道也。"（《太史公自序》）他认为自己也属于发愤著书的类型，是在经历磨难之后通过著书抒发心中的抑郁和不平。

司马迁由于身陷囹圄、遭受宫刑，不再把修史仅仅看作对以往历史的总结、对西汉盛世的颂赞，而是和自己的“身世之叹”联系在一起，融入了较重的怨刺成分，许多人物传记都寓含着作者的寄托，磊落而多感慨。司马迁修史过程中前后心态的巨大变化，赋予《史记》这部书丰富的内涵，它既是一部通史，又是作者带着心灵肉体创伤所作的倾诉。

二、《史记》的叙事艺术

（一）纵横交错的叙事网络

司马迁在《报任安书》中说，他修史的宗旨是“究天人之际，通古今之变，成一家之言”。为了达到这个目的，他在综合前代史书各种体制的基础上，创立了纪传体通史。全书由十二本纪、十表、八书、三十世家、七十列传组成。虽然这五种体例各有区别，但它们却相互配合，构成了一个有机的整体。其中十二本纪是纲领，统摄上自黄帝、下至汉武帝时代三千年的兴衰沿革，十表、八书作为十二本纪的补充，形成纵横交错的叙事网络，而三十世家则是围绕十二本纪展开的。

《史记》一书中最有文学价值的是人物传记。司马迁在编排人物传记时显示出了高超的技巧，生动地体现了历史和逻辑的统一，形成了自己独特的叙事脉络。

（1）本纪、世家的传主基本上是传说或历史上真实存在的帝王，根据政治地位决定他们入本纪还是入世家。但情况又不尽然，汉惠帝虽然当了几年天子，实际上有职无权，所以本纪中没有他的位置。项羽是秦汉之际主宰天下的人物，吕后是惠帝朝的发号施令者，他们虽然没有天子称号，却被列入本纪。孔子没有侯爵，陈胜是自立为王，二人都列入世家，因为他们的历史地位堪与王侯相比。司马迁的上述安排可谓独具慧眼，既是对历史事实的充分尊重，也是合乎逻辑的归纳。

（2）《史记》各层次人物传记的排列基本是以时间为序，但又兼顾各传记之间的内在联系，遵循着以类相从的原则。例如，司马穰苴、孙武、吴起、伍子胥都是军事家，所以他们的传记前后相次。苏秦、张仪是战国策士，他们的传记也紧紧相连。再看西汉人物传记，韩长孺、李广、卫青、霍去病都是抗击匈奴的将领，故韩长孺、李广传记后面插入《匈奴列传》，然后是卫青、霍去病的传记。公孙弘、主父偃都以伐匈奴、通西南夷为非，曾上书谏止，他们二人传记列在卫青、霍去病之后，接着是《西南夷列传》。司马相如曾奉命出使西南，所以，他的传记在《西南夷列传》之后，司马迁对人物传记次序的巧妙编排，成就了《史记》一书婉转多变的叙事脉络，在明灭起伏中体现了历史和逻辑的统一。

（3）《史记》的人物传记有分传，有合传。分传即人各一传，合传是把几个人的传记放在一起，写成一篇传记。合传都是以类相从，把某些相同类型的人物放在一起，《游侠列传》《佞幸列传》《滑稽列传》《循吏列传》《酷吏列传》《货殖列传》等，都是为专门的人物设立的合传。在人物合传中，历史和逻辑的统一有时达到天衣无缝的程度，叙事手法非常高超。《廉颇蔺相如列传》首叙廉颇事迹，很快又引入蔺相如，然后叙述两人的交欢恩怨，中间又插入赵奢、李牧传记，最后以廉颇事迹终结。这篇传记叙述的都是赵国将相的事迹，可谓“以类相从”，是合乎逻辑的归纳。通过叙述这四位将相的事迹，又生动地展现了赵国兴亡的历程，具有高度的历史真实性。

（二）有叙述有分析有观点

《史记》的叙事没有停留于对表面现象的陈述，而是追根溯源，揭示出隐藏在深层的起决定作用的因素。司马迁非常重视对事件因果关系的探究，用敏锐的目光与判断力来追根溯源。他认为项羽失败的原因不是“天欲亡之”而是“自矜功伐，奋其私智”“欲以力征经营天下”（《项羽本纪》），在分析造成吴起乱箭穿身这一悲惨结局的原因时，司马迁认为这缘于他的“刻暴少恩”（《孙子吴起列传》），以上见解都是很精辟的。他对始因的苦苦思索和在行文中的自觉揭示，使得人物传记血脉贯通，各篇都有自己的灵魂，有统摄全篇的主导思想。

（三）强有力的驾驭能力

司马迁有很强的驾驭材料的能力，与韩信将兵一样，是多多益善。无论是头绪众多的历史事件，还是人物错杂的重大场面，他写起来都条理清晰，显得游刃有余。司马迁对天下大势了如指掌，对事态的轻重缓急明于心而应于手，成功地运用了顺叙、倒叙、正叙、侧叙等手法，使人应接不暇而又无不了然。

《史记》的场面描写也很精彩。写荆轲刺秦王是险象环生、惊心动魄（《刺客列传》）；写鸿门宴是剑拔弩张，一触即发（《项羽本纪》）；写灌夫骂座和东廷辩论则或冷或热，对比鲜明（《魏其武安侯列传》）；写长乐宫诸侯君臣始朝仪，则秩序井然，庄严肃穆（《刘敬叔孙通列传》）。不同场面有不同的气氛，司马迁采用白描、铺陈、渲染等笔法，描绘出了各种宏大场面的实况及自己的独特感受。《史记》固然时而穿插生活琐事，但司马迁更善于写复杂事件、重大场面，这也是《史记》一书的厚重之处。

第二节 《史记》赏析

一、《史记》的人物刻画

（一）栩栩如生的刻画

《史记》中的“纪”“传”是以人物为中心的纪传体散文，通过展示人物的活动来再现多彩的历史画面。本纪、世家、列传中的人物来自不同阶层，上自帝王将相，下至市井细民，诸子百家、三教九流应有尽有，所涉人物四千多个，重要人物数百名。《史记》的人物传记之所以有如此广大的覆盖面，和司马迁进步的历史观及开阔的视野密不可分。司马迁本人“鄙没世而文采不表于后”（《报任安书》），希望借助《史记》一书而扬名后世，实现立言不朽的人生追求。出于这种心态，司马迁对那些在历史上虽有卓越表现、终因无人奖掖而难以扬名的布衣平民怀有深切的同情，为他们鸣不平。

史记卷六十四·司马穰苴列传

司马穰苴者，田完之苗裔也。齐景公时，晋伐阿、甄，而燕侵河上，齐师败绩。景公患之。晏婴乃荐田穰苴曰：“穰苴虽田氏庶孽，然其人文能附众，武能威敌，愿君试之。”

景公召穰苴，与语兵事，大说之，以为将军，将兵捍燕晋之师。穰苴曰："臣素卑贱，君擢之闾伍之中，加之大夫之上，士卒未附，百姓不信，人微权轻，愿得君之宠臣，国之所尊，以监军，乃可。"于是景公许之，使庄贾往。

穰苴既辞，与庄贾约曰："旦日日中会于军门。"穰苴先驰至军，立表下漏待贾。贾素骄贵，以为将己之军而己为监，不甚急；亲戚左右送之，留饮。日中而贾不至。穰苴则仆表决漏，入，行军勒兵，申明约束。约束既定，夕时，庄贾乃至。穰苴曰："何后期为？"贾谢曰："不佞大夫亲戚送之，故留。"穰苴曰："将受命之日则忘其家，临军约束则忘其亲，援枹鼓之急则忘其身。今敌国深侵，邦内骚动，士卒暴露于境，君寝不安席，食不甘味，百姓之命皆悬于君，何谓相送乎！"召军正问曰："军法期而后至者云何？"对曰："当斩。"庄贾惧，使人驰报景公，请救。既往，未及反，于是遂斩庄贾以徇三军。三军之士皆振栗。久之，景公遣使者持节赦贾，驰入军中。穰苴曰："将在军，君令有所不受。"问军正曰："驰三军法何？"正曰："当斩。"使者大惧。穰苴曰："君之使不可杀之。"乃斩其仆，车之左驸，马之左骖，以徇三军。遣使者还报，然后行。

士卒次舍井灶饮食问疾医药，身自拊循之。悉取将军之资粮享士卒，身与士卒平分粮食。最比其羸弱者，三日而后勒兵。病者皆求行，争奋出为之赴战。晋师闻之，为罢去。燕师闻之，度水而解。于是追击之，遂取所亡封内故境而引兵归。未至国，释兵旅，解约束，誓盟而后入邑。景公与诸大夫郊迎，劳师成礼，然后反归寝。既见穰苴，尊为大司马。田氏日以益尊于齐。

已而大夫鲍氏、高、国之属害之，谮于景公。景公退穰苴，苴发疾而死。田乞、田豹之徒由此怨高、国等。其后及田常杀简公，尽灭高子、国子之族。至常曾孙和，因自立为齐威王，用兵行威，大放穰苴之法，而诸侯朝齐。齐威王使大夫追论古者司马兵法而附穰苴于其中，因号曰司马穰苴兵法。

太史公曰：余读司马兵法，闳廓深远，虽三代征伐，未能竟其义，如其文也，亦少褒矣。若夫穰苴，区区为小国行师，何暇及司马兵法之揖让乎？世既多司马兵法，以故不论，著穰苴之列传焉。

文中通过穰苴等监军、杀监军、杀景公特使的仆从等一系列紧凑的行为，显示出穰苴内心的自信与公平公正的信念；接下来关心士兵疾苦并与普通士兵同甘共苦的行为说明穰苴深谙带兵之道；得胜回归之际穰苴的谨慎与周全，以及早前请求派监军的行为，让读者看到庶出的穰苴虽有满腹经纶却还要小心翼翼。

同样，《李斯列传》开头写了李斯这样一件事："年少时为郡小吏，见吏舍厕中鼠，食不洁，近人犬，数惊恐之。斯入仓，观仓中鼠，食各粟，居大庑之下，不见人犬之忧。于是李斯乃叹曰：'人之贤不肖譬如鼠矣，在所自处耳。'"这是一件生活琐事，但却投射出李斯的人生观、价值观。他为了摆脱厕鼠的处境而成为仓鼠那样的食利者，于是向荀子学帝王之术。学成之后前往秦国游说，在和荀子告别时又说道："故诟莫大于卑贱，而悲莫甚于穷困。"这两句话说得非常坦率，和他把厕鼠、仓鼠进行对比时所发的感慨一脉相承。苦于贫贱而贪恋富贵，是李斯人生观、价值观的核心体现，这种思想是他人生之梦得以实现的动力，也是葬送他身家性命的祸根。

（二）人物丰富丰满

司马迁在按照惯例为帝王将相立传的同时，也把许多下层人物写入书中，其中包括刺客、游侠、商人、方士等，使得《史记》所收的人物非常广泛，并且这些人物都被刻画得栩栩如生。

《史记》中的人物形象各具姿态，都有自己鲜明的个性特征。不但不同类型的人物迥然有别，就是同一类型的人物，形象也罕有雷同。同是以“好士”闻名的贵公子，信陵君和其他三位公子在人格上有高下之别，而孟尝君、平原君、春申君也各有各的风貌。同为战国策士，苏秦表现出一位发奋者的形象，而张仪身上更多的却是狡诈权谋。张良、陈平同是刘邦的重要谋士，但司马迁笔下的张良令人感到高深莫测，带有几分神异；陈平这位智囊却富有人情味，没有张良那种仙风道骨。

司马迁在表现人物的个性特征时，能充分注意他们的家庭出身、文化教养、社会经历等各方面的因素，给以恰如其分的表现，不但展现出人物的个性特征，而且对形成人物个性特征的原因也有或明或暗的呈现。有时一开始就为人物性格的发展进行铺垫，萧何是刀笔吏出身，故能谨守管钥，因势奉法；陈平年轻时贫而好学，所以始终有读书人的气质，见识高远，在皇帝面前对答如流；周勃最初从事杂艺，没有什么学问，执政之后就显露出知识的不足，在汉文帝面前陷入窘境；樊哙发迹前以屠狗为业，成为将军以后保留着那种莽撞豪爽之气，他大块吃肉，大杯饮酒，对刘邦、项羽也敢于直言直语、大声大气。写窦婴是一副老年失势的窘态，写田蚡则是少年得志的猖狂。总之，影响人物个性的许多重要因素，司马迁都充分注意到了，因此，他使《史记》中的人物都按各自的方式说话行事，符合自己的年龄、身份和教养。

（三）性格塑造有代表性

《史记》中的人物形象各有各的风貌，各有各的性格，同时他们身上还表现出许多带有普遍性的东西，即得到社会广泛认可、并对后代产生深远影响的某些共性。这是《史记》在刻画人物方面取得的重要成就，最容易引起读者的共鸣。《史记》人物形象的共性是多方面的，主要有以下几点。

一是知恩图报，以德报德。苏秦之于宗族、朋友，刘邦之于萧何，陈平之于魏无知，韩信之于漂母、亭长，王陵之于张苍，都是受人之惠而报人之恩的。

二是以牙还牙，以怨报怨。这是和知恩图报、以德报德相对应的一种行为，伍子胥之于楚平王，李广之于霸陵尉、主父偃之于昆弟宾客，采取的都是这种做法。伍子胥父兄均被楚平王无辜杀害，伍子胥奔亡吴国，借吴国之力攻入楚都：“乃掘楚平王墓，出其尸，鞭之三百，然后已。”（《伍子胥列传》）

三是士为知己者死，为报答知遇之恩而赴汤蹈火，甚至不惜献出自己的生命。这是知恩图报的升华，是它的极端形式。司马迁在《刺客列传》和《报任安书》中两次提到“士为知己者死，女为说己者容”，他本人是赞成这一信条的。《刺客列传》中的专诸、豫让、聂政、荆轲等人都为知己者而死；《孟尝君列传》中的得粟者，《魏公子列传》中的侯嬴，《张耳陈余列传》中的贯高，也都是为知己者而死。

《史记》中的人物还普遍存在衣锦还乡的想法，这是他们共同的理想和追求。项羽在焚烧秦都咸阳后一心想东归，说道："富贵不归故乡，如衣绣夜行，谁知之者？"（《项羽本纪》）项羽的这番话很有代表性，道出了绝大多数人的心理。司马迁也写了许多人衣锦还乡的场面，苏秦、刘邦、司马相如、主父偃等人的传记都有这方面的记载。苏秦富贵还乡，笑视兄弟妻嫂前恭后倨的变化，抒发对世态炎凉的感慨。（《苏秦列传》）刘邦当了天子之后回到故乡，慷慨悲壮高唱《大风歌》，坦露对故乡刻骨铭心的思念之情。（《高祖本纪》）

（四）塑造人物多维透视

司马迁在刻画人物时，采用多维透视的方法，他笔下的人物显露出多方面的性格特征，有血有肉，生动丰满。项羽是司马迁着力最多的一位英雄人物，在他身上就可以发现多重人格。他厉声怒喝，又言语温和；他爱人礼士，又妒贤嫉能。他是残暴的，焚烧咸阳宫城，坑杀俘虏；他又是仁爱的，鸿门宴有恻隐之心，不杀刘邦，还时常虑念百姓疾苦。他有时与部下同甘共苦，分衣推食；有时又非常吝啬，已经刻好的官印不肯发给功臣，放在手里反复把玩。至于与虞姬悲歌唱和的场面，则兼有风云气和儿女情。这些相互对立的因素有机地集于项羽一身，使得人物形象具有丰富的内涵和深厚的底蕴，而且非常真实。

而对于李斯这个人物，司马迁反复刻画他外似刚愎而内实游移的矛盾状态：在农民起义风起云涌的形势下，他想知难而退，却又贪恋富贵，下不了决心；在赵高废立之际，开始像是要以身殉国，经赵高劝之以利害，马上退缩妥协；对于秦二世的无道，本想犯颜直谏，一旦二世责问，立刻苟合求容。李斯的双重人格表现得非常充分，一个内心分裂的可悲形象跃然纸上。

（五）采用相互见证的方法完成人物塑造

司马迁全面把握和充分展示了自己笔下人物形象的丰富性和复杂性，有的是在一篇传记中同时写出人物性格的几个侧面，有的则采用旁见侧出的方法，通过多篇传记完成对某个人物形象的塑造。旁见侧出法，又称互见法，即在一个人物的传记中着重表现他的主要特征，而其他方面的性格特征则放到别人的传记中显示。《高祖本纪》主要写刘邦带有神异色彩的发迹史，以及他的雄才大略、知人善任，对他的许多弱点则没有充分展示。而在其他人的传记中，却能让人看到刘邦形象的另外一些侧面。《项羽本纪》通过范增之口道出刘邦的贪财好色，《萧相国世家》《留侯列传》表现出他猜忌功臣，《魏豹彭越列传》《郦生陆贾列传》揭露他慢而侮人，詈骂诸侯如奴仆。《樊郦滕灌列传》还披露了这样一件事实，楚汉相争时，刘邦战败逃跑，为了保全自己的性命，几次把亲生儿女推到车下，后来的惠帝、鲁元公主有赖于夏侯婴的保护才幸免于难。司马迁对汉高祖刘邦之所以采用旁见侧出的写法，显然是因为有所忌讳，不得不如此操作。

二、《史记》的风格特征

（一）大场面大事件之风云际会

《史记》的叙事写人都围绕"究天人之际，通古今之变"的宗旨，所以，司马迁笔下的人物故事都在宏伟壮阔的画面中展开，虽然也写琐碎的生活细事，但绝大多数的人物传记里最终都有一系列历史上的大事穿插其间，因为他所选择的都是重大题材，所以从所描述的历史进程和人物的生平事迹中可以对历史规律和人物命运进行深刻思考，这就使得《史记》的人物传记既有宏伟的画面，又有深邃的意蕴，形成了雄深雅健的风格。

例如，在《苏秦列传》和《张仪列传》中，司马迁对于战国诸侯间微妙复杂的利害关系反复给予演示，在七国争雄的背景下展开了广阔的故事画面。苏秦、张仪都因为准确地把握了当时形势的特点，抓住机遇，相继干出了一番惊天动地的事业，成为那个时代的倾危之士。陈平年轻时就胸怀大志，足智多谋，适逢秦末动乱和楚汉相争，于是他大显身手，屡献奇计。他设计离间项羽和范增，使楚霸王失去“亚父”这位谋士。荥阳被困，他令二千女子夜出东城门迷惑楚军，刘邦得以出西城门脱险。是他暗示刘邦封韩信为齐王以稳定形势，又是他建议刘邦伪游云梦泽以借机擒韩信。刘邦在平城被匈奴围困七日，又是陈平出奇计化险为夷。陈平所献五计，无一不是关系到刘邦的生死存亡，关系到天下的兴衰安危。陈平这位谋士的形象，就在驾驭历史风云的过程中日益丰满。

《史记》中的人物形形色色，或卑琐，或伟岸；有的先荣后辱，有的先辱后荣；有的事业成功，人生幸运，也有的虽然事业成功却命运悲惨。司马迁既把他们写成重大事件的导演、演员，又把他们写成重大事件的产儿。通过描写、叙述他们对时势、潮流的顺应与抗拒，对历史机遇的及时把握与失之交臂，司马迁以如椽巨笔勾勒出历史和人生的壮丽画面，点出其中蕴含的哲理。

（二）浓郁的悲剧气氛

司马迁的人生遭遇是不幸的，他的命运是悲剧性的，《史记》也成功地塑造了一大批悲剧人物形象，使全书具有浓郁的悲剧气氛。

《史记》中的悲剧人物有多种类型。有些悲剧主人公身上体现的是历史的必然要求和这个要求实际上不可能实现之间的矛盾。这类悲剧人物是历史的先行者，他们的行动具有超前性。尽管他们的主张是正确的，但由于当时的条件还不成熟，他们付出了惨重的代价，有的甚至献出了生命，推行变法的吴起、商鞅，主张削籓的贾谊、晁错，都是这类悲剧英雄。

还有一类悲剧人物尽管死得非常壮烈，但他们的悲剧性不是体现了无法实现的历史必然要求，而是因为他们相信旧制度的合理。田横是司马迁着力描写的英雄人物，他兵败之后不愿意投降汉朝而自杀，其随从和东海五百义士也相继殉难，形成了一个悲剧群体。从本质上看，田横所要维持的是诸侯称雄、列国割据的局面，但这一要求早已失去了存在的合理性。田横相信已经过时的制度仍然是合理的，并为之而奋斗拼搏，这就决定了他必然成为悲剧人物。

《史记》中的悲剧人物按其品格划分，又有完美型和缺失型两类。《赵世家》中为保护赵氏孤儿而付出巨大牺牲的义士公孙杵臼、程婴，《刺客列传》《游侠列传》中的刺客、游侠，都是具有高尚品格和献身精神的英雄，他们的所作所为几乎无可挑剔，是把身上最有价值的东西毁灭给人看，是完美型的悲剧英雄。还有一些悲剧人物的品格存在明显的弱点，由这些弱点而导致的失误最终让他们毁灭了自身。但由于他们终归是英雄，所以其毁灭也是悲剧性的。这类悲剧英雄以项羽为代表，他生前战功赫赫，死得慷慨壮烈，他的弱点也暴露得非常明显，只是他自己没有意识到本身的缺欠。

（三）强烈的传奇色彩

《史记》富有传奇色彩。司马迁喜欢猎奇，把许多传说故事写入人物传记中，由此产生一种神秘感。写秦始皇晚年行迹，穿插许多怪异反常的事情，以及神灵的出没，用以预示秦王朝末日的到来。写汉高祖发迹，则用“刘媪感蛟龙而生子”“刘邦醉斩巨蛇”等传说以显示他的灵异。除了类似荒诞不经的传说之外，《史记》所写的许多真人真事也带有传奇色彩。鲁仲连为人排患解难而无所取，超然远引，终身不复见，是一位奇士。《留侯世家》中的张良是位传奇人物，文中出现的商山四皓同样来得突兀，恍若神仙。《史记》中的许多故事都疏离常规，出乎人的意料之外，也富有传奇性。《史记》的章法、句法、用词都有许多独特之处，它别出心裁、不蹈故常、摇曳回荡、跌宕有致，以其新异和多变的风格来营造传奇效果。

三、《史记》的地位和影响

《史记》是我国纪传体史学的奠基之作，同时也是我国传记文学的开端。以人物为中心的纪传体史学著作是司马迁的首创，《史记》的出现标志着中国古代史传文学的发展已经达到高峰。

《史记》是传记文学名著，但它具有诗的意蕴和魅力。《史记》对《诗经》和《楚辞》均有继承，同时，战国散文那种酣畅淋漓的风格也为《史记》所借鉴，充分体现了大一统王朝中各种文学传统的融汇现象。

（1）司马迁作为伟大的历史学家和文学家，在《史记》一书中大力弘扬人文精神，为后代作家树立起一面光辉的旗帜。《史记》所渗透的人文精神是多方面的，主要包括：以立德、立功、立言为宗旨以求青史留名的积极入世精神，忍辱含垢、历尽艰辛而百折不挠、自强不息的进取精神，舍生取义、赴汤蹈火的勇于牺牲精神，批判暴政酷刑、呼唤世间真情的人道主义精神，立志高远、义不受辱的人格自尊精神。《史记》中一系列血肉丰满的人物形象，从不同侧面体现了上述精神，许多人物成为后代作家仰慕和思索的对象，给他们以鼓舞和启迪。

（2）《史记》是传记文学的典范，也是古代散文的楷模，它的写作技巧、文章风格、语言特点，无不令后代散文家学习追随。从唐宋古文八大家，到明代前后七子、清代的桐城派，都对《史记》推崇备至，他们的文章也深受司马迁的影响。

（3）《史记》在语言上平易简洁而又富有表现力，把许多佶屈聱牙的古书词句译成汉代书面语，还适当地引用口语、谚语，显得生动鲜活。《史记》语言多是单行奇字，不刻意追求对仗工稳，亦不避讳重复用字，形式自由，不拘一格。正因为如此，历史上的古文家在批评骈俪文的形式主义倾向和纠正艰涩古奥的文风时，都要标举《史记》，把它视为古文的典范。

（4）《史记》的许多传记情节曲折，人物形象栩栩如生，为后代小说创作积累了宝贵的经验。小说塑造人物形象的许多基本手法，在《史记》中都已经开始运用，如使用符合人物身份、性格的语言，通过具体事件或生活琐事显示人物性格，把人物置于矛盾冲突中加以表现。从唐传奇到明清小说，在人物塑造、情节安排、场面描写等方面都可以见到《史记》的痕迹。同时，古代作家还从写法上探讨《史记》与小说的关系，得出了许多精辟的结论。

(5)《史记》的许多故事在古代广为流传，成为后代小说戏剧的取材对象。元代出现的《列国故事平话》，明代出现的《列国志传》，以及流传至今的《东周列国志》，所叙的人物和故事有相当一部分取自《史记》。明代甄伟的《西汉通俗演义》，也是大量利用《史记》中的材料写成的。《史记》的许多人物故事相继被写入戏剧，搬上舞台，《史记》成为中国古代小说、戏剧的材料宝库，它作为高品位的艺术矿藏被反复地开发利用。

第三节 《汉书》介绍与赏析

一、 第一部纪传体断代史

班固编撰的《汉书》是我国第一部纪传体断代史，在叙事写人方面取得了很大成就，它是继《史记》以后出现的又一部史传文学典范之作，因此历史上经常把司马迁和班固并列，将《史记》和《汉书》对举。《史记》最精彩的篇章是楚汉相争和西汉初期的人物传记，《汉书》的精华则在于对西汉盛世各类人物的生动记叙。

（一） 富有戏剧性的人物

《史记》所写的秦汉之际的杰出人物是在天下未定的形势下云蒸龙变，建功立业，此时涌现出一批草莽英雄，其中最引人注目的是战将和谋士。《汉书》所写的西汉盛世人物则不同，他们是在四海已定、天下一统的环境中成长起来的，其中固然不乏武将和谋士，但更多的是法律之士和经师儒生。和秦汉之际的战将、谋士相比，西汉盛世的法律、经术、文学之士的阅历虽然缺少传奇色彩，但许多人的遭遇却是富有戏剧性的。他们有的“起于刍牧”，有的“擢于奴仆”，但通过“贤良文学”“对策”等途径平步青云，扶摇直上，其中有许多逸事。

公孙弘年六十余才“以贤良征为博士”，奉命出使匈奴，因奏事不合天子之意，不得不移书言病，免职归乡。后再次征选贤良文学，菑川国又推荐他应召。鉴于以往的教训，公孙弘根本没有信心，百般推托。出人意料的是，对策之后公孙弘名列榜首，“召入见，容貌甚丽，拜为博士，待诏金马门”(《汉书·公孙弘传》)。后来又屡屡升迁，数年后便拜相封侯。公孙弘后期的人生奇迹，和他先前的仕途受挫形成巨大的反差，对比非常鲜明。

朱买臣拜会稽太守一事也富有情趣：“初，买臣免，待诏，常从会稽守邸者寄居饭食。拜为太守，买臣衣故衣，怀其印绶，步归郡邸。直上计时，会稽吏方相与群饮，不视买臣。买臣入室中，守邸与共食。食且饱，少见其绶。守邸怪之，前引其绶，视其印，会稽太守章也。守邸惊，出语上计掾吏。皆醉，大呼曰：‘妄诞耳！’守邸曰：‘试来视之。’其故人素轻买臣者入（内）视之，还走，疾呼曰：'实然！'坐中惊骇，白守丞，相推排陈列中庭拜谒。买臣徐出户。"（《汉书·朱买臣传》）

朱买臣是会稽（今浙江绍兴）人，他在免官之后曾到会稽驻京机构所在地寄住，穷困潦倒，来京办事的会稽老乡也看不起他。朱买臣拜为会稽太守之后，他隐瞒真相，故作矜持，而会稽同乡则前倨后恭，丑态百出，演出了一场滑稽剧。《汉书》展示了官场上形形色色的世态人情，生动地再现了西汉盛世各类士人宦海浮沉的情境，他们的成功和失败构成了一幅幅惟妙惟肖的画面。

（二）记叙许多官僚家族的历史

除世家外，《史记》的人物传记基本都是以写单个人为主，很少全面叙述家庭的兴衰史。在汉初的功臣传记中，只有《绛侯周勃世家》写了周勃、周亚夫父子的事迹，其他人的传记基本是止于其身。西汉盛世培育了一大批官僚世家，他们不是一代为官，而是几代人相承，长盛不衰。《汉书》记叙了许多世袭官僚家族的历史，如《霍光金日磾传》《张汤传》《杜周传》《韦贤传》《萧望之传》《冯奉世传》《翟方进传》等，传主都不是单独一个人，而是几代人的事迹。

（三）悲剧人物细腻饱满

《史记》具有浓郁的悲剧色彩，有大量悲剧人物的传记。《汉书》中悲剧人物的数量不如《史记》那样众多，但《李广苏建传》中李陵和苏武的传记，却和《史记》的许多名篇一样，写得酣畅淋漓，悲剧气氛很重。李陵是位悲剧人物，传记有条不紊地叙述了外界的不利条件把他一步步推向绝境的过程：先是路博德拒绝派兵接应陷入重围的李陵孤军，使李陵兵败，不得已投降。接着西汉朝廷轻信传言，误认为李陵训练匈奴兵以拒汉军，一气之下将李陵的家人全部处死，从而使李陵断绝了返汉的念头。班固对李陵饱含同情，不吝笔墨详写李陵孤军深入、浴血奋战的场面，并对李陵悲剧结局的客观条件作出陈述，同时又深入地刻画出这位悲剧人物的矛盾心理和行动上的摇摆犹豫。兵败被困时，他先是决心以死报国，口称："兵败，死矣。""吾不死，非壮士也。"可是，在生死抉择的关键时刻，他却投降了匈奴。他在匈奴地域会见汉朝使者时有心归汉，却又害怕再遭困辱，下不了决心。

他受匈奴单于的指派去劝降苏武，遭到苏武拒绝后又自责自省，认为自己罪孽深重。他先后两次为苏武置酒，一次是劝降，一次是饯行，李陵或是"泣下沾衿"，或是"泣下数行"，每次都悲痛欲绝。李陵有着太多的恩怨和遗憾，他的悲剧结局既是客观形势所迫，又是性格因素所造成的。苏武的形象近乎完美无缺，然而，他却要遭受种种苦难和折磨，是另一种类型的悲剧人物。

和李陵相比，苏武性格刚强，意志坚定，几次面对生与死的考验，他都临危不惧，大义凛然。他不肯屈节辱命，引佩刀自决；他怒视义律的剑锋，面不改色；他能忍受寒冷和饥饿的严峻考验，"杖汉节牧羊，卧起操持，节旄尽落"。苏武对西汉朝廷只有感恩之心，没有相怨之意。李陵告诉苏武，他的两个弟弟苏嘉、苏贤因侍奉天子有失而相继自杀，苏武妻改嫁，儿女生死不明。听到这些不幸的消息后，苏武回答说："武父子亡功德，皆为陛下所成就，位列将，爵通侯，兄弟亲近，常愿肝脑涂地。今得杀身自效，虽蒙斧钺汤镬，诚甘乐之。臣事君，犹子事父也，子为父死，亡所恨。”苏武的这番话表明他对封建伦理道德的恪守，但从中也折射出他在家破人亡之际所保持的平静心态。班固正是通过多方面描写苏武在艰难困苦绝境中所表现出的镇定自持，塑造出了一个光彩照人的英雄形象。

二、《汉书》叙事风格

与《史记》疏荡往复的笔法不同，《汉书》重视规矩绳墨，行文谨严有法。

首先，《汉书》笔法精密，在平铺直叙过程中寓含褒贬、预示吉凶，分寸掌握得非常准确。霍光和金日磾是西汉中期的两位重臣，他们对西汉王朝的稳定和发展起过举足轻重的作用。《霍光金日磾传》以精细的笔法刻画出二人的庄重谨慎。“光为人沈静详审……每出入下殿门，止进有常处。郎仆射窃识视之，不失尺寸，其资性端正如此。”连脚步的尺寸都掌握得很准确，霍光为人处事的小心谨慎由此可见一斑。班固对于金日磾也有类似叙述：“日磾自在左右，目不忤视者数十年。赐出宫女，不敢近。上欲纳其女后宫，不肯。其笃慎如此，上尤奇异之。”通过目不忤视数十年、不敢近所赐宫女、不肯送女进宫三件事情，把金日磾的笃慎表现得很充分。

霍光、金日磾都以谨慎著称，然而，两人的谨慎程度又存在差异。霍光的谨慎止于自身而已，对于其家属则缺少必要的约束。金日磾则不同，他不但自己尽量杜绝细小的过失，而且对于后代严格管教，把任何可能引起麻烦的事端消灭在萌芽状态，书中有如下记载：

> 日磾子二人皆爱，为帝弄儿，常在旁侧。弄儿或自后拥上项，日磾在前，见而目之。弄儿走且啼曰：“翁怒。”上谓日磾：“何怒吾儿为？”其后弄儿壮大，不谨，自殿下与宫人戏。日磾适见之，恶其淫乱，遂杀弄儿。弄儿即日磾长子也。上闻之大怒，日磾顿首谢，具言所以杀弄儿状。上甚哀，为之泣，已而心敬日磾。

其次，《汉书》不但对于事情的来龙去脉能够清晰地加以叙述，而且对于那些带有起始性质的事件，都要特别加以强调，以引起读者的注意。比如，西汉旧例通常是以列侯为相，先封侯，后拜相。公孙弘却属例外，他是无爵位而拜相，于是汉武帝封他为平津侯。《公孙弘传》在叙述此事后写道：“其后以为故事，至丞相封，自弘始也。”这是明确告诉人们，先拜相后封侯的做法是从公孙弘开始的，在此以前绝无仅有。类似的提示语在《汉书》中还有多处，显得非常醒目。它有助于读者准确把握汉代各种制度的演变，强化了叙事的力度。

最后，《汉书》的谨严有法，还在于它对某些材料的位置安排有自己的特殊规定，并且在全书中一以贯之。《汉书》和《史记》一样，也写了许多人物的逸事，有的甚至是生活琐事。对于这类事情，司马迁或把它放在传记的前面，或者穿插在中间，也有的放在末尾，没有固定的位置。《汉书》则不同，凡属传闻类的生活小故事几乎全部置于篇末，很少有例外者。于定国曾任丞相，封西平侯，其子于永官至御史大夫。《于定国传》的末尾是这样一段文字：

> 始，定国父于公，其闾门坏，父老方共治之。于公谓曰："少高大闾门，令容驷马高盖车。我治狱多阴德，未尝有所冤，子孙必有兴者。"至定国为丞相，永为御史大夫，封侯传世云。

于定国传记的前面有关于其父治狱的记载，上面所引文字完全可以放在"于公治狱"一段中，但班固却偏偏置于篇末，显然是精心安排，有意为之。这种篇末讲述传主早年生活故事的写法在《汉书》其他传记中经常可以看到，这与其说是追述往事，不如说是为所写的人物作一生的总结。这种追叙、补叙的手法，使作品避免了平铺直叙，增加了波澜起伏。

总之，《汉书》有精细的笔法，有自己固定的叙事规则，以谨严取胜，从而形成和《史记》迥然有别的风格。

Chapter 3
第三章 质朴见真章——两汉乐府诗与《古诗十九首》

第一节 两汉乐府诗

继《诗经》《楚辞》之后，两汉乐府诗成为中国古代诗歌史上又一壮丽的景观，作为一种新的诗体，乐府诗呈现出旺盛的生命力。两汉乐府诗以其匠心独运的立题命意，高超熟练的叙事技巧，以及灵活多样的体制，成为中国古代诗歌新的范本。

一、乐府诗的来由

两汉乐府诗是指由朝廷乐府系统或相当于乐府职能的音乐管理机关搜集、保存而流传下来的汉代诗歌。乐府的职能在汉武帝时期进一步强化，它除了组织文人创作朝廷所用的诗歌外，还广泛搜集各地歌谣。许多民间歌谣因为在乐府演唱，所以得以流传下来。现存的两汉乐府诗的作者涵盖了从帝王到平民各个阶层，这些诗篇有的作于庙堂，有的采自民间，像司马相如这样著名的文人也曾参与过乐府歌诗的创作。

二、两汉乐府诗的作者来自不同阶层，诗人的笔触深入社会生活的各个层面

（一）平民百姓的疾苦，社会最底层的呻吟呼号

作品中，有的家里“盎中无斗米储，还视架上无悬衣”，逼得男主人公不得不拔剑而起，走上反抗道路。（《东门行》）有的是妇人连年累岁地生病，垂危之际把孩子托付给丈夫；病妇死后，丈夫不得不沿街乞讨，孩子在家里呼喊着母亲痛哭。（《妇病行》）还有的写孤儿受到兄嫂虐待，尝尽人间辛酸。（《孤儿行》）

妇病行

妇病连年累岁，传呼丈人前一言。
当言未及得言，不知泪下一何翩翩。

属累君两三孤子，莫我儿饥且寒，
有过慎莫笪笞[1]，行当折摇，思复念之！
乱曰：抱时无衣，襦复无里[2]。
闭门塞牖，舍孤儿到市。
道逢亲交，泣坐不能起。
从乞求与孤儿买饵，对交啼泣，泪不可止："我欲不伤悲不能已。"
探怀中钱持授交。
入门见孤儿，啼索其母抱。
徘徊空舍中，"行复尔耳，弃置勿复道！"

注释：

1. 笪笞，两种打人用的竹器；这里作动词用，鞭打之意。
2. 襦，短袄。里，夹里，衬里。

（二）富贵之家生活的描绘

《鸡鸣》《相逢行》《长安有狭斜行》三诗，与《东门行》《病妇行》《孤儿行》三篇作品迥然有别，它们展示的是与苦难世界完全不同的景象。《相逢行》的作者犹如一位导游人员，两度把人引入侍郎府。第一次见到的是"黄金为门，白玉为堂，堂上置酒，作使名倡，中庭桂树，华灯煌煌"。第二次见到的是"鸳鸳成行，鹤鸣噰噰，两妇织绵，小妇调瑟"。这首诗在渲染主人富有的同时，还点出了他尊贵的身份："兄弟两三人，中子为侍郎。"这是一个既富且贵的家庭，而且富贵程度非同寻常。"黄金为门，白玉为堂"，是富埒王侯的标志，这不是一般的富，而是巨富。侍郎是皇宫的禁卫官或天子左右的侍从，是皇帝信任的近臣，其特殊地位不是普通朝廷官员所能相比的。

相逢行

相逢狭路间，道隘不容车。
不知何年少？夹毂问君家。
君家诚易知，易知复难忘；
黄金为君门，白玉为君堂。
堂上置樽酒，作使邯郸倡。
中庭生桂树，华灯何煌煌。
兄弟两三人，中子为侍郎；
五日一来归，道上自生光；
黄金络马头，观者盈道傍。
入门时左顾，但见双鸳鸯；
鸳鸯七十二，罗列自成行。
音声何噰噰，鹤鸣东西厢。
大妇织绮罗，中妇织流黄；
小妇无所为，挟瑟上高堂：
"丈人且安坐，调丝方未央。"

一边是饥寒交迫，在死亡线上挣扎；一边是奢侈豪华，不知人间还有忧愁事。一边是连自己的妻儿都无法养活，一边是妻妾成群，锦衣玉食，还豢养着大群水鸟。

（三）男女间爱与恨的直接坦露和表白

爱情婚姻题材作品在两汉乐府诗中占有较大比重，这些诗篇多来自民间，或是出自下层文人之手，因此在表达婚恋方面的爱与恨时，都显得大胆泼辣，毫不掩饰。

上邪

我欲与君相知，
长命无绝衰。
山无陵，
江水为竭。
冬雷震震，
夏雨雪。
天地合，
乃敢与君绝。

这首诗用语奇警，别开生面。先是指天为誓，表示要与自己的意中人结为终身伴侣。接着便连举五种千载不遇、极其反常的自然现象，用以表明自己对爱情的矢志不移。其中每一种自然现象在正常情况下都是不会出现的，至于五种同时出现的情况则更不可能了。作品由此极大地增强了抒情的力度，内心的情感如火山爆发、如江河奔腾，没有任何力量能够遏止。《有所思》《孔雀东南飞》也都是情感炽烈的爱情婚姻题材作品。

（四）两汉乐府诗反映了百姓的生死观念

《薤露》《蒿里》是汉代流行的丧歌，为送葬时所唱，都收录在相和歌辞中。

薤露

薤上露，
何易晞。
露晞明朝更复落，
人死一去何时归！

这首诗认为人的生命短暂，还不如草上的露水。露水干了大自然可以再造，人的生命却只有一次，死亡使生命有去无归，永远消失。

铙歌《战城南》表现的是对阵亡将士的哀悼。诗中将士战死以后的景象如下："水深激激，蒲苇冥冥。枭骑战斗死，驽马徘徊鸣。"作者极力渲染战场变成墓场之后的苍凉、凄惨，这是一幅近乎死寂的阴森画面。尤其令人目不忍睹的是"野死不葬乌可食"，阵亡者暴尸城外，无人掩埋，任乌鸦啄食。

（五）对极乐神仙世界的想象

艳歌

今日乐上乐，相从步云衢。
天公出美酒，河伯出鲤鱼。

青龙前铺席，白虎持榼壶。
南斗工鼓瑟，北斗吹笙竽。
妲娥垂明珰，织女奉瑛琚。
苍霞扬东讴，清风流西歈。
垂露成帏幄，奔星扶轮舆。

这首诗表现的是在天上极乐世界天神与诗人欢聚一堂的景象，为许多天体对象注入了生命。人和神欢聚，神灵不再是高高在上，人神可以同游，并彼此亲近，展示的是人的神仙化、神仙的世俗化。

两汉乐府诗有时还写神界的精灵来到人间，与诗人生活在同一世界。郊祀歌《练时日》《华烨烨》二诗中的仙人都是来自天上，铙歌《上陵》中的仙人来自水中。

三、乐府诗的特色

（一）对前代文学作品的继承

两汉乐府诗在表现人世间的苦与乐、两性关系的爱与恨时，受《诗经》影响较深，有国风、小雅的余韵；在抒发乐生恶死的愿望时，则主要继承了楚文化的传统，是《庄子》《离骚》的遗响。

（二）娴熟巧妙的叙事手法

两汉乐府诗都是感于哀乐、缘事而发的，创作主体在选择叙事对象时，善于发现富有诗意的画面。

陇西行

天上何所有？历历种白榆。
桂树夹道生，青龙对道隅。
凤凰鸣啾啾，一母将九雏。
顾视世间人，为乐甚独殊！
好妇出迎客，颜色正敷愉。
伸腰再拜跪，问客平安不？
请客北堂上，坐客毡氍毹。
清白各异樽，酒上正华疏。
酌酒持与客，客言主人持。
却略再拜跪，然后持一杯。
谈笑未及竟，左顾敕中厨。
促令办粗饭，慎莫使稽留。
废礼送客出，盈盈府中趋。
送客亦不远，足不过门枢。
取妇得如此，齐姜亦不如。
健妇持门户，亦胜一丈夫。

（三）选择叙事题材时，表现出明显的尚奇倾向

对于那些来自异域的新鲜事物，诗人总是怀着惊异的目光去探索、发现它们，并饶有兴致地写入作品。贰师将军李广利从大宛获“汗血马”，于是郊庙歌辞有《天马》诗叙述此事，张骞通西域之后引进“苜蓿”，杂曲歌辞《蛱蝶行》就特意提到这种植物。《陇西行》有“坐客毡氍毹”之语，客人坐在毛织地毯上，酒店室内装饰用的是西域产品。杂曲歌辞《乐府》则直接陈述了胡商及其携带的物品：“行胡从何方？列国持何来？氍毹五木香，迷迭艾纳及都梁。”这些来自西域的物品令中土人士大开眼界，也使诗篇带上了异域色彩。

（四）叙事诗注重完整的情节

有代表性的诗歌作品都是讲述一个有头有尾、有连续情节的故事。《妇病行》有临终托孤、沿街乞讨等场面，中间又穿插许多细节。《孤儿行》通过描绘行贾、行汲、收瓜、运瓜等诸多劳役，突出孤儿苦难的命运。收录在古诗中的《十五从军征》也是一首乐府诗，叙述八十高龄的退役老兵返回荒芜家园的情景，其中有中途和乡人的对话、回家后烧饭做羹、饭菜熟后难以独自进餐三个场面，前后连贯，血脉相通，并且时见曲折。长篇叙事诗《孔雀东南飞》的故事情节更是波澜起伏，扣人心弦。

十五从军征

十五从军征，八十始得归。
道逢乡里人，家中有阿谁？
遥望是君家，松柏冢累累。
兔从狗窦入，雉从梁上飞，
中庭生旅谷，井上生旅葵。
舂谷持作饭，采葵持作羹。
羹饭一时熟，不知贻阿谁。
出门东向望，泪落沾我衣。

（五）人物塑造栩栩如生

两汉乐府诗在刻画人物方面也取得了很大成就，塑造出一批栩栩如生的形象，他们各具特点，绝无雷同。秦罗敷和胡姬都是反抗强暴的女性，罗敷以机智的言辞戏弄向她求婚的使君，演出一场幽默的喜剧；胡姬则是以生命抗拒羽林郎的调戏，具有悲剧主角的品格。一个聪明多智，一个性烈坚贞，显示出两种不同的气质和性格。

至于《孔雀东南飞》中出现的人物群像，更是各个肖其声情。刘兰芝的刚强、焦仲卿的忠厚、焦母的蛮横、刘兄的势利眼，以及太守府求婚使者的傲慢，无不刻画得惟妙惟肖，入木三分。诗人在塑造人物形象时，运用了个性化的对话，注意细节描写，善于利用环境或景物作衬托。

四、叙事诗的文学特点

（一）详于叙事而略于抒情

《十五从军征》对复员老兵家园荒芜的景象渲染得非常充分，对老兵还家后的行动也

有详细的叙述，唯独不用专门文字抒发内心的悲哀，明显是以叙事为主。

（二）铺陈场面、详写中间过程而略写首尾始末

两汉乐府叙事诗的作者长于、也乐于铺陈场面。《陌上桑》一诗篇幅不长，其中却有两段场面描写的文字，一是众人围观罗敷，二是罗敷夸耀夫婿，都不吝笔墨，写得非常细致。《孔雀东南飞》对太守家迎亲场面的描写也是铺张扬厉，大肆渲染。

（三）详写服饰仪仗而略写容貌形体

两汉乐府叙事诗在陈述故事、刻画人物时，对于人的服饰仪仗从各个方面加以展示，采用的是详写笔法。服饰仪仗成为两汉乐府叙事诗中常备的道具，是详写的对象。与此相反，两汉乐府叙事诗对人的容貌形体通常都以略写的方式处理，惜墨如金。

第二节　《古诗十九首》

《古诗十九首》出自汉代文人之手，但没有留下作者的姓名。《古诗十九首》作为一个整体收录在《文选》卷二十九中，代表了汉代文人五言诗的最高成就。《古诗十九首》不是一时一地所作，它的作者也不是一人，而是多人。

一、游子之歌、思妇之词

《古诗十九首》中除了游子之歌，便是思妇之词，抒发游子的羁旅情怀和思妇闺愁是它的基本内容。二者围绕着同一个主题相互补充，同时也是相辅相成的。《古诗十九首》所表现的各种复杂的思想情感，在中国古代具有普遍性和典型意义，经典的话题在千百年中引起读者的广泛共鸣。

《古诗十九首》的作者多是失意士子，他们在穷困潦倒之际所弹奏的思乡曲，语悴情悲，充满天涯沦落人的凄楚，引来的是同情和怜悯。游子思乡作品在《诗经》中有多篇，《诗经》中游子的思念对象有他们的妻子，但更多的是想到父母双亲，桑梓情中渗透亲子之爱。《古诗十九首》思乡焦点则集中在妻子身上，思乡和怀内密不可分，乡情和男女恋情是融汇在一起的。

二、《古诗十九首》赏析

（一）宦游与积极入仕

诗人们之所以离家在外，为的是能够建功立业，步入仕途。一些诗篇对此主题反复予以倾诉。

今日良宴会

今日良宴会，欢乐难具陈。
弹筝奋逸响，新声妙入神。
令德唱高言，识曲听其真。
齐心同所愿，含意俱未申。

人生寄一世，奄忽若飚尘。
何不策高足，先据要路津，
无为守穷贱，轗轲长苦辛。

《今日良宴会》写道：“何不策高足，先据要路津。无为守贫贱，轗轲长苦辛。”这是要在仕途的激烈竞争中捷足先登，占领显要的职位，摆脱无官无职的贫贱境地。

（二） 宦达失意

游子宦达的成功率很低，多数人无法实现自己的愿望。作为仕途上的失败者，各种想法也就随之产生，他们要在其他方面寻找慰藉，用以保持心态的平衡。《古诗十九首》的作者的人生意识是清醒的、现实的、世俗的，他们头脑里没有长生不死的彼岸世界，只想在现实中过得更快活、更自在。

东城高且长

东城高且长，逶迤自相属。
回风动地起，秋草萋已绿。
四时更变化，岁暮一何速！
晨风怀苦心，蟋蟀伤局促。
荡涤放情志，何为自结束？
燕赵多佳人，美者颜如玉。
被服罗裳衣，当户理清曲。
音响一何悲！弦急知柱促。
驰情整巾带，沉吟聊踯躅。
思为双飞燕，衔泥巢君屋。

由于仕途的挫折，这些士子人生追求的层次由高向低跌落，从努力实现人生不朽到满足于耳目口腹之欲，他们是在寻求某种补偿，话语虽达观，我们却仍然可以从中感受到深层的悲哀。

（三） 思妇心态复杂多样

孟冬寒气至

孟冬寒气至，北风何惨栗。
愁多知夜长，仰观众星列。
三五明月满，四五蟾兔缺。
客从远方来，遗我一书札。
上言长相思，下言久离别。
置书怀袖中，三岁字不灭。
一心抱区区，惧君不识察。

远方捎回书信，她会置之怀中，“三岁字不灭”；有的觉察到“游子不顾返”的苗头，思妇会日感衰老、消瘦，只好宽慰自己“努力加餐饭”（《行行重行行》）。也有的思妇在春光明媚的季节经受不住寂寞，发出“空床难独守”（《青青河畔草》）的感叹。

这些思妇诗的作者未必都是女性，大部分可能是游子揣摩思妇的心理而作，但都写得情态逼真，如同出自思妇之手。这些作品的共同特点是重在表现思妇独处的精神苦闷，她们担心游子喜新厌旧，担心自己的真情不被对方省察，担心外力离间。

《古诗十九首》展示了游子思妇的复杂心态，它所传达的思想感情在古代具有代表性和典型意义。同时，这些作品还透彻地揭示出许多人生哲理，诗的作者对人生真谛的领悟使这些诗篇具有深邃的意蕴，诗意盎然而又不乏思辨色彩。

《古诗十九首》中涉及以下关系：

（1）永恒与有限的关系。对人生有限的感慨，自古便已有之。《古诗十九首》和以往文学作品的不同之处，是把人生的短暂写得特别充分，特别突出，给人以转瞬即逝之感。

（2）人的心态与生命周期的关系。《行行重行行》和《冉冉孤生竹》皆为女词，其中都有“思君令人老”之语，前者是思妇的叹息，后者是待嫁女子的怨艾。这两位主人公都因婚姻遇挫而有迟暮之感，流露出对青春易逝的惋惜。她们不是随着岁月的流逝而自然衰老，而是因为思念使得芳华早逝，这就更令人感到悲哀。

（3）忧郁与欢乐的关系。人的忧和乐相辅相成，经常纠缠在一起。《古诗十九首》的作者揭示了忧与乐的这种关系，并提出一种消极的解脱方式。“生年不满百，常怀千岁忧”，这是嘲笑有些人活得太累，人生有限而忧愁无限，难免如负重物，压得自己喘不过气来。诗人提出的解脱办法是及时行乐：“为乐当及时，何能待来兹。”（《生年不满百》）

生年不满百

生年不满百，常怀千岁忧。
昼短苦夜长，何不秉烛游！
为乐当及时，何能待来兹？
愚者爱惜费，但为后世嗤。
仙人王子乔，难可与等期。

（4）来去亲疏的关系。“去者日以疏，来者日以亲”（《去者日以疏》），这是诗人见到“古墓犁为田，松柏摧为薪”所产生的感触，也是对人际关系富有哲理的概括。

三、《古诗十九首》的文学意义

（一）感受独特

《古诗十九首》的作者多为羁旅他乡的游子，漂泊不定的生活使他们在诸多方面有自己独特的感受：

（1）敏锐的节序感。《古诗十九首》的作者对季节的变化特别敏感，诗人以感伤的情调回应季节的变化，不同季节的多种物候都被轻烟薄雾般的愁思所笼罩。

（2）微妙的空间感。《古诗十九首》所展开的空间方位是多维的，诗人把自己置于不同的空间，从而产生许多微妙的感受。“相去万余里，故人心尚尔”（《客从远方来》），这是远距离的心灵沟通，是天涯咫尺。“盈盈一水间，脉脉不得语”（《迢迢牵牛星》），这是近距离的感情交流受阻，是咫尺天涯。

（3）深切的世态炎凉感。《古诗十九首》的许多作者寓居他乡，饱经忧患，他们需要同情和帮助，对人间冷暖的感受特别深切。

西北有高楼

西北有高楼，上与浮云齐。
交疏结绮窗，阿阁三重阶。
上有弦歌声，音响一何悲！
谁能为此曲？无乃杞梁妻。
清商随风发，中曲正徘徊。
一弹再三叹，慷慨有余哀。
不惜歌者苦，但伤知音稀。
愿为双鸿鹄，奋翅起高飞。

《西北有高楼》的作者被楼上飘下来的歌声所吸引，心有所感："不惜歌者苦，但伤知音稀。"他把歌者设想成一个失意之人，自命为歌者的知音，和对方同病相怜，实际上是慨叹知音难遇。

（二）抒情优美

(1)《古诗十九首》是古代抒情诗的典范，它长于抒情，却不直言，而是委曲宛转。以具体物象起兴发端的诗篇，则由这些物象来构成优美的艺术境界。《古诗十九首》以写景叙事发端，极其自然地转入抒情，水到渠成，而且又抑扬有致。

(2)《古诗十九首》中的许多诗篇以其情景交融、物我互化的笔法，构成浑然圆融的艺术境界。《凛凛岁云暮》是一首典型的写景抒情诗。思妇在岁暮给远方游子寄去衣被，自己也思绪如潮。她在梦中见到了朝思暮想的"良人"，并且携手同车而归。然而，未及同床共枕，游子便倏忽离去，思妇醒后回忆梦境，徙倚感伤，一洒相思之泪。

（三）语言经典

(1)《古诗十九首》的语言达到炉火纯青的程度，钟嵘《诗品》称它"惊心动魄，可谓几乎一字千金"。《古诗十九首》不作艰深之语，无冷僻之词，而是用最明白晓畅的语言道出真情至理。浅浅寄言，深深道款，用意曲尽而造语新警，从而形成深衷浅貌的语言风格。

(2)《古诗十九首》的语言又是浓缩的、积淀已久的，具有高度的概括性和丰富的表现力。诗中有许多名言警句，简洁生动，哲理深而诗意浓。《古诗十九首》的语言如山间甘泉，如千年陈酿，既清新又醇厚，这得益于诗的作者对于各种语言融会贯通的能力。诗中有许多日常用语，虽造语平淡却有韵味。诗中化用了许多古代典故，却不给人以晦涩生硬之感。

Chapter 4
第四章 多姿多彩的精神面目：魏晋南北朝文学

第一节 自由与死亡织就的天空

一、乱世激发

如果将整个魏晋南北朝时期都称作乱世也许并不过分：汉末的战乱，三国的纷争，西晋统一不久后发生的“八王之乱”，西晋的灭亡与晋室的东迁，接下来是北方十六国的混战，南方东晋王敦、桓玄等人的作乱，北方北魏、北齐、北周等朝代的一次次更迭带来的斗争，南方宋、齐、梁、陈几个朝代的更迭带来的争斗，以及梁末的侯景之乱，再加上东晋、南朝的北伐，北朝的南攻。在三百多年里，几乎没有多少安宁的时候。战乱和分裂，成为这一时期的主要特征。

魏晋南北朝文学就是在这样一个南北分裂、战乱频仍、朝代不断更迭的大背景下发展出来的。其中有的朝代存在时间比较长，如东晋（317 年—420 年）历时 103 年；有的朝代很短，如齐（479 年—502 年）只有 23 年。

（一）生命意义的拷问

动荡与战乱使文人们不能不做出更多的思考、选择和应对。由于命运魔幻般的呈现，文人们对天、地、人的感受与感触也变得魔幻与多彩，开始考虑超越生命的意义，并由此导致玄学的兴起，相应地在文学上的表达就触及田园、山水、命运无常、求仙、长生不死等多样化的主题。

佛教的传入与兴盛对文学有着重大影响，佛教最早在东汉时期传入中国，但那个时候佛教徒还是皇帝的客人，被尊奉在庙堂之上。魏晋南北朝时期战争与动乱频繁，普通百姓渴望寻求精神上的慰藉与解脱，同时，佛教也开始通过多种百姓喜闻乐见的形式进行传播，佛教走下庙堂成为社会生活中的重要内容，这也深刻影响着当时的文学，为文学创作带来了新的变化。

（二）民族混杂带来新的原力

南北朝时期的变迁与动荡使得民族迁徙与融合呈现出空前的规模与密度，东北、北方、西北区域的众多少数民族都乐于拓展自己的生存空间，相应地，多个少数民族在与中原汉族融合的进程中带来了自己的文学喜好与表达方式，对文学的演绎与进化带来了重大的影响，小说与戏剧的萌芽就是其回响。战争的动乱与民族的混杂，让文学获得了空前的表达空间，各种尝试与各种面目纷纷出世，有的成为新的文学形式，有的融入在汉民族传统的文学表达之中，有的随着时间的流逝，大浪淘沙，湮没在历史的长河之中。

二、文学自觉

魏晋南北朝时期，文学发生了巨大的变化，文学的自觉和文学创作的个性化，在这些变化中是最有意义的。而宫廷在其中扮演着核心角色并起到重要作用，以宫廷为中心形成文学集团是这一时期的特色。集团内部的趋同性，使文学在这一段时间内呈现出一种群体性的风格，另一段时间又呈现为另一种风格，从而使文学发展的阶段性特征表现得相当明显。文学集团内出现了一些杰出的作家，如曹植、阮籍、庾信等，但成就最高的陶渊明却不属于任何集团，他以超然不群的面貌高踞于众人之上。

（一）文学自觉的概念

文学从广义的学术中分化出来，成为一个独立的门类。这一时期的文人们进而探寻文学的特点、文学本身的分类、文学创作的规律，以及文学的价值。在汉代，儒家诗占据统治地位，强调诗歌与政治教化的关系，诗歌被视为“经为妇、成孝敬、厚人伦、美教化、移风俗”（《诗大序》）的工具。至于诗歌本身的特点和规律并没有引起人们应有的重视。魏晋以后，诗学摆脱了经学的束缚，人们开始寻找文学自身独立存在的意义。崭新的概念和理论，如风骨、风韵、形象，以及言意关系、形神关系等被人们所发现并探索，形成了重意象、重风骨、重气韵的审美思想。诗歌求言外之意，音乐求弦外之音，绘画求象外之趣，各类文艺形式之间互相沟通的这种自觉审美的养成，标志着一个新的文学时代的到来。

（二）体裁细分

这一时期人们对文学的各种体裁有了比较细致的区分，更重要的是对各种体裁的体制和风格特点有了比较明确的认识。明晰而自觉的文体辨析则始自曹丕的《典论·论文》，他将文体分为四科，并指出它们各自的特点：奏议宜雅、书论宜理、铭诔尚实、诗赋欲丽。《文赋》进一步将文体分为十类，对每一类的特点也进行了论述。值得注意的是，它将诗和赋分成两类，并指出“诗缘情而绮靡，赋体物而浏亮”的特点。

（三）四声出现

到了南朝，四声的发现（拜民族融合所赐）及其在诗歌中的运用，再加上对偶的讲究，使得人们对语言的形式美有了更自觉的追求，这对中国文学包括诗歌、骈文、词和曲的发展具有极其重要的影响。《文心雕龙》以大量篇幅论述文学作品的艺术特征，涉及情采、声律、丽辞、比兴、夸饰、练字等许多方面，更是文学自觉的标志。

三、文学表达

语言形式美的发现及其在文学上的运用影响到文体的发展，并且结出累累硕果：五言古诗继承汉乐府的传统，增强了诗人的个性，得到了长足的发展并达到鼎盛；一种诗化的散文即骈文的兴盛，成为这个时期重要的文学现象，为中国文学增添了一种新的、抒情性很强的、可以充分发挥汉语语言形式美的文体；在汉代盛极一时的大赋，演变为抒情小赋，并因骈文的兴盛而增加了骈俪的成分，骈文、骈赋在梁、陈两代发展到了高峰；七言古诗在这时确立起来，并取得了可喜的成就；南北朝民歌的新鲜气息（多民族混杂带来的结果），刺激着诗人进行新的尝试，再加上其他因素，到了唐代绝句便繁荣起来；小说在这时已初具规模，奠定了中国小说的基础，并出现了一批著名的志怪小说和志人小说。

文学进入自觉的阶段，文学创作趋于个性化，诗人们努力的方向在于诗歌的形式美，即声律、对偶、用事等语言的技巧，以及格律的完善。正是在这种趋势下，中国的古诗得以完善，新体诗得以形成，并为近体诗的出现做好了各方面的准备。以 393 年的时间酝酿这些新变，虽然显得长了一些，但和汉代发展了大约四百年的文学收获相比，不能不说魏晋南北朝的文学成就是相当可观的。如果没有这段酝酿，就没有唐诗的高潮，也就没有唐代文学的全面繁荣了。

第二节　文学中的超越意识

一、乱世文学

魏晋南北朝文学是典型的乱世文学。文人们既要适应战乱，又要适应改朝换代，一人前后属于两个朝代甚至三个朝代的情况很多见。敏感的文人们在战乱中最容易感受到人生的短促、生命的脆弱、命运的难卜、祸福的无常，以及个人的无能为力。魏晋文人开始思考生命的意义，并且意识到：既然生命无常，那我们就要在刹那的有限度的生活里，追求生命的最大丰富和充实。于是，美学家宗白华说：“中国历史上第一次出现了‘人的觉醒’，这也奠定了文学的悲剧性基调，以及作为悲剧性基调之补偿的放达，后者往往表现为及时行乐或沉迷声色。”

这种悲剧性的基调又因文人的政治处境而带上了政治的色彩。许多文人莫名其妙地卷入政治斗争而遭到杀戮，如孔融、杨修、祢衡、丁仪、丁廙、嵇康、陆机、陆云、张华、潘岳、石崇、欧阳建、孙拯、嵇绍、牵秀、郭璞、谢混、谢灵运、范晔、袁淑、鲍照、吴迈远、袁粲、王融、谢朓等。还有一些死于西晋末年的战乱之中，如杜育、挚虞、枣嵩、王浚、刘琨、卢谌等。

在这种情况下，文学创作很自然地形成了一些共同的主题，这就是生死主题、游仙主题和隐逸主题。这些主题往往以药和酒为酵母引发开来，药和酒遂与这个时期的文学结下了不解之缘。

二、沉溺形而上的乐趣

（一）生死主题

魏晋文学感慨人生的短促，死亡的不可避免，发散出关于如何对待生、如何迎接死的思考。在汉乐府和《古诗十九首》中已有不少感叹生死的诗歌，魏晋以后这种生死主题的思考越发普遍了。曹丕的《又与吴质书》很真切地表现了当时普遍性的想法："昔年疾疫，亲故多离其灾。徐、陈、应、刘，一时俱逝，痛何可言！……少壮真当努力，年一过往，何可攀援。古人思秉烛夜游，良有以也。"他因疾疫造成众多亲故死亡而深感悲痛，由此想到少壮当努力成就一番事业，又想秉烛夜游及时行乐。生与死是一个带有哲理意味的主题，如果结合人生的真实体验可以写得有血有肉，如"对酒当歌，人生几何。譬如朝露，去日苦多"（曹操《短歌行》）。

对待人生的态度无非四种：一是提高生命的质量，及时勉励建功立业；二是增加生命的长度，服食求仙，这要借助药物的帮助；三是增加生命的密度，及时行乐，这须借助酒的力量；四是陶渊明所采取的不以生死为念的顺应自然的态度。从陶渊明的诗来看，作者不再是一个自叹生命短促的渺小的生灵，他具有与"大化"合一的身份和超越生死的眼光，因此他的这类诗歌便有了新的面貌。

（二）游仙主题

游仙主题与生死主题关系很密切，主要是想象神仙的世界，表现对那个世界的向往以及企求长生的愿望。《楚辞》中的《离骚》《远游》已开了游仙主题的先河，不过那主要是一种政治的寄托。魏晋以后，游仙主题作为生死主题的补充，企求长生的意思变得浓厚了。如曹操的《气出唱》《精列》，曹植的《游仙》《升天行》《仙人篇》，张华的《游仙诗》，何劭的《游仙诗》，已经构成了一个游仙的系列。特别是郭璞的多首《游仙诗》，使游仙主题成为魏晋南北朝文学中不可忽视的一个主题。

游　仙

人生不满百，戚戚少欢娱。
意欲奋六翮，排雾陵紫虚。
虚蜕同松乔，翻迹登鼎湖。
翱翔九天上，骋辔远行游。
东观扶桑曜，西临弱水流。
北极登玄渚，南翔陟丹邱。

诗中所描绘的神仙境界，皆明净、高洁，实际上是诗人理想世界的象征，曹植在现实世界中处处碰壁，深感时光流逝，功业无成，幻想在神仙世界中得到解脱。

（三）隐逸主题

隐逸主题包括向往和歌咏隐逸生活的作品，也包括招隐诗、反招隐诗，形成了这个时期一种特殊的文学景观。隐逸思想早在《庄子》书中就体现得很明显了，隐逸主题可以追溯到《楚辞》中淮南小山的《招隐士》。汉代张衡的《归田赋》可以被视为表现这类主题的早期作品。到了魏晋以后，沿袭《招隐士》的作品有陆机的《招隐诗》、王康琚的《反招隐诗》。沿袭《归田赋》的作品有潘岳的《闲居赋》。而陶渊明的大量描写隐逸生活和表现隐逸思想的作品，则使这类主题达到登峰造极的地步，所以钟嵘《诗品》中认为他是“古今隐逸诗人之宗”。至于其他许多人的作品之中，表达隐逸思想的地方就更是不胜枚举。隐逸主题的兴起与魏晋以后士人中隐逸之风的兴盛有直接关系，而这种风气又与战乱的社会背景和玄学的影响有关。

饮酒·其五

结庐在人境，而无车马喧。
问君何能尔？心远地自偏。
采菊东篱下，悠然见南山。
山气日夕佳，飞鸟相与还。
此中有真意，欲辨已忘言。

这首诗主要表现隐居生活的情趣，在晚霞的辉映之下，在山岚的笼罩之中，采菊东篱下，遥望南山。全诗情味深永，感觉和情理浑然一体，不可分割。表现了作者悠闲自得的心境和对宁静自由的田园生活的热爱，那宁静安详的心态和闲适自得的情趣，让人深切地陶醉，对大自然的欣赏以及赞叹则给人带来超越生命的体验。

三、玄学：生命意义的思考

（一） 此中有真意

魏晋时期形成了一种新的世界观和人生观，它的理论形态就是魏晋玄学。魏晋玄学的形成和老庄思想有明显的关系，东晋以后又吸取了佛学的成分，步入新的阶段。这是一种思辨的哲学，对宇宙、人生和人的思维都进行了纯哲学的思考。从两汉经学到魏晋玄学，是中国思想史的一大转折。玄学有几个重要的论题：崇有与贵无、名教与自然、言意之辨、形神之辨和名理之辨。而魏晋玄学中对文学和艺术有直接影响的是“崇尚自然”的一派、“言不尽意”的一派和“得意忘言”的一派。

玄学中崇尚自然的思想，其影响就是进一步确立了以“自然”与“真”为上的审美理想。“自然”和“真”，在魏晋南北朝的文学创作与文学批评中虽然还未占据主导地位，但是随着体现这种美的陶渊明所作诗的出现，以及嵇康、阮籍、钟嵘、刘勰、萧统等人关于“自然”和“真”的论述，这两者对此后整个中国文学产生了极其深远的影响。嵇康和阮籍本身就是玄学家；陶渊明不仅是诗人也是哲人，他的思想和玄学有很深的关系。陶渊明的作品是魏晋玄学渗入文学之中所结出的硕果。后人极力推崇陶渊明，并把他的“自然”和“真”视为文学的极致，证明了玄学对文学产生的巨大影响。

语言是人类伟大的创造，然而它同人类丰富的感情、心理相比，同大千世界相比，又显得苍白无力。文学创作欲求达意，最好的方法在于“既诉诸言内，又寄诸言外”，充分运用语言的启发性和暗示性，以唤起读者的联想，让他们自己去体味那字句之外隽永深长的情思和意趣，以达到言有尽而意无穷的效果。陶渊明的《饮酒》其五中“山气日夕佳，飞鸟相与还。此中有真意，欲辨已忘言”就是这样的道理，言有尽而意无穷。中国诗歌的艺术精髓说到底就在于此，而这正是受了魏晋玄学的启发而得到的。

（二）哲思难入诗

然而，魏晋玄学作为一种思辨性的哲学是不宜直接转化为文学的，一个直接转化的例子就是占据了东晋诗坛达百年之久的玄言诗。严格地说玄言诗不算诗，因为那只是在诗的躯壳中放入玄理而已，没有诗之所以成为诗的最重要的东西。可是，玄言诗毕竟沉淀了一种可贵的东西，那就是理趣。有的玄言诗不只是抽象说理，而是借助山水风景形成比喻，或者借着参悟山水风景印证老庄的道理，这样就有了理趣。王羲之等人的“兰亭诗”和王羲之的《兰亭集序》，本是酝酿于一次山水游赏的雅集，证明玄理和山水的融合已是必然趋势，不过在这些诗里山水的描写并不多，理之趣也并不浓。

到了谢灵运手中，玄言的成分缩小为诗的尾巴，山水描写变成诗的主体，使玄言诗转向山水诗而获得新的生命。诗歌虽不宜成为玄理的枯燥注疏，但也需要理趣以构成点睛之笔，这理趣被宋代诗人发挥到极致。从文学发展的角度来看，玄言诗自有其不可完全抹杀的历史地位。

四、佛教与佛经翻译对文学的影响：宗教情怀开始进入文学

（一）佛教走进大众

在汉末和魏晋南北朝时期，佛经被大量译成中文，佛教的传入和佛经的大量翻译，在当时引起了震动，其震动所波及的文化领域（思想、政治、经济、文学、绘画、建筑、音乐、风俗等）和阶层（从帝王到平民）极其广泛。仅从佛寺的修建情况就可以看出佛教影响之大。今存的古寺名刹中有许多是建于魏晋南北朝时期的，如甘露寺、灵隐寺、云冈石窟、少林寺、寒山寺等。梁朝有寺二千八百四十六座，僧尼八万二千七百余人；仅建康（今南京）一地就有大寺七百余座。

北魏末期，寺院三万余座，僧尼二百余万人（见唐法琳《辩证论》卷三、唐道世《法苑珠林》卷一二〇）。北齐一朝，在僧官管辖下的僧尼就有二百多万人，寺院四万余座（见唐道宣《续高僧传》卷八《法上传》）。这么多的古寺名刹、石窟摩崖，充分证明了魏晋南北朝时期佛教的盛况。再从佛教与政治的关系方面来看，南朝历代帝王大都崇信佛教，梁武帝尤其笃信，曾四次舍身入寺。东晋名僧慧远与许多权要都有来往。北朝虽然有禁佛事件，但总体看来，历代帝王还是扶植佛教的。由此可以看出，佛教已经为魏晋南北朝文学营造了一种新的文化氛围和文化土壤。

（二）佛教与文学

佛教对文学的影响，可以从以下五个方面来考察：

（1）想象世界的丰富。佛教传入以前，中国传统的思想中只有今生此世，既无前世也无来世，孔子说：“未知生，焉知死！”（《论语・先进》）庄子说：“死生，命也；其有夜旦之常，天也。”（《庄子・大宗师》）佛教带来了三世（前世、今世、来世）的观念，因果、轮回的观念，以及三界、五道的观念。这样就把思维的时间和空间都扩大了，随之而来的就是人的想象世界也扩大了。人活着不但要考虑今世，还要考虑前世尤其是来世，今世的

善恶是因，种下了来世的幸与不幸。用因果报应的观念解释人世间的许多现象，遂有了《幽明录》（刘义庆）、《冥祥记》（王琰）、《冤魂志》（颜之推）等笔记小说。维摩与观音的形象在这时建立起来，并对后代的文学产生了广泛的影响，这是很值得注意的。

（2）故事性的加强。佛经中记载的大量故事，随着佛经的翻译传入中国，并且流传到了民间，加强了中国文学的故事性。有的故事是直接来自佛经的，在这时的小说里改写为中国本土的故事，如梁朝吴均《续齐谐记》里所记“鹅笼书生”的故事。有的是印证佛教思想的中国本土故事，如《幽明录》等书中大量的记载。南北朝时期，记载因果报应之类故事的小说大量出现，这显然与佛教的流传有关。而唐代的俗讲与变文催生了中国白话小说，则更证明了佛教的深远影响。

（3）“反切”的产生和“四声”的发现。关于“反切”产生的年代历代有不同的说法，以颜之推所谓“汉末说”最为可信：“孙叔言创《尔雅音义》，是汉末人独知反语。”（《颜氏家训·音辞》）这正是佛教传入中国以后的事。在翻译佛经的过程中，梵语的拼音法启发了人们去分析汉语的声音结构，分析出汉语的声母和韵母，于是产生了“反切”。而“反切”欲求准确，就自然会发展到对汉字声调的注意。

（4）词汇的扩大。随着佛经的大量翻译，反映佛教概念的词语也大量进入汉语，使汉语词汇丰富起来。其中有的是用原有的汉字翻译佛教的概念，使之具有了新的意义，如“因缘”“境界”等。有的是外来语的音译词，如“佛陀”“菩萨”“沙门”“菩提”等。

（5）文学观念的多样化。魏晋南北朝是文学观念脱离儒家强调的“政教中心说”，并发生重大变化的时期。这与玄学有很大关系，而佛教中关于真与空的观念，关于心性的观念，关于境界的观念，关于象和象外的观念，以及关于形神的讨论，也丰富了文学的观念。

第三节 魏晋风度

一、魏晋风流

新的社会思潮改变着士大夫的人生追求和价值观念。儒家的道德教条和仪礼规范已失去原有的约束力，一种符合人类本性的、返归自然的生活，成为新的追求目标。身外的功业荣名既然受到怀疑，便转而肯定自身的人格。身后的一切既然那么渺茫，便抓紧即时的人生满足。士大夫们以一种新的眼光看待世界，以一种新的情趣体验人生，成为和汉儒不同的新的一代。

（一）玄心、洞见、妙赏、深情

这一代新人所追求的那种具有魅力和影响力的人格美，就是魏晋风流。这是“玄”的心灵世界的外观，也是那个乱世之下痛苦内心的折射。魏晋风流是在乱世的环境中对汉儒为人准则的一种否定，维系汉王朝统治的经学随着汉王朝的崩溃而失去了昔日的控制力，在崇尚风流的魏晋士人看来，汉儒提倡的名教是人生的“执”和“障”。而魏晋风流就是要“破执除障”，还自我以本来的面目。构成魏晋风流的条件是玄心、洞见、妙赏和深情。

魏晋风流表现在外的特点则可以概括为颖悟、旷达和真率。如果再加以概括，则可以说是追求艺术化的人生，或者说是用自己的言行、诗文、艺术使自己的人生艺术化。这种艺术必须是自然的，是个人本性的自然流露。

魏晋风流与文学有密切的关系。从表面上来看，阮籍、嵇康、王羲之、陶渊明等著名的文学家同时也是魏晋风流的代表人物，他们的作品从不同的方面体现了魏晋风流的特点，《世说新语》这部著名的作品就是魏晋风流的故事集。从深层来看，魏晋风流下那种对人生艺术化的自觉追求，那种对个性化的向往，那种自我表现的要求，那种无拘无束的氛围，正是文学成长的良好气候。魏晋风流不仅对魏晋这两代文学产生了影响，也对魏晋以后整个中国古代文学产生了深远的影响。它已成为一个美好的符号，刻在后人的心里，不断激发出他们的文学灵感。

（二）重生命体验，要活得精彩

书法家王徽之居于浙江山阴，一天夜里，天降大雪。他半夜醒来，推开窗户，四望皎然。赏雪吟诗间，他突然忆起朋友戴逵，而戴逵住在几十里外的剡县。王徽之不顾天寒路遥，乘船溯江而上。翌日，抵达戴家后，王徽之没有敲门，而是转身对随从说："我们回去吧。"随从问："既然来了，怎么不进去呢?"王徽之答："乘兴而行，兴尽而返，何必见戴?"

公元262年，嵇康身戴木枷，被兵丁押往刑场。因得罪权臣钟会及司马氏，他被污以破坏礼教之名被判处极刑。刑场之上，嵇康对哥哥说："取琴来。"夕阳残照下，嵇康抚琴长叹："袁淮曾让我教他《广陵散》，可我没答应，此曲于今绝矣!"一曲弹毕，嵇康从容赴死，年三十九岁。

二、《世说新语》

《世说新语》由刘义庆（403年—444年）编撰，刘义庆是宋武帝刘裕的侄子。《世说新语》主要记录了魏晋名士的逸闻轶事和玄虚清谈，也可以说这是一部"魏晋风流"的故事集，因此也起到了名士"教科书"的作用。按照冯友兰的说法，风流是一种人格美，构成真风流有四个条件：玄心、洞见、妙赏、深情。当然，这种人格美是以当时士族的标准来衡量的。

在《世说新语》的三卷三十六门中，上卷四门：德行、言语、政事、文学；中卷九门：方正、雅量、识鉴、赏誉、品藻、规箴、捷悟、夙慧、豪爽。这十三门都是对人生进行正面的褒扬，例如：

> 管宁、华歆共园中锄菜，见地有片金，管挥锄与瓦石不异，华捉而掷去之。又尝同席读书，有乘轩冕过门者，宁读如故，歆废书出看。宁割席分坐曰："子非吾友也。"(《德行》)

这一则故事通过与华歆进行对比，褒扬了管宁的淡泊名利。

至于下卷二十三门，情况就比较复杂了。有的褒扬之意比较明显，如容止、自新、贤媛。有的看似有贬义，如任诞、简傲、俭啬、忿狷、溺惑，但也不尽是贬责。有的是贬责，如“谗险”中的四条，以及“汰侈”中的一些条目。也有许多条目只是写某种真情的流露，并无所谓褒贬。既是真情的流露，也就是一种风流的表现，所以编撰者津津有味地加以叙述。例如：

王子猷尝暂寄人空宅住，便令种竹。或问：“暂住何烦尔?”王啸咏良久，直指竹曰：“何可一日无此君?”（《任诞》）

这种“任诞”只是对竹的一种妙赏，以及对竹的一往情深，或者是在对竹的爱好中寄托了一种理想的人格。

总之，编撰者只是将那些饶有兴趣的、可资谈助的逸闻轶事、言谈举止，采集来汇编成书，态度倒是比较客观宽容的。

《世说新语》是研究“魏晋风流”的极好史料。其中关于魏晋名士的种种活动如清谈、品题，种种性格特征如栖逸、任诞、简傲，种种人生追求，以及种种嗜好，都有生动的描写。纵观全书，可以得到魏晋时期几代士人的群像。通过这些人物形象，可以进而了解那个时代上层社会的风尚。

《世说新语》在艺术上有较高的成就，《世说新语》刘孝标注本中涉及各类人物共一千五百多个，魏晋两朝主要的人物，无论帝王、将相，或者隐士、僧侣，都包括在内。它对人物的描写有的重在形貌，有的重在才学，有的重在心理，但都集中到一点，就是重在表现人物的特点，通过独特的言谈举止写出了独特人物的独特性格，使之气韵生动、活灵活现、跃然纸上。如《雅量》记述顾雍在群僚围观下下棋时，得到丧子噩耗，竟强压悲痛，“虽神气不变，而心了其故。以爪掐掌，血流沾褥”。一个细节就生动地表现出顾雍的个性。有的则抓住人物性格的主要特征作漫画式的夸张，如《忿狷》中绘声绘色地描写王述吃鸡蛋的种种蠢相来表现他的性急：“王蓝田性急。尝食鸡子，以箸刺之，不得，便大怒，举以掷地。鸡子于地圆转未止，仍下地以屐齿蹍之，又不得，瞋甚，复于地取内口中，啮破即吐之。”《世说新语》虽然没有虚构，但一定有所提炼，这番提炼就是小说的写作艺术。

《世说新语》的语言简约含蓄，隽永传神，透出种种机智和幽默，对后世有着十分深刻的影响，不仅模仿它的小说不断出现，而且不少戏剧、小说也取材于它。也有许多广泛应用的成语是出自此书，例如，难兄难弟、拾人牙慧、咄咄怪事、一往情深等。

Chapter 5
第五章　多姿多彩的文学面目：魏晋南北朝文学赏析

魏晋南北朝是继战国“百家争鸣”以后，我国历史上又一个思想解放的时代，各种学说同时并兴，某些异端思想也得以流行，为社会思想和学术文化带来了相对的自由化和多元化。玄学的兴起、佛教的兴盛、道教的风行，有力地促进了魏晋南北朝时期文学艺术的发展，音乐、舞蹈、绘画、雕塑、书法乃至园林建筑都有了长足的进步，尤其是诗歌在这一时期发生了重大的变化。

这一时期的社会上层人士普遍热心于文学创作，这种风气也影响到了整个社会。文学作品的日渐丰富、文学审美追求的提升，都带来了诗歌创作上的变化：

（1）题材方面，出现了咏怀诗、咏史诗、游仙诗、玄言诗、宫体诗，以及陶渊明创造的田园诗，谢灵运开创的山水诗等多种类型。

（2）诗体方面，五言古诗更加丰富多彩，七言古诗也有了明显进步，还出现了作为律诗开端的“永明体”，中国古代诗歌的几种基本形式如五律、五绝、七律、七绝等，在这一时期都有了雏形。

（3）辞藻方面，追求华美的风气愈来愈甚。藻饰、骈偶、声律、用典，成为普遍使用的写作手段。

（4）这一时期的文学作品中除文人诗外，还有南北朝乐府民歌、辞赋、小说、文论等。

魏晋南北朝时期也是文学的重要发展时期。文学创作不仅开始逐渐改掉大量引经据典的陋习，重视作家情感的自由抒发，而且在作品的表现形式上有了多方面的探索。这一时期的文学主要包括辞赋、骈文与散文三种形式，散文较之两汉散文有着明显的变化：变板滞凝重的面目而为清峻、通脱的文风。辞赋创作也呈现出新的格局，抒情小赋的出现是这一变化的重要标志。同时，受讲究对偶、声律和藻饰的风气的影响，骈文出现并走向成熟。

第一节　建安风骨与三曹

一、建安风骨

建安是汉献帝的年号（196 年—220 年），此时实际的政权已经掌握在曹操手中，“建安文学”实际上包括了建安年间和曹魏前期的文学，这时的文坛以曹氏父子为中心，在他们周围集聚了王粲、刘桢等一批文学家。他们的作品反映了动乱的时代、政治理想的高扬、人生短暂的哀叹、强烈的个性、浓郁的悲剧色彩，这些作品中的内容构成了“建安风骨”。“建安风骨”被后世的诗人们所追慕，并成为反对淫靡柔弱诗风的一面旗帜。

建安诗人多对自身有较高的期许，以文才武略自负，在进行诗歌创作时，高扬个性另辟蹊径，努力展现自己独特的风貌。如曹操的诗古直悲凉，气韵沉雄；曹丕的诗便娟婉约，有文士气；曹植的诗“骨气奇高，词采华茂，情兼《雅》怨，体被文质”（钟嵘《诗品》）。在诗体的运用上，也各具匠心。曹操的四言诗独擅一时；曹丕的《燕歌行》被誉为“七言之祖”；曹植、王粲、刘桢、蔡琰则以五言诗名世。在诗歌语言方面，曹操、阮瑀、陈琳诸人较为朴质，曹丕、王粲等人则较为秀美；曹植既有风骨，又富文采，成为那个时代最杰出的诗坛代表。鲜明的个性色彩，是建安诗歌独具魅力的标志。

建安诗人处于时代与个人双重悲剧的交汇点上，都敢于正视苦难的社会与人生，勉励自己及他人惜时如金，及早建功立业，去赢得不朽的名声。

二、曹操

曹操是汉末杰出的政治家、军事家和文学家。年轻时曾被当时名士许劭评为“治世之能臣，乱世之奸雄”（《三国志·魏书·武帝纪》）。他曾随袁绍伐董卓，后迎献帝迁都许昌，自任大将军和丞相，“挟天子以令诸侯”，成为北方的实际统治者。

曹操多才多艺，对书法、音乐、围棋都相当精通。于戎马倥偬之余，不废吟咏，创作了不少出色的诗歌。王沈《魏书》说他“文武并施，御军三十余年，手不舍书，昼则讲武策，夜则思经传，登高必赋，及造新诗，被之管弦，皆成乐章”。

曹操的乐府诗较多描写他本人的政治主张和统一天下的雄心壮志。如《短歌行》：

> 对酒当歌，人生几何！譬如朝露，去日苦多。慨当以慷，忧思难忘。何以解忧，唯有杜康。青青子衿，悠悠我心。但为君故，沉吟至今。呦呦鹿鸣，食野之苹。我有嘉宾，鼓瑟吹笙。明明如月，何时可掇？忧从中来，不可断绝。越陌度阡，枉用相存。契阔谈讌，心念旧恩。月明星稀，乌鹊南飞。绕树三匝，何枝可依？山不厌高，海不厌深，周公吐哺，天下归心。

这首诗充分表达了诗人求贤若渴的心情以及统一天下的壮志。

《步出夏门行·观沧海》是我国现存的第一首完整的山水诗，写出了大海孕大含深、动荡不安的特性：

东临碣石，以观沧海。水何澹澹，山岛竦峙。树木丛生，百草丰茂。秋风萧瑟，洪波涌起。日月之行，若出其中。星汉灿烂，若出其里。幸甚至哉，歌以咏志。

诗歌以雄健的笔力，生动饱满地描绘了沧海的形象。大海那吞吐日月、含蕴群星的气魄，也正是诗人博大襟怀的影射。

再如曹操的《步出夏门行·龟虽寿》：

神龟虽寿，犹有竟时。螣蛇乘雾，终为土灰。老骥伏枥，志在千里。烈士暮年，壮心不已。盈缩之期，不但在天。养怡之福，可得永年。幸甚至哉，歌以咏志。

接连用“神龟”“螣蛇”和“老骥”三个比喻，从正反两面引出“烈士暮年，壮心不已”的主题，情怀慷慨，正气回荡。宋敖器之《诗评》说：“魏武帝如幽燕老将，气韵沉雄。”这是对曹操诗歌风格的确切评价。就艺术形式而言，曹操的四言诗也为已经板滞僵化了的四言诗体注入了活力。

曹操是建安文坛的领袖，他不仅以自己的创作开风气之先，影响了一代诗风，而且还以其对文学的倡导，为建安文学的繁荣和发展做出了贡献。诚如曹植《与杨德祖书》中所说：“昔仲宣独步于汉南，孔璋鹰扬于河朔，伟长擅名于青土，公干振藻于海隅，德琏发迹于大魏，足下高视于上京。当此之时，人人自谓握灵蛇之珠，家家自谓抱荆山之玉。吾王于是设天网以该之，顿八纮以掩之。今悉集兹国矣。”曹植的话丝毫没有夸大，“建安七子”中，刘桢、阮瑀、应玚、陈琳、徐干、王粲都是建安年间先后归附曹操的。其余如女诗人蔡琰、书法家梁鹄、音乐家杜夔、李坚，学者邯郸淳、仲长统，诗人繁钦等，也都为曹操所用。曹操将天下英才悉集于帐下，为他们提供了施展文学才华的机会。这些文人以饱满的热情，创作出许多优秀的作品，与曹氏父子共同开创了“建安文学”的繁荣局面。

三、曹丕

曹丕，字子桓，曹操次子。于公元220年代汉自立，是为魏文帝。现存诗四十余首，主要分为三类：第一类为宴游诗，写游赏之乐，模山范水比较细致，文辞富丽，常用对偶，在我国山水诗的发展史上有一定的地位；第二类是抒情言志之作；第三类写征人思妇的相思离别及思乡之情，这些诗作体现了曹丕的水平。其中最著名的作品是《燕歌行》其一：

秋风萧瑟天气凉，草木摇落露为霜，群燕辞归鹄南翔。念君客游思断肠，慊慊思归恋故乡，君何淹留寄他方？贱妾茕茕守空房，忧来思君不敢忘，不觉泪下沾衣裳。援琴鸣弦发清商，短歌微吟不能长。明月皎皎照我床，星汉西流夜未央。牵牛织女遥相望，尔独何辜限河梁？

此诗写一女子在不眠的秋夜思念淹留他乡的丈夫，情思委曲，深婉感人。《燕歌行》（其一）是我国现存的第一首成熟七言诗，对后代歌行体诗的发展产生了重大的影响。

曹丕诗作的“新变”主要表现在两个方面：一是个人情感的抒发。曹操是乱世英雄，所抒之情大都与历史命运感和平定天下的抱负有关，曹丕却更致力于个人情感的表达。他敏感而多情，在众宾欢坐的宴会上，他会突然体会到“乐极哀情来，寥亮摧肝心”（《善哉行》）。二是文人化艺术表现手法的使用与艺术风格的形成，这主要表现在语言的工丽绮练和艺术形式的创造上。曹丕善于选用清词丽句，配以谐和的音韵，表达他纤丽的情思。在艺术形式上，曹丕也勇于创新，他虽然仅存四十余首诗，却是三言、四言、五言、六言、七言、杂言诸体具备。其中长篇杂言歌行《大墙上蒿行》，长达七十五句，三百六十余字，三字至九字句都有，极尽纵横开阖之能事。王夫之说：“长句长篇，斯为开山第一祖。鲍照、李白，领此宗风，遂为乐府狮象。”（《船山古诗评选》卷一）

曹丕留守邺城时，常与文士们相聚宴游，诗酒竞豪。曹丕在《又与吴质书》中回忆当时的盛况说：“昔日游处，行则连舆，止则接席，何曾须臾相失。每至觞酌流行，丝竹并奏，酒酣耳热，仰而赋诗，当此之时，忽然不自知乐也。”曹丕与这些文人诗酒唱和，开创了文人雅集的先河，已具备了文人集团的性质。

四、曹植

曹植，字子建，曹丕之弟。曹植天资聪颖，才思敏捷，深得曹操赏爱，几近被立为太子。但他恃才傲物，任性而行，不自雕励，最终失宠。在政治上，曹植是一位悲剧人物，然而政治上的悲剧却在客观上促成了他在诗歌创作上的卓越成就。

曹植的创作以建安二十五年（220 年）为界，分为前后两期。

曹植前期诗歌主要是歌唱他的理想和抱负，洋溢着乐观、浪漫的情调，对前途充满信心。如《白马篇》：

> 白马饰金羁，连翩西北驰。借问谁家子，幽并游侠儿。少小去乡邑，扬声沙漠垂。宿昔秉良弓，楛矢何参差。控弦破左的，右发摧月支。仰手接飞猱，俯身散马蹄。狡捷过猴猿，勇剽若豹螭。边城多警急，虏骑数迁移。羽檄从北来，厉马登高堤。长驱蹈匈奴，左顾凌鲜卑。弃身锋刃端，性命安可怀？父母且不顾，何言子与妻！名编壮士籍，不得中顾私。捐躯赴国难，视死忽如归。

此诗赞赏游侠儿的高超武艺和爱国精神，寄托了诗人对建功立业的渴望和憧憬。

曹植后期诗歌主要是表达由理想与现实的矛盾所激起的悲愤，其内容可分为四类。

第一类是对自己和朋友遭遇迫害的愤懑。如《野田黄雀行》：

> 高树多悲风，海水扬其波。利剑不在掌，结友何须多！不见篱间雀，见鹞自投罗。罗家得雀喜，少年见雀悲。拔剑捎罗网，黄雀得飞飞。飞飞摩苍天，来下谢少年。

如同天真的童话，诗中以鹞和罗网代表恶势力，黄雀象征受害者，少年则代表曹植的理想，写出了恶势力的强大，朋友的无辜受害以及自己的无能为力。诗以幻想结束，表达了作者渴望正义得到伸张的愿望。

第二类用思妇、弃妇托寓身世，表白心迹。如《浮萍篇》《美女篇》《七哀诗》《种葛篇》《杂诗》（“西北有织妇”“南国有佳人”）等。这类诗歌或叹盛年无偶，或自述无辜被弃，其主旨在于抒发自己的失意。郭茂倩《乐府诗集》卷六十三评《美妇篇》云：“美女者，以喻君子。言君子有美行，愿得明君而事之。若不遇时，虽见征求，终不屈也。”《七哀诗》也很有代表性：

明月照高楼，流光正徘徊。上有愁思妇，悲叹有余哀。借问叹者谁？言是宕子妻。君行逾十年，孤妾常独栖。君若清路尘，妾若浊水泥。浮沉各异势，会合何时谐？愿为西南风，长逝入君怀。君怀良不开，贱妾当何依！

刘履评此诗道：“子建与文帝同母骨肉，今乃浮沉异势，不相亲与，故特以孤妾自喻，而切切哀虑之也。”（《选诗补注》卷二）此诗命意曲折，感情凄婉，含蓄蕴藉，意味深长。

第三类是述志诗。曹植也拥有用世之心，其述志诗不仅表达了诗人对建功立业的渴望，更是诗人理想人格的完美塑造。《杂诗》（“仆夫早严驾”）就是这方面的代表作。诗中道：“仆夫早严驾，吾行将远游。远游欲何之，吴国为我仇。将骋万里途，东路安足由。”表示愿为伐吴效力，但报国无门：“江介多悲风，淮泗驰急流。愿欲一轻济，惜哉无方舟。”诗末的“闲居非吾志，甘心赴国忧”充满慷慨之音。

第四类是游仙诗。曹植在现实世界中处处碰壁，深感时光流逝，功业无成，幻想在神仙世界中得到解脱，于是写下了许多游仙诗，如《仙人篇》《五游咏》《游仙诗》《远游篇》《升天行》等。诗中所描绘的神仙境界，皆明净、高洁，实际上是诗人理想世界的象征。如《远游篇》：

远游临四海，俯仰观洪波。大鱼若曲陵，承浪相经过。灵鳌戴方丈，神岳俨嵯峨。仙人翔其隅，玉女戏其阿。琼蕊可疗饥，仰首吸朝霞。昆仑本吾宅，中州非我家。将归谒东父，一举超流沙。鼓翼舞时风，长啸激清歌。金石固易敝，日月同光华。齐年与天地，万乘安足多。

曹植对神仙之事一直持否定态度，所以曹植的游仙诗实际上表达的是其忧生之心、忧患之词。

曹植的诗确如钟嵘《诗品》所说：“骨气奇高，辞采华茂，情兼雅怨，体被文质。”他既不同于曹操的古直悲凉，又不同于曹丕的便娟婉约，而能兼有父兄之长，达到风骨与文采的完美结合，成为当时诗坛最杰出的代表。

曹植是第一位大力写作五言诗的文人。他现存诗歌九十余首，其中有六十多首是五言诗。他的诗歌，既体现了《诗经》“哀而不伤”的庄雅，又蕴含着《楚辞》窈窕深邃的奇谲；既继承了汉乐府反映现实的笔力，又保留了《古诗十九首》温丽悲远的情调。这一切都通过他凝聚在五言诗的创作上，既形成了他自己的风格，又完成了乐府民歌向文人诗的转变。

曹植对诗歌的发展做出了杰出的贡献，后人给予他极高的评价。谢灵运说：“天下才有一石，曹子建独占八斗，我得一斗，天下共分一斗。”张戒《岁寒堂诗话》说：“韩退之之文，曹子建、杜子美之诗，后世所以莫能及也。”

曹植的诗歌受到后人的推崇，主要原因有以下三点：一是由于文采富艳；二是因为他对五言诗的发展具有重大影响；三是他不幸的身世引起后世文人的认同。作为失意文人的典型，其坎坷的命运使无数文人深表同情。

第二节　陶渊明与田园诗

陶渊明的诗沿袭魏晋诗歌的古朴作风并进入了更纯熟的境地，像一座里程碑标志着古朴的诗歌所能达到的高度。陶渊明也是一位创新的先锋。他成功地将“自然”提升为一种美的至境；将玄言诗中老庄所表达的玄理，改为日常生活中的哲理；使诗歌与日常生活相结合，并开创了田园诗这种新的题材。

他的清高耿介、洒脱恬淡、质朴真率、淳厚善良，他对人生所做的哲学思考，连同他的作品一起，为后世的士大夫筑就了一个精神的巢穴。这一巢穴一方面可以帮助他们与虚伪、丑恶划清界限，另一方面也可使他们得以休息和逃避。他们对陶渊明的强烈认同感，使陶渊明成为一个永不令人生厌的话题。

一、陶渊明的人生道路与思想性格

陶渊明（？—427 年），又名潜，字元亮，号五柳先生，浔阳柴桑（今江西九江附近）人。陶渊明生活在晋宋易代之际，处于十分复杂的政治环境之中。他的曾祖父陶侃曾任晋朝的大司马，祖父做过太守，父亲大概官职更低一些而且在陶渊明幼年就去世了。在重视门阀的社会里，陶家的地位无法与王、谢等士族相比，但又不同于寒门。陶侃出身寒微，被讥为“小人”，又被视为有篡位野心之人。可以想见，他的后人在政治上的处境是相当尴尬的。

陶渊明在柴桑的农村里度过了少年时代，他常说因家贫而不得不出仕谋生，这固然是实情，但也不能排除一般士人具有的那种想要建功立业的动机。陶渊明 29 岁曾任江州祭酒，不久即辞职。后来被召为江州主簿，他未就任。晋安帝隆安二年（公元 398 年），陶渊明到江陵，加入荆州刺史兼江州刺史桓玄的幕僚中。当时桓玄掌握着长江中上游的军政大权，野心勃勃图谋篡晋，陶渊明便又产生了归隐的想法，这年冬天因其母孟氏卒，他便回浔阳居丧了。

元兴三年（404 年）刘裕起兵讨伐桓玄，进入都城建康，被任命为镇军将军，掌握了国家大权，给晋王朝带来一线希望。于是陶渊明又出任镇军将军刘裕的参军，在赴任途中写了《始作镇军参军经曲阿作》。他的心情十分矛盾，一方面觉得时机到来了，希望有所作为，另一方面又眷恋着田园的生活。

这时刘裕正集中力量讨伐桓玄及其残余势力，陶渊明在刘裕幕中恐难有所作为。到了第二年即安帝义熙元年（405 年），他便改任建威将军江州刺史刘敬宣的参军。这年八月又请求改任彭泽县令，在官八十余日，十一月就辞官归隐了。

这次辞去县令官职的直接原因，据《晋书》本传记载：“郡遣督邮至，县吏白：‘应束带见之。’潜叹曰：‘吾不能为五斗米折腰，拳拳事乡里小人邪！’义熙二年，解印去县，乃赋《归去来兮辞》。”他辞官时所作的《归去来兮辞》说出了更深刻的原因：“归去来兮，请息交以绝游，世与我而相违，复驾言兮焉求！”陶渊明彻底觉悟到世俗与自己崇尚自然的本性是相违背的，他不能改变本性以适应世俗，再加上对政局的失望，于是坚决地辞官隐居了。

陶渊明熟谙儒家学说，诗文中引用儒家经典很多，仅引用《论语》就有三十七处。他有儒家的入世精神，也像儒家那样重视个人的道德修养，但不拘守儒家经典的章句，显得通脱而不拘泥。他说："好读书，不求甚解。每有会意，便欣然忘食。"（《五柳先生传》）魏晋玄学对他也有影响，但他并不沉溺于老庄和玄谈，他是一个很实际的、脚踏实地的人，做县吏时就有劝农之举，做隐士时又坚持力耕，与清谈的玄学家很不同。

他住在庐山脚下，距离慧远的东林寺很近，陶渊明的诗中偶尔也可见到类似佛教的词语，但他绝非佛教徒，并且与慧远保持着距离。他所思考的都是有关宇宙、历史、人生的重大问题，例如：什么才是真实的？历史上的贤良为什么往往没有好的结果？人生的价值何在？怎样的生活才完美？如何对待死亡？他的思想既融会了儒道两家，又来自于个人的生活实践所感，具有独特的视点、方式和结论，同时其思考的结论又能够付诸实践而身体力行。

"安贫乐道"与"崇尚自然"，是陶渊明思考人生得出的两个主要结论，也是他人生的两大支柱。"安贫乐道"是陶渊明的为人准则。他所谓的"道"，偏重于个人的品德节操方面，体现了儒家思想。他并不鄙视出仕，而是不肯同流合污。

他也考虑贫富的问题，安贫和求富在他心中常常发生矛盾，但是他能用"道"来求得平衡："贫富常交战，道胜无戚颜。"（《咏贫士》其五）而那些安贫乐道的古代贤人，也就成为他的榜样。他的晚年很贫穷，到了挨饿的程度，但是并没有丧失其为人的准则。

"崇尚自然"是陶渊明对人生更深刻的哲学思考。陶渊明希望返归和保持自己本来的、未经世俗异化的、天真的性情。所谓"质性自然、非矫厉所得"（《归去来兮辞序》），说明自己的质性天然如此，受不了绳墨的约束。所谓"久在樊笼里，复得返自然"（《归园田居》其一），表达了他返回自然得到自由的喜悦。

总之，陶渊明的思想可以这样概括：通过泯去后天的经过世俗熏染的"伪我"，以求返归一个"真我"。陶渊明看到了社会的腐朽，但没有力量去改变它，只好追求自身道德的完善。他看到了社会的危机，但找不到正确的途径去挽救它，只好求救于人性的复归。

二、陶渊明的田园诗

田园诗和山水诗往往并称，但这是两类不同的题材。田园诗会写到农村的风景，但其主体是写农村的生活、农夫和农耕。山水诗则主要写自然风景，写诗人主体对山水客体的审美，往往和行旅联系在一起。陶渊明写得更多的是田园诗。田园诗是他为中国文学增添的一种新的题材，以自己的田园生活为内容，并真切地写出躬耕之甘苦，在这一方面陶渊明是中国文学史上的第一人。

他的田园诗有的是通过描写田园景物的恬美、田园生活的简朴，表现自己悠然自得的心境。或春游，或登高，或酌酒，或读书，或与朋友谈心，或与家人团聚，或盥濯于檐下，或采菊于东篱，还有在南风下张开翅膀的新苗、日见茁壮的桑麻，无不化为美妙的诗歌。

如"山涤馀霭，宇暧微霄。有风自南，翼彼新苗"（《时运》）写山村的早晨，晨雾渐渐消失，南风使新苗长上了翅膀。“邻曲时时来，抗言谈在昔。奇文共欣赏，疑义相与析”（《移居》其一）写邻居和自己一起谈史论文的情形，那种真率的交往令人羡慕。再如《归园田居》其一：

> 少无适俗韵，性本爱丘山。误落尘网中，一去三十年。羁鸟恋旧林，池鱼思故渊。开荒南野际，守拙归园田。方宅十余亩，草屋八九间。榆柳荫后檐，桃李罗堂前。暧暧远人村，依依墟里烟。狗吠深巷中，鸡鸣桑树颠。户庭无尘杂，虚室有余闲。久在樊笼里，复得返自然。

守拙与适俗，园田与尘网，两相对比之下，诗人对归田后的生活感到无比愉悦。南野、草屋、榆柳、桃李、远村、近烟、鸡鸣、狗吠，眼之所见耳之所闻无不惬意，这一切经过陶渊明的点化也都变得诗意盎然了。“暧暧远人村，依依墟里烟”一远一近，“狗吠深巷中，鸡鸣桑树颠”以动写静，简直达到了化境。

三、陶渊明诗的艺术成就

陶渊明诗的声律和节奏，舒缓而沉稳，给人以蔼如之感。其诗多用内省式的话语，坦诚地记录了他内心细微的波澜，没有夺人的气势，没有雄辩的力量，也没有轩昂的气象，却如春雨一样慢慢地渗透到读者的心中。他的诗不追求强烈的刺激，没有浓重的色彩，没有曲折的结构，纯是自然流露，一片神行。但因其人格清高超逸，生活体验真切深刻，所以只要原原本本地写出来就有极强的感染力。

陶渊明诗的一大特点，也是他的一种开创，就是将日常生活诗化，在日常生活中发现重要的意义和久而弥淳的诗味。在他以前，屈原、曹操、曹植、阮籍、陆机等人都着重于关乎国家政治的题材，陶渊明却着重写普普通通的生活，用家常话写家常事，写得诗意盎然。

（一）情、景、事、理的浑融

陶渊明描写景物并不追求物象的形似，叙事也不追求情节的曲折，而是透过人人可见之物，普普通通之事，表达高于世人之情，写出人所未必能够悟出之理。他的诗重在写心，写那种与景物融而为一的、对人生了悟明彻的心境以及他自己胸中的一片天地。其诗“发乎事，源乎景，缘乎情，而以理为统摄”。在南风下张开翅膀的新苗，伴随他锄草归来的月亮，依依升起的炊烟，不嫌他门庭荒芜重返旧巢的春燕，在仲夏贮满了清阴的堂前林，床上的清琴，壶中的浊酒，以及在他笔下常常出现的青松、秋菊、孤云、飞鸟，都已不是寻常的事物，它们既是客观的又是体现了诗人主观感情与个性的，既是具象的又是理念的。且看《饮酒》其五：

> 结庐在人境，而无车马喧。问君何能尔？心远地自偏。采菊东篱下，悠然见南山。山气日夕佳，飞鸟相与还。此中有真意，欲辨已忘言。

前四句讲了“心”与“地”，也就是主观精神与客观环境之间的关系，只要“心远”，不管在什么地方都不会受尘俗喧嚣的干扰。“采菊东篱下，悠然见南山”，偶然抬头，心与山悠然相会，自身仿佛与南山融为一体了。那日夕的山气，归还的飞鸟，在自己心里构成了一片美妙的风景，其中蕴藏着人生的真谛。这种心与境的瞬间感应，以及通向无限的愉悦，是用语言无法描述出来的。

（二）平淡中见警策，朴素中见绮丽

陶渊明诗作中所描写的对象，往往是最平常的事物，如村舍、鸡犬、豆苗、桑麻、穷巷、荆扉，而且一切如实说来，并没有什么奇特之处。然而一经诗人笔触，往往出现警策。他的诗很少用华丽的辞藻、夸张的手法，只是白描，朴朴素素。例如，“种豆南山下”“青松在东园”“秋菊有佳色”“悲风爱静夜”“春秋多佳日”，都是明白如话。然而，平淡之中可见绮丽。又如《拟古》其三：

> 仲春遘时雨，始雷发东隅。众蛰各潜骇，草木纵横舒。翩翩新来燕，双双入我庐。先巢故尚在，相将还旧居。自从分别来，门庭日荒芜。我心固匪石，君情定何如？

春天来了，燕子双双回到自己的草庐。一年来自己的门庭日见荒芜，但仍然坚持着贫穷的隐居生活。有些朋友并不理解我的态度，一再劝说“我”出仕。可是燕子却翩翩而来，丝毫也不嫌弃它们的旧巢以及自己这个贫士。似乎燕子在问诗人：“我”的心是坚定的，你的心也像我一样坚定吗？这首诗好像一个美丽的童话，浅显平淡却有奇趣。诗中的语言不是未经锤炼的，只是不露痕迹，显得平淡自然。正如元好问所说：“一语天然万古新，豪华落尽见真淳。”（《论诗三十首·其四》）

（三）陶渊明的散文与辞赋

陶渊明在文学史上的地位超然，影响巨大，其散文和辞赋，可以说与他的诗歌并驾齐驱。特别是《五柳先生传》《桃花源记》和《归去来兮辞》，这三篇最见其性情和思想，也最著名。

陶渊明的《五柳先生传》只有一百二十多字的正文和四十多字的赞语，却为自己留下一篇神情毕现的传记。在陶渊明之前，司马迁写过《太史公自序》，王充写过《自纪》，但那分别是《史记》和《论衡》的自序，带有自传性质而已。陶渊明的《五柳先生传》取正史纪传体的形式，但不重在叙述生平事迹，而重在表现生活情趣，带有自叙情怀的特点，这种写法是陶渊明的首创的。《五柳先生传》在一百多字的篇幅中，以极其简洁的笔墨表达了作者不同流俗的性格，清楚地划出了一条与世俗相分离的界限，从而塑造了一个清高洒脱、怡然自得、安贫乐道的隐士形象。五柳先生遂成为寄托中国古代士大夫理想的人物形象。

《归去来兮辞》是一篇脱离仕途回归田园的宣言。文中所写归途的情景，抵家后与家人团聚的情景，来年春天耕种的情景，都是想象之词，于逼真的想象中更可看出诗人对自由的向往。文中不乏华彩的段落，其跌宕的节奏、舒畅的声吻，将诗人欣喜欲狂的情状呈现于读者面前。对于后人来说，一切的回归，一切的解放，都可以借着这篇文章来抒发，因此它也就有了永恒的生命力。欧阳修说：“晋无文章，惟陶渊明《归去来兮辞》一篇而已。”虽未必是严谨的评论，但却可以说明此文之高妙实在是无与伦比。

《桃花源记》的故事和其他仙境故事有相似之处，描写了一个美好的世外仙界。不过

应当强调的是，陶渊明所提供的理想模式有其特殊之处：在那里生活着的其实是普普通通的人，一群避难的人，而不是神仙，只是比世人多保留了天性的真淳而已。他们的和平、宁静、幸福，都是通过自己的劳动取得的。桃花源里既没有长生也没有财宝，只有一片农耕的景象。陶渊明归隐之初想到的还只是个人的进退清浊，写《桃花源记》时已经不限于个人，而是想到了整个社会的出路和广大人民的幸福。陶渊明迈出的这一步与多年的躬耕和贫困的生活体验有关，桃花源是陶渊明的理想国。

四、陶渊明的典型意义

陶渊明在当时只以隐士著称，他的文学创作没有得到高度的评价，这是因为他平淡自然的风格与当时崇尚的华丽文风不合。萧统是第一位发现陶渊明文学价值的人，既推崇其人格也推崇其文学。到了宋朝，特别是经过苏轼、朱熹的弘扬，以及汤汉对其作品的诠释，才真正确立了陶渊明在文学史上的崇高地位，这地位一直保持到今天。

陶渊明是中国士大夫精神上的归宿，许多士大夫在仕途上失意以后，或厌倦了官场的时候，往往回归到陶渊明的作品中，从他身上寻找新的人生价值，并借以安慰自己，白居易、苏轼、陆游、辛弃疾等莫不如此。于是，“不为五斗米折腰”也就成了中国士大夫精神世界的一座堡垒，用以保护自己选择的自由，而平淡自然也就成了他们心目中高尚的艺术境界。

由于陶渊明的吟咏，酒和菊已成为他的象征。古代文人爱酒的不少，但能识酒中之深味，从饮酒中体悟出人生真谛的为数不多，陶渊明是其中的几个人之一，酒和陶渊明的生活及其文学紧密地联系在一起。阮籍饮酒有以醉逃祸和借酒浇愁的意味，陶渊明则是追求酒所助成的物我两忘的境界。陶渊明写菊其实并不多，一共六处，但因“采菊东篱下，悠然见南山”这两句诗太著名了，菊便成了他的化身，成了中国文学里象征着高远情致的意象。在酒和菊之外，象征陶渊明的还有“孤云”：“万族各有托，孤云独无依。暧暧空中灭，何时见余晖。”（《咏贫士》其一）陶渊明生前是孤独的，他的诗歌是一个孤独者的自白。他生命的光辉在他死后才逐渐放射出来，“千秋万岁名，寂寞身后事”（《梦李白》其二），杜甫的这两句诗用在陶渊明身上是再恰当不过了。

第三节　谢灵运的山水诗

南朝是中国诗运转折的重要时期。与魏晋诗人不同，南朝诗人更崇尚声色，追求艺术形式的完善与华美。

山水诗的出现，不仅使山水成为独立的审美对象，为中国诗歌增加了一种题材，而且开启了南朝一代新的诗歌风貌。继陶渊明的田园诗之后，山水诗标志着人与自然进一步的沟通与和谐，标志着一种新的自然审美观念和审美趣味的产生。在中国士大夫的传统观念中，山水隐逸总是与社会仕途对立。孔子所谓“用之则行，舍之则藏”（《论语·述而》）的观念，对后来士大夫的影响相当深刻。自汉代以来，遁迹岩穴即被视为一种清高，同时也是通向仕途的捷径。到了魏晋，由于社会动乱、政治黑暗，隐逸之风大炽。士大夫阶层大都以山林为乐土，他们往往把自己理想的生活和山水之美结合起来。因此有关山水描写的成分在诗里就逐渐多了起来。晋宋时代，尤其是南渡之后，江南的经济有了较大的发展，士族地主阶层的物质生活条件更加优越，他们大造别墅，在秀美的山水之间过着登临吟啸的悠闲生活。而作为生活环境的山水景物，也就很自然地反映在诗中。

谢灵运是第一个大力写作山水诗的人，并在当时及之后产生了巨大的影响。山水诗的出现扩大了诗歌的题材，丰富了诗的表现技巧，是中国诗史上的一大进步。谢灵运出身于士族大地主家庭，才学出众，很早就受到族叔谢混的赏识，与从兄谢瞻、谢晦等皆为谢氏家庭中的一时之秀。

谢灵运的山水诗，大部分是他任永嘉太守以后写的。这些诗，以富丽精工的语言，生动细致地描绘了永嘉、会稽、彭蠡湖等地的自然景色，其主要特点是鲜丽清新。王世贞认为，谢灵运的诗"至秾丽之极而反若平淡，琢磨之极而更似天然，则非余子所可及也"（《读书后》卷三）。

从诗歌发展史的角度来看，魏晋和南朝属于两个不同的阶段：魏晋诗歌上承汉诗，总的诗风是古朴的，南朝诗歌则一变魏晋的古朴，开始追求声色。而诗歌艺术上的这种转变，就是从陶渊明与谢灵运二人的差异开始的。陶渊明是魏晋古朴诗歌的集大成者，谢灵运却另辟蹊径，开创了南朝的一代新风。具体说来，从陶渊明到谢灵运，诗歌艺术的转变主要表现在两个方面：

首先是从写意到摹象。

在谢灵运之前，中国诗歌以写意为主，摹写物象只占从属的地位。陶渊明就是一位写意的能手。他的生活是诗化的，感情也是诗化的，写诗不过是自我表达。因此他无意于模山范水，只是写与景物融合为一的心境。谢灵运则不同，山姿水态在他的诗中占据了主要的地位，他尽量捕捉山水景物的客观美，不肯放过寓目的每一个细节，并不遗余力地勾勒描绘，力图把它们一一真实地再现出来。如其《入彭蠡湖口》：

> 客游倦水宿，风潮难具论。洲岛骤回合，圻岸屡崩奔。乘月听哀狖，浥露馥芳荪。春晚绿野秀，岩高白云屯。千念集日夜，万感盈朝昏。攀崖照石镜，牵叶入松门。三江事多往，九派理空存。灵物郄珍怪，异人秘精魂。金膏灭明光，水碧辍流温。徒作千里曲，弦绝念弥敦。

他的诗对自然景物的观察与体验十分细致，刻画也相当精妙，描摹动态的"回合""崩奔"、月下哀狖的悲鸣之声、"绿野秀"与"白云屯"那鲜丽的色彩搭配，无不给人以深刻的印象。谢灵运的那些垂范后世的佳句，无不显示着高超的描摹技巧，例如："白云抱幽石，绿筱媚清涟"（《过始宁墅》）；"晓霜枫叶丹，夕曛岚气阴"（《晚出西射堂》）；"云日相辉映，空水共澄鲜"（《登江中孤屿》）；"林壑敛暝色，云霞收夕霏"（《石壁精舍还湖中作》）；"春晚绿野秀，岩高白云屯"（《入彭蠡湖口》）；"池塘生春草，园柳变鸣禽"（《登池上楼》）；"残红被径隧，初绿杂浅深"（《读书斋》）；"野旷沙岸净，天高秋月明"（《初去郡》）；"密林含馀清，远峰隐半规"（《游南亭》）；"近涧涓密石，远山映疏木"（《过白岸亭》)；等等。语言工整精练，境界清新自然，犹如一幅幅鲜明的图画，从不同的角度向人们展示着大自然的美。尤其是“池塘生春草”更是意象清新，浑然天成，深得后人激赏。

其次是从启示性到写实性。

陶渊明的诗歌，十分注重言外的效果，往往调动读者的联想和想象，去体会那些只可意会而不可言传的东西。他诗中的物象描写，常采用白描的手法，虽然只是淡淡的几笔，但在平淡的外表下，却蕴含着炽热的感情和浓郁的生活气息。如他笔下的青松、秋菊、孤云、归鸟等意象，无不渗透着诗人的性情与人格，甚至成为诗人的化身和人格的象征。而谢灵运的诗歌语言，则更注重写实性。他充分发挥了语言的表现力，增强了语言描写实景实物的效果。他凭着细致的观察和敏锐的感受，运用准确的语言，对山水景物做精心细致的刻画，力求真实地再现自然美。因而他笔下的物象，就更多地带有独立性和客观性。他写风就是风，写月就是月，写山就要描尽山姿，写水就要描尽水态，而且写来也鲜丽清新、自然可爱。我们从以上所列举的其诸多名章佳句中，已可明显地感受到这一点。

从陶渊明到谢灵运的诗风转变，是两代诗风的嬗递。如果说陶渊明是结束了一代诗风的集大成者，那么谢灵运就是开启了一代新诗风的首创者。

第四节　南北朝民歌

一、南朝民歌

由于南北朝长期处于对峙的状态，在政治、经济、文化以及民族风尚、自然环境等方面存在着明显的差异，因而南北朝民歌也呈现出不同的情调与风格。南朝民歌清丽缠绵，更多地反映了人民真挚纯洁的爱情生活；北朝民歌粗犷豪放，广泛地反映了北方动乱不安的社会现实和人民的生活风习。南朝民歌中的抒情长诗《西洲曲》和北朝民歌中的叙事长诗《木兰诗》，分别代表着南北朝民歌的最高成就。

南朝民歌大部分保存在郭茂倩所编的《乐府诗集·清商曲辞》里。主要有吴歌和西曲两类。吴歌共326首，西曲共142首。现存南朝民歌的内容比较狭窄，绝大多数是情歌。南朝和汉代一样设有乐府机构，负责采集民歌配乐演唱。现存南朝民歌就是由这些乐府机构采集而保存下来的。

南朝民歌中多清丽缠绵的情歌，与江南幽美的自然环境和充裕的经济条件也有着直接的关系。南朝民歌产生于长江中下游地区，那里山清水秀，鸟语花香。本就多情的青年男女，在这样的环境中，不免油然生发出怀春之情。其中最有代表性的是抒情长诗《西洲曲》：

忆梅下西洲，折梅寄江北。单衫杏子红，双鬓鸦雏色。西洲在何处？两桨桥头渡。日暮伯劳飞，风吹乌臼树。树下即门前，门中露翠钿。开门郎不至，出门采红莲。采莲南塘秋，莲花过人头。低头弄莲子，莲子清如水。置莲怀袖中，莲心彻底红。忆郎郎不至，仰首望飞鸿。鸿飞满西洲，望郎上青楼。楼高望不见，尽日栏杆头。栏杆十二曲，垂手明如玉。卷帘天自高，海水摇空绿。海水梦悠悠，君愁我亦愁。南风知我意，吹梦到西洲。

这首民歌可能经过文人的加工润色，内容是写一个青年女子的相思之情，中间穿插着不同季节的景物变化和女主人公的活动、服饰及仪容的点染描绘，一层深过一层地展示人物内心的情思，将那种无尽的相思表现得极为细腻缠绵和委婉含蓄。全诗基本上是四句一换韵，又运用了连珠格的修辞法，从而形成了回环婉转的旋律，这种特殊的声韵之美，造成一种似断似续的效果，这同诗中“续续相生”的情景结合在一起，显得声情摇曳，余味无穷。这首诗是南朝民歌中艺术性最高的一篇。

二、北朝民歌

北朝民歌大部分保存在《乐府诗集·横吹曲辞》的《梁鼓角横吹曲》中，此外在《杂曲歌辞》和《杂歌谣辞》中也有一小部分，共 70 首左右。北朝民歌原来大都是北方少数民族的诗歌，其中又以鲜卑语的歌辞居多，这些歌辞后来被翻译成汉语，如《敕勒歌》。也有一部分是北人直接用汉语创作的，有些则是经过南方乐工的加工润色而成的，同时也不能排除其中还杂有少数北方汉人的作品。所以北朝民歌是北方各民族共同创造的文化硕果。北朝民歌的数量虽不多，但内容却广泛地反映了社会生活的各个方面。

史载北齐时代斛律金（488 年—567 年）所唱的《敕勒歌》，反映北方的游牧生活，出色地描绘了北国草原的辽阔壮美：

敕勒川，阴山下，天似穹庐，笼盖四野。天苍苍，野茫茫，风吹草低见牛羊。

短短 27 字，将苍茫浩瀚的草原风光描绘了出来，境界恢宏博大、雄浑壮阔，可谓千古绝唱。

北方民族以畜牧为业，善于骑射，他们锻炼出了雄健强悍的体魄、粗犷豪迈的个性和豪侠尚武的精神，不仅男儿具有这种英雄豪侠的行为举止，甚至巾帼不让须眉，木兰即是其中的典型。

《梁鼓角横吹曲》中的长篇叙事诗《木兰诗》，是北朝民歌中最为杰出的作品。此诗最初当为北朝民间传唱之诗，在长期的流传过程中，可能经过了隋唐文人的润色加工。

木兰诗

唧唧复唧唧，木兰当户织。不闻机杼声，唯闻女叹息。

问女何所思，问女何所忆。女亦无所思，女亦无所忆。昨夜见军帖，可汗大点兵，军书十二卷，卷卷有爷名。阿爷无大儿，木兰无长兄，愿为市鞍马，从此替爷征。

东市买骏马，西市买鞍鞯，南市买辔头，北市买长鞭。旦辞爷娘去，暮宿黄河边，不闻爷娘唤女声，但闻黄河流水鸣溅溅。旦辞黄河去，暮至黑山头，不闻爷娘唤女声，但闻燕山胡骑鸣啾啾。

万里赴戎机，关山度若飞。朔气传金柝，寒光照铁衣。将军百战死，壮士十年归。

归来见天子，天子坐明堂。策勋十二转，赏赐百千强。可汗问所欲，木兰不用尚书郎，愿驰千里足，送儿还故乡。

爷娘闻女来，出郭相扶将；阿姊闻妹来，当户理红妆；小弟闻姊来，磨刀霍霍向猪羊。开我东阁门，坐我西阁床，脱我战时袍，著我旧时裳。当窗理云鬓，对镜贴花黄。出门看火伴，火伴皆惊忙：同行十二年，不知木兰是女郎。

雄兔脚扑朔，雌兔眼迷离；双兔傍地走，安能辨我是雄雌？

《木兰诗》的艺术表现特点如下：

(1) 描写有繁有简，剪裁精当而结构严谨。作者根据人物刻划的需要，在广阔的生活背景下展示木兰的形象。从时间上说，长达十多年之久；从地域来说，从家乡到战场，从朝廷到故乡，空间十分广阔。如此丰富的内容本当很费笔墨，但诗歌处理得很巧妙。集中突出出征前、征途中、战场上和归来后几个场面，描写有详有略。其详处运墨如泼，如出征前备置鞍马的铺排描写，便烘托出一种跃跃欲试的精神和忙忙碌碌的气氛；征途中也同样是不惜笔墨，表现木兰温柔、善良的心性和对父母的拳拳深情；归来后的一大段描写，更是铺排特甚、不厌其详，从而制造出一种热烈而欢乐的气氛，充满浓郁的人情味和生活气息；而战场上的描写，则以“朔气传金柝，寒光照铁衣。将军百战死，壮士十年归”数语一带而过，可谓惜墨如金，然而战场上的肃杀气氛、将士们的浴血奋战以及木兰的英风豪气，无不涵盖其中。

(2) 通过对人物的行动和气氛的烘托来刻画人物的心理、性格，将叙事与抒情完美地结合在一起。这是一首叙事诗，但抒情的成分却很浓重。作者虽然没有正面写木兰的相貌和武艺，也没有写她的思想、性格与情感，然而在诗中这一切都十分传神地呈现在读者面前。

(3) 诗中复沓、排比、对偶、问答的句式；叠字、比喻、夸张的运用；或叙事，或摹声，或写景，如百川归海，均服务于木兰形象的塑造。其中既有朴素自然的口语，又有对仗工整、精妙绝伦的律句。虽然可能经过后世文人的加工润色，但全诗生动活泼，清新刚健，仍不失民歌本色，不愧是千百年来脍炙人口的优秀诗篇。

第五节　多元、多样、多彩的面目——辞赋、骈文与散文、小说

一、文学新格局

(一) 抒情小赋

魏晋南北朝的文坛出现了新的格局，并开拓出个性化与美文化的多元发展的前景。在各种文体中，辞赋创新成为亮点，与汉赋的对比也最为鲜明。对偶、声律和藻饰之美成为风气，文章的句式结构逐渐发生变化，其结果是骈文的出现和成熟。

辞赋在魏晋时期出现了新局面，其标志是抒情小赋的出现，拓展了辞赋的表现领域与表现风格。沿着东汉以来情理赋发展的方向，魏晋之际的辞赋创作显示出抒情化、小品化的特色。随着感情表现领域的扩大，作者的表现力也在个性化的基础上得到进一步加强。与东汉班固、张衡等赋作家兼善散体大赋与骚体辞赋不同，这一时期的作家往往集诗人与小赋作者于一身，这也标志着诗赋交相影响的深化。王粲的诗赋为“七子之冠冕”（刘勰

《文心雕龙·才略》)，其代表作是《登楼赋》：

登兹楼以四望兮，聊暇日以销忧。览斯宇之所处兮，实显敞而寡仇。挟清漳之通浦兮，倚曲沮之长洲；背坟衍之广陆兮，临皋隰之沃流。北弥陶牧，西接昭丘；华实蔽野，黍稷盈畴。虽信美而非吾土兮，曾何足以少留！……

王粲在荆州刘表幕下不受重用，郁郁寡欢，他对荆州所产生的“虽信美而非吾土”的离异之感，实与壮志难酬的悲愤之情融为一体。《登楼赋》善于自然地切入当下最真实的情境，并不刻意地显示对道家或儒家思想的归属感，而是即景抒情、情景交融，因而更易感人。

（二）著史

魏晋以来，著史而享有盛名的莫过于陈寿的《三国志》和范晔的《后汉书》。陈寿“善叙事，有良史之才”（《晋书》本传）。他的叙事议论“高简有法，质而不野”，如所撰《诸葛亮传》末“评曰”的一段文字：“诸葛亮之为相国也，抚百姓，示仪轨，约官职，从权制，开诚心，布公道。尽忠益时者，虽仇必赏；犯法怠慢者，虽亲必罚；服罪输情者，虽重必释；游辞巧饰者，虽轻必戮。”在修辞上排比振荡，却无刻意求工之嫌。范晔撰写《后汉书》，有心合史职与文才于一体，尤其是纪传的论赞部分，对偶工稳，辞采润泽，声律协畅，富于篇翰之美，显示出以骈文论史的高超水平。

以“深得文理”而著称的刘勰《文心雕龙》一书，其文章本身也表现出卓尔不凡的骈文才力。《文心雕龙》成书于齐末，具有议论文的性质，却采用骈文的体裁。刘勰汲取魏晋以来以骈俪偶语论事析理的经验，从而使骈文说理的艺术得到淋漓尽致地发挥。他的文学实践可直接印证其折衷通变的文学思想，而他的理论建树也植根于其创作心得。

二、《水经注》与《洛阳伽蓝记》

在南朝和北朝分裂的状态下，文学的发展有着一定的差异。从总体上看，南方文坛标新立异，北方文坛受其笼罩。使北方文坛地位大为改观的，除了一些由南入北的作家如庾信、王褒的贡献外，《水经注》与《洛阳伽蓝记》所代表的北方本土作家的文学业绩，也贡献甚大。郦道元的《水经注》约成书于北魏延昌、正光年间（512 年—525 年）。虽然郦道元生于南北分裂的时代，一生未能亲履南方之地，但他潜心撰著此书，寓有希望祖国大一统的理念。书中不以南北为鸿沟，还对东晋以后南方地志进行了广泛参考，竟以北人的身份而成为这方面的集大成者。

（一）《水经注》

郦道元的性情与文字深受北方山水之美的陶冶，如描写巨马水流经自己的家乡时：

巨马水又东，郦亭沟水注之，水上承督亢沟水于遒县东，东南流，历紫渊东。余六世祖乐浪府君，自涿之先贤乡爰宅其阴。西带巨川，东翼兹水，枝流津通，缠络墟圃，匪直田园之赡可怀，信为游神之胜处也。（卷十二）

他从山水之美中得到“畅清”“游神”的体验，说明他的心灵与自然之趣相通。《水经注》中关于江南水道风景的描摹，文学意味更为浓郁，如《江水注》中的一段：

自三峡七百里中，两岸连山，略无阙处，重岩叠嶂，隐天蔽日，自非亭午夜分，不见曦月。至于夏水襄陵，沿溯阻绝，或王命急宣，有时朝发白帝，暮到江陵，其间千二百里，虽乘奔御风，不以疾也。春冬之时，则素湍绿潭，回清倒影。绝巘多生怪柏，悬泉瀑布，飞漱其间，清荣峻茂，良多趣味。每至晴初霜旦，林寒涧肃，常有高猿长啸，属引凄异，空谷传响，哀转久绝。故渔者歌曰："巴东三峡巫峡长，猿鸣三声泪沾裳。"（卷三十四）

不过，这段文字取自盛弘之的《荆州记》（见《艺文类聚》卷七、《太平御览》卷五十三），并非出自郦道元之手。南朝晋、宋时期的地理志可以说是山水散文的胚胎，在南朝并没有被看作文学上惊人的成就，却在北方的郦道元那里得到总结和发展。《水经注》清朗疏朴的文风，对于唐代以后古文家的游记文章影响极大。

（二）《洛阳伽蓝记》

杨衒之的《洛阳伽蓝记》一书也是北朝文坛上的旷世杰作。佛教传入中土以后，对社会文化的影响日渐深远。从公元 4 世纪以来，都会州郡尤其是人文荟萃的京城的佛寺建筑及相关活动已有文字记载。《洛阳伽蓝记》一书尽管不乏前导，但却因为其富于创意和个人才情，而成为现存文史典籍中"寺塔记"的典范之作。它所达到的高度、享有的声誉，后继的若干同类撰述都难以企及。杨衒之也将此书视为名山事业，正如他在自序中所述："京城表里，凡有一千余寺，今日寥廓，钟声罕闻，恐后世无传，故撰斯记。"他要凭手中的笔，使一代名都佛寺的风采与故事传之久远。此书在结构上采用魏晋南北朝时期佛书正文与子注相配的方式，把博洽的内容组织得有条不紊。此书并非奉敕而撰，而是出于个人内心的沧桑之感、兴亡之念，因而笔端或隐或显地带着感情。作者在自序中追叙北魏极盛时代的洛阳佛寺道：

于是招提栉比，宝塔骈罗；争写天上之姿，竞摹山中之影；金刹与灵台比高，广殿共阿房等壮。岂直木衣绨绣，土被朱紫而已哉！

及至东魏孝静帝武定五年（547 年），时值北魏分裂为东西二魏，洛阳不复为京城已十三年。作者因行役重览洛阳，眼前的景象则是：

城郭崩毁，宫室倾覆，寺观灰烬，庙塔丘墟。墙被蒿艾，巷罗荆棘。野兽穴于荒阶，山鸟巢于庭树。游儿牧竖，踯躅于九逵；农夫耕老，艺黍于双阙。麦秀之感，非独殷墟；黍离之悲，信哉周室！

作者在这里流露出浓烈的北魏旧臣意识。故都佛寺不仅是北魏佛教隆盛的象征，而且是北魏国运的象征。经历了巨大历史变故的作者在"重览洛阳"之际，立志要让消逝了的梵钟之声在文字中遗响后世，字里行间难以抑制地流露出恍若隔世的悲怀，这构成了全书的情感主旋律。

作者在语言表达上善于使用整齐的句法，主要为四言，有时也适度利用四六骈句，同时又能发挥散句的长处，让节奏感与自由韵律得以有机结合，从而形成了典丽而清拔的风格。《四库提要》以“秾丽秀逸”四字品评此书的行文之美，从全书来看，作者擅长整饬的四言句法，应是其中最为“秾丽”之处。

三、魏晋南北朝的小说

（一） 溯源

中国古代小说有两个系统，即文言小说系统和白话小说系统。魏晋南北朝时期，只有文言小说。这时的小说可以统称为笔记体小说，采用文言写作，篇幅短小，记叙社会上流传的奇异故事，人物的逸闻轶事或其只言片语。在故事情节的叙述、人物性格的描写等方面都已初具规模。作品的数量也已相当可观。但就作者的主观意图而言，还只是将小说当成真实的事情来写，而缺少艺术的虚构，它们还不是中国小说的成熟形态。中国文言小说成熟的形态是唐传奇，白话小说成熟的形态是宋元话本。

“小说”一词最早见于《庄子》杂篇《外物》：“饰小说以干县令，其于大达亦远矣。”以“小说”与“大达”对举，是指那些琐屑的言谈、无关政教的小道理。后来，作为一种文学体裁的小说与《庄子》所说的“小说”含义虽不完全相同，但在古代，小说这种文学体裁始终被视为不登大雅之堂的东西。包括如下类别。

首先是神话传说。尽管古代文献对神话传说的记载十分简略，我们仍然可以从中看到故事情节和人物性格这两种重要的小说因素。神话传说原先属于口头流传，有的被采入正史，遂逐渐凝固；有的继续口头流传并得到不断的丰富发展，分化出一些新的神和英雄，增添了新的故事情节。这些继续活在人们口头上的传说一旦被记录下来，就成为具有浓厚小说意味的逸史。从神话传说到小说的这根链条中，逸史是关键的一环。甚至不妨说逸史是中国小说的直接源头，逸史中最接近小说或径可视为早期小说的，莫过于《穆天子传》和《燕丹子》。前者对周穆王周行天下之事多有细节描写，其中的西王母与《山海经》中的记叙相比，减少了神性增加了人性。后者写燕太子丹派荆轲刺杀秦王，与《战国策》和《史记》相比，不仅增加了细节描写而且突出了复仇者的形象。胡应麟称此书为“古今小说杂传之祖”（《四部正讹》）。

其次是寓言故事。例如，《孟子》《庄子》《韩非子》《战国策》等书中都有不少人物性格鲜明的寓言故事，它们已经带有小说的意味。《韩非子》中保存寓言故事最多的《内储说》《外储说》《说林》，明白地用“说”来标目，也透露出两者之间的关系。显然，寓言故事可以看作小说的源头之一。

最后是史传。例如，《左传》《战国策》《史记》《三国志》等书描写人物性格，叙述故事情节，或为小说提供了素材，或为小说积累了叙事的经验。唐代传奇小说多取人物传记的形式，《三国志演义》径直标明是史传的演义，都证明了史传是小说的一个源头。

（二） 分类

魏晋南北朝小说可以分为志怪小说和志人小说两类。志怪小说记述神仙方术、鬼魅妖怪、殊方异物、佛法灵异，虽然许多作品中表现了宗教迷信思想，但也保存了一些具有积极意义的民间故事和传说。志人小说记述人物的逸闻轶事、言谈举止，从中可以窥见当时社会生活的一些面貌。

1. 志怪小说

志怪小说的兴盛与当时的社会背景有很大关系，宗教迷信思想的盛行是其兴盛的土壤。古人迷信天帝，大事都要向天帝请示，所以常有祈祷、占卜、占梦等活动，巫觋就是从事这类活动的人。社会上流传的许多巫术灵验的故事，就成为志怪小说的素材。方士是战国后期从巫觋中分化出来的，他们鼓吹神仙之说，求不死之药。秦汉以来方术盛行，关于神仙的故事也层出不穷，这也成为志怪小说的素材。此外，东汉晚期建立的道教、东汉传入中国的佛教，都在魏晋以后广泛传播，产生了许多神仙方术、佛法灵异的故事，也成为志怪小说的素材。至于这些素材被搜集记录下来，则带有“自神其教”的目的。志怪小说适应了宗教宣传的需要，也提供了闲谈的资料，因而得以流传。

志怪小说按内容可分为三类：

（1）地理博物。如托名东方朔的《神异传》、张华的《博物志》。

（2）鬼神怪异。如曹丕的《列异传》、干宝的《搜神记》、托名陶潜的《搜神后记》、王嘉的《拾遗记》、吴均的《续齐谐记》。

（3）佛法灵异。如王琰的《冥祥记》、颜之推的《冤魂志》。

志怪小说中，值得注意的是那些曲折地反映了社会现实、表达了人民的爱憎以及对美好生活向往的作品。如《搜神记》中的《三王墓》，叙述楚国巧匠干将莫邪为楚王铸剑，反被楚王杀害，其子长大后为父报仇的故事：

> 楚干将莫邪为楚王作剑，三年乃成。王怒，欲杀之。剑有雌雄。其妻重身当产，夫语妻曰：“吾为王作剑，三年乃成。王怒，往必杀我。汝若生子是男，大，告之曰：‘出户望南山，松生石上，剑在其背。’”于是即将雌剑往见楚王。王大怒，使相之。剑有二，一雄一雌，雌来雄不来。王怒，即杀之。
>
> 莫邪子名赤比，后壮，乃问其母曰：“吾父所在？”母曰：“汝父为楚王作剑，三年乃成。王怒，杀之。去时嘱我：‘语汝子：出户望南山，松生石上，剑在其背。’”于是子出户南望，视有山但睹堂前松柱下，石砥之上，即以斧破其背，得剑，日夜思欲报楚王。
>
> 王梦见一儿，眉间广尺，言欲报仇。王即购之千金。儿闻之，亡去。入山行歌。客有逢者，谓：“子年少，何哭之甚悲耶？”曰：“吾干将莫邪子也，楚王杀吾父，吾欲报之。”客曰：“闻王购子头千金。将子头与剑来，为子报之。”儿曰：“幸甚！”即自刎，两手捧头及剑奉之。立僵。客曰：“不负子也。”于是尸乃仆。
>
> 客持头往见楚王，王大喜。客曰：“此乃勇士头也，当于汤镬煮之。”王如其言。煮头三日三夕，不烂。头踔出汤中，踬目大怒。客曰：“此儿头不烂，愿王自往临视之，是必烂也。”王即临之。客以剑拟王，王头随堕汤中，客亦自拟己头，头复堕汤中。三首俱烂，不可识别。乃分其汤肉葬之，故通名三王墓。

2. 志人小说

志人小说的兴盛与士族文人之间品评人物和崇尚清谈的风气有很大关系。这类志人小说既是品评人物和崇尚清谈的结果，又反过来促进了这种风气的发展。从志人小说在当时受到社会重视的情况，也可以看出它们的编纂是适应了社会的需要的。裴启的《语林》一写成，远近许多人争着传抄，梁武帝曾敕命殷芸撰《小说》，这些都是很好的例证。

志人小说流传下来的较少，按其内容也可分为三类：

(1) 笑话。邯郸淳的《笑林》，对世态有所讽刺。如写楚人有担山鸡者，欺骗别人说是凤凰，以讹传讹，连皇帝也轻信了。

(2) 野史。葛洪伪托刘歆所作的《西京杂记》，记述了西汉时期的人物轶事，也涉及宫室制度、风俗习惯、衣饰器物，并带有怪异色彩。其中有的故事后来变得很流行，如王昭君和毛延寿的故事，以及司马相如和卓文君的故事。

(3) 逸闻轶事。这是志人小说的主要部分，有裴启的《语林》、郭澄子的《郭子》、沈约的《俗说》、殷芸的《小说》等，而刘义庆的《世说新语》是成就和影响最大的一部。

魏晋南北朝时期的小说篇幅短小、叙事简单，只是粗陈故事梗概，而且基本上是按照传闻加以直录，没有艺术的想象和细节的描写。虽有人物性格的刻画，但还不能展开。所以还只是初具小说的规模，而不是成熟的小说作品。在中国小说史上，魏晋南北朝时期的志怪小说和志人小说是不可缺少的一环。在人物刻画、细节描写和叙事语言的运用等方面，它们都为唐传奇的写作积累了经验。

第六节 同时期的世界文学

一、《一千零一夜》（阿拉伯）

《一千零一夜》是阿拉伯民间故事集，又名《天方夜谭》。《一千零一夜》讲述了古代印度与中国之间有一萨桑国，国王山鲁亚尔生性残暴，因王后行为不端便将其杀死，此后每日娶一少女，翌日晨起即杀掉，以示报复。宰相的女儿山鲁佐德为拯救无辜的女子，自愿嫁给国王，用讲述故事的方法吸引国王，每夜讲到最精彩处，天刚好亮了，使国王不忍杀她，允许她下一夜继续讲。她的故事一直讲了一千零一夜，国王终于被感动，与她白首偕老。因《一千零一夜》内容丰富，规模宏大，故被高尔基誉为世界民间文学史上“最壮丽的一座纪念碑”。

二、《古兰经》（阿拉伯）

《古兰经》是伊斯兰教的经典。《古兰经》共 114 章，6 236 节，其中穆罕默德在麦加口述了 86 章，占全书的三分之二，他迁移到麦地那以后又口述了 28 章，占全书的三分之一。

“麦加”篇章以宗教教义为主，反复强调安拉至上，宣扬后世的乐园火狱和复活日的审判，告诫信仰者应坚忍、顺从、行善、施舍和为主道而战（为主道而战是指与心中的私欲、恶念而战，与恶魔而战）。

“麦地那”章节则对伊斯兰教的信士们阐述教法，详述了关于礼拜、斋戒、朝觐、天课、圣战等宗教礼仪和义务以及相应的社会制度与律例，涉及经济、政治、军事及民俗生活的约占整个文本的十分之一。作为入世的宗教，这些社会制度与律例明确了伊斯兰教信众的行为准则与伦理道德规范，在其日常生活中发挥着指导、约束与协调的重要作用，把信众的心性走向引向现实世界而非完全虚幻、未知的彼岸，同时也投射出伊斯兰民众追求力量与秩序、崇尚智慧、向往幸福的心理。

《古兰经》的内容主要有这样五个方面：一是伊斯兰教的基本信仰和义务，其中特别强调安拉的独一无二和“五功”；二是对阿拉伯半岛社会的有关主张；三是为政教合一的宗教公社制定的宗教、政治、经济、社会、军事和法制制度；四是穆罕默德在传教过程中同多神教、犹太教和基督教进行辩论的记述；五是阿拉伯半岛的犹太教、基督教以及阿拉伯人的故事、传说和谚语等。

《古兰经》除了阐述宗教生活和礼仪方面的规定外，还广泛涉猎了社会生活的各个领域。如家庭婚姻、遗产继承、债务纠纷、饮食禁忌、衣着服饰、财经法令、刑法、诉讼程序法、宪法、战争法等。

《古兰经》通过人对真主安拉的敬畏之情而建构起“此岸—彼岸”双重结构的精神世界。

三、《圣经·新约》和《圣经·旧约》

《圣经》是基督教的正典，分为《新约》《旧约》，其中《新约》共有 27 卷书，由四部福音书（马太福音、马可福音、路加福音、约翰福音）、一部教会历史书、21 部使徒书信、一部启示录构成。《旧约》实际上是一部有关犹太人早期生活的百科全书，它完整地展示了犹太民族的发展史，生动、形象地再现了犹太人民广阔的生活画面，详尽地记载了他们在各个领域的杰出成就，深刻地反映了他们的道德观、价值观，为了解和研究古代犹太人社会提供了丰富而珍贵的历史资料。《圣经·旧约》也是一部文学巨著，它几乎运用了所有的文学创作形式，如神话、传说、小说、寓言、戏剧、散文、诗歌、谚语、格言等，并独创了先知文学和启示文学。

四、《沙恭达罗》（印度）

《沙恭达罗》全剧共七幕，是印度古代诗人和戏剧家迦梨陀娑所创的剧目。

故事梗概：国王豆扇陀外出行猎，对净修女沙恭达罗一见倾心，两人遂以干闼婆的方式（不经父母之命、媒妁之言的自主婚姻）私自成婚。国王离开净修林时留给她一只戒指作为信物。分别后，沙恭达罗思夫情切，无意中怠慢了仙人达罗婆娑。仙人大怒，诅咒国王丧失记忆，直到见到信物时方能相认。日后，已有身孕的沙恭达罗进城寻夫，国王果然拒认。她想拿出信物却无法找到，原来是途中信物不慎失落河中。她呼天喊地，求告无门，被她母亲、天女尼诺伽救到天上。后来，一个渔夫从捕获的鱼腹中发现戒指，送交国王。国王恢复记忆后，深为自己的拒妻行为感到懊悔。这时，天帝因陀罗请豆扇陀出战，去征服恶魔阿修罗。得胜后，豆扇陀飞往仙境，在那里和妻儿阖家团圆。

[作业]

学习过陶渊明的《桃花源记》后，用 800 字写一篇关于“我的理想国”的文章。注意借鉴《桃花源记》中虚拟世界的描绘手法，没有批评没有指责，只有描述。

第三讲　辉煌篇——唐宋文学

【概论】

我们迎来了诗歌的巅峰时期，唐诗以无与伦比的数量与质量，占据了诗歌历史中永恒的冠军宝座。前面说过，诗歌这种形态是最能够表达我们这个民族的心声、最适合表达人的情感的文学作品，这是漫长时间的积淀，也是历史的选择。那么诗歌审美表达的内在基因是什么？民族的、共同的、原力的、初始的、聚集着巨大能量的内在基因早已在《诗经》三百首中露出端倪，这是五百年来文学精华的结晶。后世朝代将此诗歌传统一脉相承，绵延不绝，总有佳作不断涌现，充分说明了诗歌这种文学形式与汉族情感表达与审美诉求是相互匹配的，诗歌也成为民族气质的基因载体。

一、盛世繁荣

（一）天时、地利、人和共襄盛举

唐代诗歌进入了能量爆发期，诗歌数量巨大，品质优秀，桂冠诗人辈出，更有前无古人后无来者的大师诞生。本讲结合众多样本试图对民族审美的基因进行解读，借助唐诗这个发育充分、时间充裕、水平一流的全形态样本，给出最为典型且有说服力的解读内容。

唐代是我国历史上政治军事强大、文化经济繁荣的朝代。后人把强盛繁荣的唐代与汉代并列，称为“汉唐盛世”，而这两个朝代在文学上也可谓双峰并肩。

魏晋南北朝是文学自觉的时代，文学的艺术特质得到充分发展，为文学创作积累了丰富的经验，同时为唐代文学的繁荣打好了基础。永嘉南渡之后，在漫长的岁月里，文学一直在南北分裂的格局中各自发展，带有明显的地域色彩，唐朝人在魏晋南北朝文学的基础上，合南北文学之两长，创造了一代辉煌的文学时代。

唐代文学的繁荣与唐代武力强大、边境安全有着密切的关系。唐太宗贞观四年（630年）唐朝打败东突厥，原属东突厥的各属国归属唐朝，推尊唐太宗为天可汗，唐朝遂取代实力强大的突厥而成为东亚盟主。贞观八年（634年）唐朝大败吐谷浑，贞观十四年（640年）唐朝平定高昌，高宗显庆二年（657年）唐朝打败西突厥。唐朝势力之强大，延续了一百余年之久。

（二）宽松自由的环境

唐朝的立国者对外来文化采取兼容的政策，“去华夷之防”，积极容纳外来的思想与文化。唐太宗说过：“自古皆贵中华，贱夷狄，朕独爱之如一。”（《资治通鉴》）唐太宗这种华夷同等的思想，为他的后继者所继承，一直延续到唐玄宗时朝。

整个唐代广泛接受外来文化的影响，从文学艺术到生活趣味、风俗习惯都可以看到这种影响的存在。由于大量外族移民入住、商旅往来、宗教传播，西域各族、各国的生活习俗、文化也广泛渗透长安、洛阳、扬州等大都会之中。在这些地区，从饮食、衣着、乐舞到生活趣味，均杂取中西文化之所长。中外文化交融所产生的这种较为开放的风气，对于文学题材的拓广，文学趣味、文学风格的多样化，都有重要的意义。

（三）奋发昂扬的基调

隋唐时代开科取士，给一般的地主阶级以及社会各个阶层以晋升的机会。尤其是唐代，科举考试中有关于诗的内容，不仅如此，从皇帝到大臣都能够吟诗作诗，这样的制度安排与环境氛围使唐代士人对人生普遍持一种积极的、进取的态度。国力日渐强大，为士人展开了一条宽阔的人生道路。唐代人有着更为恢宏的胸怀、气度、抱负与强烈的进取精神，他们中的不少人将自信与狂傲集于一身。这种积极进取的精神反映到文学上来，便呈现为文学（特别是诗）的昂扬激情。

唐人恢宏的胸怀气度与对待不同文化的兼容心态，创造了有利于文化繁荣发展的社会环境。这一时期的史学、书法、绘画、雕塑、音乐、舞蹈都有很大发展。这些领域的高度成就也影响着文学，唐诗中有咏画、题画诗，在《全唐诗》中就著录有 189 首。许多重要诗人如李白、杜甫、王昌龄、岑参、高适、王维都有题画、咏画诗。

二、生活方式的滋养

唐代士人的生活方式中少不了漫游、读书，以及入幕和贬谪生活。这些也成为孕育诗歌的温床。

（一）行走

游历名山大川成为中国士大夫阶层的一种必修课，认识世界的重要途径一个是读万卷书，另一个就是行万里路。唐代士人在入仕之前，多有漫游的经历。漫游的处所，或是名山大川，或是边塞，或是通都大邑。在名山大川之中游历反映了唐代诗人对自然美的向往，漫游名山大川，除了游赏山水之外，可能还与对神仙道教的信仰有关。唐代的不少重要士人都有神仙信仰，名山访道成为一种时尚。这种风气也在唐诗中留下了印记。

边塞诗是唐诗的一个重要题材。唐人写边塞诗，不一定到过边塞。但优秀的边塞诗，则多是到过边塞的诗人的作品。到过边塞的诗人，一种是进入边镇幕府为官，另一种则是边塞漫游。前者如高适、岑参、李益，后者如王昌龄、李白、王之涣等人。边塞漫游为唐诗带来了慷慨壮大的气势情调和壮美的境界。

漫游还有一个去处是通都大邑，如长安、洛阳、扬州、金陵等地，这是当时最为繁华的都市。同时也极大地拓展了文学的题材，丰富了唐文学的表现领域。

（二）入幕

唐代士人的入仕途径很多，科举之外，入幕是另一重要途径。不少士人都有过幕府生活的经历，王翰、高适、王维、李白、岑参、杜甫、萧颖士、李华、梁肃、元结等都曾在幕府生活过。中唐以后，入幕更是许多士人的主要仕途经历。杜牧在幕府十年，这段时间的生活成了他一生忆念的内容，深深地渗入到他的诗中。李商隐的仕途主要在幕府，据不完全统计，中唐以后曾入幕的重要作家为数当在 70 人以上。幕府宴饮、乐伎唱诗、唱和送别，这些对于诗的创作和词的产生以及小说的发展，都有影响。

（三）读书

陈子昂曾在金华山的玉京观读书；李白离开夔门之前，隐于大匡山读书；岑参十五岁隐于嵩阳；刘长卿曾在嵩山读书；颜真卿未入仕时，在福山读书讲学；李端、杜牧、温庭筠、杜荀鹤、李中都曾在庐山读书；阎防、薛据、许稷曾于终南山读书；徐商在中条山读书；符载等数人于青城山读书；李绅于无锡惠山寺读书；等等。

唐代寒门士人得以应举，他们能够读书的一条途径就是在寺庙、道观中读书。唐代寺庙经济发达，可为贫寒的士人提供免费的膳食与住宿，且又藏书丰富，为士人读书提供了便利。在山中读书，不仅读经史，也作诗赋。山林的清幽环境对于士人情趣的陶冶、审美趣味的走向都会有影响。于山林之中读书之时又往往正是文人的青年时期，这种影响常常随其终身，并在他们的诗中反映出来。唐诗中那种清幽明秀的格调也与此有关。

（四）贬谪

唐代特别是中唐以后文人的贬谪生活也丰富了唐代文学的内容，使唐代文学从生活面到情调意境都呈现出更为丰富多彩的面貌。文人遭遇贬谪而行诸歌吟的现象自屈原而后历代不断，但唐代之前未见有如此多而且如此好的贬谪作品。李白贬夜郎途中、王昌龄龙标之贬、刘长卿的两次贬谪，其间都有好诗产生。贬谪的悲愤不平、孤独寂寞、凄楚忧伤，以及诗人对于生命的执着，对于理想的追求，丰富了贬谪文学的内涵。这种丰富多样的诗歌内涵，特别明显地反映在元和诗人的贬谪作品里。韩愈、柳宗元、刘禹锡、元稹、白居易等人都在这方面有非常优秀的作品。

漫游、读书、入幕与贬谪生活，从不同的层面丰富了唐代文学的内涵，构建了唐代文学多彩的情思格调。

三、文学昌盛与全面发展

唐代文学的繁荣表现在诗、文、小说、词的全面发展上。诗的发展最早，在唐代文学中也占有最为重要的位置。当诗发展到高峰时，散文出现了文体文风的变革，小说也开始走向繁荣。当散文、小说、诗相继进入低潮时，诗的另一种体式——词，又登上了文坛，焕发出光彩。

唐代文学的繁荣还表现在作者众多且大师辈出上。《全唐文》收录作者 3 035 人，《全唐诗》收录作者 2 200 余人。据不完全统计，唐代小说到今天可以找到的还有 220 余种。唐代出现的杰出诗人数量之多，为我国诗歌史上所仅见。

唐诗吸收了它之前诗歌艺术的特点，并进行发扬创造，达到了后世难以企及的高峰。唐诗是难以模仿、无法代替的。在唐代完成的律诗，成了我国后来诗歌发展的主要体式。唐代的伟大诗人如李白、杜甫，几乎成了我国诗歌的代名词。唐代散文的文体文风改革，为后来宋代的作家所发扬，深远地影响着我国后来散文的发展。唐代传奇使我国的文言小说走向成熟，也在人情味、情节构造、人物塑造上影响着宋代的话本小说。晚唐五代词的成就，则是词这种重要文体在以后得以发展的开端。

Chapter 1
第一章　千峰竞秀的唐诗

第一节　初唐、盛唐诗坛

唐代文人的生活经历丰富，时代环境也非常多姿多彩，文人本身更是通过游历、读书、入幕、贬谪等经历使自己的情感丰沛、情绪高涨，对种种生命与事物的认知也越发深刻立体，并进一步反映到诗歌之中。好的作品一定是那些能够最大限度激发人们共鸣的作品，或者使人对自然景色的赞美欣赏获得共鸣，或者使人情绪的呈现获得共鸣，或者使人感情的寄托与分享获得共鸣。好诗的基因一是饱满浓郁地呈现，二是最大限度地获得认知认同，三是引起最宽广最深度的共鸣，这就是成就终极佳作的密码。

唐代文学的最高成是诗，就诗的形式来说，在永明体的基础上唐人做了两个工作：一是把四声二元化，二是解决了粘式律的问题。唐诗从律句律联到构成律篇，摆脱了永明诗人种种病犯说的束缚，创造了一种既有程式约束又留有广阔创造空间的新体诗——律诗。

继之而来的便是开元、天宝盛世之中唐诗的全面繁荣。这一时期，出现了山水田园诗人王维、孟浩然，把山水田园静谧明秀的美表现得让人心驰神往。同时，出现了边塞诗人高适、岑参，把边塞生活写得瑰奇壮伟、豪情慷慨。还有王昌龄、李颀、崔颢、王之涣等一大批名家。当然最重要的是出现了伟大诗人李白，以其绝世的才华，豪放飘逸的气质，把诗写得行云流水而又变幻莫测，情则滚滚滔滔，美如清水芙蓉。后人对此时的唐诗有许多评论，概括来说就是骨气端翔、兴象玲珑、无工可见、无迹可求，而又含蕴深厚、韵味无穷。

一、 名家纷呈

对于诗歌来说，可以有多重的审美体验。第一层次的审美体验是情绪、情感的梳理、调配、激发和扩张，以期引起共鸣，是诗人由内心向外拓展出的；第二层次的审美体验是营造意境，这个意境美几乎是中国文学独有的审美体验，也是最适合诗歌表现的审美运用。诗人通过文字、音律、情感、情绪共同成就意境，打造了一种可视的画面美，一种有温度的情景再现，一个能够引起遐想或无尽联想的三维空间。通过意境的营造，可以由外向内地、最大限度地唤起读者心灵深处的情感共鸣或头脑中的思绪共振。

（一）初唐四杰

真正能反映社会中下层士人精神风貌和创作追求的，是被称为“初唐四杰”的王勃（650年—676年）、杨炯（650年—693年）、卢照邻（？—689年）和骆宾王（619年—?）。

“初唐四杰”大都生于唐贞观年间，四人的创作个性是不同的，其中卢照邻、骆宾王长于歌行，王勃、杨炯长于五律。但他们都属于确有文才而且自负很高的诗人：官小而才大，名高而位卑，心中充满了博取功名的幻想和激情，郁积着不甘居人之下的雄杰之气。

王勃的《送杜少府之任蜀川》：

城阙辅三秦，风烟望五津。与君离别意，同是宦游人。海内存知己，天涯若比邻。无为在歧路，儿女共沾巾。

这是“初唐四杰”送别诗中最有名的一首。虽意识到羁旅的辛苦和离别的孤独，但没有伤感，没有惆怅，只有真挚的友情和共勉，心境明朗，感情壮阔，有一种好男儿志在四方的英雄气概。于伤别之外，尚有一种昂扬的抱负和气概，使诗的格调变得壮大起来。

杨炯的《从军行》：

烽火照西京，心中自不平。牙璋辞凤阙，铁骑绕龙城。雪暗凋旗画，风多杂鼓声。宁为百夫长，胜作一书生。

边塞是当时士人幻想建功立业的用武之地，尽管“初唐四杰”中的王勃、杨炯、卢照邻都从未到过边塞，然而他们在诗中表现出的立功边塞的志向和慷慨情怀，却显得十分强烈。这种激扬文字的书生意气，是构成其诗歌“骨气”的重要因素，也是“初唐四杰”诗风与宫廷诗风迥然有异的内在原因。

（二）陈子昂

各种律诗体式的定型，为诗歌艺术的发展创造了有利条件。从武后至唐中宗景龙年间，唐代近体诗的各种声律体式已经定型，并出现了一批较为成功的作品。

陈子昂是一位对唐诗发展有重大影响的诗人。唐高宗显庆四年（659年），他出生于梓州射洪（今四川射洪县）一个富有的庶族地主家庭，从小养成了豪家子弟任侠使气的性格。青年时期，他折节读书，21岁时入长安游太学，次年赴洛阳应试，落第西归，在家乡过了一段学仙隐居的生活。永淳元年（682年），他再次赴洛阳应试，得中进士，释褐将仕郎。

陈子昂由于两次上谏疏直陈政事，受到武则天的赏识，他被擢为秘书省正字，官至右拾遗。他曾慷慨从军，随乔知之北征同罗、仆固，跃马大漠南；后又随武攸宜出击契丹，因言事被降职，愤而解职还乡。回乡后，他被县令段简诬陷入狱，于久视元年（700年）去世，年仅42岁。

复归风雅，是陈子昂振起一代诗风的起点，集中体现为他创作的38首《感遇》诗。陈子昂是个具有很浓政治色彩的诗人，借《感遇》来恢复风雅比兴美刺的兴寄传统，使诗歌创作具有较强的思想性和干预现实的作用，这是其所得。其失则在于，这种复古易重蹈古诗以比兴手法论理寄慨的构思方式，简单地将抽象思辨附着于感性形象之上，以诗言理而缺乏艺术感染力。

为实现自己建功立业的理想，陈子昂于神功元年（697 年）再次从军。他随建安郡王武攸宜北征契丹。由于建议未被采纳而钳默下列，因登蓟北城楼，他有感于从前此地曾有过的君臣际遇往事，写了题为《蓟丘览古赠卢居士藏用》的组诗，慨叹时光流逝，古人的不朽功业已成陈迹，而往时的种种际遇难见于今世，有种抱负无法实现的悲愤。在写这组诗的同时，他也写下了千古绝唱《登幽州台歌》：

前不见古人，后不见来者。念天地之悠悠，独怆然而涕下。

在天地无穷而人生有限的悲歌中，回荡着目空一切的孤傲之气，形成反差强烈的情感跌宕。自悠悠天地而言，将与英雄业绩同其长久；而自己人生有限，一旦抱负落空，只能空留遗恨而已，于是产生了怆然涕下的巨大悲哀。这种悲哀里，蕴含着得风气之先的伟大孤独感，透露出英雄无用武之地、抚剑四顾茫茫而慷慨悲歌的豪侠气概。

陈子昂的诗歌创作和理论主张影响了有唐一代。他对风骨的追求，他提出的诗美理想，对于唐诗的变革具有关键性的作用。这为后来唐代文学的进一步发展所证实，成为盛唐诗歌行将到来的序曲。

（三）张若虚

张若虚是初唐、盛唐之交的一位诗人，大致与陈子昂等人同时登上诗坛。由于史传无确载，其生平事迹不详，只知他是扬州人，做过兖州兵曹，与贺知章、张旭和包融齐名，被称为“吴中四士”。他的诗仅存两首，但一首《春江花月夜》就奠定了他在唐诗史上的大家地位。这是一首长篇歌行，采用的是乐府旧题，但作者已赋予了它全新的内容，将画意、诗情与对宇宙奥秘和人生哲理的体察融为一体，创造出情景交融、玲珑透彻的诗境。

诗人先从春江月夜的宁静美景入笔：

春江潮水连海平，海上明月共潮生。滟滟随波千万里，何处春江无月明！江流宛转绕芳甸，月照花林皆似霰。空里流霜不觉飞，汀上白沙看不见。

月色中，烟波浩渺而透明纯净的春江远景，展示出大自然的神奇美妙。诗人在感受这美丽景色的同时，沉浸于对似水年华的体认之中，情不自禁地由江天月色引发出对人生的思索：

江天一色无纤尘，皎皎空中孤月轮。江畔何人初见月？江月何年初照人？人生代代无穷已，江月年年只相似；不知江月待何人，但见长江送流水。

由时空的无限，遐想到了生命的无限，感到神秘而亲切，表现出一种更深沉、更寥廓的宇宙意识。诗人似乎在无须回答的天真提问中得到了满足，然而也迷惘了，因为光阴毕竟如流水，一去难复返。

白云一片去悠悠，青枫浦上不胜愁。谁家今夜扁舟子？何处相思明月楼？可怜楼上月徘徊，应照离人妆镜台。玉户帘中卷不去，捣衣砧上拂还来。此时相望不相闻，愿逐月华流照君。鸿雁长飞光不度，鱼龙潜跃水成文。昨夜闲潭梦落花，可怜春半不还家。江水流春去欲尽，江潭落月复西斜。斜月沉沉藏海雾，碣石潇湘无限路。不知乘月几人归，落月摇情满江树。

从“白云一片去悠悠，青枫浦上不胜愁”开始，转而叙写人间游子思妇的离愁别绪，明净的诗境中，融入了一层淡淡的忧伤。这种从优美而来的忧伤，随月光和江水流淌于心上，徐缓迷人。当全诗以“不知乘月几人归，落月摇情满江树”收束时，仍有一种令人回味不尽的绵邈韵味。

相类似的诗境创造，在刘希夷的诗里亦能见到。他的代表作《代悲白头翁》，触景生情，以落花起兴：“洛阳城东桃李花，飞来飞去落谁家！洛阳女儿好颜色，坐见落花长叹息。今年花落颜色改，明年花开复谁在?”在深微的叹息声中，有一种朦胧的生命意识的觉醒，由对自然的周而复始与青春年华的转瞬即逝的领悟，诗人写出了千古传诵的名句：“年年岁岁花相似，岁岁年年人不同。”花相似而人不同的意象，深藏着诗人对生命短促的悼惜之情。这种带有青春伤感的情思贯穿全篇，并通过对红颜美少年和鹤发白头翁的对比描写而愈显浓烈，创造出兴象鲜明而韵味无穷的诗境。

张若虚和刘希夷在诗歌意境创造上取得的进展，如将真切的生命体验融入美的兴象，将诗情与画意相结合，营造出浓烈的情思氛围，空明纯美的诗境，表明唐诗意境的创造已进入炉火纯青的阶段，为盛唐诗的到来做了艺术上的充分准备。此后兴象玲珑、不可凑泊的盛唐诗的出现，也就是十分自然的了。

二、 创造静逸明秀之美的诗人

诗中的景色描写或环境呈现，都需要导向情感的宣泄或者情绪的孕育，并由情感或情绪扩张、扩展，在扩张、扩展的过程中加入共性的认知，催发人的同情心、同理心、同质心，由客观而入主观，由主观扩张、扩展到更广泛的客体，以引发共鸣。

（一）“诗中有画，画中有诗”的王维

王维是盛唐山水田园诗的代表作家，生于武后长安元年（701 年）。从 15 岁起，他游学长安数年，并于开元九年（721 年）擢进士第，释褐太乐丞，因事获罪，贬济州司仓参军。此后他开始了亦官亦隐的生活，曾先后隐居淇上、嵩山和终南山，并在终南山筑辋川别业隐居。他也向宰相张九龄献诗以求汲引，官至右拾遗，又一度赴河西节度幕府，为监察御史兼节度判官。天宝十四年（755 年）安史之乱起，至德元年（756 年）叛军攻陷长安，他被迫接受伪职。第二年两京收复，他因此被定罪下狱，但旋即得到赦免，不仅官复原职，还逐步升迁，官至尚书右丞。不过，王维晚年已无意于仕途荣辱，退朝之后，常焚香独坐，以禅诵为事，于上元二年（761 年）卒于辋川别业，年 61 岁。

与当时许多想建功立业以扬名不朽的才士一样，王维早年对功名同样充满热情和向往，有一种积极进取的生活态度。他在《送张判官赴河西》诗中写道：“沙平连白雪，蓬卷入黄云。慷慨倚长剑，高歌一送君。”王维赴河西节度使幕府时到过塞外，他出塞前后写的诗，如《从军行》《观猎》《出塞作》《送元二使安西》等，也洋溢着壮大明朗的情思和气势。其《使至塞上》云：

单车欲问边，属国过居延。征蓬出汉塞，归雁入胡天。大漠孤烟直，长河落日圆。萧关逢候骑，都护在燕然。

此诗以英特豪逸之气融贯于出色的景物描写之中，形成雄浑壮阔的诗境。那无尽的长河、广阔地平线上的落日、大漠孤堡上的烽烟，透露出诗人“走马西来天尽头”的豪迈气概。

但奠定王维在唐诗史上大师地位的，是其抒写隐逸情怀的山水田园诗。他精通音乐，又擅长绘画，在描写自然山水的诗里，创造出一种“诗中有画，画中有诗”的静逸明秀的诗境，兴象玲珑而难以句诠。如《山居秋暝》：

空山新雨后，天气晚来秋。明月松间照，清泉石上流。竹喧归浣女，莲动下渔舟。随意春芳歇，王孙自可留。

在清新宁静且生机盎然的山水中，诗人感受到万物生生不息的生之乐趣，精神升华到了空明无滞碍的境界，自然的美与心境的美完全融为一体，创造出如水月镜花般不可凑泊的纯美诗境。

空明镜界和宁静之美，是王维山水田园诗艺术的结晶。因心境空明，他对自然的观察极为细致，感受非常敏锐，像画家一样，善于在动态中捕捉自然事物的光和色，在诗里表现出极丰富的色彩层次感，如：

日落江湖白，潮来天地青。(《送邢桂州》)
泉声咽危石，日色冷青松。(《过香积寺》)
荆溪白石出，天寒红叶稀。山路元无雨，空翠湿人衣。(《山中》)
白云回望合，青霭入看无。分野中峰变，阴晴众壑殊。(《终南山》)

日落昏暗，愈显江湖之白色；潮来铺天，仿佛天地也弥漫潮水之青色。一个是色彩的相衬，另一个是色彩的相生。日色本为暖色调，因松林青浓绿重的冷色调而产生寒冷的感觉，这是条件色的作用。红叶凋零，常绿的林木更显得苍翠，这翠色充满空间，空濛欲滴，无雨而有湿人衣之感，这也是条件色的作用。至于“白云回望合，青霭入看无”，则淡远迷离，烟云变灭，如水墨晕染的画面。王维以他画家的眼睛和诗人的情思，写物态天趣，显得宁静优美、神韵缥缈。

在当时，与王维齐名的同样以写自然山水见长的诗人是孟浩然。他的生卒年均早于王维，但成名却在王维之后。

（二）孟浩然

孟浩然（689 年—740 年）是盛唐时期终身不仕的一位诗人。40 岁以前，他隐居于距鹿门山不远的汉水之南，曾南游江湘，北去幽州，一度寓寄洛阳，往游越中。开元十六年（728 年），他入长安应举，结交王维、张九龄等人，开始遍交诗坛群彦。次年赋诗秘省，以“微云淡河汉，疏雨滴梧桐”一联名动京师，但却不幸落第。随后，他南下吴越，寄情山水。开元二十五年（737 年）入张九龄荆州幕，酬唱尤多，三年后不达而卒。

在他人眼中，孟浩然是位地道的隐逸诗人。李白说：“吾爱孟夫子，风流天下闻。红颜弃轩冕，白首卧松云。”（《赠孟浩然》）其实，孟浩然并非无意仕进，与盛唐其他诗人一样，他怀有济时用世的强烈愿望，其《临洞庭湖赠张丞相》诗云：

八月湖水平，涵虚混太清。气蒸云梦泽，波撼岳阳城。欲济无舟楫，端居耻圣明。坐观垂钓者，徒有羡鱼情。

这首诗是赠张说的（一说赠张九龄），“临渊羡鱼”而坐观垂钓，把希望通过张说援引而一登仕途的心情表现得很迫切，有一种不甘寂寞的豪逸之气。因此，该诗写得境界宏阔、气势壮大，尤其是“气蒸云梦泽，波撼岳阳城”一联，是非同凡响的盛唐之音。

孟浩然禀性孤高狷洁，虽始终抱有济时用世之志，却又不愿折腰曲从。张九龄可举荐王维，却无法举荐他。当他求仕无门，而且应举落第后，就高吟“不才明主弃，多病故人疏”，放弃仕宦而走向山水，以示不同流俗的清高。他在《夏日南亭怀辛大》中写道：

山光忽西落，池月渐东上。散发乘夕凉，开轩卧闲敞。荷风送香气，竹露滴清响。欲取鸣琴弹，恨无知音赏。感此怀故人，中宵劳梦想。

抒发自己独自乘凉时的感慨，一句“恨无知音赏”，表明了诗人清高自赏的寂寞心绪。以山水自适的情怀，融入池月清光、荷风暗香和竹露清响的兴象中，顿觉清旷爽朗。净化了的情思，用提纯的景物表现，有种单纯明净的美。

由于生活环境和性格气质的不同，在诗的写法和艺术风格方面，孟浩然与王维是有区别的。孟浩然的山水田园诗更贴近自己的生活，“余”“我”等字样常出现在诗里。如《过故人庄》：“故人具鸡黍，邀我至田家。绿树村边合，青山郭外斜。”出现在孟浩然诗里的景物描写，常常就是他生活环境的一部分，带有即兴而发、不假雕饰的特点。如《春晓》：

春眠不觉晓，处处闻啼鸟。夜来风雨声，花落知多少。

写自己春晓时的感觉，不经意的猜想中透露出明媚宜人的大好春光，似有惋惜之情，却又无迹可寻。诗语自然纯净而采秀内映，相较而言，似比王维的诗更显淳朴，更接近陶渊明诗豪华落尽见真淳的境界。

孟浩然一生多次出游，而且偏爱水行，在乘舟漫游吴越水乡的过程中写了不少山水诗。遇景入咏时，他常从高远处落笔，自寂寞处低徊，随意点染的景物与清淡的情思相融，形成平淡清远而意兴无穷的明秀诗境。如《宿建德江》：

移舟泊烟渚，日暮客愁新。野旷天低树，江清月近人。

写日暮泊舟时的“客愁”，寂寞惆怅的孤独心绪，因野旷天低、江清月近而愈显清远无际。语句平淡，淡得几乎看不到作诗的痕迹，而诗味却很醇厚。如果说王维的山居歌咏长于表现空山的宁静之美的话，那么孟浩然的乘舟行吟之作，则给人以洗削凡近之感，情思的净化、语言的清淡和诗境的明秀融为一体，将自然纯净的山水之美透彻地表现了出来。

自然平淡是孟浩然山水诗的风格特点。观其全诗，多以单行之气运笔，无刻画之迹，妙在自然流走、冲淡闲远，“不求工而自工”。

第二节　诗仙李白

李白是盛唐文化孕育出来的天才诗人，其非凡的自负和自信，狂傲的独立人格，豪放洒脱的气度和自由创造的浪漫情怀，充分体现了盛唐士人的时代性格和精神风貌。盛唐诗歌的气、情、神，在李白的乐府歌行和绝句中，发挥得淋漓尽致。他的诗歌创作，充满了发兴无端的澎湃激情和神奇想象，既有气势浩瀚、变幻莫测的壮观奇景，又有自然天成的明丽意境，美不胜收。李白的魅力，就是盛唐的魅力。

一、李白生平

李白（701年—762年），字太白，号青莲居士，祖籍陇西成纪（今甘肃秦安），他的家世和出生地至今还是个谜。不知由于何种原因，李白先世谪居条支或碎叶，李白就出生在那里。大约在他五岁时，随家从碎叶迁居蜀之绵州昌隆县（今四川江油）。这应该是一个富有的、有文化教养的家庭。因为李白说他“五岁诵六甲，十岁观百家”，可知他早期曾受过很好的教育。

他的少年时代，受道教的深刻影响。开元十二年（724年）李白游峨眉山。当年秋天，他从峨眉山沿平羌江（青衣江）东下，至渝州，写下了《峨眉山月歌》：

峨眉山月半轮秋，影入平羌江水流。夜发清溪向三峡，思君不见下渝州。

在这首诗里，开始出现了李白日后诗中所具有的那种浓烈、奔泻而出的感情，那种奔放的气势。第二年春，他东出夔门，“仗剑去国，辞亲远游”（《上安州裴长史书》）。在湖北安陆定居下来，与故宰相许圉师的孙女结婚，从此“酒隐安陆，蹉跎十年”（《秋于敬亭送从侄耑游庐山序》）。大约在开元二十五年前后，他西入长安求仕，结果是大失所望。他在长安看到的是官场的黑暗，心中充满愤慨与不平。《蜀道难》《梁父吟》《行路难》都集中地表现了这个时期他的愤激不平的情绪。《行路难》云：

大道如青天，我独不得出。羞逐长安社中儿，赤鸡白狗赌梨粟。弹剑作歌奏苦声，曳裾王门不称情。

他带着失望的心情离开了长安，再次漫游，然后举家迁居山东任城，与孔巢父等人隐于徂徕山，号竹溪六逸。天宝元年（742年），机会终于来临，李白奉召入京，供奉翰林。这是他一生中最为得意的时期，玄宗“降辇步迎，如见绮皓。以七宝床赐食，御手调羹以饭之。……置于金銮殿，出入翰林中，问以国政，潜草诏诰，人无知者”（李阳冰《草堂集序》）。但不久，李白就为朝中权贵所谗毁，他在仕途上再次遭受打击，天宝三载以“赐金放还”的名义被迫离开长安。

他沿黄河东下，来到洛阳。在洛阳，与杜甫相遇，结下了千古传颂的深厚友谊。两人同游梁、宋，在那里又遇高适，怀古登临，纵酒射猎。之后，他寄家东鲁，南下吴越，北上蓟门，开始了近十年的漫游。安史乱起时，他正在庐山，永王李璘奉玄宗普安郡制置诏，出兵东南，经九江，李白以为报国的时机已到，入永王幕，慷慨从军。而此时肃宗李亨已即位灵武，以叛乱罪讨伐李璘，李白也因反叛罪蒙冤入狱，长流夜郎。

乾元二年（759年），他在流放途中遇赦放回，流寓南方。上元二年（761年）闻知李光弼出征东南，他又想从军报国，无奈半道病还，往当涂依县令李阳冰。次年病逝于当涂，年62岁。

在李白的人格里，有一种对自然的亲和力。山水漫游，企慕神仙，终极目的是要达到一种不受约束的逍遥的人生境界。他狂傲不羁的性格、飘逸洒脱的气质，都来源于这样的思想基础。贺知章曾称他为“谪仙人”，他也以“谪仙人”自居，向往自由的人生。基于这样的人生向往，他的感情明朗、自信、壮大、奔放。李白人格最突出的特点，便是独立不羁，不受任何约束。这是由魏晋开始的人的觉醒发展至巅峰的产物，也是盛唐精神高度升华的产物。

二、李白的歌行

李白是个非常自负的诗人，他继承了汉魏乐府感于哀乐、缘事而发的优良传统和诗歌风骨，这也成为他振起诗道的革新手段，具体体现在他大力拟作古乐府的创作实践中。

李白的乐府诗大量地沿用乐府古题，或用其本意，或翻案另出新意，能曲尽拟古之妙，更能体现李白诗歌创作发兴无端、气势壮大的个性特色。其妙处常在可解与不可解之间，既可以说他有寄托，也可以说他只是抒写感慨，想落天外，奇之又奇。如《蜀道难》的古辞寓有功业难成之意，正是这一点，触动了李白初入长安追求功业未成时的悲愤。他用这一古题抒发自己的感叹，于诗中再三嗟叹“蜀道难，难于上青天”：

> 上有六龙回日之高标，下有冲波逆折之回川。黄鹤之飞尚不得过，猿猱欲度愁攀援。青泥何盘盘，百步九折萦岩峦。扪参历井仰胁息，以手抚膺坐长叹。问君西游何时还？畏途巉岩不可攀。但见悲鸟号古木，雄飞雌从绕林间。又闻子规啼夜月，愁空山。蜀道之难，难于上青天！使人听此凋朱颜。

对蜀道高峰绝壁、万壑转石的险难的渲染，也正是诗人对于世道艰险的渲染。再如《将进酒》：

> 君不见黄河之水天上来，奔流到海不复回。君不见高堂明镜悲白发，朝如青丝暮成雪。人生得意须尽欢，莫使金樽空对月。天生我材必有用，千金散尽还复来。烹羊宰牛且为乐，会须一饮三百杯。岑夫子、丹丘生，将进酒，杯莫停。与君歌一曲，请君为我倾耳听。钟鼓馔玉不足贵，但愿长醉不愿醒。古来圣贤皆寂寞，惟有饮者留其名。陈王昔时宴平乐，斗酒十千恣欢谑。主人何为言少钱，径须沽取对君酌。五花马，千金裘，呼儿将出换美酒，与尔同销万古愁。

此诗的乐府旧题，含有以饮酒放歌为言之意。李白由此引发，抒发“天生我材必有用”的豪壮气概，把借酒消愁写得激情澎湃，具有大河奔流的气势和力量，不仅把原曲的主题发挥得淋漓尽致，还充分展示出诗人狂放自信的人格风采。

《行路难》：

金樽清酒斗十千，玉盘珍羞直万钱。停杯投箸不能食，拔剑四顾心茫然。欲渡黄河冰塞川，将登太行雪满山。闲来垂钓碧溪上，忽复乘舟梦日边。行路难，行路难，多歧路，今安在。长风破浪会有时，直挂云帆济沧海。

从语调到气势，都是李白式的，全诗以第一人称的抒怀和议论表达主观感受，完全打破了传统乐府用赋体叙事的写法。诗人在选择乐府旧题抒写己怀时，常根据这个题目在古辞中的寓意和情感倾向，进行创造性的生发和联想，运用大胆的夸张和巧妙的比喻突出主观感受，以纵横恣肆的文笔形成磅礴的气势。李白将自己的浪漫气质带进乐府，从而使古题乐府获得了新的生命，把乐府诗创作推向了无与伦比的高峰。

李白把自己的个性气质融入乐府诗的创作中，形成了行云流水的抒情方式，有一种奔腾回旋的动感。这种动感，见之于字句音节时，常表现为句式的参差错落和韵律的跌宕舒展，《梦游天姥吟留别》："我欲因之梦吴越，一夜飞度镜湖月。湖月照我影，送我至剡溪。……且放白鹿青崖间，须行即骑访名山。安能摧眉折腰事权贵，使我不得开心颜。"这种李白式的抒情，似暴风急雨，骤起骤落，如行云流水，一泻千里，像是从胸中直接奔涌喷吐出来。诗人以主观情感和意向为轴心展开篇章，飞腾想象，虚实相间，笔势大开大合，有时顺流直下，有时大跨度跳跃，想怎么写就怎么写。其《陪侍御叔华登楼歌》云：

弃我去者，昨日之日不可留；乱我心者，今日之日多烦忧。长风万里送秋雁，对此可以酣高楼。蓬莱文章建安骨，中间小谢又清发。俱怀逸兴壮思飞，欲上青天揽明月。抽刀断水水更流，举杯销愁愁更愁。人生在世不称意，明朝散发弄扁舟。

此诗作于李白二入长安、被以"赐金放还"的名义废逐之后，他深感自己高傲自负而不为世所容，一种难以抑制的悲愤之情如火山爆发。强烈的不平和愤懑并未减弱其不可一世、自命不凡的气概，反而是"抽刀断水水更流"，悲感之极而以豪逸出之，更加慷慨激昂。他竟能将失意的哀感，也表现得如此淋漓酣恣，如此气势凌厉，悲中见豪，令人心醉神迷之外又感到振奋，这就是他超于常人的不可及之处。

李白的歌行，完全打破了诗歌创作的一切固有格式，空无依傍，笔法多变，任随性情，变幻莫测、摇曳多姿。不仅感情一气直下，而且还以句式的长短变化和音节的错落，来显示其回旋振荡的节奏旋律，造成诗的气势，突出诗的力度，呈现出豪迈飘逸的诗歌风貌。李白独特的艺术个性，及其非凡的气魄和生命激情，在他的歌行中全都展露了出来，充分体现了盛唐诗歌气来、情来和蓬勃向上的时代精神，具有壮大奇伟的阳刚之美。唐文宗曾下诏："以（李）白歌诗、裴旻剑舞、张旭草书为三绝。"（《新唐书·李白传》）因这三者都是盛唐艺术追求浪漫个性的典型代表。

三、李白的绝句

李白诗歌的美是多样的，除大气磅礴、雄奇浪漫的壮美风格外，还有自然明快的优美情韵，这主要体现在他那些随口而发，却颇多神来之笔的绝句里。

李白是唐人中五绝与七绝都写得极好的人。明人胡应麟说："太白五七言绝，字字神境，篇篇神物。"（《诗薮》内编卷六）他的五言绝句，往往有一种明快格调，以明白晓畅的语言，表现出无尽的情思韵味。如《独坐敬亭山》：

众鸟高飞尽，孤云独去闲。相看两不厌，只有敬亭山。

这是一首写片刻超然意趣的佳作。一人独坐时的寂寞心情与寂静的山景忽然冥会，感受到与自然相亲近的温暖，人与山刹那间灵性相通、浑然一体了。诗人将这种心领神会的感受信口说出，仿佛毫不费力，但在“相看两不厌”的人山冥会中，似有未曾说出且不必说出的无限情思在其中。

绝句体制短小，适于写一地景色、一时情调，可它离首即尾，易流于浅露，所以绝句贵在含蓄。但若刻意锤炼，又易流于斧凿，所以绝句又贵在自然天成。李白的五言绝句，能以简洁明快的语言，表达出无尽的情思，做到既自然，又含蓄，真实简练而蕴含丰富，这是绝句的最高境界。

李白的绝句境界清新，而内蕴飘逸潇洒的风貌神采。他爽朗的性格、自由自适的气质，反映到他的绝句里，就形成了清新飘逸的情思韵味。如《陪族叔刑部侍郎晔及中书贾舍人至游洞庭五首》其二：

南湖秋水夜无烟，耐可乘流直上天。且就洞庭赊月色，将船买酒白云边。

把一个水、月、白云连成一体的琉璃世界，和在这个世界里产生的奇妙想象，写得那样明净秀美，如入神仙境界。

李白的七绝，以山水诗和送别诗为多，也写得最出色。他有一种与天地自然融为一体的气质，以其天真纯朴的童心，与山水冥合。无论写景言情，都具有一气流贯的俊逸风神和爽朗情韵。如：

日照香炉生紫烟，遥看瀑布挂前川。飞流直下三千尺，疑是银河落九天。（《望庐山瀑布》）

天门中断楚江开，碧水东流至此回。两岸青山相对出，孤帆一片日边来。（《望天门山》）

朝辞白帝彩云间，千里江陵一日还。两岸猿声啼不住，轻舟已过万重山。（《早发白帝城》）

故人西辞黄鹤楼，烟花三月下扬州。孤帆远影碧空尽，惟见长江天际流。（《黄鹤楼送孟浩然之广陵》）

类似的七绝佳作，在李白诗中不胜枚举。这些作品，多写诗人在大自然怀抱和日常生活中获得的审美感悟及片刻情思，都属兴到神会、一挥而就的自然天成之作。那刹那的感觉，那无穷的余味，所表现的是自然的美和普遍的人性、人情，平易真切，极富生活情趣，有一种“清水出芙蓉，天然去雕饰”的美。

李白绝句受乐府民歌的影响极为明显，很多脍炙人口之作都体现了这一点，如《静夜思》的“床前明月光，疑是地上霜。举头望明月，低头思故乡”。一时感悟，明快说出，道出了浓郁的思乡之情中最动人的那一点，遂引起千载之下人们的普遍共鸣。再如《秋浦歌》其十五：“白发三千丈，缘愁似个长。不知明镜里，何处得秋霜。”虽然夸张，却十分自然真切，兴到语绝，令人叹服。

绝句是李白感情世界的瞬间呈现，其开朗的性格、率真的情感，以及洒脱的气质，全都灵光一闪地反映了出来，脱口即成绝唱。在盛唐诗人中，王维、孟浩然长于五绝，王昌龄等人七绝写得好，兼长五绝与七绝并至极境的，只有李白一人。

四、李白诗歌赏析

在盛唐诗人中，李白是艺术个性非常鲜明的一位；在中国诗歌史上，其作品的艺术个性也是独一无二的。

李白的诗歌创作带有强烈的主观色彩，将性格中的豪迈气概和激昂情怀表现得淋漓尽致，他很少对客观物象和具体事件做细致的描述。李白作诗，常以奔放的气势贯穿，讲究纵横驰骋，一气呵成，具有以气夺人的特点。洒脱不羁的气质、傲世独立的人格、易于触动而又爆发强烈的感情，形成了李白诗抒情方式的鲜明特点。它往往是喷发式的，一旦感情兴发，就毫无节制地奔涌而出，宛若天际狂飙和喷溢的火山。

与喷发式感情表达方式相结合的，是李白诗歌变幻莫测的想象，往往发想无端，奇之又奇，如："西岳峥嵘何壮哉！黄河如丝天际来，……巨灵咆哮擘两山，洪波喷流射东海。"（《西岳云台歌送丹丘子》）"黄河落天走东海，万里写入胸怀间。"（《赠裴十四》）"君不见高堂明镜悲白发，朝如青丝暮成雪。"（《将进酒》），"白发三千丈，缘愁似个长。"（《秋浦歌十七首》其十五）"猿声催白发，长短尽成丝。"（《秋浦歌十七首》其四）"狂风吹我心，西挂咸阳树。"（《金乡送韦八之西京》）真是想落天外，匪夷所思。

李白是时代的骄子，甫一出现就震惊了诗坛。他气挟风雷的诗歌创作，及其天才的大手笔，在当时就征服了众多的读者，朝野上下，许为奇才，享有崇高的声誉和地位。杜甫在《寄李十二白二十韵》里又说："昔年有狂客，号尔谪仙人。笔落惊风雨，诗成泣鬼神。声名从此大，汩没一朝伸。文采承殊渥，流传必绝伦。"指出李白诗歌有盖世绝伦的神奇艺术感染力，其巨大的声名将流传后世。他在《饮中八仙歌》中说："李白斗酒诗百篇，长安市上酒家眠。天子呼来不上船，自称臣是酒中仙。"对李白的纵恣天才赞叹不已。他那"天生我材必有用"的非凡自信，那"安能摧眉折腰事权贵"的独立人格，那"戏万乘若僚友，视同列如草芥"的凛然风骨，那与自然合为冥一的潇洒风神，曾经吸引过无数士人。

第三节　诗圣杜甫

正当唐诗发展到它的高峰的时候，唐代社会也从它繁荣的顶峰走向动乱与衰败。天宝十四载（755 年）冬，安禄山反于范阳，史称"安史之乱"。这场历时八年的战争席卷了半个中国，经百余年积累起来的社会繁荣毁于一旦。"安史之乱"成了唐代社会由盛而衰的分水岭，这一社会大变动，也引起了文学的变化。诗歌中理想色彩、浪漫情调逐渐消退。代表这一时期的最伟大的诗人，就是"诗圣"杜甫。他直面这场历经八年的大战乱，以动人的歌吟，表现战火中的人间灾难、生民血泪，把强烈深沉的抒情融入叙事手法中，以叙事手法写时事。从题材到写法，杜甫的诗都不同于盛唐诗了，这可以说是唐诗发展中的一种转变。

一、生平

杜甫（712年—770年），字子美，京兆杜陵（今陕西西安市西南）人，生于巩县（今巩义市），是晋朝名将杜预之后，祖父杜审言，初唐著名诗人。奉儒守素的家庭文化传统对他忠君恋阙、仁民爱物的思想有巨大影响。他的青年时代，是在盛唐社会中度过的，过了一段南北漫游、裘马轻狂的生活。33岁在洛阳遇到刚被“赐金放还”的李白，建立了千古传颂的友谊，两人同游梁、宋，遇高适，三人酣饮纵游，慷慨怀古。不久又北上齐鲁，过历下，登泰山，抒发“会当凌绝顶，一览众山小”（《望岳》）的情怀。和许多盛唐诗人一样，他有远大抱负，自谓能立登要路，致君尧舜。但这幻想在天宝五载（746年）到长安之后，便彻底破灭了。到长安的第二年，他参加了由李林甫操纵的一次考试，落入骗局。落第之后回到偃师，后来又来到长安，献赋上书，干谒赠诗，希求汲引，但都落空了。十载长安，历尽辛酸。“卖药都市，寄食友朋。”（《献三大礼赋表》）“朝扣富儿门，暮随肥马尘，残杯与冷炙，到处潜悲辛。”（《奉赠韦左丞》）这十载长安，使杜甫历尽人生辛酸，他看到了生民疾苦，关心着国家安危。忠君恋阙，仁民爱物的情怀，在这颠沛辛酸的生活里不仅未曾衰退，反而更加强烈了。这对于他的诗歌创作来说，是意义巨大的。就在这段时间，他写下了《兵车行》《前出塞九首》《丽人行》和《自京赴奉先县咏怀五百字》等反映天宝后期动乱行将到来的社会风貌的名作。

安史乱起之后，杜甫落入叛军手中，被押解到陷落的长安。在陷落的长安，他写下了那些忠君恋阙的千古名作，如《春望》：

> 国破山河在，城春草木深。感时花溅泪，恨别鸟惊心。烽火连三月，家书抵万金。白头搔更短，浑欲不胜簪。

他听到肃宗已经即位灵武，便历尽艰辛，奔赴凤翔行在，被授予左拾遗的官职。这一时期，他写了《羌村三首》《北征》等名作。因疏救房琯，他于乾元元年（758年）被贬为华州司功参军。这期间，他写了“三吏”“三别”。乾元二年（759年）秋，他终于弃官，携家人入蜀，于岁末抵达成都，开始了他晚年漂泊西南的生活。

他在成都有一段时间生活相对安定。后来因剑南兵马使徐知道反，成都混乱，他移家梓州，来往旁县，中间又曾在阆州小住。永泰元年（765年）五月，杜甫离成都经渝州出峡，在云安短期养病之后，于次年春末迁居夔州（今四川奉节）。大历三年（768年）春，他离夔州，漂泊于江陵、公安、岳阳、潭州，大历五年（770年）冬，死于自潭州赴岳州途中的舟上，年59。杜甫暮年穷困潦倒，疾病缠身，十分凄凉。

二、“诗史”与安史之乱

最早而且最全面反映安史之乱所造成的大破坏、大灾难的诗人，是杜甫。杜甫用他的诗，写了这场战争中的许多重要事件，写了百姓在战争中所承受的苦难，以生动的、血肉饱满的形象，展现了战火中整个社会生活的广阔画面。

他的诗，被后人称为“诗史”，在于其具有史的认识价值。常被人提到的重要历史事件，在他的诗中都有反映。至德元年（756年）唐军陈陶斜大败，继又败于青坂，杜甫有

《悲陈陶》《悲青坂》记述；收复两京，杜甫有《收京三首》《喜闻官军已临贼境二十韵》吟诵；九节度兵围邺城，看来胜利在即，杜甫写了《洗兵马》庆贺，其中提到胜利的消息接踵而至，提到回纥军助战，在长安受到优待的事，提到平叛诸将的功业，反映了此一事件在当时造成的普遍心理。后来九节度兵败邺城，为补充兵员而沿途征兵，杜甫有“三吏”“三别”来阐释。宦官市舶使吕太一反于广州，杜甫后来写了《自平》。杜甫的有些诗，还可补史之失载，如《三绝句》中写到的渝州、开州杀刺史的事，未见史书记载。从杜诗可见安史乱后蜀中的混乱情形。而《忆昔》则描述了开元盛世的繁荣景象：

忆昔开元全盛日，小邑犹藏万家室。稻米流脂粟米白，公私仓廪俱丰实。九州道路无豺虎，远游不劳吉日出。齐纨鲁缟车班班，男耕女桑不相失。

这是常被史学家用来说明开元盛世社会风貌的一首诗。写时事，不始于杜甫，但是到了杜甫，才有了如此广阔的视野并如此频繁地写时事。他的诗，提供了史的事实，可以证史，可以补史之不足。

但是杜诗的“诗史”性质，不仅在于史的事实，更在于记述了更为广阔、更为具体也更为生动的生活画面。史称玄宗后期沉湎声色，记载了不少事实，而在杜甫《自京赴奉先县咏怀五百字》中，我们才真切地感受到这沉湎声色的情景：

凌晨过骊山，御榻在嵽嵲。蚩尤塞寒空，蹴踏崖谷滑。瑶池气郁律，羽林相摩戛。君臣留欢娱，乐动殷胶葛。赐浴皆长缨，与宴非短褐。彤庭所分帛，本自寒女出。鞭挞其夫家，聚敛贡城阙。……况闻内金盘，尽在卫霍室。中堂舞神仙，烟雾蒙玉质。煖客貂鼠裘，悲管逐清瑟。劝客驼蹄羹，霜橙压香橘。朱门酒肉臭，路有冻死骨。

这里描写的是具体的情景，但连面临这情景时感觉到的氛围和情思都有了。他写战争带给百姓的苦难，是从一个人、一个家庭写起的。写他们的遭遇，写他们内心的悲酸。如《无家别》：

寂寞天宝后，园庐但蒿藜。我里百余家，世乱各东西。存者无消息，死者为尘泥。贱子因败阵，归来寻旧蹊。久行见空巷，日瘦气惨凄。但对狐与狸，竖毛向我啼。四邻何所有？一二老寡妻。

杜诗叙事，既叙事件经过，又用力于细部描写。这些细部描写，或人或物或心情，精心刻画，从细微处见出真实。展开画面，把人引入某种氛围、某种境界。把叙事手法发展到一个新的高峰，是杜甫的创造。写到家情境有：“况我堕胡尘，及归尽华发。经年至茅屋，妻子衣百结。恸哭松声回，悲泉共幽咽。平生所娇儿，颜色白胜雪。见耶背面啼，垢腻脚不袜。床前两小女，补绽才过膝。海图拆波涛，旧绣移曲折。天吴及紫凤，颠倒在短褐。”没有直接写战争灾难，但乱离与贫困一一显现。他写的都是不起眼的平常细事，但正是这些细小的描写，从一个视角展现了广阔的历史画面。也正是这些细小的描写，使杜诗的叙事方式有别于此前的叙事诗。故事性被冲淡了，而生活色彩等则得到了极大的加强。《兵车行》《羌村三首》、“三吏”“三别”、《彭衙行》《赠卫八处士》等诗无不如此。

杜诗叙事，会融入强烈的抒情。多数的叙事诗，他其实是作为抒情诗来写的。例如《羌村三首》，记回鄜州省家事，写重逢如何悲喜交集，写与家人、邻里如何在这悲喜中相见，仍然是细部描写，“柴门鸟雀噪，归客千里至”“邻人满墙头，感叹亦歔欷”。但这些细部描写要表现的，是悲喜交集的心境，是一腔蕴蓄已久、渴望宣泄的感情：悲哀、同情、无可奈何，都交错在一起。

父老四五人，问我久远行。手中各有携，倾榼浊复清。苦辞酒味薄，黍地无人耕。兵革既未息，儿童尽东征。请为父老歌，艰难愧深情。歌罢仰天叹，四座泪纵横。

客观真实的叙述与主观强烈的抒情融为一体。杜甫的一些诗，很难分出是抒情还是叙事。有时还杂以议论，融抒情、叙事、议论于一体。长篇如此，短篇也如此。有赋的铺排，散文的句法，也有抒情诗的意境创造。记述的是时事，反映的是历史的真实画面，而抒发的是一己情怀。这在中国诗歌史上是空前的，是诗歌表现方法的一种转变，是杜诗异于盛唐诗的地方。

三、 杜甫的律诗

杜甫律诗的成就，首先在于扩大了律诗的表现范围。他不仅以律诗写应酬、咏怀、羁旅、宴游，以及山水，而且用律诗写时事。以古体写时事，较少受限制，杜甫多数写时事的诗都是古体。用律诗写时事，字数和格律都受限制，难度更大，而杜甫却能运用自如。

杜甫以律诗写组诗最为成功的是七律。如《咏怀古迹五首》《诸将五首》，特别是《秋兴八首》，可以说是杜甫律诗中的登峰造极之作。杜甫把律诗写得纵横恣肆，极尽变化之能事，合律而又看不出声律的束缚，对仗工整而又看不出对仗的痕迹。如《闻官军收河南河北》：

剑外忽传收蓟北，初闻涕泪满衣裳。却看妻子愁何在，漫卷诗书喜欲狂。白日放歌须纵酒，青春作伴好还乡。即从巴峡穿巫峡，便下襄阳向洛阳。

全诗把一种骤然到来的狂喜心情，表现得淋漓尽致，用“忽传”“初闻”“却看”“漫卷”这些动词，加强了突然性和随意性色彩。用“即从”“便下”“穿”“向”等词连接四个地名，造出风驰电掣的气势。整首诗歌表达的方式，仿佛散文一般，感情流畅，连贯性、整体感极强，毫不受律体的束缚，达到了炉火纯青的地步。而被杨伦称为“杜集七言律第一”的《登高》，也是这样的一首诗：

风急天高猿啸哀，渚清沙白鸟飞回。无边落木萧萧下，不尽长江滚滚来。万里悲秋常作客，百年多病独登台。艰难苦恨繁霜鬓，潦倒新停浊酒杯。

风急、猿啸、鸟飞、木落，伴以滚滚而来的江水，将整个境界卷入急速的流动之中，然后是一声深深的叹息。他用了那么多在动作上相互连贯的动词，造成全诗的流动感和整体感，使人读来有一气流转之感。但细究起来，全诗在声律句式上，又有极精密的考究。八句皆对，首联句中也对。严整的对仗被形象的流动感掩盖起来了，严密变得疏畅。首联上句第一字仄声换成平声，下句第一字平声换成仄声，一开始便用轻重的变化增加了两个节奏。“猿啸”处本应是二仄声，他为了使“天高”与猿声连着表现出一种高扬凌厉的情调，用了一个平声字“猿”，三个平声连续上扬，“啸”仄下沉，两头均有一个急速的起伏，最后一个“哀”字，扬而不返。这首句在通过精心安排平仄来表现声像上，真是精彩极了。

杜甫律诗的最高成就，是把这种体式写得浑融流转，无迹可寻，写来若不经意，使人忘其为律诗。如《江村》：

清江一曲抱村流，长夏江村事事幽。自去自来堂上燕，相亲相近水中鸥。老妻画纸为棋局，稚子敲针作钓钩。但有故人供禄米，微躯此外更何求。

以亲切随便的语气说出，不露对仗与声律安排的痕迹。《春夜喜雨》：

好雨知时节，当春乃发生。随风潜入夜，润物细无声。野径云俱黑，江船火独明。晓看红湿处，花重锦官城。

上四句用流水对，把春雨神韵一气写下，无声无息不期然而来，末联写一种骤然回首的惊喜，格律严谨而浑然一体。

杜甫律诗的又一成就，在于他炼字炼句上的成功。精于用字，刻画细微，他的用字，常常达到一字之下，他人难以更改的地步。他善于用动词使诗句活起来，用副词使诗疏畅而富于转折，特别是“自”字，他实在是用得好极了。他还善于用颜色字以强化某种情感色彩，用叠字以创造氛围，用双声叠韵以使诗的声调更加和谐悦耳，用俗字口语使诗读来更加亲切。炼字，是他的自觉追求。他说过：“为人性僻耽佳句，语不惊人死不休。”（《江上值水如海势聊短述》）他是用了很大的精力在炼字上的。

四、 杜甫诗歌赏析

杜诗的主要风格特征是沉郁顿挫，沉郁顿挫风格的感情基调是悲慨。杜甫是一位系念国家安危和民生疾苦的诗人。动乱的时代，个人的坎坷遭遇，一有感触则悲慨满怀。他的诗有一种深沉的忧思，无论是写民生疾苦、怀友思乡，还是写自己的穷愁潦倒，感情都是深沉阔大的。他的诗，蕴含着一种厚积的感情力量，每欲喷薄而出时，他的仁者之心、他的儒家涵养所形成的中和处世的心态，便把这喷薄欲出的悲怆抑制住了，使它变得缓慢、深沉，变得低回起伏。长篇如此，短章也如此。例如，《自京赴奉先县咏怀五百字》，先叙抱负之落空，仕既不成，隐又不遂，中间四句一转，感情起伏，待到郁勃不平之气要爆发出来之时，却又撇开个人的不平，转入对骊山的描写。由骊山上的奢靡生活，写到“朱门酒肉臭，路有冻死骨”，不平愤懑之情似乎又是要喷薄而出了，但是没有，感情回旋，变成了“荣枯咫尺异，惆怅难再述”的深沉叹息。“入门闻号咷，幼子饿已卒。吾宁舍一哀，里巷亦呜咽。所愧为人父，无食致夭折”，悲痛欲绝的感情看来似乎要难以自制了，但又没有喷薄而出，“默思失业徒，因念远戍卒。忧端齐终南，澒洞不可掇”。个人的悲痛变成了对于百姓苦难的深沉忧思，留下了无穷韵味。在杜诗的多样风格中，萧散自然，是又一重要特色。闲适情趣，安静明秀的境界和细腻的景物描写，形成萧散自然的特色。这类诗不少，如《水槛遣心二首》其一：

去郭轩楹敞，无村眺望赊。澄江平少岸，幽树晚多花。细雨鱼儿出，微风燕子斜。城中十万户，此地两三家。

鱼鸟自得其乐，在一片宁静的氛围里，生出一份闲适愉悦的情思。这类风格最有代表性的，是《江畔独步寻花七绝句》其六：

黄四娘家花满蹊，千朵万朵压枝低。留连戏蝶时时舞，自在娇莺恰恰啼。

其七：

不是爱花即欲死，只恐花尽老相催。繁枝容易纷纷落，嫩蕊商量细细开。

这组诗把萧散自然的情怀抒写得从容和优雅，让人神往。

如果我们从更广阔的视野说，杜甫的集大成，首先是他身上集中了中国文化传统里的一些最重要的品质，即仁民爱物、忧国忧民的情怀。

就诗歌传统自身言，杜诗的叙事与议论，显然受到《诗经·小雅》的影响；而其悲歌慷慨的格调，显然又与《离骚》相近；它的缘事而发，则来自乐府传统；它浓烈的抒怀，细腻的感情，与建安诗歌有关。在诗的表现形式上，杜诗吸收得就更为广泛而多样。叙述夹议论，有“小雅”的因素，有赋的铺排技巧，有乐府的影响，也有史笔的痕迹。杜甫的五言古诗广泛受到魏晋南北朝诗人的影响，如王粲、曹植、阮籍、谢灵运、陶渊明等。五七言律诗则可以说吸收了这两种体式发展过程中的一切经验，其中五律则主要学杜审言。而最重要的是，他充分吸收盛唐诗人创造兴象、创造意境的经验，把它融入叙事的技巧里，使得叙事有着意境的美。

从唐诗的发展来看，杜甫是一位承先启后的人物。中唐以后，白居易、元稹继承了杜甫缘事而发、写民生疾苦的一面，且受到杜甫五言排律夹叙夹议的影响；韩愈、孟郊、李贺则受到杜甫的奇崛、散文化和炼字的影响；炼字在晚唐更发展成苦吟一派；李商隐的七律受益于杜甫七律组织严密而跳跃性极大的技法。他们都学杜甫的一枝一节，并开拓出新的诗派。宋以后，杜甫的地位更高，他在诗史上的影响，历千年而不衰。

杜甫更为后人所推崇的是他高尚的思想情操。他的系念国家安危，同情生民疾苦，为历代士人所崇仰，在士人人格的形成上，有不可估量的影响。

第四节　同时期的世界文学

《万叶集》（日本）

万叶集是日本最早的诗歌总集，相当于中国的《诗经》。所收诗歌是自4世纪至8世纪中叶的长短和歌，成书年代和编者，历来众说纷纭，但多数人认可其为奈良年间（710年—794年）的作品。一般认为《万叶集》经多年、多人编选传承，约在8世纪后半叶由大伴家持（717年—785年）完成。其后又经数人校正审定才成今传版本。

《万叶集》的编次方法，各卷不同。有的卷按年代编次，有的卷按内容分为杂歌、挽歌、相闻歌（广义指赠答歌，狭义指恋歌）三大类，有的卷还设譬喻歌、防人歌（戍边兵士歌）等目。

《万叶集》中有署名的作品，也有无名氏的作品。无名氏作品中有些属于民歌和民谣，而具名的作品中有许多是所谓著名“歌人”的创作。集中署名的作者约有四百五十人。

[作业]

大家自由组成诗歌小组，每组不超过十人，每组要写出三首诗，其中一首要模仿李白的诗风，一首要模仿杜甫的诗风，然后自由发挥一首，可以写古诗，模仿某诗人的风格，也可以写现代诗。然后组织赛诗，每组推选代表吟诵或朗诵，各组之间互评打分，评判标准就在于它是不是引起了共鸣、是不是有崇高与超越的情怀。

Chapter 2
第二章　中晚唐及五代的诗与诗人

安史之乱后，大历诗人出现，他们因社会的衰败而心绪彷徨，诗中出现了寂寞情思，夕阳秋风，气骨顿衰。待到贞元、元和年间，士人渴望中兴，在政治改革的同时，诗坛上也出现了革新的风气。诗歌创作出现了又一个高潮。韩愈、孟郊、李贺等人，受到杜甫奇崛、散文化、炼字的影响，更加怪变，甚至以丑为美，形成韩、孟诗派。白居易、元稹，还有张籍、王建等人，则从乐府民歌中吸取养料，把诗写得通俗易懂，形成元白诗派。

长庆以后，中兴成梦，士人生活走向平庸，心态内敛，感情也趋向细腻。诗歌创作进入一个新阶段。杜牧、李商隐突起，聚显光芒。特别是李商隐，以其善感灵心、细腻丰富的感情，用象征、暗示、非逻辑结构的手法，表现朦胧情思与朦胧境界，把诗歌表现心灵深层世界的能力推向了无与伦比的高峰，创造了唐诗最后的辉煌。

第一节　唐诗晚唱

一、大历诗风

大历诗风，指的是大历至贞元年间活跃于诗坛上的一批诗人共同创作的风貌。这些诗人中的大多数人的青少年时期是在开元太平盛世中度过的，受过盛唐文化的熏陶，可由“安史之乱”引发的近十年的空前战乱，使他们的心理状态产生了明显的变化。痛定思痛，蓦然感到了自己的无能和衰老，失去了盛唐士人昂扬的精神风貌。他们的诗，不再有李白那种非凡的自信和磅礴气势，也没有杜甫那种反映战乱时期社会现实的激愤和深广情怀。尽管有少量作品存留盛唐余韵，也写民生疾苦，但大量作品表现出一种孤独寂寞的冷落心境，追求清雅高逸的情调。这使诗歌创作由雄浑的风骨气概转向淡远的情致，通过细致省净的意象创造，以表现宁静淡泊的生活情趣，虽有风味而气骨顿衰，遂露出中唐面目。

“安史之乱”是唐王朝由极盛走向衰落的标志，它像一股突起的凛冽寒风，霎时就把人们刮进了万木凋零的萧瑟秋季，在士人心里投下了浓云密布的巨大阴影。在此之前，生活于和平环境中的士人，存有强烈的博取卿相功名的愿望。可战争爆发后，武将有了用武之地，而文士被排挤到社会边缘，再也看不到锦绣前程了。追忆往昔，恍如隔世，目睹现实，颇多生不逢时之感，热切的仕进欲望为消极避世的隐逸情怀所取代，诗中颇多无奈的叹息和冷落寂寞的情调。战乱毁掉了这代士人青年时期意气风发的生活，带来希望幻灭的黯淡现实。盛唐那种昂扬奋发的精神、乐观的情绪和慷慨的气势，已成为遥远而不绝如缕的余响，而平心静气的孤寂、冷漠和散淡，弥漫于整个诗坛。韦应物的许多诗都有这种韵味，写得最好的是《滁州西涧》：

独怜幽草涧边生，上有黄鹂深树鸣。春潮带雨晚来急，野渡无人舟自横。

以极简洁的景物描写，传神地写出了闲适生活的宁静野逸之趣，在宁静的诗境中，有一重冷落寂寞的情思氛围。刘长卿的诗也没有青年人的慷慨意气，而带有一种凄凉的心绪。《逢雪宿芙蓉山主人》：

日暮苍山远，天寒白屋贫。柴门闻犬吠，风雪夜归人。

文字省净优美而意境幽远，然而弥漫着一层难以言说的冷漠寂寥的情思，透露出浓重的衰飒索寞之气。

这一时期，在创作中以抒写冷漠寂寥情怀为主的其他重要代表诗人，便是“大历十才子”，即李端、卢纶、吉中孚、韩翃、钱起、司空曙、苗发、崔峒、耿沣、夏侯审。“十才子”齐名的重要原因，还在于他们的主要创作倾向和诗风相近。他们的生活态度是所谓“官小志已足，时清免负薪。卑栖且得地，荣耀不关身。自爱赏心处，丛篁流水滨”。不再像前辈盛唐诗人那样充满兼济理想，真正的兴趣也不在政事，而是寄情趣于山水，寄心绪于景物。

二、韩孟诗派

唐诗经过大历年间一度中衰之后，在唐德宗至唐穆宗的四十余年里又渐趋兴盛，并于唐宪宗元和年间达到高潮。这个时期，名家辈出，流派分立，诗人们着力于新途径的开辟、新技法的探寻以及诗歌理论的阐发，创作出大量极富创新韵味的各体诗歌，展示了唐诗大变于中唐的蓬勃景观。而韩孟诗派就是进行这种新变的第一个诗人群体。

韩孟诗派及其诗风的形成有一个过程。在贞元八年（792 年），42 岁的孟郊赴长安应进士举，24 岁的韩愈作《长安交游者一首赠孟郊》及《孟生诗》相赠，二人始有交往，由此为日后诗派的崛起奠定了基础。此后，诗派成员又有两次较大的聚会：一次是贞元十二年至十六年（796 年—800 年）间，韩愈先后入汴州董晋幕和徐州张建封幕，孟郊、张籍、李翱前来游从；另一次是元和元年到六年（806 年—811 年）间，韩愈先任国子监博士于长安，与孟郊、张籍等相聚；后分司东都洛阳，孟郊、卢仝、李贺、马异、刘叉、贾岛陆续到来，张籍、李翱、皇甫湜也时来过往，于是诗派全体成员得以相聚。

这两次聚会，对韩孟诗派群体风格的形成至为重要。韩孟诗派形成了一套系统的诗歌创作理论。它突破了过于重视人伦道德和温柔敦厚的传统诗教，由重诗的社会功能转向重诗的抒情特质和重创作主体内心的展露和艺术创造力的发挥，这在诗歌理论史上是一个值得重视的现象。

韩愈《早春呈水部张十八员外二首》其一：

天街小雨润如酥，草色遥看近却无。最是一年春好处，绝胜烟柳满皇都。

孟郊《游子吟》：

慈母手中线，游子身上衣。临行密密缝，意恐迟迟归。谁言寸草心，报得三春晖！

李贺《梦天》：

老兔寒蟾泣天色，云楼半开壁斜白。玉轮轧露湿团光，鸾珮相逢桂香陌。黄尘清水三山下，更变千年如走马。遥望齐州九点烟，一泓海水杯中泻。

前四句借助奇特的幻想，从人间飞跃到天上，进入扑朔迷离的月宫，在广袤的空间里遨游；后四句又陡作转折，从仙界折返尘世，注目人世的千载沧桑。诗句忽开忽合，忽起忽落，时空交杂错落，意绪游移无端。李贺之外，韩孟诗派较重要的成员还有卢仝、马异、刘叉、皇甫湜等人。

三、刘禹锡、柳宗元

刘禹锡、柳宗元是中唐诗坛中两位重要的诗人，他们交情甚笃，才华相当，而且“二十年来万事同”，政治遭遇非常接近，由此奠定了他们诗歌思想内容的共同基础。与当时活跃在文坛中心的韩愈、孟郊、元稹、白居易等人有很大不同，刘禹锡、柳宗元两人一生的大部分时间都是在穷僻荒远的贬所度过的，所以抒写内心的苦闷、哀怨，表现身处逆境而不肯降心辱志的执着精神，便成了他们诗歌创作的主要内容。如刘禹锡的《酬杨八庶子喜韩吴兴与余同迁见赠》：

直道由来黜，浮名岂敢要？三湘与百越，雨散又云摇。远守惭侯籍，征还荷诏条。悴容唯舌在，别恨几魂销！

柳宗元的《登柳州城楼寄漳汀封连四州》：

城上高楼接大荒，海天愁思正茫茫。惊风乱飐芙蓉水，密雨斜侵薜荔墙。岭树重遮千里目，江流曲似九回肠。共来百越文身地，犹自音书滞一乡。

诗里没有故作哀愁的无病呻吟，有的是由巨大人生感恨形成的刻骨凄怆。憔悴的容颜、销魂的别恨、遥无际涯的愁思、肝肠寸断的哀怨，印证着贬谪诗人的人生苦难，充溢着他们掺和着血泪的悲伤意绪。

刘禹锡的诗，无论短章长篇，大都简洁明快，风情俊爽，有一种哲人的睿智和诗人的挚情渗透其中，极富艺术张力和雄直气势。他那首有名的《秋词》就很好地表现了这点：

自古逢秋悲寂寥，我言秋日胜春朝。晴空一鹤排云上，便引诗情到碧霄。

全诗一反传统的悲秋观，颂秋赞秋，赋予秋一种导引生命的力量，表现了诗人对自由境界的无限向往之情。胸次特高，骨力甚健。

在长期的谪居生涯中，刘禹锡受民间俚歌俗调的浸染，还创作了不少富有民歌情调、介于雅俗之间的优秀诗作，清新质朴，真率自然。如《竹枝词二首》其一：

杨柳青青江水平，闻郎江上唱歌声。东边日出西边雨，道是无晴却有晴。

用谐音双关语表现女子对情人的微妙感情，既具有浓郁的生活气息，又有很高的艺术品位。

与刘禹锡的诗相比，柳宗元的诗又别具风貌。简言之，刘诗昂扬，柳诗沉重；刘诗外扩，柳诗内敛；刘诗气雄，柳诗骨峭；刘诗风情朗丽，柳诗淡泊简古。而柳诗的这些特点在那首被誉为唐人五言绝句最佳者的《江雪》中，得到了集中表现：

千山鸟飞绝，万径人踪灭。孤舟蓑笠翁，独钓寒江雪。

一个“绝”，一个“灭”，见出环境极度的清冷寂寥；一个“寒”，一个“雪”，更给这清冷寂寥之境增添了浓郁的严寒肃杀之气。这里有冷，也有峭，是峭中含冷，冷以见峭，二者的高度结合，形成了迥异流俗、一尘不染的冷峭格调和诗境，而柳宗元那忧愤、寂寞、孤直、激切的心性情怀，正是通过这种冷峭格调和诗境表现出来的，闪现着一种深沉凝重而又孤傲高洁的生命情调。

第二节　白居易与元白诗派

与韩孟诗派同时稍后，中唐诗坛又崛起了以白居易、元稹为代表的元白诗派。这派诗人重写实、尚通俗，走了一条与韩孟诗派完全不同的创作道路。元白诗派的重写实、尚通俗是中唐文化转型时期文学世俗化新思潮的体现，其远源可以追溯到三百篇中的“风”诗和汉魏乐府民歌那里，其近源则是安史之乱以来一批具有写实倾向的诗人的创作，尤其是伟大诗人杜甫的创作。张籍、王建、白居易、元稹等人纷纷致力于通俗晓畅、指事明切的乐府诗的创作，白居易作诗甚至要求老妪能解（释惠洪《冷斋夜话》），一时间蔚为风气。

一、元稹

元稹（779年—831年），字微之，洛阳人。贞元九年（793年）明经及第，十年后与白居易同以书判拔萃科登第，元和元年（806年）又与白居易一起以制科入等，授左拾遗，后转监察御史。元稹生性激烈，少柔多刚，参政意识和功名欲望甚强。屡屡上书论事，指摘时弊，或实地纠劾，惩治猾吏，也因此而多次遭贬，先后为江陵士曹参军、唐州从事、通州司马、虢州长史，元和末年回朝，历任膳部员外郎、祠部郎中、知制诰等，并于长庆二年升任宰相。因与裴度发生冲突，为相仅四个月即被罢为同州刺史。此后又任过浙东观察使、武昌军节度使等职，53岁得暴疾卒于武昌任所。有《元氏长庆集》，存诗八百余首。

元稹的代表作是写于元和十三年（818年）的《连昌宫词》。这是一首叙事长诗，通过连昌宫的兴废变迁，探索“安史之乱”前后唐代朝政治乱的因由。诗的前半部分从“连昌宫中满宫竹，岁久无人森似束”的荒凉景象写起，引出“宫中老翁”对此宫昔盛今衰的追述；后半部分借作者与老人的一问一答，探讨“太平谁致乱者谁”的大问题，最后归结为“老翁此意深望幸，努力庙谟休用兵”的题旨。全诗以叙述为主，杂以议论，表现了明显的劝诫规讽之意，但不能因此就说这是一首讽谕诗。从艺术构思和创作方法上看，此诗将史实与传闻糅合在一起，辅之以想象、虚构，把一些与连昌宫中本无关联的人物、事件集中在连昌宫中展开描写，既渲染了诗的氛围，也使得诗情更加生动曲折。元稹另有一首《行宫》："寥落古行宫，宫花寂寞红。白头宫女在，闲坐说玄宗。"虽仅寥寥20字，却包蕴丰富，情致宛然，与《连昌宫词》有异曲同工之妙。

作为一位典型的才子型作家，元稹不仅性敏才高，而且风流多情。他年轻时曾有过艳遇，创作了《莺莺传》传奇和《会真诗三十韵》，此后又写下了大量艳情诗，内容多是对自身经历的追忆，如《离思五首》其四：

曾经沧海难为水，除却巫山不是云。取次花丛懒回顾，半缘修道半缘君。

这首小诗语言浅易，格调轻快，而又低回缱绻，一往情深。在中唐诗坛，元稹与白居易交谊最深，二人曾写下了大量唱和诗作。

二、白居易

白居易（772年—846年），字乐天，原籍太原，后迁居下邽（今陕西渭南），生于新郑（今河南新郑市）。十一二岁时，因避战乱而迁居越中，后又往徐州、襄阳等地，过着颠沛流离的生活。贞元十六年（800年）进士及第，三年后中书判拔萃科，授秘书省校书郎。元和元年（806年），为应制举，他与元稹闭户累月，研讨其时社会政治中存在的各种问题，撰成《策林》75篇，其中不少条目与白居易日后的政治态度和诗歌见解都有关联。是年，制科入等，授盩厔尉，次年为翰林学士。

元和三年至五年，授左拾遗、充翰林学士。在这一时期，白居易以极高的参政热情，"有阙必规，有违必谏"（《初授拾遗献书》），屡次上书，指陈时政。与此同时，他还创作了《秦中吟》《新乐府》等大量讽谕诗，锋芒所向，权豪贵近为之色变。

元和十年（815年），白居易任太子左赞善大夫，因宰相武元衡被盗杀而第一个上书请急捕贼，结果被加上越职言事以及一些莫须有的罪名，贬为江州（今江西九江市）司马。这次被贬，对白居易内心的震动是不可估量的。他以切肤之痛去重新审视险恶至极的政治斗争，决计急流勇退，避祸远害，走"独善其身"的道路。这一年，他写下了著名的《与元九书》，明确、系统地表述了他的人生哲学和诗歌主张。会昌六年（846年），年75卒。有《白氏长庆集》，存诗2 800余首。

白居易是中唐时期极需被注意的大诗人，他的诗歌主张和诗歌创作，以其对通俗性、写实性的突出强调和全力表现，在中国诗史上占有重要的地位。强调了语言须质朴通俗，议论须直白显露，写事须绝假纯真，形式须流利畅达，具有歌谣色彩。也就是说，诗歌必须既写得真实可信，又浅显易懂，还便于入乐歌唱，才算达到了极致。

白居易提出了系统的诗歌理论，他的《秦中吟》《新乐府》等讽谕诗便是在这一理论的指导下创作的。这一理论以其突出的现实针对性和通俗化倾向，使诗歌更接近于社会现实，甚至于能干预政治。

《轻肥》将矛头指向宦官集团的那些内臣、大夫、将军：

意气骄满路，鞍马光照尘。借问何为者，人称是内臣。朱绂皆大夫，紫绶或将军。夸赴军中宴，走马去如云。樽罍溢九酝，水陆罗八珍。果擘洞庭橘，脍切天池鳞。食饱心自若，酒酣气益振。是岁江南旱，衢州人食人。

这是两个具有天壤之别的阶层：一方脑满肠肥，花天酒地，另一方则天灾人祸，竟至“人食人”！这鲜明的对比，很容易使人想起杜甫的“朱门酒肉臭，路有冻死骨”来。在《新乐府》五十首中，包容以上诸点而取得突出成就的，应首推那篇批判宫市和宦官、为贫苦百姓鸣不平的《卖炭翁》。这首诗借卖炭老翁由“伐薪烧炭”到进城“卖炭”再到炭被抢走的遭遇，深刻地揭露了宫市扰民害民、宦官强取豪夺的野蛮行径。其中“可怜身上衣正单，心忧炭贱愿天寒”两句尤为精警，先用“可怜”二字倾注无限同情，继以一“忧”一“愿”来写卖炭老人的艰难处境和细微复杂的心理活动，真实贴切。诗中未发一句议论，全用形象说话，却发人深思。

三、《长恨歌》与《琵琶行》

《长恨歌》作于元和元年，主要根据唐明皇和杨贵妃的故事传说来构架全篇，成为一篇以咏叹李、杨爱情为主，充满感伤情调的“风情”诗。在叙事过程中一再使用想象和虚构手法，浓烈的抒情贯穿于叙事的全过程，为情而作，非为事而作，使得全诗风情摇曳，生动流转，极富艺术感染力。

诗的开篇部分写玄宗好色废政，杨妃恃宠而骄，终至引发“安史之乱”。这既是对历史事实的基本概括，也是诗题“长恨”的因由，其中或许包含有一定的讽刺意图，但作者并没将这一意图贯彻下去。自“黄埃散漫风萧索”、玄宗逃蜀、杨妃身亡始，诗情即为沉重哀伤的悲剧氛围所笼罩，周详的叙事一变而为婉转的抒情，极力铺写玄宗在蜀中的寂寞悲伤、还都路上的追怀忆旧和回宫以后睹物思人的种种感触，并借四季景物的变换和孤寂的环境衬托他苍凉伤感的情怀：

归来池苑皆依旧，太液芙蓉未央柳。芙蓉如面柳如眉，对此如何不泪垂。春风桃李花开日，秋雨梧桐叶落时。西宫南内多秋草，落叶满阶红不扫。梨园弟子白发新，椒房阿监青娥老。夕殿萤飞思悄然，孤灯挑尽未成眠。迟迟钟鼓初长夜，耿耿星河欲曙天。鸳鸯瓦冷霜华重，翡翠衾寒谁与共？悠悠生死别经年，魂魄不曾来入梦。

这段描写，回环往复，层层渲染，真切而不黏着，流利而又隽永，几乎字字珠玑。诗的最后一段，笔锋再转，写临邛道士鸿都客为玄宗上天入地寻觅杨妃，而杨妃竟在缥缈迷离的仙境中出现——“玉容寂寞泪阑干，梨花一枝春带雨”。以极省净的语言和恰当的比喻，勾勒出杨妃的天生丽质和风采神韵；与诗开篇部分“回眸一笑百媚生”“侍儿扶起娇无力”的形象对比，这里的杨妃已脱尽撩人的世俗情味，而成为一个净化了的理想女神了。作者写她超凡脱俗的美，更赋予她忠于爱情的至善品性，既托道士将当年的定情物带给玄宗，又重申盟誓：“但令人似金钿坚，天上人间会相见。……在天愿为比翼鸟，在地愿为连理枝。”然而，“比翼鸟”“连理枝”的愿望虽然美好，此生却已难以实现，那么剩下来的，只有永难消解的“长恨”了。所以作者最后怀着对美人不幸的深切同情，对美的毁灭的沉重感伤，点出全诗的主题：天长地久有时尽，此恨绵绵无绝期！

《琵琶行》与《长恨歌》是白居易写得最成功的作品，其艺术表现上的突出特点是抒情因素的强化。与此前的叙事诗相比，这两篇作品虽也用叙述、描写来表现事件，但却把事件的描写简到不能再简，只用一个中心事件和两三个主要人物来构架全篇，诸如颇具戏剧性的马嵬坡事变，作者寥寥数笔即将之带过，而在最便于抒情的人物心理描写和环境气氛渲染上，则泼墨如雨，务求尽情。即使《琵琶行》这种在乐声摹写和人物遭遇叙述上着墨较多的作品，也是用情把声和事紧紧联结在一起，声随情起，情随事迁，使诗的进程始终伴随着动人的情感力量。除此之外，这两篇作品的抒情性还表现在以精选的意象来营造恰当的氛围、烘托诗歌的意境上。如《长恨歌》中“行宫见月伤心色，夜雨闻铃肠断声”，《琵琶行》中“枫叶荻花秋瑟瑟”“别时茫茫江浸月”等诗句，或将凄冷的月色、淅沥的夜雨、断肠的铃声组合成令人销魂的场景，或以瑟瑟作响的枫叶、荻花和茫茫江月构成哀凉孤寂的画面，其中透露的凄楚、感伤、怅惘意绪为诗中人物、事件统统染色，也使读者面对如此意境、氛围而心魂摇荡，不能自已。

第三节　晚唐诗歌、李商隐词的初现及晚唐五代词

唐代出现的又一影响深远的新文体是词。这一新文体的出现，主要是由于娱乐的需要。词随燕乐起，选诗配乐、依调填辞，都是为了歌唱。词最初来自民间，俗曲歌舞、酒令著辞，用于日常宴饮、歌楼伎馆。中唐以后，城市经济发展，词也得以迅速兴起，文人加入作词的行列。到了晚唐五代，词在西蜀和南唐变得高度繁荣。西蜀“花间词人”绮靡侧艳，视野不离男女情爱，目的无非欢娱消遣。南唐词人拓大了词的境界，转向内心缠绵情致的抒写。特别是南唐后主李煜，亡国之后的词作，把词这一善于表现细致绵密情怀的文体，发挥得淋漓尽致，把它推向了更高的艺术境界。

中国诗歌有与音乐相结合的传统，但各阶段辞与乐的性质及其配合方式有所不同。汉魏乐府，一般是先有歌辞，后以音乐相配。而唐五代词是先有乐，后有辞。汉魏乐府所配的是清商乐，而词所配的是隋唐新起的燕（宴）乐。燕乐之起，可以追溯到北朝。随着少数民族入主中原，可以统称为胡乐的边地及境外音乐，陆续传入内地，其中也有宫廷乐舞。唐代十部乐，高丽、天竺、安国、康国、龟兹、疏勒、高昌七部，皆有来自外域的源头，是通过异国进献、王室之间通婚，以及战争缴获等渠道输入的。此外，还有伴随贸易等途径传入的西域民间乐舞，以及伴随宗教活动传入的西域佛教乐舞，内容十分丰富。

有乐有曲，一般也就相应地需要与之相配的歌辞。词正是在燕乐的这种需求下产生的。

词的兴起，以及某些具体格律和修辞特征的形成，还与酒令著辞有关。盛极一时的饮宴娱乐风气，培育并发展了丰富精彩的酒令艺术。有些歌舞化的酒令，则近于或已经成了词。今存词调中，留下了种种“令”词的名目，共一百多调。酒令在不断翻新的过程中，常常设计出种种令格，这些令格，有的被继承下来，成了词的某些体式或修辞特点。

词起源于民间，但在1900年敦煌石室打开之前，研究中很难见到民间作品。直到敦

煌卷子中的词曲面世，才填补了这方面的欠缺。敦煌词曲数量很大，其中有温庭筠、李晔（唐昭宗）、欧阳炯词共五首，其余均为无名氏之作。作者范围广泛，多属下层，写作时间大抵起自武则天末年，迄于五代。

一、前期词人

（一）寻迹

词体在民间兴起后，盛唐和中唐的一些诗人，以其敏感和热情，迎接了这一新生事物，开始了对新形式的尝试。张志和，肃宗时曾待诏翰林，后放浪江湖。大历八年，他曾在湖州刺史颜真卿席上，与众人唱和。张志和首唱，作《渔父》五首，第一首云：

西塞山前白鹭飞，桃花流水鳜鱼肥。青箬笠，绿蓑衣，斜风细雨不须归。

江南的景色，渔父的生活，都写得极其生动传神。这组词不仅一时和者甚众，而且远播海外，日本嵯峨天皇及其臣僚，也有和作多首。张志和生活在江湖间，《渔父》当是民间流行的曲调，为其所用。

韦应物和戴叔伦的《调笑令》反映了边塞景象：

胡马，胡马，远放燕支山下。跑沙跑雪独嘶，东望西望路迷。迷路，迷路，边草无穷日暮。（韦应物作）

边草，边草，边草尽来兵老。山南山北雪晴，千里万里月明。明月，明月，胡笳一声愁绝。（戴叔伦作）

《调笑令》为唐时行酒令所用的曲调名。上引的两首《调笑令》，多处互相契合，韦词以“边草”结尾，戴词以“边草”开关。两首词这种契合，符合酒令中“改令”“还令”的要求，可能是唱和之作。从张志和等人开始的这些唱和，说明从大历到贞元前后，填词的风气，在文人中已相当流行了。

元和以后，作词的文人更多。白居易、刘禹锡曾被贬于巴蜀湘赣一带，受民间文艺熏染颇深。两人都爱好声乐歌舞，经常为歌者作诗填词。如：

江南好，风景旧曾谙。日出江花红胜火，春来江水绿如蓝。能不忆江南？
江南忆，最忆是杭州。山寺月中寻桂子，郡亭枕上看潮头。何日更重游！
江南忆，其次忆吴宫。吴酒一杯春竹叶，吴娃双舞醉芙蓉。早晚复相逢！

白居易的这三首《忆江南》，首章首句“江南好”，摄尽江南景物种种佳处，总绾三章。二、三两首分咏杭州、苏州胜景，而又均承首章结句：“能不忆江南。”三章自具首尾，而又脉络贯通，浑然一体。适应曲调的要求，把一组词写得这样纯熟完整，说明文人运用这种韵文新体裁，已经到了得心应手的程度，词体更显稳定了。

（二）温庭筠及其他花间词人

晚唐五代衰乱，一般文化学术日渐萎弱，但适应女乐声伎的词，在部分地区城市商业经济发展的基础上，却获得了繁衍的机运。尤其是五代十国，南方形成了几个较为安定的割据政权。割据者既无统一全国的实力与雄心，又无励精图治的长远打算，苟且偷安，借声色和艳词消遣，在西蜀和南唐形成了两个词的中心。西蜀立国较早，收容了不少北方避乱文人。前蜀王衍、后蜀孟昶，皆溺于声色。君臣纵情游乐，词曲艳发，故词坛兴盛也早于南唐。

《花间集》是最早的文人词总集。它集中代表了词在格律方面的规范化程度，标志着在文辞、风格、意境上词性特征的进一步确立，以其作为词的集合体与文本范例的性质，奠定了以后词体发展的基础。花间词把视野完全转向裙裾脂粉、花柳风月，写女性的姿色和生活情状，特别是她们的内心生活。言情不离伤春伤别，场景无非洞房密室、歌筵酒席、芳园曲径。此外，一些词作中虽也写郊游中的男女邂逅，女道士的春怀，宫女的幽怨等，但中心仍然是男女情爱。与这种情调相适应，在艺术上表现出的是文采繁华，轻柔艳丽。温庭筠在《花间集》中被列于首位，入选作品 66 首。他是第一个努力作词的人，长期出入秦楼楚馆，“能逐弦吹之音，为侧艳之词”，把词同南朝宫体与北里倡风结合起来，成为“花间派”的鼻祖。

温词风格并不单一，有一些境界阔大的描写，如“江上柳如烟，雁飞残月天”（《菩萨蛮》）；也有一些较为清新疏朗甚至通俗明快之作，如《望江南》：“梳洗罢，独倚望江楼。过尽千帆皆不是，斜晖脉脉水悠悠，肠断白蘋州。”但就总体而言，温词主人公的活动范围一般不出闺阁，作品风貌多数表现为秾艳细腻，绵密隐约。如《菩萨蛮》：

小山重叠金明灭，鬓云欲度香腮雪。懒起画蛾眉，弄妆梳洗迟。照花前后镜，花面交相映。新贴绣罗襦，双双金鹧鸪。

把美人的睡眠、懒起、画眉、照镜、穿衣等一系列娇慵的情态，以及闺房的陈设、气氛、绣有双鹧鸪的罗襦，一一表现出来，接连给人以感官与印象上的刺激。

二、李煜及其他南唐词人

南唐词的兴起比西蜀稍晚，主要词人是元老冯延巳（903 年—960 年），中主李璟（916 年—961 年），后主李煜（937 年—978 年）。南唐君臣沉溺声色与西蜀相类，但文化修养较高，艺术趣味也相应雅一些。所以从花间词到南唐词，风气有明显的转变。

冯延巳，字正中，词作数量居五代词人之首。其词虽然仍以相思离别、花柳风情为题材，但不再侧重写女子的容貌服饰，也不拘限于具体的情节，而是着力表现人物的心境意绪，造成多方面的启示与联想。如《谒金门》：

风乍起，吹皱一池春水。闲引鸳鸯香径里，手挼红杏蕊。斗鸭阑干独倚，碧玉搔头斜坠。终日望君君不至，举头闻鹊喜。

虽是写女子的闺怨，并且展开描写了一些具体情节，但词中集中表现的是女子为怀人所苦而不胜怨怅的心理，却不为闺情或具体人事所限。

南唐中主李璟，存词四首。词中蕴含的忧患意识比冯延巳更深：

菡萏香销翠叶残，西风愁起绿波间。还与韶光共憔悴，不堪看。细雨梦回鸡塞

远，小楼吹彻玉笙寒。多少泪珠无限恨，倚栏干。(《浣溪沙》)

美好之物的凋残和环境的森寒，被写得很突出。这种忧患之感，在阔大的背景和“菡萏”“玉笙”等芳洁名物的衬托下，较之冯延巳所表现的怅然自失，更具庄严意味，与李煜后期“林花谢了春红”“罗衾不耐五更寒”所体现出的那种悲慨，更为接近了。

李煜，字重光，25 岁嗣位南唐国主，39 岁国破为宋军所俘，囚居汴京三年，被宋太宗赐药毒死。今存词 30 余首。他多才多艺，诗文、书画、音乐，均有很高造诣。其词在题材内容上前后期虽有所不同，但无论前期后期，都有其一贯的特点，那就是“真”。这位“生于深宫之中，长于妇人之手”，阅世甚浅的词人，始终保有较为纯真的性格。在词中一任真实情感倾泻，而较少有理性的节制。他的后期词写亡国之痛，血泪至情。前期词写宫廷享乐生活的感受，对自己的沉迷与陶醉也不加掩饰，如《玉楼春》：

晓妆初了明肌雪，春殿嫔娥鱼贯列。笙箫吹断水云间，重按霓裳歌遍彻。临风谁更飘香屑，醉拍阑干情味切。归时休放烛花红，待踏马蹄清夜月。

李煜词的本色和真情性，在三方面显得很突出：一、真正用血泪写出了他那种国破家亡的不幸，非常感人；二、本色而不雕琢，多用口语和白描，词篇虽美，却是丽质天成，不靠容饰和词藻；三、因纯情而缺少理性节制。他在亡国后不曾冷静地自省，而是直悟人生苦难无常之悲哀：“人生愁恨何能免”“无奈朝来寒雨晚来风”“自是人生长恨水长东”，把自身所经历的一段破国亡家的惨痛遭遇泛化，获得一种广泛的形态与意义，最终通向对于宇宙人生悲剧性的体验与审视。王国维说：“词至后主而眼界始大，感慨遂深，遂变伶工之词而为士大夫之词。”(《人间词话》十五) 正是由于李煜以其纯真，感受到了“人生长恨”“往事已成空”那种深刻而又广泛的人世之悲，所以其言情的深广超过了其他南唐词人，如《虞美人》：

春花秋月何时了，往事知多少。小楼昨夜又东风，故国不堪回首月明中。雕栏玉砌应犹在，只是朱颜改。问君能有几多愁，恰似一江春水向东流。

词中不加掩饰地流露出故国之思，并把亡国之痛和人事无常的悲慨融合在一起，把“往事”“故国”“朱颜”等长逝不返的悲哀，扩展得极深极广，滔滔无尽。一任沛然莫御的愁情奔涌，自然汇成“一江春水向东流”那样的景象气势，形成强大的感染力。著名的《浪淘沙》也是写他对囚徒生活的不堪忍受和无限的故国之思：

帘外雨潺潺，春意阑珊。罗衾不耐五更寒。梦里不知身是客，一晌贪欢。独自莫凭栏，无限江山。别时容易见时难。流水落花春去也，天上人间。

从生活实感出发，抒写心底的深哀巨痛。“流水落花春去也”，美好的东西总是不能长在，“别时容易见时难”，又扩展为一种普遍的人生体验。也是寄慨极深、概括面极广，能引起普遍的共鸣。

南唐词在境界和气象方面做出了较大的开拓，而风格上却显得情致缠绵。李煜的《虞美人》(春花秋月)，以恒久的自然，与短促无常的人事一次次做对比，抒写深悲积恨，如陈廷焯所说“呜咽缠绵，满纸血泪”(《云韶集》卷一)。《浪淘沙》(帘外雨潺潺) 写五更梦回后的意念活动，幽怨缠绵。《乌夜啼》云：“无言独上西楼，月如钩。寂寞梧桐深院，锁清秋。剪不断，理还乱，是离愁。别是一般滋味在心头。”避实就虚，摄尽凄婉之神。又以“剪不断，理还乱”的麻丝喻愁，欲言难言，真是肠回心倒，缠绵之至。境界较为开阔而又有深厚缠绵的情致，正是南唐词的优长之处。

Chapter 3
第三章 姹紫嫣红的宋词

【概论】

宋代文学最大的成就是词，在题材、风格上倾向于通俗化，这两种趋势不断发展，最终形成了与唐诗大异其趣的宋词。词这种新诗体，在宋代达到了巅峰。另外，宋代文学注重反映社会现实，戏弄、说话等通俗文艺在宋代也有迅速的发展，逐渐形成了以话本和诸宫调、杂剧、南戏等戏剧样式为代表的通俗叙事文学，从而改变了中国古代文学长于抒情而短于叙事、重视正统文学而轻视通俗文学的局面，并为后来元明清小说、戏曲的发展奠定了基础。

一、宋代崇文抑武的国策

公元960年，赵匡胤利用手中的兵权，发动陈桥兵变，建立了宋王朝。此后赵匡胤用20年的时间，先后平定了南方的后蜀、南唐和北方的北汉等割据政权，结束了唐末以来的分裂局面，基本上实现了中国的统一。

鉴于唐朝藩镇强盛、节度使尾大不掉的历史教训，宋王朝决定采用崇文抑武的基本国策。宋太祖即位的次年，以“杯酒释兵权”的手段，解除了禁兵统帅石守信等人的兵权，这相当于自废武功。与此同时，宋王朝重用文臣，不但宰相须用读书人，而且掌兵的职位也多由文人担任。文臣由科举考试而进入仕途，而战功卓著的名将由于设有科举这道坎也很难掌握重权。

由于崇文抑武，使得士大夫的社会责任感和参政热情空前高涨。他们以国家的栋梁自居，意气风发地发表政见。“开口揽时事，议论争煌煌”（欧阳修《镇阳读书》），这是宋代士大夫特有的精神风貌。因为有强烈的使命感，所以宋代文人就十分重视诗文的政治教化功能。儒家一向重视“文”与“道”的关系，唐代的韩愈在倡导古文时提出“文以贯道”的思想，表明了对文学的社会政治功能的重视。宋代的理学家则表现出更浓厚理论的兴趣，周敦颐率先提出了“文所以载道”（《周子通书·文辞》）的新命题，更加强调“道”的第一性，而“文”仅仅被视为一种负载工具。朱熹还坚持“文以载道”说，并做了更深入的理论阐述。“文以载道”的思想在宋代文坛上占据着统治地位，宋代诗文的说教意味显然比唐代浓厚，这不能不归咎于“文以载道”说的流行和影响。因此，从文学角度而言，宋代的诗担负说教的重任，而词就是轻松的，随性的，因而与宋诗相比较，宋词显然更有成就，也更有“颜值”。

由于国策的“重文”，也由于皇帝的重视，宋代士大夫阶层过着优渥的生活，这是词这种形式得以发展壮大的原因之一。

二、印刷业和教育的发达与作家学术修养的提高

宋王朝十分重视文治教化，印刷业和教育事业都有了空前的发展。印刷术虽然在唐代已经发明出来，但印刷业的繁盛却始于宋代。宋代公私刻书业的兴盛使书籍得以大量流通，不但皇家秘阁和州县学校藏书丰富，就是私人的藏书也动辄上万卷。以私人藏书为对象的目录学专书在宋代首次出现，就是一个标志。

印刷业的繁盛也直接带动了学校数量和种类的大量增加。除了从国子学到县学的各级官办学校外，私立学校也日益兴盛。像著名的白鹿洞书院等四大书院，其规模和学术水准都堪与官办学校媲美。这样，宋代士人的总体学术水平达到了空前的高度。杜甫自称“读书破万卷”（《奉赠韦左丞丈二十二韵》），言下不无自矜之意，因为那在唐代是比较罕见的现象。然而到了宋代，读破万卷书的作家为数不少。像欧阳修、王安石、苏轼、陆游等人在文学作品之外，还写了不少经学（包括小学）和史学的著作，都堪称学者型的作家。学术修养的提高，无疑会使作家更善于深刻地思考社会和人生，也更善于细密周详地议论。

宋代的文学家普遍关注国家和社会。宋代的文学作品，尤其是被视为正统文学样式的诗文，反映社会、干预政治始终是其主题。唐代杜甫、白居易的诗以描写民生疾苦而闻名，韩愈、柳宗元的古文则以反映时事政治而著称。宋代的文学家继承了这种传统，描写民瘼或抨击时弊成为整个文坛的创作倾向。虽然宋诗中缺少像杜甫“三吏”“三别”和白居易“新乐府”那样的名篇，但此类主题在宋代诗坛的普遍程度却是超过唐代的。即使是以“浪子词人”而闻名的柳永也写过刻画盐工悲惨生活的《煮海歌》，而一向被看作专重艺术的词人周邦彦也作有讽刺宋将丧师辱国的《天赐白》。社会政治功能的加强，使宋代诗文具有鲜明的时代气息和刚健的骨力。而其负面影响是严肃有余、灵动不足，有时还因过于注重社会性而削弱了个体抒情的意味。

上述历史背景对宋代文学的另一个影响，是诗文中议论成分的加强。“文以载道”的价值观，也必然导致把议论视为写作的目的。宋人之喜爱议论堪称前无古人。但过多的议论会削弱诗歌的抒情功能，例如理学家的诗歌往往变成了押韵的语录；宋诗所以会形成与唐诗不同的重意倾向，议论成分的增强是一个重要的因素。

第一节　柳永与北宋前期词人的探索

宋代立国之初的半个世纪，词并没有随着新王朝的建立而兴盛，基本上是处于停滞的状态。四五十年间，词作者不过 10 人，词作仅存 33 首。虽然此间王禹偁、寇准、钱惟演、潘阆和林逋的零星词作也有较强的可读性，但尚未形成一种独特的时代风貌，缺乏开

拓性和独创性。直到 11 世纪上半叶柳永等词人先后登上词坛之后，宋词才开始步入迅速发展的轨道。

与柳永同时的著名词人有范仲淹、张先、晏殊和欧阳修等人。他们的词作代表着 11 世纪上半叶（主要是宋真宗、仁宗两朝）词坛的最高成就和发展趋势。此间词坛的发展趋势是，既有因袭继承晚唐五代词风的一面，也有开拓革新的一面。其中以柳永的词最富有开创性。

一、词风因革

（一）晏殊和欧阳修对五代词风的因革

词体进入晚唐五代以后，经文士的改造与加工而渐趋成熟；又经“花间鼻祖”温庭筠的创造和南唐词人冯延巳、李煜的强化，进一步确立了以小令为主的文本体式、以柔情为主的题材取向和以柔软婉丽为美的审美规范。晏殊、欧阳修的词作，主要继承的就是五代的这种词风，但他们在继承中又有革新求变的一面。

1. 闲雅而有情思的晏殊词

晏殊（991 年—1055 年），字同叔，抚州临川（今江西省抚州市临安区）人。北宋著名文学家、政治家。生于宋太宗淳化二年（991 年），十四岁以神童入试，赐同进士出身，命为秘书省正字，官至右谏议大夫、集贤殿学士、同平章事兼枢密使、礼部刑部尚书、观文殿大学士知永兴军、兵部尚书，宋仁宗至和二年（1055 年）病逝于京中，封临淄公，谥号元献，世称晏元献。

晏殊以词著于文坛，尤擅小令，风格含蓄婉丽，与其子晏几道，被称为“大晏”和“小晏”，又与欧阳修并称“晏欧”。亦工诗善文，原有集，已散佚。存世有《珠玉词》《晏元献遗文》《类要》残本。

晏殊的《珠玉词》中，绝大部分作品的内容是抒写男女之间的相思爱恋和离愁别恨。然而，晏殊词写男女恋情，过滤了五代“花间”词所包含的轻佻艳冶的杂质，而显得纯净雅致。他往往略去对女性容貌色相的描写，而着重表现抒情主人公的恋情。其词的情感基调是雍容和缓，淡淡的忧愁中时而透露出自我解脱的气度，语言也一洗五代“花间词”的脂粉气和浓艳色彩，而变得清丽淡雅，温润秀洁。

晏殊词“情中有思”，即浓重的情思中渗透着理性沉思的特质。名作《浣溪沙》最能代表这种特色：

> 一曲新词酒一杯。去年天气旧亭台。夕阳西下几时回？　　无可奈何花落去，似曾相识燕归来。小园香径独徘徊。

在伤春怀人的表层意象中，蕴含着强烈的时间意识和生命意识。“夕阳”“落花”两种流逝难返的意象，象征着年华的流逝和爱情的失落，体现出作者对时光急促、生命有限的沉思和体悟。

2. 因循中求变的欧阳修词

欧阳修一生宦海浮沉，曾三遭贬谪，仕途不像晏殊那么顺利，对人生命运的变幻和官场的艰险有较深的体验，因而显示出一种新的创作方向，即词既可以写传统类型化的相思恨别，也能够用以抒发作者自我独特的人生体验和心态。他著名的《朝中普·平山堂》词：

平山栏槛倚晴空。山色有无中。手种堂前垂柳，别来几度春风。　　文章太守，挥毫万字，一饮千钟。行乐直须年少，尊前看取衰翁。

展现出他潇洒旷达的风貌个性。这种乐观旷达的人生态度和用词来表现自我情怀的创作方式对后来的苏轼有着直接的影响。欧阳修词朝通俗化方向开拓的另一表现是，他借鉴和吸取了民歌的“定格联章”等表现手法，在宋代词史上，欧阳修是主动向民歌学习的第一人，由此也造就了其词清新流畅的艺术风格。

（二）范仲淹、张先和王安石对词境的开拓

如果说晏殊、欧阳修主要是着眼于词艺的提高与深化，那么，范仲淹、张先等人的贡献则主要表现在对词境的开拓。

范仲淹（989 年—1052 年）有着与晏、欧不同的生活经历。他曾于仁宗康定元年（1040 年）出任陕西经略安抚副使兼知延州（治今陕西延安），抗击西夏。四年的军旅生活，拓展了他的艺术视野，丰富了他的人生感受，也改变了他在《苏幕遮》《御街行》中所表现出的情柔语丽的词风：

塞下秋来风景异。衡阳雁去无留意。四面边声连角起。千嶂里。长烟落日孤城闭。　　浊酒一杯家万里。燕然未勒归无计。羌管悠悠霜满地。人不寐。将军白发征夫泪。（《渔家傲》）

这首词中展现广漠萧瑟的塞外景象、艰苦孤寂的边塞生活、将士们的久戍思乡之情和报国立功之志，为词世界开辟了崭新的审美境界，也开启了宋词贴近社会生活和现实人生的创作方向，而其沉郁苍凉的风格，则成为后来豪放词的滥觞。

张先（公元 990 年—公元 1078 年），是北宋年寿最高的词人。他一生官运虽不亨通，却也没有太大的人生挫折，精力又强健，因而一生流连风月，听歌看舞，优游卒岁。

他从两个方面改变了词的发展方向：一是大量用词来赠别酬唱，扩大了词的实用功能。以前的文士日常交际中只用正统的诗歌来唱和赠答，词因被视为不登大雅之堂的“小道”而只写给歌妓演唱。而张先打破了这种惯例，在文士的社交场合中，也常常用词来酬唱赠别；二是率先用题序，将日常生活引入词中。他现存 165 首词，有 70 多首用了题序。

王安石词虽仅存 29 首，却颇具开创性。他的词已脱离了晚唐五代以来柔情软调的固定轨道，而转向抒发自我的性情怀抱，并进一步由表现个体人生的感受开始转向对历史和现实社会的反思，使词具有了一定的历史感和现实感。

他的创作历程可以分成前后两期。前期的王诗注重反映社会现实，像《河北民》描写边界地区人民在灾年的悲惨生活，《兼并》《发廪》等批判贪官污吏，都有深刻的现实意义。与此同时，王安石也写了许多抒情诗，其中颇有思亲怀友的名作。王安石写得更出色的是咏史诗，他继承了左思、杜甫以来借咏史以述志的传统，对历史人物和历史事件表达了新颖的看法，并抒发了自己的政治感情。

后期是指王安石退出政治舞台以后，心情渐趋平淡，诗风也随之趋于含蓄深沉。后期王诗中最有代表性的作品是写景抒情的绝句，正是这些诗使王安石在当时诗坛上享有盛誉。被誉为“雅丽精绝，脱去流俗”（见胡仔《苕溪渔隐丛话》前集）。如《书湖阴先生壁》：

茅檐长扫净无苔，花木成畦手自栽。一水护田将绿绕，两山排闼送青来。

描写细致，修辞巧妙，韵味深永。如果说王安石早期的诗风显示了直截刻露的宋诗特征，那么其晚期诗则以丰神远韵的风格体现出向唐诗的复归。所以王诗在当时诗坛上自成一家，其艺术成就也足以列于宋诗大家的行列。

二、柳永词的新变

（一）创用词调写慢词

柳永（987年？—1053年？），初名三变，字景庄，后改名永，字耆卿，崇安（今福建武夷山市）人。仁宗景祐元年（1034年）进士。先后做过睦州团练推官、余杭县令、晓峰盐场（在今浙江定海县）监和泗州判官等地方官。后官至屯田员外郎，世故称“柳屯田”。

整个唐五代时期，词的体式以小令为主，慢词总共不过十多首。到了宋初，词人擅长和习用的仍是小令。与柳永同时期的张先、晏殊和欧阳修，仅分别尝试写了17首、3首和13首慢词，慢词占其词作总数的比例很小，而柳永一人就创作了慢词87首，调125首。柳永大力创作慢词，从根本上改变了唐五代以来词坛上小令一统天下的格局，使慢词与小令两种体式平分秋色，齐头并进。

小令的体制短小，一首多则五六十字，少则二三十字，容量有限。而慢词的篇幅较多，一调少则八九十字，多则一二百字。柳永最长的慢词《戚氏》长达212字。慢词篇幅体制的扩大，相应地扩充了词的内容涵量，也提高了词的表现能力。

在两宋词坛上，柳永是创用词调最多的词人。他现存213首词，用了133种词调。而在宋代所用八百八十多个词调中，有一百多调是柳永首创或首次使用。词至柳永，体制始备。令、引、近、慢、单调、双调、三叠、四叠等长调短令，日益丰富。形式体制的完备，为宋词的发展和后继者在内容上的开拓提供了前提条件。如果没有柳永对慢词的探索和创造，后来的苏轼、辛弃疾等人或许只能在小令世界里左冲右突，而难以创造出像《水调歌头》（明月几时有）、《念奴娇·赤壁怀古》《水龙吟·登建康赏心亭》那样辉煌的慢词篇章。

柳永不仅从音乐体制上改变和发展了词的声腔体式，而且从创作方向上改变了词的审美内涵和审美趣味，即变“雅”为“俗”，着意运用通俗化的语言表现世俗化的市民生活情调。北宋陈师道说柳词“骫骳从俗，天下咏之”（《后山诗话》），王灼也认为柳词“浅近卑俗，自成一体，不知书者尤好之”（《碧鸡漫志》卷二），这些都揭示出柳词面向市民大众的特点。

柳词在词调的创用、章法的铺叙、景物的描写、意象的组合和题材的开拓上都给了苏轼以启示，故苏轼作词，一方面力求在“柳七郎风味”之外自成一家；另一方面，又充分吸取了柳词的表现方法和革新精神，从而开创出词的一代新风。

（二）贴近生活写市民

晚唐五代的敦煌民间词，原本是歌唱普通民众的心声，表现他们的喜怒哀乐的。但到了文人手中，词的内容日益离开世俗大众的生活，而集中表现文人士大夫的审美情趣。柳永由于仕途失意，一度流落为都市中的浪子，经常混迹于歌楼妓馆，对生活在社会底层的歌妓和市民大众的生活、心态相当了解，他又经常应歌妓的约请作词，供歌妓在茶坊酒馆、勾栏瓦肆里为市民大众演唱。因此，他一改文人词的创作路数，而去迎合、满足市民大众的审美需求，用他们容易理解的语言、易于接受的表现方式，着力表现他们所熟悉的人物、所关注的情事。

比较如下：

槛菊愁烟兰泣露。罗幕轻寒，燕子双飞去。明月不谙离恨苦。斜光到晓穿朱户。

昨夜西风凋碧树。独上高楼，望尽天涯路。欲寄彩笺兼尺素，山水长阔知何处？（晏殊《蝶恋花》）

自春来、惨绿愁红，芳心是事可可。日上花梢，莺穿柳带，犹压香衾卧。暖酥消，腻云亸，终日厌厌倦梳裹。无那。恨薄情一去，音书无个。

早知恁么。悔当初、不把雕鞍锁。向鸡窗、只与蛮笺象管，拘束教吟课。镇相随，莫抛躲，针线闲拈伴伊坐。和我，免使年少，光阴虚过。（柳永《定风波》）

这两首词都是写女主人公因爱人外出未归而感到忧愁苦闷，然而晏词含蓄，柳词坦率。柳永此词因直接表现世俗女子的生活愿望，与传统的礼教不相容，而受到宰相晏殊的责难。

柳永在词的语言表达方式上，也进行了大胆的革新。他不像晚唐五代以来的文人词那样只是从书面的语汇中提炼高雅绮丽的语言，而是充分运用现实生活中的日常口语和俚语。诸如副词“恁”“怎”“争”等，代词“我”“你”“伊”“自家”“伊家”“阿谁”等，动词“看承”“都来”“抵死”“消得”等，柳永词都反复使用。用富有表现力的口语入词，不仅生动活泼，而且像是直接与人对话、诉说，使读者和听众既感到亲切有味，又易于理解接受。当时“凡有井水饮处，即能歌柳词”（叶梦得《避暑录话》卷下）。

（三）注重自我抒发

柳词不仅创造和发展了词调、词法，并且在词的审美趣味方面朝着通俗化的方向变化，以及在题材取向上朝着自我化的方向发展。晚唐五代词，大多是表现离愁别恨、男欢女爱等类型化的情感，柳永词则注意表现自我独特的人生体验和心态。如《蝶恋花》：

伫倚危楼风细细，望极春愁，黯黯生天际。草色烟光残照里，无言谁会凭阑意。

拟把疏狂图一醉，对酒当歌，强乐还无味。衣带渐宽终不悔，为伊消得人憔悴。

柳永在几度进士考试失利后，为了生计，不得不到处宦游干谒，以期能谋取一官半职。他一生宦游沉浮、浪迹江湖的切身感受，都一一记录、展示在自己的词中，这些词作正是他追求、挫折、矛盾、苦闷、辛酸、失意等复杂心态的自我抒发。稍后的苏轼词即是沿着这种抒情自我化的方向而进一步开拓深化。

作为第一位对宋词进行全面革新的大词人，柳永对后来词人的影响甚大。即使是苏轼、黄庭坚、秦观、周邦彦等著名词人，也无不受惠于柳永。

三、文学的功能化、模式化

柳永的开拓与垂范作用更好地说明了宋词发展的关键：与音乐结合，要能够演唱，词的文学属性的重要核心是可以演唱，这就是功能化，柳永更加夯实了宋词功能化的基石。文学的功能化有现实的需求，经济发展、市民阶层出现，城市经济生活繁荣，也有大众娱乐的需要。而文化人自觉主动地参与，是文学功能化的引擎，柳永为推动这一进程起到了重要作用。由于柳永的努力，文人愿意为歌写词，并竞相推陈出新，追求自成一格，而大众因为词能够与歌相配，方便进行传播与欣赏，而追捧词作。

所谓模式化，是后来如黄庭坚、周邦彦等人对诗词进行的钻研，总结出类似教科书的程序化经验，后来者可以因循而学习之，对锻炼、提高自己的诗词技艺大有帮助，文学本是一种创作、创造、创新的过程，而经过他们的努力与有意识地总结归纳，诗词写作可以有章法与路径可循，专业化的、可以复制的、批量生产的方法论就是所谓模式化的核心。

第二节　大家赏析

一、苏轼

（一）生平

宋代文人有强烈的结盟思想，几乎每个时期都出现过领导风气的文坛盟主。不同时期的盟主之间还存在着衣钵相传的继承关系。早在欧阳修主盟文坛时，他就明确表示把将来领导文坛的责任交付给年青的苏轼，并预言苏轼的成就将超过自己。苏轼对此当仁不让，他后来对门人宣称："方今太平之盛，文士辈出，要使一时之文有所宗主。昔欧阳文忠常以是任付与某，故不敢不勉。"

正是在这种背景下，北宋文学出现了一浪高于一浪的发展态势。苏轼没有辜负欧阳修的期望，宋文、宋诗和宋词都在他手中达到了高峰。所以当后人说到宋代文学的最高成就时，会不约而同地把目光集中到苏轼身上。

苏轼（1037 年—1101 年），字子瞻，号东坡居士，眉州眉山（今属四川）人。他的家庭富有文学传统，祖父苏序好读书，善作诗。父亲苏洵是古文名家，曾对苏轼和其弟苏辙悉心指导。苏轼 21 岁出蜀进京时，他的学识修养已经相当成熟了。

苏轼学识渊博，思想通达，在北宋三教合一的思想氛围中如鱼得水。苏辙记述苏轼的读书过程是："初好贾谊、陆贽书，论古今治乱，不为空言。既而读《庄子》，喟然叹息曰：'吾昔有见于中，口未能言。今见《庄子》，得吾心矣！'……后读释氏书，深悟实相，参之孔、老，博辩无碍，浩然不见其涯也。"（《亡兄子瞻端明墓志铭》）苏轼不仅对儒、道、释三种思想都欣然接受，而且认为它们本来就是相通的。这种以儒学体系为根本而浸染释、道的思想是苏轼人生观的哲学基础。

苏轼22岁中进士，26岁又中制科，优入三等（宋代的最高等），入仕后奋厉有用世之志。他为人坦荡，讲究风节，有志于改革朝政且勇于进言。由于注重政策的实际效果，他在王安石厉行新法时持反对态度，当司马光废除新法时又持不同意见，结果多次受到排斥打击。他在外任时勤于政事，尽力为地方上多做实事。他先后在杭州、密州、徐州、湖州任地方官，灭蝗救灾，抗洪筑堤，政绩卓著。甚至在贬到惠州后，他还捐助修桥二座。只要环境允许，苏轼总是尽力有所作为。然而苏轼一生仕途坎坷，屡遭贬谪，未能充分施展他的政治才干。他44岁时遭遇“乌台诗案”，险遭不测。晚年更被一贬再贬，直到荒远的海南，食芋饮水，与黎族人民一起过着艰苦的生活。

苏轼对苦难并非麻木不仁，对加诸其身的迫害也不是逆来顺受，而是以一种全新的人生态度来对待接踵而至的不幸，把儒家固穷的坚毅精神、老庄轻视有限时空和物质环境的超越态度以及禅宗以平常心对待一切变故的观念有机地结合起来，从而做到了蔑视丑恶，消解痛苦。这种执着于人生而又超然物外的生命范式蕴含着坚定、沉着、乐观、旷达的精神，因而苏轼在逆境中照样能保持浓郁的生活情趣和旺盛的创作活力。

苏轼一生受到过两次严重的政治迫害，第一次是45岁那年因“乌台诗案”而被贬至黄州，一住四年。第二次是在59岁时被贬往惠州，62岁时又被贬至儋州，到65岁才遇赦北归，前后在贬所六年。苏轼去世前自题画像说：“问汝平生功业，黄州、惠州、儋州。”（《自题金山画像》）就其政治事业而言，这话当然是自嘲。但对作为文学家的苏轼来说，他的盖世功业确实是在屡遭贬逐的逆境中建立起来的。虽说苏轼早就名震文坛，贬至黄州后且因畏祸而不敢多写诗文，但黄州时期仍是他创作中的一个高峰。散文如前、后《赤壁赋》，诗如《寒食雨二首》，词如《念奴娇·赤壁怀古》等名篇都创作于此时。苏轼被贬至惠州、儋州时，已是饱经忧患的垂暮之人，但创作激情仍未衰退，而且在艺术上进入了精深华妙的新境界。贬谪生涯使苏轼更深刻地理解了社会和人生，也使他的创作更深刻地表现出内心的情感波澜。在宋代就有人认为贬至海南并不是苏轼的不幸，逆境是时代对这位文学天才的玉成。

（二）苏轼的诗、词

苏轼一生宦海浮沉，奔走四方，生活阅历极为丰富。他善于从人生遭遇中总结经验，也善于从客观事物中见出规律。在他眼中，极平常的生活内容和自然景物都蕴含着深刻的道理，如《题西林壁》：

横看成岭侧成峰，远近高低各不同。不识庐山真面目，只缘身在此山中。

在诗中，自然现象已上升为哲理，人生的感受也已转化为理性的反思。尤为难能可贵的是，诗中的哲理是通过生动、鲜明的艺术意象自然而然地表达出来的，而不是经过逻辑推导或议论分析所得。这样的诗歌既优美动人，又饶有趣味，是名副其实的理趣诗。“不识庐山真面目”一问世即成为流行，后被用为成语，说明苏轼的理趣诗受到了人们的普遍喜爱。

苏词的历史性贡献又超过了苏文和苏诗。苏轼在柳永之后，对词体进行了全面的改革，最终突破了词为“艳科”的传统格局，提高了词的文学地位，使词从音乐的附属品转变为一种独立的抒情诗体，从根本上改变了词史的发展方向。

苏轼首先在理论上破除了诗尊词卑的观念。他认为诗词同源，本属一体，诗与词虽有外在形式上的差别，但它们的艺术本质和表现功能应是一致的。因此他常常将诗与词相提并论。为了使词的美学品位真正能与诗并驾齐驱，苏轼还提出了词须“自是一家”的创作主张。扩大词的表现功能，开拓词境，是苏轼改革词体的主要方向。他将传统的表现女性化的柔情之词扩展为表现男性化的豪情之词，将传统上只表现爱情之词扩展为表现性情之词，使词像诗一样可以充分表现作者的性情怀抱和人格个性。例如他在密州写的《江城子·密州出猎》，则表现了他希望驰骋疆场、以身许国的豪情壮志：

老夫聊发少年狂。左牵黄。右擎苍。锦帽貂裘，千骑卷平冈。为报倾城随太守，亲射虎，看孙郎。　　酒酣胸胆尚开张。鬓微霜。又何妨！持节云中，何日遣冯唐？会挽雕弓如满月，西北望，射天狼。

苏词既向内心的世界开拓，也朝外在的世界拓展。晚唐五代文人词所表现的生活场景很狭小，主要局限于封闭性的画楼绣户、亭台院落之中。入宋以后，柳永开始将词境延展到都邑市井和千里关河、苇村山驿等自然空间，张先则向日常官场生活环境靠近。而苏轼不仅在词中大力描绘了作者日常交际、闲居读书及躬耕、射猎、游览等生活场景，并且进一步展现了大自然的壮丽景色。把对自然山水的观照与对历史、人生的反思结合起来，在雄奇壮阔的自然美中融注入深沉的历史感和人生感慨，如《念奴娇·赤壁怀古》：

大江东去，浪淘尽、千古风流人物。故垒西边，人道是，三国周郎赤壁。乱石穿空，惊涛拍岸，卷起千堆雪。江山如画，一时多少豪杰。　　遥想公瑾当年，小乔初嫁了，雄姿英发。羽扇纶巾，谈笑间、强虏灰飞烟灭。故国神游，多情应笑我，早生华发。人生如梦，一尊还酹江月。

苏轼用自己的创作实践表明：词是无事不可写，无意不可入的。词与诗一样，具有充分表现社会生活和现实人生的功能。由于苏轼扩大了词的表现功能，丰富了词的情感内涵，拓展了词的时空场景，从而提高了词的艺术品位，把词堂堂正正地引入文学殿堂，使词从“小道”上升为一种与诗具有同等地位的抒情文体。

从本质上来说，苏轼“以诗为词”是要突破音乐对词体的制约和束缚，把词从音乐的附属品变为一种独立的抒情诗体。苏轼写词，主要是供人阅读，而不求人演唱，故注重抒情言志的自由，虽也遵守词的音律规范却不为音律所拘。也正是如此，苏词像苏诗一样，表现出丰沛的激情，丰富的想象力和变化自如、多姿多彩的语言风格。虽然苏轼现存的362首词中，大多数词的风格仍与传统的婉约柔美之风比较接近，但已有相当数量的作品体现出奔放豪迈、倾荡磊落如天风海雨般的新风格，如名作《水调歌头》：

明月几时有，把酒问青天。不知天上宫阙，今夕是何年。我欲乘风归去，又恐琼楼玉宇，高处不胜寒。起舞弄清影，何似在人间。　　转朱阁，低绮户，照无眠。不应有恨，何事长向别时圆。人有悲欢离合，月有阴晴圆缺，此事古难全。但愿人长久，千里共婵娟。

二、秦观

（一）生平

秦观，字太虚，后改字少游，高邮（今属江苏）人。他少年豪俊，胸怀壮志，攻读兵书，准备驰骋边疆，建立不朽的奇功伟业，并以为“功誉可力致，而天下无难事”（陈师道《秦少游字序》）。不料，世事艰难，他 37 岁时才中进士，到 43 岁才在朝廷谋得秘书省正字一职。不久即被卷入党争的政治漩涡，随着苏轼等人一同屡受迫害，先后被流放到郴州（今属湖南）、横州（今广西横县）和雷州（今广东海康）。由于他的人生期望值过高，对于人生的挫折和失败又缺乏足够的心理准备，故一旦希望破灭，就异常失望和痛苦。秦观心理承受能力较弱，被贬到雷州时，曾自作挽词，丧失了对生命的信念，故此后不久即逝世，年仅 52 岁。他的诗被人称为“女郎诗”（元好问《论诗绝句三十首》之二四），词中泪水盈盈，情调悲苦，与他的经历和个性气质都有关系。

（二）卓然一家秦观词

在北宋词坛上，秦观被认为是最能体现当行本色的“词手”。秦观词的内容并没有脱别恨离愁的藩篱，其妙处在于情韵兼胜，即情感真挚，语言优雅，意境深婉，音律谐美，符合词体的本色和当时文人士大夫的审美趣味。

秦观的慢词，篇幅容量大，又长于铺叙，每每以小令作法的长处弥补慢词创作中存在的不足，从而达到情韵兼胜的审美效果。如名作《满庭芳》：

> 山抹微云，天粘衰草，画角声断谯门。暂停征棹，聊共引离尊。多少蓬莱旧事，空回首、烟霭纷纷。斜阳外，寒鸦数点，流水绕孤村。　销魂。当此际，香囊暗解，罗带轻分。谩赢得、青楼薄倖名存。此去何时见也，襟袖上空惹啼痕。伤情处，高城望断，灯火已黄昏。

此词与柳永的《雨霖铃》有神似之处。别时的伤感、往日的柔情、别后的思念，层层地铺叙，但情思并非一泻无余，而是情一点出，即用景物烘托渲染（所谓“点染法”）。刚提“旧事”，即接以“烟霭纷纷”，欲吐还吞。词末不待情思说尽而结以景语，较之柳永《雨霖铃》结句“便纵有千种风情，更与何人说”的直露，更显含蓄而有余味。于此也可见秦观虽学柳词，但又善于变化。秦观词的语言清新淡雅，“抹”字、“粘”字，由锤炼而得却不失本色。

秦观的小令也是辞情兼称，如《鹊桥仙》的“金凤玉露一相逢，便胜却人间无数”“两情若是久长时，又岂在朝朝暮暮”，把追求耳鬓厮磨、朝夕相处的世俗爱情升华到崇高的精神境界，也提高了词体的品格。《浣溪沙》的“自在飞花轻似梦，无边丝雨细如愁”，则情景融合，语言淡雅，境界蕴藉空灵。秦观在词史上具有独特的地位。其词卓然一家，和婉醇正，典型地体现出婉约词的艺术特征。就婉约词的发展而言，秦观对另外两位婉约词的代表作家周邦彦和李清照都有直接影响。秦词语言清丽淡雅，周邦彦得其丽，而发展为精雕细琢的典雅富丽；李清照则得其清，并朝更加本色自然的方向发展。

三、李清照

（一）李清照与南渡词风的新变

以李清照、朱敦儒、张元干、叶梦得、李纲和陈与义等为代表的南渡词人生活在12世纪上半叶徽宗、钦宗和高宗三朝，一个社会由和平转向战乱的时代。他们的生活和创作环境明显分为两个阶段。前半生是在和平环境中度过的，生活安定舒适，大多数词人是在绮罗丛中吟风弄月，创作上虽已初露锋芒，但被当时还健在的前辈词人周邦彦、贺铸等人的光芒所遮掩，尚未取得突破性的进展。靖康之难后，金人的铁蹄改变了他们后半生的生活和创作倾向。民族的屈辱、山河的残破和民众的苦难，促使他们自觉接受苏轼的词风，为救亡图存而呐喊呼号，并日益贴近社会现实生活，去表现战乱时代民族、社会的苦难忧患和个体理想失落的压抑苦闷。南渡词进一步扩展了词体抒情言志的功能，加强了词的时代感和现实感。

南渡词坛虽然未出现堪与苏轼、周邦彦并驾齐驱的大词人，但巾帼词人李清照的横空出世，却使南渡词坛放出奇异的光彩。

首先，李清照在理论上提出了词“别是一家”之说。所谓“别是一家”，意指词是与诗不同的一种独立的抒情文体，词对音乐性和节奏感有更独特的要求，它不仅像诗那样要分平仄，而且还要“分五音，又分五声，又分六律，又分清浊轻重”，以便“协律”“可歌”。否则，词就成了“句读不葺之诗”，而失却了词作自身的文体特性。词作只有保持自身独立的文体特性，才能不被诗所替代，在文学之林中占有独立的地位。如果说苏轼是从诗词同源的渊源论角度提高词体的地位，那么，李清照则是从词的本体论出发进一步确立了词体独立的文学地位。

其次，在创作上，李清照用词作生动地展现了她的生命历程和情感历程。

（二）南渡前

李清照（1084年—1155年?），自号易安居士，济南章丘（今属山东）人。她的一生，既享受过幸福，也饱经苦难。18岁与情投意合的赵明诚结婚，夫妇俩诗词酬唱，共同收集整理金石文物，生活颇舒心适意。闺房绣户是她的生活世界，而美满的婚姻爱情便成为她主要的人生理想。随着赵明诚的出仕，夫妻暂离，生活出现了暂时的缺憾，李清照本来甜蜜宁静的心弦弹奏出一首首略带苦涩和幽怨的望夫词：

> 红藕香残玉簟秋。轻解罗裳，独上兰舟。云中谁寄锦书来，雁字回时，月满西楼。　　花自飘零水自流。一种相思，两处闲愁。此情无计可消除，才下眉头，又上心头。（《一剪梅》）

这些轻盈精妙的相思曲，铭刻着女词人的情感历程。李清照与赵明诚的爱情既有婚姻来维系，更有深厚的感情基础。虽然分离，却互相惦念，一种离愁，由两人分担，“离怀别苦”也减轻了许多，更何况时时尚有传情锦书的慰藉。苦涩的离愁中含有夫妻双方心心相印和彼此眷恋的幸福感，是李清照爱情词的一大特点。

作为杰出的女词人，李清照并没有把自己完全封闭在闺房之内，而是常常走向大自然，去感受大自然的和谐美丽，以拓展胸襟，陶冶情操。如果把她前期词作中所表现的情感世界分为两半，可以说一半是对丈夫的钟情，另一半则是对自然景物的热爱，以及对禽鸟花草的眷顾：

常记溪亭日暮。沉醉不知归路。兴尽晚回舟，误入藕花深处。争渡。争渡。惊起一滩鸥鹭。(《如梦令》)

昨夜雨疏风骤。浓睡不消残酒。试问卷帘人，却道海棠依旧。知否。知否。应是绿肥红瘦。(《如梦令》)

（三）南渡后

靖康之难后，李清照家破夫亡，受尽劫难和折磨。人生命运的剧变，也引起了她心境和词境的变化：

寻寻觅觅，冷冷清清，凄凄惨惨戚戚。乍暖还寒时候，最难将息。三杯两盏淡酒，怎敌他、晚来风急。雁过也，正伤心，却是旧时相识。　满地黄花堆积。憔悴损，如今有谁堪摘。守着窗儿，独自怎生得黑。梧桐更兼细雨，到黄昏、点点滴滴。这次第，怎一个愁字了得。(《声声慢》)

失去了丈夫，她深切地感受到人间的孤独和人生的乏味，往日的一切都失去了意义和亮色。往日大雁带来的是丈夫的温情与慰藉，如今见到大雁，引发的是绝望与伤心；从前见菊花，虽人比花瘦，但不失孤芳自赏的潇洒，而今黄花憔悴凋零，则隐含着生命将逝的悲哀。从前轻盈妙丽的望夫词如今变成了沉重哀伤的生死恋歌，词境由明亮轻快变成了灰冷凝重。这是词人情感历程的真实写照，也是时代苦难的象征。

（四）艺术表现

李清照的情感世界是独特的，她的艺术表现方式也是独特的。她善于选取自己日常生活中的起居环境、行动和细节来展现自我的内心世界。“守着窗儿，独自怎生得黑”（《声声慢》）；“怕见夜间出去。不如向，帘儿底下，听人笑语”（《永遇乐》）等动作细节，也典型地表现出年老寡居人独有的生活情态和寂寞心境。

李清照词的语言也独具特色。第一，无论是口语，还是书面语，一经她提炼熔铸，就别开生面，精妙清亮，风韵天然。如“绿肥红瘦”（《如梦令》）、“人比黄花瘦”（《醉花阴》）、“宠柳娇花”（《念奴娇》）、“柳眼梅腮”（《蝶恋花》）等，都是“人工天巧，可称绝唱”（王士禛《花草蒙拾》）。而《声声慢》开头连用 14 个叠字，从动作、环境到心理感受多层次地表现出寡居老人闷坐无聊、茫然若失、四顾寻觅的恍惚悲凉的心态，更是千古创格。

第二，李清照善于用最平常最简练的生活化语言精确地表现复杂微妙的心理和多变的情感流程。如“才下眉头，又上心头”（《一剪梅》八字，传达出心理的曲折变化，收到丈夫的来信，顿感欣慰而喜上眉梢，然独居的寂寞毕竟难耐，相思之情又袭上心头。“只恐双溪舴艋舟，载不动，许多愁”（《武陵春》）短短三句，也将内心的犹豫和不堪负载的愁苦量化和具体化，既曲折生动又巧妙自然。

语言的清新素雅，很适合表现淡雅清疏的审美境界。李清照曾赞美桂花是“暗淡轻黄体本性柔，情疏迹远只香留。何须浅碧轻红色，自是花中第一流”（《鹧鸪天》）。这既是李清照的审美理想，也可视作是其审美境界的艺术写照。无论是写情绘景还是咏物，都不用华丽的色彩、富艳的辞藻来装饰，而用白描手法，创造出水墨画般情婉秀逸的意境。

李清照是中国文学史上创造力最强、艺术成就最高的女性作家。她以女性的身份，真挚大胆地表现对爱情的热烈追求，丰富生动地抒写自我的情感世界，不仅比“男子作闺音”更为真切自然，而且改变了男子一统文坛的传统格局，在中国文学史上占有崇高的地位。

第三节　流变

一、陆游

（一）生平

陆游（1125 年—1210 年），字务观，号放翁，越州山阴（今浙江绍兴）人。他出生的第二年适逢靖康之乱，随其父陆宰离开中原南归。他幼时常看到父辈“相与言及国事，或裂眦嚼齿，或流涕痛哭，人人自期以杀身翊戴王室”（《跋傅给事帖》）。他因此很早就立下了“上马击狂胡，下马草军书”（《观大散关图有感》）的壮志。

陆游 29 岁参加进士考试，因名列秦桧的孙子之前而受到秦的忌恨，复试时被黜落，直到秦桧死后才得以入仕。他在后来的仕途中又两度因力主抗金而被罢职，但陆游的爱国情怀终生不渝，他一生中时刻盼望着有杀敌报国、收复中原的机会，直到临终前仍在绝笔诗《示儿》中谆谆嘱咐儿孙：

死去原知万事空，但悲不见九州同。王师北定中原日，家祭无忘告乃翁！

陆游的生活经历大致可分为三个时期：一、45 岁以前，他任镇江通判等职，后因赞助张浚北伐而罢职家居；二、自 46 岁入蜀从军至 65 岁被劾罢官期间；三、66 岁以后在山阴农村闲居的 20 年。陆游的诗歌创作过程也可分成与之相应的三个阶段，其中第二个阶段是陆诗臻于成熟的关键时期。陆游所说的“诗家三昧”，是指他在地处抗金前线的南郑，受到紧张、豪宕的军营生活所激发，从而领悟到应该改变早年专以“藻绘”为工的诗风，而追求宏肆奔放的风格。由于只有这种风格才与陆游建立奇功的宏伟抱负、爱国忧时的炽烈感情和不拘小节的狂放性格相适应，也只有这种风格才最符合陆诗所要反映的时代脉搏，所以陆游一旦找到这种适合于自己的风格之后，他的创作就产生了质的飞跃。

（二）陆游的诗

在借鉴江西诗派的作品以外，陆游还广泛地学习前代优秀诗人的佳作。在陆游所崇拜的古代诗人中，屈原、杜甫以其爱国忧世之心成为陆游的异代知音。此外，岑参和陶渊明也受到陆游的重视。在陆游心目中，岑参是仅次于李白、杜甫的唐代大诗人。这显然是由于岑诗多写边塞奇丽风光和军营的豪壮生活，与陆游所向往的从军生活情趣相投的缘故。

当陆游退居山阴农村后，陶渊明恬淡的生活态度和陶诗平淡自然的风格又成为他仿效的典范。转益多师的状态使陆游从前代诗歌中汲取了丰富的营养，也使陆诗的题材和风格具备了多样化的格局。

在诗作方面，陆游的诗抒发慷慨激昂的报国热情和壮志未酬的悲愤情感。陆游年轻时就以慷慨报国为己任，把消灭入侵的敌人、收复沦陷的国土当作人生第一要旨，但是他的抗敌理想屡屡受挫。于是，他的大量诗歌，既表现了昂扬的斗志，也倾诉了深沉的悲愤之情，如《书愤》：

早岁那知世事艰，中原北望气如山。楼船夜雪瓜洲渡，铁马秋风大散关。塞上长城空自许，镜中衰鬓已先斑。出师一表真名世，千载谁堪伯仲间！

诗人一心报国却壮志难酬，昂扬豪壮中带着苍凉悲怆，既是诗人个人遭遇的呈现也是民族命运的缩影，《书愤》是这类作品的典型代表。

晚年陆游退隐山阴，就有了描写田园风光、日常生活的诗歌。陆游热爱生活，善于从各种生活情景中发现诗材。无论是高山大川还是草木虫鱼，无论是农村的平凡生活还是书斋的闲情逸趣，“凡一草、一木、一鱼、一鸟，无不裁剪入诗”。如《游山西村》：

莫笑农家腊酒浑，丰年留客足鸡豚。山重水复疑无路，柳暗花明又一村。箫鼓追随春社近，衣冠简朴古风存。从今若许闲乘月，拄杖无时夜叩门。

色彩明丽，并在景物的描写中寓含哲理，其中“山重水复疑无路，柳暗花明又一村”成为广泛流传的名句。

（三）陆游的词

陆游一生的主要精力都用在了诗歌创作上，相对词作并不如辛弃疾数量多，但是作为“辛派词人”的中坚人物，陆游才气超然，并曾身历西北前线，因此，陆游也创造出了稼轩词所没有的另一种艺术境界。

诉衷情·当年万里觅封侯

当年万里觅封侯，匹马戍梁州。关河梦断何处？尘暗旧貂裘。　　胡未灭，鬓先秋，泪空流。此生谁料，心在天山，身老沧州。

爱国情怀跃然纸上，壮志未酬的忧愤无比悲凉。

卜算子·咏梅

驿外断桥边，寂寞开无主。已是黄昏独自愁，更著风和雨。　　无意苦争春，一任群芳妒。零落成泥碾作尘，只有香如故。

上阕写景、下阕表志，显示出身处逆境而矢志不渝的崇高品格。

钗头凤·红酥手

红酥手，黄縢酒，满城春色宫墙柳。东风恶，欢情薄。一怀愁绪，几年离索。错、错、错。　　春如旧，人空瘦，泪痕红浥鲛绡透。桃花落，闲池阁。山盟虽在，锦书难托。莫、莫、莫！

节奏急促，声情凄紧，先后两次感叹，荡气回肠，凄婉动人。

陆游词风格多样，有不少词写得清丽缠绵，真挚动人，与宋词中的婉约派比较接近；而有些词常常抒发深沉的人生感受，或寄寓着高尚襟怀，或寓意深刻，又和苏轼比较接近。最能体现陆游的身世经历和个性特色的，是慷慨雄浑、荡漾着爱国激情的词作，风格与辛弃疾比较接近。但陆游词亦因风格多样而未能熔炼出独特的个性。

二、辛弃疾

12 世纪下半叶，词坛上大家辈出，名作纷呈。以辛弃疾、陆游、张孝祥、陈亮、刘过和姜夔等词坛主将为代表的“中兴”词人群把词的创作推到高峰。辛弃疾词的内容博大精深，风格雄深雅健，发展了苏轼所开创的“豪放”一派，因而与苏轼并称为“苏辛”。

辛派词人将词体的表现功能发挥到了极致，词不仅可以抒情言志，而且可以同诗文一样议论说理。从此，词作与社会现实生活、词人的命运和人格更加紧密相连，词人的艺术个性日益鲜明突出。词的创作手法不仅借鉴诗歌的艺术经验，“以诗为词”，而且吸收散文的创作手段，“以文为词”，词人以一种开放性的创作态势容纳一切可以容纳的内容，利用一切可以利用的创作手段以及借鉴一切蕴藏在生活中、历史中的语言，空前地解放了词体，增强了词作的艺术表现力，最终确立了词体与五七言诗歌分庭抗礼的文学地位。

（一） 辛弃疾生平

辛弃疾（1140 年—1207 年），字幼安，号稼轩，山东历城（今山东济南）人。他原是智勇双全的英雄，也天生一副英雄相貌：肤硕体胖，红颊青眼，目光有棱，精神壮健如虎。因生长于金人占领区，自幼就决心为民族复仇雪耻、收复失地。高宗绍兴三十一年（1161 年），济南人耿京聚众数十万反抗金朝的暴虐统治，时年 22 岁的辛弃疾，也趁机揭竿而起，拉起两千人的队伍奔耿京部下，为掌书记，并劝耿京与南宋政府取得联系。次年正月，受耿京的委派，辛弃疾等人赴建康（今江苏南京）面见宋高宗。在完成使命返回山东途中，辛弃疾等人获知耿京被降金的叛徒张安国杀害，便立即率领 50 名骑兵，直奔济州（今山东巨野）有五百万之众的金兵营地，将张安国生擒绑缚于马上，疾驰送到建康处死。这一壮举充分表现出辛弃疾的非凡胆略和勇气。

辛弃疾深谋远虑，智略超群。26 岁时向孝宗上奏《美芹十论》，31 岁进献《九议》，从审势、察情、观衅、自治、守淮、屯田、致勇、防微、久任、详战等方面，指陈任人用兵之道，谋划复国中兴的大计，切实详明。33 岁时即预言金朝“六十年必亡，虏亡则中国之忧方大”（周密《浩然斋意抄》），体现出辛弃疾的远见卓著。他还具有随机应变的实干才能，41 岁在湖南创建雄镇一方的飞虎军，虽困难重重，但事皆立办，时人比之为“隆中诸葛”（刘宰《贺辛等制弃疾知镇江》）。

平生以气节自负、以功业自许的辛弃疾，南归后本来希望尽展其雄才将略，挥拥万夫，横戈杀敌，以“了却君王天下事，赢得生前身后名”（《破阵子》）。然而，自隆兴元年（1163 年）符离之役失败后，南宋王朝一战丧胆，甘心向金朝俯首称臣，纳贡求和，使得英雄志士请缨无路，报国无门。而身为“归正人”的辛弃疾，更受到歧视而不被信任。他 23 岁南归之初，只被任命为小小的江阴佥判，六年后官职虽逐步升迁，但都是在地方任职，而且每任时间都不长，从 29 岁到 42 岁，13 年间调换 14 任官职，使他无法在职任上有大的建树和作为。

辛弃疾积极进取的精神、抗战复国的政治主张本来就与当时只求苟安的政治环境相冲突，而他“昂昂千里，泛泛不作水中凫”（《水调歌头》）的傲岸不屈、刚正独立的个性更使他常常遭人忌恨谗害和排挤，因此他一生“三仕三已”（《哨遍》）。42 岁的壮年，即被弹劾罢职，闲居八年后，朝廷准备北伐，辛弃疾怀着建功立业的希望再度出山，可并未得到重用，两年后带着“谁念英雄老矣，不道功名蕞尔，决策尚悠悠”（《水调歌头》）的绝望心情，这位老英雄又回到铅山故居，并于 68 岁时含恨而逝。

（二）辛弃疾的词

辛弃疾既有词人的气质，又有军人的豪情，他的人生理想本来是做统兵将领，在战场上博取功名，“把诗书马上，笑驱锋镝”（《满江红》）。但由于历史的错位，“雕弓挂壁无用”，“长剑铗，欲生苔”（《水调歌头》），只得“笔作剑锋长”（《水调歌头·席上为叶仲洽赋》），转而在词坛上开疆拓土，将本该用以建树“弓刀事业”（《破阵子》）的雄才来建立词史上的丰碑。

晚唐五代以来，词中先后主要出现了三种类型的抒情主人公，即晚唐五代时的红粉佳人、北宋时的失意文士和南渡初年的苦闷志士。辛弃疾横刀跃马登上词坛，又拓展出一类虎啸风生、气势豪迈的英雄形象。辛弃疾平生以英雄自许，渴望成就英雄的伟业，成为曹操、刘备那样的英雄，“英雄事，曹刘敌”（《满江红·江行和杨济翁韵》）、“天下英雄谁敌手？曹刘，生子当如孙仲谋”（《南乡子》）。在唐宋词史上，没有谁像辛弃疾这样钟情、崇拜英雄，抒写出英雄的精神个性。苏东坡也曾向往“雄姿英发”的“周郎”，但他在赤壁缅怀英雄时，想到的是“多情应笑我，早生华发”，那是文士所常有的伤感；而辛弃疾凭吊赤壁时，是“半夜一声长啸，悲天地，为予窄”（《霜天晓角·赤壁》），则显露出英雄壮士的本色。同一环境的不同情绪体验，反映出主体不同的气质。

英雄的历史使命，是为民族的事业而奋斗终生。辛弃疾的使命感异常强烈而执着：“道男儿、到死心如铁。看试手，补天裂。”（《贺新郎·同父见和再用前韵》）“看依然、舌在齿牙牢，心如铁。”“待十分做了，诗书勋业。”（《满江红》）即使是仕途失意，落魄闲居，也难忘他的历史使命，时刻思念着故国江山。作为英雄壮士，辛弃疾的心态既不同于晏殊、欧阳修诸人的从容平和，苏轼的超然旷达，秦观、周邦彦等人的悲戚哀怨，也不同于南渡志士悲愤渐平之后的失望消沉，而常常是豪情激扬，“横空直把，曹吞刘攫”（《贺新郎·韩仲止判院山中见访席上用前韵》），“气吞万里如虎”（《永遇乐·京口北固亭怀古》。长期的压抑苦闷，又使他怒气腾涌：“狂歌击碎村醪盏。欲舞还怜襟袖短。”（《玉楼春》）“说剑论诗余事，醉舞狂歌欲倒，老子颇堪哀。”（《水调歌头》）“酒兵昨夜压愁城。太狂生。转关情。写尽胸中、块磊未全平。”（《江神子·和人韵》）激烈难平的幽愤，高度深沉的压抑，飞动跳荡的生命激情，构成了辛弃疾独特的生命情怀。

相对而言，唐五代词的意象主要来源于闺房绣户和青楼酒馆，至柳永、张先、王安石、苏轼而一变，他们开始创造出与文士日常生活、官场生活相关的意象和自然山水意象。至南渡词又一变，此时词中开始出现与民族苦难、社会现实生活相关的意象。而稼轩词所创造的战争和军事活动的意象，又使词的意象群出现了一次大的转换。

本是行伍出身的辛弃疾，有着在战场上横戈杀敌的战斗体验。他既熟悉军事生活，又时刻期待着重上沙场，再建武功。因此，当他"笔作剑锋长"时，刀、枪、剑、戟、弓、箭、戈、甲、铁马、旌旗、将军、奇兵等军事意象就自然而然呈现于笔端，诸如"千骑弓刀""倚天万里须长剑""嵯峨剑戟""却笑将军三羽箭""边头猛将干戈""红旗铁马响春冰"和"斩将更搴旗"等军事意象频繁出现，构成了词史上罕见的军事景观。而下面这类词作：

醉里挑灯看剑，梦回吹角连营。八百里分麾下炙，五十弦翻塞外声。沙场秋点兵。　马作的卢飞快，弓如霹雳弦惊。了却君王天下事，赢得生前身后名。可怜白发生。(《破阵子·为陈同甫赋壮词以寄》)

落日塞尘起，胡骑猎清秋。汉家组练十万，列舰耸高楼。谁道投鞭飞渡，忆昔鸣髇血污，风雨佛狸愁。季子正年少，匹马黑貂裘。(《水调歌头》上片)

密集的军事意象群，连续成雄豪壮阔的审美境界，更能体现辛词的个性特色，也反映出两宋词史的又一重大变化，即男子汉气概的激扬，词中女性的柔婉美最终让位于血性男子的力度美和崇高美。

稼轩词不仅转换了意象群，而且更新了表现手法，在苏轼"以诗为词"的基础上，进而"以文为词"，将古文辞赋中常用的章法、议论、对话等手法移植于词。以文为词，既是方法的革新，也是语言的变革。前人作词，除从现实生活中提炼语言外，主要从前代诗赋中吸取语汇，而稼轩词则独创性地用经史子等散文中的语汇入词，不仅赋予古代语言以新的生命活力，而且空前地扩大和丰富了词的语汇。经史散文中的语言，他信手拈来，皆如己出。如《贺新郎》：

甚矣吾衰矣。怅平生、交游零落，只今余几。白发空垂三千丈，一笑人间万事。问何物、能令公喜。我见青山多妩媚，料青山见我应如是。情与貌，略相似。

一尊搔首东窗里。想渊明《停云》诗就，此时风味。江左沉酣求名者，岂识浊醪妙理。回首叫、云飞风起。不恨古人吾不见，恨古人不见吾狂耳。知我者，二三子。

首句和结尾四句，都是从经史中化出的，且自饶新意。他虽用散文化的句法，但并不违反词的格律规范，仍协律可歌。

（三）艺术特色

内容的博大精深，表现方式的千变万化，语言的不主故常，构成了稼轩词多样化的艺术风格。雄深雅健，悲壮沉郁，俊爽流利，飘逸闲适，秾纤婉丽，都兼收并蓄，其中最能体现他个性风格的则是刚柔相济和亦庄亦谐这两种词风。写豪气，而以深婉之笔出之；抒柔情，而渗透着英雄的豪气。悲壮中有婉转，豪气中有缠绵，柔情中有刚劲，是稼轩词风的独特风貌。晚年所作的《永遇乐·京口北固亭怀古》：

千古江山，英雄无觅，孙仲谋处。舞榭歌台，风流总被，雨打风吹去。斜阳草树，寻常巷陌，人道寄奴曾住。想当年，金戈铁马，气吞万里如虎。　元嘉草草，封狼居胥，赢得仓皇北顾。四十三年，望中犹记，烽火扬州路。可堪回首，佛狸祠下，一片神鸦社鼓。凭谁问，廉颇老矣，尚能饭否。

此词虽题为“怀古”，但处处针对现实而发。情怀悲愤激烈，却含蓄吐出，极尽沉郁跌宕之致。

在两宋词史上，辛弃疾的作品数量最多，成就、地位也最高。就内容境界、表现方法和语言的丰富性、深刻性、创造性和开拓性而言，辛词都可以说是空前绝后的。他独创出“稼轩体”，确立了豪放一派词作，影响十分深远。

Chapter 4
第四章　以复古之名创新——唐宋文体文风改革和唐传奇与俗讲变文

第一节　唐散文的文体文风改革

一、古文运动

在唐代，散文的发展变化与诗歌的发展变化并不同步。当诗歌已经高度繁荣的时候，散文的文体文风改革才刚刚开始。文体文风的改革，自内容言，是明道载道，把散文引向政教之用；自形式言，是由骈体转为散体，是散文自身发展的一种要求。这是一次有目的、有理论主张、有广泛参与者并且有深远影响的文学革新，今人习惯上把它称为“古文运动”。

唐初近百年间，奏疏章表虽已多有散体，但骈体仍占主要地位。天宝后期，李华、萧颖士、独孤及、梁肃、柳冕出来提倡古文，明确提出本乎道、以五经为源泉、重政教之用的主张。到了韩愈、柳宗元这里，则提出“文以明道”，把文体文风改革与贞元、元和年间的政治革新联系在一起，使之成为儒学复兴思潮的一部分，才形成巨大的声势，最终散体才取代骈体，占据文坛的主要地位。

（一）文体文风改革

韩愈、柳宗元在散文文体文风改革上的成功，主要体现在两个方面。一是文以致用，从空言明道走向参与政治、参与现实生活，为散文的表现领域开拓出一片广阔天地。二是它虽言复古而实为创新。它不仅吸收秦汉各家散体文之所长，而且充分吸收六朝骈文的成就，极大地丰富了散文的艺术表现技巧，把散文的创作推进到一个全新的阶段。

唐代中兴的愿望促成了儒学的复兴，促成了政治改革。出于相同的政治目的，韩愈、柳宗元二人不约而同地走向了以文明道的路径，他们将文体文风的改革作为其政治实践的组成部分，赋予文以强烈的政治色彩和鲜明的现实品格，去其浮靡空洞而返归质实真切，创作了大量饱含政治激情、具有强烈针对性和感召力的古文杰作。

在这一过程中，韩愈还以文坛盟主的地位，对从事古文写作的人予以大力扶持和称赞，在他周围，聚集了张籍、李翱、李汉、皇甫湜、樊宗师、侯喜等一批古文作者，声势颇为浩大。柳宗元当时身在南方贬所，创作古文的声势和影响虽不及韩愈，却也不是默默无闻的。据《旧唐书》本传载："江岭间为进士者，不远数千里皆随宗元师法，凡经其门，必为名士。著述之盛，名动于时。"至此，由儒学复兴和政治改革所触发，以复古为新变的文体文风改革高潮便到来了。

（二）论主张

概括来讲，韩愈、柳宗元的古文理论有如下内容：其一，是"文以明道"。其二，在倡导"文以明道"的同时，也充分意识到"文"的作用，为写好文章而博采前人遗产。这种重道亦重文的态度，已与他们之前的古文家有了明显的区别。其三，为文宜"自树立，不因循"，贵在创新。在文章体式上，主张写"古文"，但在具体写法上，却坚决反对模仿因袭。倡导复古而能变古，反对因袭而志在创新，这是韩愈古文理论超越前人的一大关键。其四，韩愈论文非常重视作家的道德修养和文章的情感力量，认为这是写好文章的关键。

二、韩、柳散文的艺术成就

韩愈、柳宗元在散体文创作上有着众多的开拓，但主要表现在两个方面。

其一，在勇于创新的基础上建立新的散文美学规范。在创作实践中重视辞采、语言和技巧，突破了一切文体的界限和陈规旧制，把大部分应用文写成了艺术性很强的文学散文。

其二，韩愈、柳宗元将浓郁的情感注入散文之中，大大加强了作品的抒情特征和艺术魅力，把古文提高到了真正的文学境地。

读他们的散文，会感到一股股迎面扑来的情感浪潮，会感到令人心悸魄动的鲜活灵魂和生命力。韩文如大江大河，澎湃流转，作者横绝奔放的气魄借其滔滔雄辩而溢诸行墨之间。更重要的是，韩愈在应用文中感怀言志，以感激怨怼奇怪之辞，发其穷苦愁思不平之声，既变"笔"为"文"，又使"文"具备了源于现实的情感力度。与韩文相比，柳文则如崇山峻岭，简古峭拔，立意精警。他的书信，充溢着椎心泣血的身世之悲；他的游记，渗透了人与自然的亲和之情；他的不少论说文则具有"笔笔锋刃，无坚不摧"（林云铭《古文析义》）的特点。韩愈、柳宗元二人先后创作了八百多篇散文，举凡政论、书启、赠序、杂说、传记、祭文、墓志、寓言、游记乃至传奇小说，应有尽有。这里择其要者予以介绍。

论说文中，《师说》最有代表性。它针对当时士大夫阶层耻于从师、轻视学习的社会风气，做出针砭。开篇便提出"古之学者必有师"的中心论点，接着层层深入，借用古今、幼长、下层艺人与上层官僚等多方位的对比，从正反两方面申说"必有师"的道理，提出了崭新的师道思想：

> 是故无贵无贱，无长无少，道之所存，师之所存也。

是故弟子不必不如师，师不必贤于弟子，闻道有先后，术业有专攻，如是而已。

这一观点，强调能者为师，既赋予“师”以“传道、授业、解惑”的具体职责，又打破了传统师法森严的壁垒，把师与弟子的关系社会化了。柳宗元读此文后说韩愈“抗颜为师”，以致被世俗目为“狂人”，可见此文所蕴含的勇力胆魄及其对流俗的冲击力量。

当韩愈积极活动于政治文化中心、奋笔为文的时候，柳宗元正置身偏远的贬所，从另一角度冷静地思考着各类哲学、政治、社会、人生问题，写出了《贞符》《封建论》《时令论》《断刑论》《天说》等一系列哲学论文，也写出了一批闪耀着思想火花而又韵味隽永的短篇杂文。

柳宗元的传记文与抒情文也颇有佳者，如《捕蛇者说》通过对蒋氏三代经历的描写，深刻揭示了蒋氏宁可死于毒蛇也不愿承担赋税的痛苦，表现了“孰知赋敛之毒有甚是蛇者乎”的主题。山水游记是柳宗元散文中的精品，也是作者悲剧人生中审美情趣的结晶。作者将表现与再现两种手法结合起来，既重自然景物的真实描摹，又将主体情感不露痕迹地融注其中，令人于意会中领略作者的情感指向。如“永州八记”中最为人称道的《小石潭记》：

从小丘西行百二十步，隔篁竹，闻水声，如鸣珮环，心乐之。伐竹取道，下见小潭，水尤清洌。全石以为底，近岸卷石底以出。为坻，为屿，为嵁，为岩，青树翠蔓，蒙络摇缀，参差披拂。潭中鱼可百许头，皆若空游无所依。日光下澈，影布石上，佁然不动，俶而远逝，往来翕忽，似与游者相乐。潭西南而望，斗折蛇行，明灭可见。其岸势犬牙差互，不可知其源。坐潭上，四面竹树环合，寂寥无人，凄神寒骨，悄怆幽邃。以其境过清，不可久居，乃记之而去。

这是一篇不可多得的记游文字，其中不独写景状物绘声绘色，生动传神，而且可以见出作者观察之细，用笔之妙。开篇未见小潭，先闻水声，因闻水声，转觅小潭，即表现出行文的曲折变化；篇中写水之清却于水着墨不多，而是借石之底、鱼之游、日光之影来表现，可谓匠心独具；至于篇末对清冷寂寥之境的描摹和气氛的渲染，更隐然展示出被贬者凄楚悲苦的心态，令人读后为之慨然而叹。

柳宗元的山水游记是真正的艺术性文学，美的文学。他善于选取深奥幽美型的小景物，经过一丝不苟地精心刻画，展现出高于自然原型的艺术之美。用他的话说，就是“美不自美，因人而彰”。即通过文学家的发掘、加工和再创造，将那些罕见的胜境传给世人。在他笔下，自然山水是那么纯净，那么奇特，那么多彩多姿，那么富有灵性！

第二节 宋代散文大家

一、文坛领袖是欧阳修

欧阳修（1007 年—1072 年），字永叔，号醉翁，晚年又号六一居士，庐陵（今江西吉安）人。他出身于一个小官吏家庭，但四岁丧父，生活贫困。其母郑氏亲自教他读书，以芦秆代笔，在沙上写字。郑氏还常对欧阳修讲述其父生前廉洁仁慈的事迹。良好的家教对欧阳修成长为杰出的政治家、文学家打下了坚实的基础。

欧阳修24岁进士及第，次年到洛阳任西京留守推官，结识了尹洙、梅尧臣等人，声同气应，切磋诗文。后入京任职，勇于言事，风节凛然，一度被贬为夷陵县令。仁宗庆历年间，他积极参加范仲淹领导的庆历新政，又被贬往滁州等地。到48岁方被召回京师，晚年官至参知政事。65岁致仕，定居颍州，次年病逝。

欧阳修博学多才，诗文创作和学术著述都成就卓著，为天下所仰慕。他又是一代名臣，政治上有很高的声望。他以这双重身份入主文坛，团结同道，汲引后进。在当时的著名文学家中，尹洙、柳尧臣、苏舜钦是他的密友；苏洵、王安石受到他的引荐；而苏轼、苏辙、曾巩更是他一手识拔的后起之秀。由欧阳修来肩负革新文风的领导责任，正是众望所归。

欧阳修坚持文道并重，这一主张有两重意义：一是把文学看得与道同样重要，二是把文学的艺术形式看得与思想内容同样重要，这无疑大大地提高了文学的地位。柳开等人以韩愈相号召，主要着眼于其道统，而欧阳修却重于继承韩愈的文学传统。欧阳修的散文内容充实，形式多样。无论是议论，还是叙事，都是有为而作，有感而发。

欧阳修的记叙文都言之有物；他的散文有很强的感情色彩；他的政论文慷慨陈词，感情激越；史论文则低回往复，感慨淋漓；其他散文更加注重抒情，哀乐由衷，情文并至。在欧阳修笔下，散文的实用性质和审美性质得到了充分的显示，散文的叙事、议论、抒情三种功能也得到了高度地融合。

除了古文之外，辞赋和四六体也是欧阳修擅长的文体。首先，欧阳修对前代的骈赋、律赋进行了改造，去除了排偶、限韵的两重规定，改以单笔散体作赋，创造了文赋。其名作如《秋声赋》，既部分保留了骈赋、律赋的铺陈排比、骈词俪句及设为问答的形式特征，又呈现出活泼流动的散体倾向，且增强了赋体的抒情意味。欧阳修的成功尝试，对文赋形式的确立具有里程碑的意义。

其次，欧阳修对四六体也进行了革新。宋初的四六体皆沿袭唐人旧制，西昆诸子更是严格遵守李商隐等人的“三十六体”来行文。欧阳修虽也遵守旧制用四六体来写公牍文书，但他常参用散体单行之古文笔法，且少用故事成语，不求对偶工切，从而给这种骈四俪六的文体注入了新的活力。

欧阳修的语言简洁流畅，文气纡徐委婉，创造了一种平易自然的新风格，在韩文的雄肆、柳文的峻切之外别开生面。例如《醉翁亭记》的开头一段：

> 环滁皆山也。其西南诸峰，林壑尤美。望之蔚然而深秀者，琅琊也。山行六七里，渐闻水声潺潺而泻出于两峰之间者，酿泉也。峰回路转，有亭翼然临于泉上者，醉翁亭也。作亭者谁？山之僧智仙也。名之者谁？太守自谓也。太守与客来饮于此，饮少辄醉，而年又最高，故自号曰醉翁也。醉翁之意不在酒，在乎山水之间也。山水之乐，得之心而寓之酒也。

语言平易晓畅，晶莹秀润，既简洁凝练又圆融轻快，毫无滞涩窘迫之感。深沉的感慨和精当的议论都出之以委婉含蓄的语气，娓娓而谈，纡徐有致。这种平易近人的文风显然更容易为读者所接受，所以具有广阔的发展前景，其后宋代散文的发展历程就证明了这一点。

欧阳修散文创作的高度成就与其正确的古文理论相辅相成，从而开创了一代文风。

二、其他散文大家

（一） 王安石

比欧阳修稍晚，一批优秀的散文作家开始活跃于文坛，其中最著名的是王安石、曾巩和苏洵、苏轼、苏辙三父子。他们连同欧阳修，与唐代的韩愈、柳宗元齐名，被后人合称为“唐宋八大家”。

王安石（1021 年—1086 年），字介甫，晚号半山，抚州临川（今江西临川）人。他是北宋著名的政治家，宋神宗熙宁二年（1069 年），王安石任参知政事，次年拜相，主持变法。他力图通过新法来达到富国强兵的目的，但由于变法的程度很激烈，所以尽管得到神宗的支持，还是引起了保守势力乃至主张稳健改革的苏轼等人的反对，导致了长达数十年的新旧党争。熙宁九年（1076 年），王安石罢相退居江宁，从此退出了政坛。宋哲宗元祐元年（1086 年），在旧党东山再起、新政被全部废除后，王安石卒于江宁。

王安石是以政治家自许的，他的文学观点以重道崇经为指导思想。王安石的散文大多是直接为其政治主张服务的，作品论点鲜明，逻辑严密，有很强的说服力。王安石的短文更能体现其散文的个性风格，那就是直陈己见，不枝不蔓，简洁峻切，短小精悍。如司马光的《与王介甫书》以三千字的篇幅指责新法，王安石的《答司马谏议书》则以三百八十字的短书作答，集中笔墨对司马光信中关于“侵官”“生事”“征利”“拒谏”“招怨”的五点指责进行逐条批驳，语意廉悍，文笔犀利。比如对“征利”的反驳仅用一句话来表明态度：“为天下理财，不为征利!”一针见血，语约义丰，具有高度的概括性。极度的简洁和周密的说理相结合，便形成了被清人刘熙载称为“瘦硬通神”（《艺概》）的独特风貌。又如史论《读孟尝君传》：

> 世皆称孟尝君能得士，士以故以归之，而卒赖其力，以脱于虎豹之秦。嗟乎！孟尝君特鸡鸣狗盗之雄耳，岂足以言得士？不然，擅齐之强，得一士焉，宜可以南面而制秦，尚何取于鸡鸣狗盗之力哉？夫鸡鸣狗盗之出其门，此士之所以不至也。

全文不足五百字，然而层次分明，议论周密，词气凌厉而贯注，势如破竹，具有不容置辩的逻辑力量。

（二） 曾巩

曾巩（1019 年—1083 年）是与王安石同时期的古文名家。他是欧阳修的学生，作文遵循欧阳修的指点。曾文议论委曲周详，文字简练平正，结构严谨而舒缓。曾文长于议论，如其名作《墨池记》，按体裁应是记叙文，但文章的主要内容却是借王羲之苦练书法的故事来发议论。曾文在当时享有盛名。

（三） 苏轼

苏轼的文学思想是文、道并重。他虽然推崇韩愈和欧阳修对古文的贡献，但是他的文道观在北宋具有很大的独特性。首先，苏轼认为文章的艺术性具有独立的价值，如“精金美玉，市有定价”，文章并不仅仅是载道的工具，其自身的表现功能便是人类精神活动的一种高级形态；其次，苏轼心目中的“道”不限于儒家之道，而是泛指事物的规律，所以苏轼主张文章应像客观世界一样，文理自然，姿态横生。他提倡艺术风格的多样化和生动性，反对千篇一律的统一文风，正是在这种独特的文学思想指导下，苏轼的散文呈现出多姿多彩的艺术风貌。他广泛地从前代的作品中汲取艺术营养，其中最重要的渊源是孟子和战国纵横家的雄放气势以及庄子的丰富联想和自然恣肆的行文风格。

韩愈的古文依靠雄辩、布局和蓄势等手段来达到气势的雄放，而苏文却依靠挥洒如意、思绪泉涌的方式达到了同样的目的。苏文气势雄放，语言却平易自然，这正是宋文异于唐文的特征之一。史论和政论虽然表现出苏轼非凡的才华，但杂说、书札、序跋等议论文，更能体现苏轼的文学成就。这些文章同样善于翻新出奇，但形式更为活泼，议论更为生动，而且往往是夹叙夹议，兼带抒情。它们以艺术感染力来加强逻辑说服力，所以比史论和政论更加具备美文的性质。

苏轼的叙事记游之文，叙事、抒情、议论三种功能更是达到了水乳交融的地步。《石钟山记》是一篇以论说为主的游记，它围绕石钟山得名的由来，根据实地考察的见闻，纠正了前人的说法，并引申出对没有“目见耳闻”的事物不能“臆断其有无”的哲理，思路清晰，论证透辟。尤其可贵的是此文的议论是在情景交融的优美意境中逐步展开的，例如写月夜泛舟察看山形的一段：

> 至莫夜月明，独与迈乘小舟至绝壁下，大石侧立千仞，如猛兽奇鬼，森然欲搏人。而山上栖鹘，闻人声亦惊起，磔磔云霄间。又有若老人咳且笑于山谷中者，或曰，此鹳鹤也。余方心动欲还，而大声发于水上，噌吰如钟鼓不绝，舟人大恐。

寥寥几笔即刻画出一个幽美而又阴森的情境，读之恍如身临其境，作者赏幽探险、务实求真的情怀也随之展现无遗。而情景交融的描写又是直接配合议论出现的，堪称叙事、抒情、说理三种功能完美结合的典范。

由于苏轼作文以“辞达”为准则，所以当行即行，当止就止，很少有芜词累句，这在他的笔记小品中表现得最为突出。如《记承天寺夜游》：

> 元丰六年十月十二日，夜，解衣欲睡，月色入户，欣然起行。念无与为乐者，遂至承天寺，寻张怀民。怀民亦未寝，相与步于中庭。庭下如积水空明，水中藻荇交横，盖竹、柏影也。何夜无月？何处无竹柏？但少闲人如吾两人者耳。

全文仅八十余字，但意境超然，韵味隽永，为宋代小品文中的妙品。

苏轼在辞赋和四六体上也取得了很高的成就。他的辞赋继承了欧阳修的传统，但更多地融入了古文的疏宕萧散之气，吸收了诗歌的抒情意味，从而青出于蓝而胜于蓝，创作了《赤壁赋》和《后赤壁赋》这样的名篇。《赤壁赋》沿用赋体主客问答、抑客伸主的传统格局，抒写了自己的人生哲学，同时也描写了长江月夜的幽美景色。全文骈散并用，情景兼备，堪称优美的散文诗。如写景的一段：

清风徐来，水波不兴。举酒属客，诵明月之诗，歌窈窕之章。少焉，月出于东山之上，徘徊于斗牛之间。白露横江，水光接天。纵一苇之所如，凌万顷之茫然。浩浩乎如冯虚御风而不知其所止，飘飘乎如遗世独立，羽化而登仙。

幽美、澄澈的景色与轻松愉悦的心情构成开阔明朗的艺术境界，而那种渺茫、若有若无的虚幻感觉，又直接为后文写超然物外的人生哲理做了铺垫，体现出作者高超的表达能力和语言技巧。

苏轼的散文在宋代与欧阳修、王安石齐名，但如果单从文学的角度来看，苏文则无疑是宋文中成就最高的一家。

第三节　唐传奇与俗讲变文

一、传奇

在诗歌发展取得辉煌成就，散文文体文风进行了影响深远的改革的同时，唐代其他文体的发展也取得了重大的进展。小说出现了新的体式——唐传奇。唐传奇的出现，标志着我国文言小说发展到了成熟阶段。

除唐传奇之外，此时还出现了通俗文体俗讲和变文。俗讲和变文，不仅扩大了文学的传播与影响，而且在文学渐渐由雅而俗的发展过程中，有其不容忽视的意义。

社会的发展变化，提供了新的文化土壤，新的读者群的出现，使文学发展有了新的需要。唐代在魏晋南北朝志怪小说和杂史杂传的基础上，诞生了传奇小说；佛教在民间广泛传播，布道化俗，出现了俗讲和转变；而由于燕乐的盛行，宴饮歌吹的需要，出现了一种新的诗歌体式——词。传奇、变文、词，是唐文学中的新体裁，是唐文学在文体上的新发展。

传奇小说的出现，从文体内部来说，是六朝志怪和杂史杂传演变发展的产物；从基础上来说，则是由现实生活中娱乐的需要而催生出来的。宴饮之余、幕府之暇、途路无聊、友朋夜话，各征异说，共为戏谈，剧谈说话成一时风气。加之俗讲、变文盛行的影响，遂使六朝已有的小说雏形充分发展，演变而为传奇。传奇小说异于六朝小说的地方，一是它的作意，就是鲁迅所说的“始有意为小说”。二是它一般有较为完整的情节结构。三是它有较为完整的人物塑造。唐传奇题材多样化，富于人生情趣，以史传笔法叙述虚构故事，既同于史传，又异于史传。散体文言，时插入诗赋，与散文的发展，与诗歌的发展，都有着微妙的联系。它与诗歌的发展不同步，唐诗的高峰在开元、天宝之际，此时传奇初兴。传奇的兴盛期在中唐，和散文的文体文风改革高潮差不多同步。它也和散体文一样，在晚唐逐渐衰落。唐传奇的出现，标志着我国文言小说作为一种文体的成熟。

传奇在中唐的繁荣，还与此时特殊的社会文化风尚紧密关联。中唐时期，通俗的审美趣味由于变文、俗讲的兴盛而进入士人群体，传奇在很大程度上已为人们接受和欣赏，已经有了广大的受众群。这一受众群，是伴随着贞元、元和之际由雅入俗的浪潮而日趋壮大的。唐传奇在经过发轫期的准备、兴盛期的火爆之后，终于在晚唐时代开始退潮，出现了由盛转衰的局面。

白行简（776年—826年），白居易之弟，字知退，元和二年（807年）进士及第，后历任左拾遗、司门员外郎、主客郎中等职。其写的《李娃传》约作于贞元十一年（795年），写荥阳生赴京应试，与名妓李娃相恋，资财耗尽后，被鸨母设计逐出，流浪街头，做了丧葬店唱挽歌的歌手。一次他与其父荥阳公相遇，痛遭鞭笞，几至于死；后沦为乞丐，风雪之时为李娃所救，二人同居。在李娃的护理和勉励下，荥阳生身体恢复，发愤读书，终于登第为官，李娃也被封为汧国夫人。这是一篇以大团圆方式结局的作品。

小说的精华在前半部，主要表现在对李娃形象的塑造上。李娃年仅二十，是一个被人侮辱、身份低贱的妓女，一出场就以妖艳的姿色吸引了荥阳生，并大胆让荥阳生留宿，“诙谐调笑，无所不至”，表现得温柔多情。但她深知自己的地位与贵介公子的荥阳生是难以匹配的，所以当荥阳生在妓院散尽钱财时，她又主动参与了鸨母骗逐荥阳生的行动，尽管她内心深处仍对荥阳生情意绵绵。此后，荥阳生流落街头、乞讨为生，李娃对这位已“枯瘠疥疠，殆非人状”的昔日情人不禁生出强烈的怜惜之情和愧悔之心，“前抱其颈”“失声长恸”，并毅然与鸨母决绝，倾全力照顾、支持荥阳生，使他得以功成名遂。但直到此时，她也没对荥阳生抱不切实际的幻想，而是十分理智地提出分手，给对方以重新选择婚姻的充分自由。这种过人的清醒、明智、坚强和练达，构成李娃性格中最有特色的闪光点。

现存唐代传奇的篇幅一般不长，短的仅有几百字，长的也没有超过一万字，但在艺术构思上大都奇异新颖、富于变化，使有限的文字生出无限的波澜，以曲折委婉的情节引人入胜。如《李娃传》《莺莺传》《柳毅传》几篇描写爱情的佳作都善于选择一个有典型意义的事件，展开矛盾冲突，但其构思方式和情节结构却各不相同。《李娃传》情节跌宕起伏，充满戏剧性的变化，最后以大团圆结局，颇具世俗气息。《莺莺传》则以“始乱终弃”为线索，叙述描写中不时杂以短小精当的诗作，穿针引线，醒目提神，强化了作品的抒情性和悲剧效果。至于《柳毅传》的构思和情节，又以离奇变幻、巧妙曲折为特色。在柳毅为龙女传书的使命已经完成，准备离开龙宫之际，突然插入钱塘君逼婚一节，使得波澜再起；柳毅回家后两次所娶之妻均早逝，最后与卢氏成婚，而当谜底揭开后，方知这位卢氏正是龙女的化身。情节安排环环相扣，一转再转，既出人意料，又在情理之中。

不少传奇作者还是人物写生的好手，他们不仅善于以精湛的细节描写来提示人物的心理活动，用对比、衬托手法来表现人物的性格特点，而且尤工于白描式的肖像摹写，往往三言两语，即飞笔传神。如莺莺初见张生时，是“常服睟容，不加新饰，垂鬟接黛，双脸销红而已”；而李娃与郑生初次相会时，却是“回眸凝睇，情甚相慕”，至再会时，再整装易服而出，“明眸皓腕，举步艳冶”。两人虽同是妙龄女郎，但一为大家闺秀，一为娼门妓女，举止、情态判然不同。霍小玉也很美，但美到什么程度呢？作者未正面描写，而是从李益的感觉着笔：“小玉自堂东阁子中而出，生即拜迎，但觉一室之中，若琼林玉树，互相照耀，转盼精彩射人。”笔致空灵飘逸，令人于诗化的境界中感到不可方物的女性美。

在语言、辞采等修辞手法的使用中，唐传奇也取得了突出的成就：叙述事件简洁明快，人物对话生动传神，词汇丰富，句式多变。有些作品虽施以藻绘，却无繁缛之弊而有明丽之美，一些佳作更善于用诗化语言营造含蓄优美的情境。在描写景物、渲染气氛时，或简笔勾勒，或浓墨重染，极富艺术表现力和感染力。如《柳毅传》中写钱塘君听到侄女受辱，激愤难耐，化作原形冲天而去的一段：

语未毕，而大声忽发，天拆地裂，宫殿摆簸，云烟沸涌。俄有赤龙长千余尺，电目血舌，朱鳞火鬣，项掣金锁，锁牵玉柱，千雷万霆，激绕其身，霰雪雨雹，一时皆下，乃擘青天而飞去。

声势威力之巨，骇人耳目。

二、变文

20世纪初，敦煌藏经洞近五万卷遗书的发现，为研究我国中古时期特别是唐五代的社会政治、经济、史地、民族、宗教、哲学、文化、艺术、语言、科技、中外文化交流等方面，提供了极其珍贵的文献资料。由此产生了一门国际性的综合学术研究——敦煌学。敦煌遗书中有大量的文学作品，讲经文与变文，就是其中重要的两类作品。

佛教传入中土，僧徒为弘道扬教，除译经建寺、斋会讲经外，更利用音乐、绘画、雕塑、建筑、文学等手段，广泛布道化俗。佛家讲经，因听讲者不同，有僧讲与俗讲之别。俗讲乃僧徒依经文为俗众讲佛家教义、"悦俗邀布施"的一种宗教性说唱活动。

唐五代时与俗讲同时流行的民间说唱技艺尚有"转变"。转变，就是说唱变文，当时极为盛行，上自宫廷，下至闹市，都有演出，且出现了演出的专门场所"变场"。俗讲与转变的共同特点是：一、说唱相间，散韵组合演述故事。说为表白宣讲，多用俗讲或浅近骈体；唱为行腔咏歌，多为押偶句韵的七言诗。二、说白与吟唱转换时，每有习用的过阶语作提示，如"……处若为陈说""……时有何言语"之类。也有人说这是演唱前指示图画的套语。三、变文演出，或辅以图画。这种文图相配的形式，是后世小说"全相""绘图"本的滥觞。

敦煌变文以民众喜闻乐见的形式、丰富的想象、曲折的情节、生动的形象、活泼的语言而引人入胜。变文作为转变的底本，本不是案头读物，它是供艺人说唱用的。根据说唱的需要，说表与唱诵结合，叙事与代言并用，融文学、音乐、表演为一体。以声传情，以情带声，声情并茂地演述故事，是它最突出的艺术特点。

变文的想象力极为丰富，往往使一些比较简略粗疏的故事，通过扩充细节，夸张渲染，驰骋想象，而大大充实丰富起来。如《史记·伍子胥列传》记子胥逃亡途中遇渔父一节，仅16字，在《吴越春秋·王僚使公子光传第三》中扩展为409字，而《伍子胥变文》却用了2500字来描写。《史记》《吴越春秋》中"至江"二字，《变文》中加以发挥，刻画江边荒凉萧索的情景和人物内心焦虑不安的状态，加强了仓皇逃亡途中伍子胥的惶恐、紧张情绪和英雄末路的悲愤之情。在艺术结构上，变文大多能注意让故事有头有尾、脉络清晰，同时又注意让情节波澜起伏，留下悬念以吸引听众。

变文的语言无论是口语或是浅显的骈体，大都能做到通俗易懂。其语言生活气息浓厚，又杂用俚语方言、谚语成语，新鲜活泼，流畅明快，朗朗上口，悦耳动听。在修辞上，还常用比兴、夸张、排比、对偶、反复、问对、谐音、隐语等手法，加强语言的形象性和表现力。

第四节 元好问与辽金诗歌

宋宁宗时的“开禧北伐”失败以后，宋室再次与金国签订了屈辱的和议，宋、金之间又回归到相对稳定的对峙状态。到了宋理宗端平元年（1234 年）蒙古灭金以后，南宋又面临着更加强大的蒙古汗国的威胁，一直到其灭亡。

先后与宋王朝对峙的辽、金都是北方少数民族建立的政权，它们在发展过程中接受了比较先进的汉文化的影响，逐渐走上了封建化的轨道。辽、金的社会文化形态呈现出契丹、女真民族原有文化与汉文化相融合的特色，同时游牧民族特有的豪放、刚健的民族性格又对辽、金诗歌有着深刻的影响。辽诗所存作品不多，以契丹诗人的创作为主。金诗则作者众多，作品繁盛，在诗学理论上也相当成熟，形成了一代诗风。尤其重要的是金代出现了元好问这位杰出的诗人，其成就足以与宋代的一流诗人并驾齐驱。

金是女真族建立的政权，始于公元 1115 年，迄于公元 1234 年。金在灭辽侵宋以后，占据了淮河以北的广大地区，在文化上比辽有显著的进步。女真统治者在政治制度、文化建设等诸多方面广泛地吸收了汉文化的要素，使金朝的封建化进程发展很快，其文学成就更是远远超过了辽代。

元好问（1190 年—1257 年），字裕之，号遗山，太原秀容（今山西忻州）人。祖先出于北魏鲜卑拓跋氏。他 32 岁登进士第，曾任南阳等县的县令，后入朝任右司都事、东曹都事等职。金亡，他被元兵押解到聊城，后回到家乡从事著述工作。

元好问是金代最重要的诗人，也是杰出的诗论家。他存诗 1400 余首，作品之富在金代诗坛上首屈一指，成就也最为突出。元好问生逢金代后期的动乱时代，亲身经历了亡国的惨痛，他个人的遭遇与民族、国家的命运息息相关，他的诗歌生动地展示了金、元易代之际的历史画卷。在艺术上，元好问全面地继承了中国古典诗歌的优秀传统，熟练地掌握了各种诗体的艺术形式，成为金代诗坛上迥然挺出的大诗人。

无论是从思想价值还是从艺术成就上说，元好问诗中都以那些写于金亡前后的“纪乱诗”为上乘。“国家不幸诗家幸，赋到沧桑句便工。”（赵翼《题元遗山集》）在国破家亡、身为敌囚这些重大变故的刺激下，诗人以他那“挟幽并之气，高视一世”（郝经《遗山先生墓铭》）的艺术禀赋，写出了一系列雄浑悲壮的“纪乱诗”。

元好问“纪乱诗”的特点之一，是他对国家灭亡、人民遭难的现实不是一味地哀叹悲泣，而是把悲壮慷慨的感情表现于苍莽雄阔的意境之中。如在蒙古军围攻汴京城时写的《壬辰十二月车驾东狩后即事五首》之二：

> 惨淡龙蛇日斗争，干戈直欲尽生灵。高原水出山河改，战地风来草木腥。精卫有冤填瀚海，包胥无泪哭秦庭。并州豪杰知谁在，莫拟分军下井陉。

对于战争所带来的巨大灾难和国家的危急形势，诗人深为悲怆沉痛，但字里行间仍充溢着一股慷慨壮烈之气。这类作品在元好问诗中相当常见，如“北风猎猎悲笳发，渭水潇潇战骨寒”（《岐阳三首》之三），“紫气已沉牛斗夜，白云空望帝乡秋”（《卫州感事二首》之一）等，都是以雄劲的笔力抒写深哀巨痛。情感悲凉而骨力苍劲，是元好问的独特诗风。

元好问“纪乱诗”的另一个特点是具有深刻的历史洞察力。他往往把对现实的悲怆情怀与对历史的批判意识融合在一起，从而增加了诗的思想深度。如《癸巳四月二十九日出京》：

塞外初捐宴赐金，当时南牧已骎骎。只知灞上真儿戏，谁谓神州遂陆沉。华表鹤来应有语，铜盘人去亦何心。兴亡谁识天公意，留着青城阅古今。

这是天兴二年（1233 年）诗人被蒙古兵押解出京时所作。当年金人破宋，俘宋徽、钦二帝，在青城受宋人之降。如今蒙古军破金，也在青城受金人之降，历史的悲剧在同一个地方重演。诗人在国家沦亡的悲愤中，对国家武备松弛而招致败亡的历史教训做了深刻的省察。

元好问擅长各种诗体，尤以七律的成就最为突出。他的七律，深受杜甫的影响，功力深厚，意境沉郁。他的七绝也往往气势磅礴，意象奇伟壮丽，但又没有粗戾豪肆、一览无余之病。他的五言诗，浑融含蓄，如五言《颍亭留别》中“寒波淡淡起，白鸟悠悠下”二句，物我相融，意象平淡而韵味隽永，体现出元诗的另一种风格。

元好问也是金代最杰出的词人，现存词作 300 余首，数量为金词之冠，艺术造诣也雄视一代，风格与其诗风类似：气象雄浑苍莽，境界博大壮阔。元词中又有摧刚为柔、幽婉深挚之作，如咏赞雁丘的名作《摸鱼儿·雁丘词》，写雁的殉情，手法绵密，情致深婉。

乙丑岁赴试并州，道逢捕雁者云：“今旦获一雁，杀之矣。其脱网者悲鸣不能去，竟自投于地而死。”予因买得之，葬之汾水之上，垒石为识，号曰“雁丘”。同行者多为赋诗，予亦有《雁丘词》。旧所作无宫商，今改定之。

问世间，情为何物，直教生死相许？天南地北双飞客，老翅几回寒暑。欢乐趣，离别苦，就中更有痴儿女。君应有语：渺万里层云，千山暮雪，只影向谁去？

横汾路，寂寞当年箫鼓，荒烟依旧平楚。招魂楚些何嗟及，山鬼暗啼风雨。天也妒，未信与，莺儿燕子俱黄土。千秋万古，为留待骚人，狂歌痛饮，来访雁丘处。

元好问在古代文学批评史上也占有重要的地位。他的诗论集中在一些论诗绝句和序跋文字中。其《论诗绝句三十首》相当全面地评论了自汉魏下迄宋这千余年间的重要诗人及诗派，表达出重视自然天成的意境和雄放壮伟的风格的诗学主张，一直为后代的诗论家所重视。

金亡之后，元好问为了保存金一代的文献，编成《中州集》十卷，附《中州乐府》一卷。全书收录金代的 251 位诗人的 2026 首诗作，且每人名下各系小传，或叙生平事迹，或评所作诗文，旨在以诗存史。《中州集》不仅在文学史上具有重要的文献价值，而且是金代历史的宝贵史料，是元好问一生文学业绩的重要组成部分。

第五节　同时期的世界文学

《源氏物语》（日本）

《源氏物语》是日本的一部古典文学名著，对于日本文学的发展产生过巨大的影响，是日本古典文学的高峰。在日本开启了“真情流露”的时代。作品的成书年代一般认为是在公元1001年至公元1008年间。小说描写了日本平安时代的风貌，揭露人性与宫廷斗争，反映了平安时代的宫廷生活。

以日本平安王朝全盛时期为背景，通过主人公源氏的生活经历和爱情故事，描写了当时社会的腐败政治和淫乱生活。上层贵族之间的互相倾轧和权力斗争是贯穿全书的一条主线，而源氏的爱情婚姻，则揭示了一夫多妻制下妇女的悲惨命运。在贵族社会里，男婚女嫁往往是政治斗争的手段，妇女成了政治交易的工具和贵族男人手中的玩物。

全书共54回，近百万字。故事描写了四代天皇，历70余年，所涉人物400多位，其中印象鲜明的也有二三十人。人物以上层贵族为主，但也有中下层贵族、宫女、侍女及平民百姓。

[作业]

从唐宋两代选一位自己喜欢或欣赏的诗人或词人，试着选其一首作品，根据自己的理解、联想或者研究、推断，将之转化为一篇不少于800字的文字，要有景物、环境的描写，还要有心理描写，并陈述自己的理由。

第四讲　丰富篇——元明文学

【概论】

元代文学涵盖的时间，从蒙古王朝灭金、统一北中国（1234 年）起，到元朝被朱元璋领导的义军推翻、元顺帝逃离大都（1368 年）止，其间约 134 年。

13 世纪中叶，成吉思汗统率的蒙古铁骑，横扫亚欧两洲。其后，窝阔台灭金，忽必烈灭宋，以大都（今北京）为政治中心，建立起以蒙古族贵族为统治主体的大一统政权。元朝国土空前辽阔，人口杂驳。但元代的历史是比较短暂的，然而元代文学在中国文学发展的过程中，却有划时代的意义。在元代，叙事性文学第一次居于文坛的主导地位。作家与下层人民的联系更加密切，文学创作不仅是文人自己的娱乐（历代儒家正统观念中，文学是言志、载道的，不应该具有娱乐功能），而且转为要赢得更多的观众、读者，因此，叙事文学在社会上产生了更为广泛的影响，进而发展成为主流。同时，受众的需求又引导着文学的创作，促成了整个文学审美观念的变化。

元朝是第一个由少数民族的统治者建立的统一政权。它对广大汉族地区的占据和统治明显具有民族歧视与掠夺的性质。除在北方杀人越货之外还对江南进行大肆掠夺，据《元史·食货志》载：京都“百司庶府之繁，卫士编民之众，无不仰给于江南”。在政治上，元朝统治者始终奉行压迫政策，他们把国民分为蒙古、色目、汉人、南人四个等级。蒙古人最尊，南人最贱，政府中军政大权由蒙古人独揽。因此终元之世，民族对立的情绪未见缓和，加上吏治腐败，阶级压迫深重，因此，社会一直激烈动荡。同时，蒙军南下，军旅中多有“回纥、乃满、羌、浑部落及中原人被掠避罪而来归者”。他们随军屯驻，大多数成了当地的居民。此外，元军兵锋西指，西域归附，驿路畅通，方便了商贾往来，各族商旅纷来沓至。这些都说明了元朝统治时期民族混杂的情况，各民族交流融合的频率增加。

民族杂居，也给汉族文化在已有的基础上注入了新的成分。在文艺创作方面，杂剧作家们更是大量吸取少数民族的乐曲，以丰富作品的表现力，像《唐歹合》《拙音速》《风流体》《六国朝》《阿忽合》等曲牌，已为汉族群众喜闻乐见。徐渭说：“北曲盖辽金北鄙杂伐之音，壮伟狠戾，武夫马上之歌，流入中原，遂为民间之日用。”（《南词叙录》）北曲包括蒙古族、女真族的乐曲，它们流入中原，为民间所接受，也开拓了人们的视野胸襟。

从元代开始，戏剧、话本开始发达，中国的文学表达有了不同于诗词歌赋的形式和载体，审美风格发生由雅到俗的转变。这一方面是文学受到政治经济等外部环境的影响；另一方面，也是文学自身为适应环境而在的生产方式、传播途径与美学追求等方面求新求变的结果。

一、社会条件不同

诗词歌赋都是文人的爱好，因而在文化圈子里繁荣。在现实生活中，诗词创作不仅是文学活动，也是文人渴望获得入仕机会的社交活动。大量的诗词都诞生在赠答、游乐、宴饮等诸项活动中，活动主体涉及整个以儒学士人为主的知识阶层。而元朝恰恰不重视这个阶层，其生活方式被中断，地位被边缘化，其原先的主导作用被极大地削弱。

话本一开始就诞生在民间，是市井大众的娱乐消遣方式。话本的繁荣发展一方面有政治原因：元朝统治者不重视儒生，使得读书人下沉，他们接触到社会底层生活，得以参与话本的写作、修改、提炼，完成文学化、经典化，使得话本的品质得以不断提升；另一方面是经济的原因：首先，元代幅员辽阔，统治阶层不像之前汉族王朝那般重农抑商，所以商业发达，有马可·波罗的游记为证；其次，城市因人口聚集而繁荣，大量的市民有消费需要也有消费能力；再次，休闲设施与场所，比如茶铺、酒馆等公众聚集场所，给话本的繁荣提供了肥沃的土壤与条件。

二、生产方式不同

诗歌词赋首先是创作，然后才是书写。创作的灵感和需要往往来自文人间的相互唱和，或者是共同参与的活动，时间、人员数量、环境、借口等都很重要，不是说来就来的，十分讲究。比如王羲之记述的兰亭雅聚、曲水流觞这样的活动是需要友人们共同参与、相互唱和、密切互动的。

话本或杂剧却重在传播，历史的、流传的甚至道听途说的都可以为我所用，拿来加工演绎，是所谓的二次创作，它将各种素材重新整合，为迎合普通大众的需求服务。

三、传播途径不同

诗词流传可以点对点、点对线，属于自由扩散，类似布朗运动。

说唱表演却是面对观众，是点对面，传播大有效率。听众、观众有选择，表现必须根据现场反馈，及时地进行调整，从而影响更多的观众，属于大众娱乐。

四、审美追求不同

诗词歌赋，讲究斟字酌句，如“僧‘敲’/‘推’月下门”的衡量，创作精致，炼词造句，语不惊人死不休，追求意境与文字美，更多是文字的表达。而话本讲故事，人物是最重要的，情节是需要吸引观众或听众的，要渲染紧张的情绪、追求过程的刺激或离奇的结局等，讲求的是立体的、多元素的、形象的、直观的、整体的效果。

诗词讲究的是意境的营造、情绪的渲染，喻物言志。话本、小说、戏曲是需要塑造人物的，有情节、有过程、有结果，是放松自己或愉悦心情的。文学风格由含蓄、内敛转为自然酣畅。

结论：

从元代开始的各项新的基因突变，形成了戏剧、话本等新文学形式，而到了明代有一株文学之苗得以长成参天大树，独立于文学领域，这就是小说。明清是中国小说史上的繁荣时期。从明代开始，小说这种文学形式充分显示出其社会作用和文学价值，打破了正统诗文的垄断，在文学史上取得了与唐诗、宋词、元曲并列的地位。

Chapter 1
第一章　元代的社会与文学

第一节　戏剧独宠

一、叙事文学的兴盛——戏剧

在农业逐渐恢复、社会逐步安定之后，宋末以来经过了一段时期的停滞以后的城乡手工业、商业，又走上繁荣的发展道路。由于国土统一，交通畅顺，形成了规模空前的市场；也由于朝廷重视商业经营，采取不同于传统“重农抑商”的政策，“以功利诱天下”，商人的地位大大提高。因此，元代的商业从某种意义上来说，其发展程度是超越于前代的。与此相关，许多城市的规模日益扩大。当时的大都，既是政治文化中心，又是商业中心，凡世界上最为稀奇珍贵的东西，都能在这座城市找到。大都的居民多至四五十万。在杭州，商贾云集，市廛繁华。据马可·波罗记载：“这座城市的庄严和秀丽，堪为世界其他城市之冠。”

剧作家关汉卿在散曲《南吕·一枝花》中，也描写了当时杭州的兴旺情景：“普天下锦绣乡，寰海内风流地”“这答儿忒富贵，满城中绣幕风帘，一哄地人烟凑集”“百十里街衢齐整，万余家楼阁参差”。此外，北方的真定、大同、汴梁、平阳，南方的扬州、镇江、上海、庆元、福州、温州、广州等地均颇具规模。随着大中城市的涌现，市民阶层也不断壮大。他们的思想意识、娱乐诉求都影响到包括戏剧创作在内的各个方面，其作用不能低估。

从整体上来讲，元代儒家学说不受重视，科举考试时行时辍，儒生失去仕进机会，地位下降，世传有“九儒、十丐”的说法，至少说明儒生被大大忽视，于是，其中相当一部分人不再依附政权，或隐逸于泉林，或流连于市井，人格相对独立，思想意识自由。特别是一些“书会才人”，和市民阶层联系密切，价值取向、审美情趣更异于困守场屋的儒生。而仕途失落的知识分子，或为生计，或为抒愤，大量涌向勾栏瓦肆，文坛便掀起波澜。儒生不幸文坛幸，换言之，知识分子地位的下降，激发了他们面向大众、面向社会底层的创作情绪，这一点，也是促成杂剧发展的重要因素。

唐代以来，叙事性的文体诸如传奇小说、变文俗讲，本已呈活跃的趋势。宋代城市经济繁荣，出现了专供市民娱乐的勾栏瓦肆，给说书、杂耍等演员提供了演出场所。元代商业经济在宋代的基础上有了新的发展，城市人口集中，为了满足市民群体在勾栏瓦肆中的文化消费，演述故事的话本、说唱便得到进一步繁荣。特别是戏剧艺术，它以急管繁弦和曲折跌宕的情节再现社会各阶层的人物，因其具有故事性、表演性，更能吸引不懂或不太懂汉语的蒙古人、色目人娱乐观赏，也吸引了市民观赏。因此，叙事性文学汇成了一股洪流，激荡奔腾，使文坛呈现出新的态势。

二、戏剧大家关汉卿

（一）生平

关汉卿是元代剧坛最杰出的代表之一。他的如椽大笔，是推动元杂剧脱离宋金杂剧的“母体”走向成熟的杠杆，也是标志戏剧创作走上艺术高峰的旗帜。对元代社会的腐败与黑暗，他广泛反映，深刻揭露；对受迫害者的痛苦经历，他寄予莫大的同情，酣畅抒写；对弱小者抗击罪恶、见义勇为的意识和行动，他给予热情的颂扬。他的创作“一空依傍，自铸伟词”“曲尽人情，字字本色”。其剧作如“琼筵醉客”，汪洋恣肆，慷慨淋漓，具有震撼人心的力度。

关汉卿（1225 年？—1300 年?），大都（今北京）人，其户籍属太医院户，但尚未发现他本人业医的记载。金亡时，他尚为少年，入元之际（1271 年）大概已年近半百。至元、大德年间，他活跃于杂剧创作圈中，和许多作者演员交往，有时还“面敷粉墨”，参加演出，成为名震大都的梨园领袖。他曾南游杭州，撰有《杭州景》套曲。

关汉卿的前半生，是在血与火交织的动荡不宁的年代中度过的。作为封建时代的知识分子，关汉卿熟读儒家经典，深受儒家思想影响，但是，他又生活在仕进之路长期被堵塞的元代，科举废止、士子地位的下降，使他和这一代的许多知识分子一样，处于一种进则无门、退则不甘的难堪境地。和一些消沉颓唐的儒生相比，关汉卿在困境中较能够调适自己的心态。他生性开朗通达，可以放下士子的清高，转而以开阔的胸襟，“偶娼优而不辞”。他的散曲《南吕・一枝花》套数，自称“我是个蒸不烂、煮不熟、捶不扁、炒不爆、响当当一粒铜豌豆”，这既是对封建价值观念的挑战，也是他狂傲倔强、幽默机智性格的自白。

（二）创作

由于关汉卿面向下层，流连市井，受到了生生不息、杂然并陈的民间文化的滋养，因而写杂剧，撰散曲，能够得心应手地运用民间俗众的白话、三教九流的行话，而作品中那些弱小人物的悲欢离合，都流露着下层社会的生活气息与思想情态。关汉卿生活在这种特定的历史阶段，他的戏剧创作及其艺术风貌，便呈现出鲜明而驳杂的特色。一方面，他对民生疾苦十分关切、对大众文化十分热爱；另一方面，在建立社会秩序的问题上他认同儒家仁政学说，甚至还流露出对仕进生活的向往。他一方面血泪交迸地写出感天动地的《窦娥冤》，另一方面又以憧憬的心态编写了充满富贵气息的《陈母教子》。就其全部文学创作的总体风格而言，既不全俗，又不全雅，而是俗不脱雅、雅不离俗。

关汉卿一生创作杂剧，多达 67 种，今存 18 种，即：《窦娥冤》《鲁斋郎》《救风尘》《望江亭》《蝴蝶梦》《金线池》《谢天香》《玉镜台》《单鞭夺槊》《单刀会》《绯衣梦》《五侯宴》《哭存孝》《裴度还带》《陈母教子》《西蜀梦》《拜月亭》《诈妮子》。其中若干种，是否为关汉卿原作，学术界尚有争议。

（三）《窦娥冤》赏析

在关汉卿笔下，《窦娥冤》中女主人公的悲剧命运，是最具有震撼力和典型意义的。

窦娥是一位善良而多难的女性。她出生在书香之家，父亲是“幼习儒业，饱有文章”的书生。窦娥家境贫寒，三岁丧母，幼小的年纪过早地遭受失恃之痛和穷困之苦，从小养成了孝顺的品格。父亲为了抵债，忍痛将她出卖，让她成了债主蔡婆婆的童养媳，这加重了她幼小心灵的创伤。她在蔡家平淡地度过了一段相当长的时期。岂料至 17 岁，即婚后不久，丈夫因病去世，窦娥随即变为寡妇。

在剧中，窦娥的婆婆蔡氏以放债来收取“羊羔儿利”，无力偿还其债务的赛卢医起了杀蔡婆婆之心，蔡氏在危难之际意外地被张驴儿父子救出。可是，张氏父子不怀好意，乘机要将蔡氏婆媳占为己有，窦娥坚意不从。张驴儿怀恨在心，趁蔡氏生病，暗中备下毒药，伺机害死蔡氏，逼窦娥改嫁。可是，阴差阳错，张驴儿的父亲误喝有毒的汤水，倒地身亡，张驴儿见状，当即心生歹念，嫁祸于窦娥，以“官休”相威胁，实则强行逼窦娥“私休”。窦娥一身清白，不怕与张驴儿对簿公堂，本以为官府能判个一清二楚，岂料贪官梼杌是非不分，偏听偏信，胡乱判案，屈斩窦娥，造成千古奇冤。

窦娥本来不想和现实生活作对，可是黑暗的现实却逼得她爆发出反抗的火花。人间的不公，更使她怀疑天理的存在。她被刽子手捆绑得不能动弹，满腔的怒火和怨气，喷薄而出，她骂天骂地：“地也，你不分好歹何为地？天也，你错勘贤愚枉做天！”并且发出三桩奇异的誓愿：血飞白练、六月降雪、亢旱三年。她声明：“不是我窦娥发下这等无头愿，委实的冤情不浅；若没些儿灵怪与世人传，也不见得湛湛青天。”（第三折《耍孩儿》）她要苍天证实她的清白无辜，她要借异常的现象向人间发出强有力的警示。关汉卿写窦娥发誓后，浮云蔽日，阴风怒号，白雪纷飞，这一片浓重的悲剧气氛，把窦娥含冤负屈悲愤莫名的情绪推到极限。很明显，通过这惊天动地的描写，关汉卿希望唤醒世人的良知，激发世人对不平世道的愤慨，催促世人为争取公平合理的社会而抗争。因此，《窦娥冤》所表现的反抗性，是时代的最强音。

剧本的第四折写窦娥三桩誓愿相连应验。耐人寻味的是，窦娥的冤案，最终却是由她的已任“两淮提刑肃政廉访使”的父亲出来平反的。窦天章当然不属贪官墨吏，可是，窦娥的冤魂一而再、再而三地在他书案前“弄灯”“翻文卷”，好不容易才引起了他的注意。这一细节表明，即便是奉命“随处审囚刷卷，体察滥官污吏”的窦天章，要不是窦娥鬼魂的再三警示，他也会糊里糊涂地将一份冤狱案卷“压在底下”，不予追究。最后，冤狱总算平反了，但起关键作用的是审判者与被审判者的特殊关系。换言之，窦娥得还清白，靠的是父亲手中的权力。这样的处理，固然反映出关汉卿崇尚权力的思想局限，但也体现出他让受害者亲属惩治恶人报仇雪恨的强烈愿望，同时，在一定程度上寄寓着对元代吏治沉重的疑虑。因此，《窦娥冤》的结局，是有着比较复杂而深刻的含义的。

三、戏剧大家王实甫

（一） 生平

大约在关汉卿频繁进行创作活动的同时，元代剧坛又绽开了一朵奇葩，这就是王实甫的杂剧《西厢记》。如果说，关汉卿剧作以酣畅豪雄的笔墨横扫千军，那么，王实甫所写的具有惊世骇俗思想内容的《西厢记》，却表现出“花间美人”般光彩照人的格调。剧坛上的关汉卿、王实甫，如同诗坛上的李白、杜甫，是一前一后出现的双子星座。

作为剧本，《西厢记》杂剧表现出的舞台艺术的完整性，达到了元代戏曲创作的最高水平。明初的贾仲明环顾剧坛，提出“《西厢记》天下夺魁”，一锤定音，充分肯定了《西厢记》在文学史上的地位。

王实甫，名德信，大都人，生卒年与生平事迹俱不详。《录鬼簿》把他列入“前辈已死名公才人”且位于关汉卿之后，可以推知他与关汉卿同时而略晚，在元成宗元贞、大德年间（1295 年—1307 年）尚在世。贾仲明在追吊他的《凌波仙》词中，约略提到有关他的情况：“风月营密匝匝列旌旗，莺花寨明飚飚排剑戟。翠红乡雄纠纠施谋智。作词章，风韵美，士林中等辈伏低。”所谓“风月营”“莺花寨”，是艺人官妓聚居的场所。王实甫混迹其间，可见他与市民大众十分亲近。

（二） 创作

王实甫创作的杂剧共计有 14 种，完整地保留下来的，除《西厢记》外，还有《破窑记》四折和《贩茶船》《芙蓉亭》曲名一折。至于其他作品，均已散佚不传。

作为戏剧，《西厢记》杂剧的结撰和表现方式不同于其他的元人杂剧。元人杂剧一般以四折来表现一个完整的故事，而王实甫的《西厢记》则有五本二十折，竟像是由几个杂剧连接起来演出的一个故事的连台本。这说明王实甫在创作《西厢记》时，突破了杂剧的限制，吸取和借鉴过院本、南戏的演出形式。体制上的创新，丰富了艺术表现力，为更细腻地塑造人物性格，更完美地安排戏剧冲突提供了有利的条件。

在王实甫以前，谁也没有像他那样响亮、明确地提出“愿普天下有情的都成了眷属”的愿景。他写的崔莺莺、张生的故事，贯彻着这一题旨，从而使由《会真记》以来流传了几百年的题材，呈现出全新的面貌。可以说，《西厢记》杂剧在元代出现，像莺莺蓦然出现在佛殿一样，它的光彩，使人目眩神摇，也照亮了封建时代昏沉的夜空。

（三） 《西厢记》 赏析

《西厢记》写了以老夫人为一方，和以莺莺、张生、红娘为一方的矛盾，亦即封建势力和礼教叛逆者的矛盾；也写了莺莺、张生、红娘之间性格的矛盾。这两组矛盾，形成了一主一辅两条线索，它们相互制约，起伏交错，推动着情节的发展。

《西厢记》的戏剧冲突，是在一个很奇妙的环境中展开的。

地点是佛寺，时间是崔氏一家扶灵归葬的几个月。

本来，佛寺应是六根清净、修心养性的场所，而王实甫竟安排崔莺莺与张生在这里偷期密约。供奉菩萨的“庄严妙境”成了培育爱情之花的园圃。按照礼教规定：“父丧未满约，未得成合。”偏偏父亲的棺材还在这里搁着的时候，莺莺却生出了一段风流韵事。王实甫把春意盎然的事件放置在灰暗肃穆场景中，这本身就构成了强烈的矛盾，它既是对封建礼教的无情嘲弄，又使整个戏充满了浓厚的喜剧色彩。

莺莺和张生在佛殿中巧遇，两人一下子坠入了爱的旋涡。而莺莺和张生之间感情的迅速发展，必然要和封建礼教发生冲突，也必然为“治家严肃”的老夫人所不容许。这一点，红娘是十分清楚的。为此，她阻拦莺莺与张生的接触，提醒莺莺“咱家去来，怕老夫人嗔着”。莺莺也担心被母亲识破，吩咐红娘“休对夫人说”。可见，《西厢记》在矛盾的开端，尽管没有安排老夫人和莺莺、张生的正面冲突，但却让观众看到，在三个年轻人一举一动的后面，处处笼罩着老夫人的阴影。看到年青一代和封建势力的矛盾在潜行、在酝酿。

在莺莺、张生彼此有情，却又无计可施，观众渴望知道事情如何进展的时候，孙飞虎事件出现了。王实甫把它作为戏剧冲突的催化剂，使胶着的气氛陡然发生变化。但是，当张生计退贼兵，本来答应婚事的老夫人突然赖婚，封建势力与年青一代的矛盾激化，剧本便出现了第一个戏剧高潮。

“赖婚”以后，王实甫让戏剧冲突转移了。

莺莺、张生不甘心任由封建家长摆布，使他们合法的要求受挫，便以“非法”的行为追求感情的满足。在这过程中，崔莺莺、张生与红娘三人之间，又出现了性格的冲突。于莺莺而言，她既要克服封建礼教长期对她的影响，又要躲开老夫人的耳目。在不知道红娘已经转为同情她的情况下，既要利用红娘，又觉和“小梅香拘系得紧”，还要表现出小姐身份的尊严与矜持。她挖空心思，生出许多“假意儿”，对红娘遮遮掩掩。对张生，她固然越爱越深，但要迈出“非法”接近的一步，又有许多顾忌，许多尴尬。举动言语，常常要真真假假。

于红娘而言，她已决心帮助小姐，却又不能明言。她既埋怨小姐对她要滑头，也害怕“消息儿踏着泛”，被小姐倒打一耙，因而不得不小心翼翼。于张生而言，一方面他执着地追求爱情，一方面又对莺莺的心思捉摸不定。他愈是束手无策，愈显得六神无主、痴痴迷迷。在“赖简”一折，作者淋漓尽致地展现了他们之间的性格冲突，也使剧本出现了第二个高潮。固然，这三个年青人发生的纠葛，与他们的身份地位有关，同时也明显地受到剧中的主要矛盾的制约。换句话说，笼罩在他们心头上的老夫人的阴影，是导致他们彼此试探、不断龃龉误会的动因。王实甫在“赖婚”以后，让戏剧冲突转移到年青一代的内部，这正是从另一个角度，表现封建礼教和反抗力量矛盾的深化。

“酬简”一折，王实甫写莺莺、张生如愿以偿。他对情的极力张扬，是对封建礼教长期压抑人性的反驳。而当年青一代以非法方式满足了对情的追求时，势必受到封建力量的粗暴干预。“拷红”一场，王实甫写老夫人发现莺莺“语言恍惚，神思加倍，腰肢体态，比往日不同”。她气急败坏，审问红娘，剧本便出现第三个高潮。

有趣的是，当老夫人厉声传令，拷问红娘，莺莺、张生走投无路、胆战心惊之时，作者却写红娘以一席话解决了问题。而这一席话，恰恰是封建礼教、之乎者也的大道理。老夫人一想：“这小贱人也道的是，我不合养了这不肖之女，待经官呵，玷辱家门，罢罢，俺家无犯法之男、再婚之女，与了这厮吧！”经过掂量，她只好偃旗息鼓，勉强答应了婚事。当人们看到老夫人那泰山压顶之势，被红娘以四两拨千斤的办法消解，都会莞然而笑，认识到封建力量外强中干的本质。

“拷红”以后，老夫人虽然又一次退却，但封建家长和年青一代的矛盾，却没有根本解决。老夫人之所以答应将莺莺许配给张生，绝非承认他们那段非法的恋情，而是因为害怕“玷辱家门”，说到底，是出于家庭利益的考虑。她以“俺三辈不招白衣女婿”为由，逼张生立刻赴考，提出“得官呵，来见我；驳落呵，休来见我”。明确地列出许婚的条件，实际上是做又一次赖婚的准备。

在老夫人的压力面前，莺莺张生不得不暂时分手。这样一来，他们两人之间的矛盾，又有了新的发展。在封建社会中，男女的地位不平等，张生离开了莺莺，他们的爱情能否持久？张生会不会像《会真记》中的张生那样，走上“始乱终弃”的道路？另外，莺莺确曾许配给郑恒，如何摆脱郑恒的纠缠？如何排除外界对他们婚事的干扰？这种种悬念，都必须解决。

在第五本中，张生考上科举，衣锦还乡，郑恒跳出来了。本来就希望“亲上加亲”的老夫人听信谗言，果真要赖掉张生的婚事。然而，莺莺张生对爱情始终不渝；红娘据理据法力争；白马将军也给予有力的支持。这时候，对立的双方剑拔弩张，把全剧的冲突推上最高潮。后来，郑恒自讨没趣，一头撞死；老夫人不能再赖，无可奈何，“有情人”这才最终取得了胜利。

王实甫写了“第五本”，让戏剧矛盾继续延伸，这既是以老夫人在“拷红”一折的勉强许婚为依据，也是出于对现实生活的清醒认识。他愿意看到“普天下的有情人都成了眷属”，更清醒地看到有情人在争取成为眷属过程中所碰到的种种障碍、种种艰辛。所以，他只有展示年青一代和封建家长斗争的长期性和曲折性，描绘老夫人从不追究莺莺、张生的非法结合到承认婚姻合法的整个历程，才能完成“愿普天下有情的都成了眷属”的题旨。

如上所述，《西厢记》的戏剧情节，环绕着两条相互缠绕的线索展开，涌现了多次矛盾激化的场面。它一环扣着一环、一波接着一波，有起有伏、有开有阖，扣人心弦，引人入胜。作者以高超的写作技巧，让观众得到了完美的艺术享受。在每一次的戏剧冲突中，作者总是使人物性格得到进一步的发展，总是写年青一代节节胜利、封建势力节节败退，并且处在被嘲弄的位置。从整部戏来看，冲突是尖锐激烈的，却又处处显露出乐观的前景。因此，《西厢记》和一些悲悲切切的爱情戏不大一样，它的格调是轻松明朗的，它要让观众在一串串的笑声中得到精神的满足，它是我国戏剧史上一部出色的喜剧。《西厢记》问世以后很快便家喻户晓，有人甚至把它与《春秋》相提并论。

尽管王实甫《西厢记》的原本已经失传，但明代以来坊间出现了大量《西厢记》刊本。据不完全统计，迄今所知《西厢记》明刊本有 110 种左右，清刊本有 70 种左右。刊本的纷繁足以说明它影响之深、流传之广。在戏曲舞台上，《西厢记》更是演出不衰，京、昆、蒲、豫、川、滇、闽、赣等剧种，都把它改编上演，多少年来一直受到观众的喜爱。

四、戏剧大家白朴和马致远

在关汉卿、王实甫双峰并峙的元代剧坛上，能够在艺术上别树一帜，受到人们推崇的剧作家，还有白朴和马致远。他们的代表作《梧桐雨》和《汉宫秋》，均写得文采繁富，意境深邃，具有浓厚的诗味，受到文坛的激赏。关汉卿、王实甫、马致远、白朴，被誉为元曲“四大家”。

第二节　北方戏剧圈、南方戏剧圈

一、杂剧、南戏

元代戏剧包括杂剧和南戏。我国的戏剧，其起源、形成经历了漫长的时期，从先秦歌舞、汉魏百戏、隋唐戏弄，发展到宋代院本，表演要素日臻完善。金末元初，文坛在唐代变文、说唱诸宫调等叙事性体裁的浸润和启示下，找到了适合于表演故事的载体，并与舞蹈、说唱、伎艺、科诨等表演要素结为一体，发展成戏剧，并作为一门独立的艺术脱颖而出。由于宋金对峙，南北阻隔，便出现了杂剧和南戏两种类型。

这两个剧种的剧本虽然也都包括曲词、宾白、科（介）三个部分，但体制又有不同。杂剧风行于大江南北，它一般由四折组成一个剧本，每折相当于今天的一幕。演剧角色可分末、旦、净三类。末分正末、小末；旦分贴旦、搽旦、小旦。在音乐上，一折只采用一个宫调，不相重复。而全剧只能由正末或正旦一人主唱，正末主唱的称“末本”，正旦主唱的称“旦本”。

南戏流行于东南沿海。剧本由若干“出”组成，“出”数不做规定。曲词的宫调也没有规定。南戏角色分为生、旦、净、末、丑等各类，均可歌唱。歌唱形式多种多样，既有独唱，又可对唱、合唱、轮唱，不似杂剧只能由一人独唱到底。

杂剧和南戏的剧本，都有完整的故事情节，在戏剧冲突中刻画人物形象。剧本的唱词，则更多用以表现人物在特定场景中的思想情绪，甚至直接透露作者的心声，具有强烈的抒情性。可以说，唱词往往就是诗，这一点，构成了我国戏剧文学的特色，也说明我国叙事文学与抒情文学之间互补共生的关系。至于杂剧和南戏的演员，既要善于说白、歌唱，也要掌握科（介）亦即舞蹈、武打乃至杂耍的技巧。因此，元代的戏剧是综合性的艺术。

杂剧和南戏在唱腔上有明显的区别。杂剧的曲调是由北方民间歌曲、少数民族的乐曲和中原传统的曲调（包括宫廷、寺庙、民间音乐）结合而成；南戏的曲调则由东南沿海的民间音乐与中原传统的音乐结合而成。由于杂剧、南戏在音乐文化系统方面均由中原传统繁衍而来，彼此同源，易于沟通互补，它们的一些曲牌，或名称相同，或品味相同。至于杂剧和南戏在音乐上的差别，实际上是南北方言差异的表现。

二、元代的戏剧活动，实际上形成两个戏剧圈

北方戏剧圈以大都为中心，包括长江以北的大部分地区，流行杂剧。在大都，涌现了大批杂剧艺人。许多杰出的剧作家像关汉卿、王实甫、马致远、纪君祥、张国宾、杨显之等，他们或是大都人，或是在这里活动。这里“歌棚舞榭，星罗棋布”，杂剧演出频繁，为剧作家提供了施展才华的园地。一般来说，北方戏剧圈的剧作，较多以水浒故事、公案故事、历史传说为题材，有较多作家敢于直面现实的黑暗，渴望有清官廉吏或英雄豪杰为被压迫者撑腰。至于各个作家的艺术风格则绚丽多彩。他们以不同的风情、不同的韵味，缔造出灿烂辉煌的剧坛。就总体来看，北方戏剧圈的作品，更多给人以激昂、明快的感受。徐渭在《南词叙录》中曾说：“听北曲使人神气鹰扬，毛发洒淅，足以作人勇往之志。”

南方戏剧圈以杭州为中心，包括温州、扬州、建康（今南京）、苏州、松江乃至江西、福建等东南地区。和北方情况不同，这里的城乡舞台，既流行南戏，也演出北方传来的杂剧，呈现出两个剧种相互辉映的局面。在南方戏剧圈中除了演出从北方传入的杂剧剧目外，较多剧作注重表现爱情婚姻和家庭伦理等社会问题。像郑光祖的杂剧《倩女离魂》、乔吉的《两世姻缘》和《金钱记》、南戏中的《琵琶记》《荆钗记》《拜月亭记》等堪称代表。

三、戏剧成为文学的主流

在元代，戏剧演出频繁，拥有大量观众。夏庭芝在《青楼集志》中说：当时“内而京师，外而郡邑，皆有所谓勾栏者，辟优萃而隶乐，观者挥金与之”。勾栏就是城市中的游乐场所，能提供戏剧演出。杜仁杰在散曲《庄家不识勾栏》中，写到一个乡下人进城看到勾栏的情景：“要了二百钱放过咱，入得门上个木坡。见层层叠叠团圆坐，抬头觑是个钟楼模样，往下觑的都是人旋窝。见几个妇女向台上儿坐，又不是还神赛社，不住地擂鼓筛锣。”可知勾栏里有木搭舞台，台的上方有钟楼模样的“神楼”，围着舞台有观众席。要注意的是，观众进入勾栏需要交付“二百钱”，这说明戏剧演出已成为商业活动。在勾栏中，还有所谓的“对棚”，即类似后来的唱对台戏，显然，市场竞争也进入了文化领域。

元代创作的剧本，数量颇多。据统计，现存剧本名目，杂剧有 530 多种，南戏有 210 多种，可惜大部分均已散失。至于当时投身于剧本创作的作家，现在已无法准确统计。仅据《录鬼簿》和《续录鬼簿》所载，有名有姓者 220 多人，而“无闻者不及录”，估计还有许多遗漏。剧作家们有很高的创作热情，有人专门为伶工写作演出的底本，有人“躬践排场”参加演出，一些名公才人还在大都组成“玉京书会”，相互切磋。许多剧作家具有高度的文化水平，像关汉卿、王实甫、白朴、马致远等人，既有丰富的人生阅历，又擅长诗词写作。当他们掌握了戏剧特性，驾驭了世俗喜闻乐见的叙事体裁，便腕挟风雷，笔底生花，写下了不朽的篇章，为文坛揭开了新的一页。当时，剧作家们响应观众的需要，或擅文采，或擅本色，争妍斗艳，使剧坛呈现出繁荣的局面。

第三节 元代文学的审美情趣

一、元代社会的激烈变化，使整个文坛的审美情趣也产生了巨大的变化

（一）娱乐性大增

从自娱转向娱人，文学的功能性获得了前所未有的认可与释放。中国之前的文学作品，更多是首先满足作者自己的需要，是一种情怀的展示或理想的抒发，更多的时候也是情绪的宣泄。元代的杂剧从一开始就有明确的服务对象，功能性明确，文人的创作是演出用的，是给广大的观众看的，是需要照顾他们的喜好，要拉着、拽着他们，还要感动他们、愉悦他们，所以，元杂剧的文字，也必然不事藻绘，而是采用鲜活的、生动活泼的语言。这是以往各代绝对不会出现的状态。

（二）故事性

元杂剧惯于运用浓烈的表现手段。元剧作家总是把简单的故事写得波澜起伏，淋漓尽致地表现人物的悲欢离合。就刻画人物而言，元杂剧力图揭示主人公的内心世界，鲜明地展示其个性特征。模式化的表现手段也得到广泛地运用，矛盾性、冲突性等凡是让戏剧好看的手段都会运用到其中，与传统文学中含蓄、中庸的审美情趣大相径庭。

（三）大量运用俗语、俚语以及衬字、双声、叠韵的手法

剧作者往往毫无遮拦地让人物尽情宣泄爱与恨。关汉卿写窦娥呼天抢地、骂官骂吏，把悲愤怨恨的氛围推到极致；郑光祖写倩女追求恋人，乃至魂魄飞越千山万水，一路上吐露对爱情的渴望。有些剧作者甚至还借剧中人歌哭笑啼，释放胸中积悃，马致远的《汉宫秋》《荐福碑》，白朴的《梧桐雨》中有多段唱词，实际上是作者在发泄对现实不满的感情。

元代文坛的审美观与传统大异其趣。许多作家“显而畅”的做法，恰恰为传统所忌。传统观念认为作品要使人能像嚼橄榄那样回甘，元代许多作品则让人痛快酣畅、魂荡神摇。有些曲作甚至使人如饮烈酒，或者如闻蒜酪味，表现出特殊的艺术魅力。

元代文坛出现的新的审美情趣，与社会风尚的变化、少数民族狂歌热舞嗜好的浸润、通俗文学的蓬勃发展乃至个人意识的抬头等，都有密切的关系。这些方面有待进一步探索。

二、混血儿的诞生——元散曲

在元代登坛树帜、独领风骚的文学样式是元曲。而人们通常所说的元曲，包括剧曲与散曲。剧曲指的是杂剧的曲辞，它是戏剧这一舞台表演的综合艺术密不可分的组成部分；散曲则是韵文大家族中的新成员，是继诗、词之后兴起的新诗体。在元代文坛上，它与传统的诗、词样式分庭抗礼，代表了元代诗歌创作的最高成就。

散曲之所以称“散”，是与元杂剧的整套剧曲相对而言的。剧本中使用的曲，粘连着

科白、情节。如果作家纯以曲体抒情，则与科白情节毫无联系，这就是“散”，它是一种可以独立存在的文体。除此之外，散曲的特性，还有两点值得注意。一是它在语言方面，既需要注意一定的格律，又吸收了口语体自由灵活的特点，因此往往呈现口语化以及曲体某一部分章节散漫化的状态。二是在艺术表现方面，它比近体诗更多地采用“赋”的方式加以铺陈、叙述。

散曲押韵比较灵活，可以平仄通押，句中还可以增加衬字。在北曲中，衬字可多可少，但只能用在句头或句中；南曲则有“衬不过三”的说法。不管怎样，增加衬字，明显地具有口语化、俚俗化的倾向，并具有使曲意明朗活泼、穷形尽相的作用。

散曲大盛于元，这和语言以及音乐的发展有直接的关系。元代民族交融，人口流动频繁，语音、词汇与唐宋时代相比，已有许多变化；北方少数民族音乐传入中原，也使与音乐结合的诗歌创作在格律上有所改变。正如王世贞在《曲藻·序》中所说的：“自金元入主中国，所用胡乐，嘈杂凄紧，缓急之间，词不能按，乃更为新声以媚之。”而城市经济的发展，商人、小贩、手工业者的生活喜好和通俗文学的蓬勃发展，也需要产生更能表达时代情趣的诗歌体裁。这一切，是使诗坛萌发一种新枝的原因。

自从散曲兴起以后，作者如林，作品繁多，内容涉及歌咏男女爱情、描绘江山景物、感慨人情世态、揭露社会黑暗、抒发隐逸之思，乃至怀古咏史，刻画市井风情等方面。由于不同时代具有不同经历的作者具有不同的创作个性，曲坛也出现珠玉纷呈的局面。清代刘熙载在《艺概·曲概》中，把散曲分为三品，一曰清深，二曰豪旷，三曰婉丽。可以说，这三品就像三种原色，它们互相渗透，调制出缤纷斑斓的色彩。一般说来，延祐之前，散曲作家兼写诗文，像杨果、卢挚等；或兼擅杂剧，像关汉卿、马致远等，其风格以豪旷居多，更能显出真率自然的曲味。延祐之后，则出现一批专写散曲的作家，如张可久、贯云石、徐再思等，风格以婉丽居多，有时则伤于雕琢。当他们竭力锤炼字句，追求典雅工整，向诗词写法靠拢，甚至使之“词化”的时候，散曲便失去了鲜活灵动的特色，走向衰微。

元前期的散曲作家，依其社会身份，大致可分为三类。第一类是书会才人作家。这一类作家无论在人生道路的选择、自我价值的认定抑或是道德修养等诸方面，都与传统的文士大相径庭。元代中止了科举，断绝了他们仕进的道路，把他们抛入了社会的底层，有些人甚至混迹勾栏，与倡优为偶。然而他们却并没有因此沉沦，倒是在与下层人民的紧密结合中，脱胎换骨，重获新生。关汉卿、王和卿等即是这一类作家的突出代表。

关汉卿自称“普天下郎君领袖，盖世界浪子班头”。他的著名套数《南吕·一枝花》中的《不伏老》可视为“浪子”的一篇宣言，其《黄钟尾》曲云：

> 我是个蒸不烂、煮不熟、捶不扁、炒不爆、响珰珰一粒铜豌豆，恁子弟每谁教你钻入他锄不断、斫不下、解不开、顿不脱、慢腾腾千层锦套头。我玩的是梁园月，饮的是东京酒，赏的是洛阳花，攀的是章台柳。我也会围棋，会蹴踘，会打围，会插科，会歌舞，会吹弹，会咽作，会吟诗，会双陆。你便是落了我牙，歪了我嘴，瘸了我腿，折了我手，天赐与我这几般儿歹症候，尚兀自不肯休。则除是阎王亲自唤，神鬼自来勾，三魂归地府，七魄丧冥幽。天那，那其间才不向烟花路儿上走。

第二类是平民及胥吏作家。这类作家在人生遭际、社会地位等方面与第一类作家并无大的不同，但他们不像第一类作家那样比较彻底地抛弃了名教礼法和传统士流风尚。在他们内心深处，倒是不甘仕途失落，并向往实现传统文人价值的。然而，在现实生活中，他们屡屡碰壁，理想归于幻灭，因而叹世归隐就成了这类作家创作的主旋律。

这类作家以白朴、马致远等人为其代表。

白朴的散曲创作，今存小令 37 首，套数四篇。在这些作品中，叹世归隐之作占了较大的比例。如《双调・沉醉东风》《渔夫》：

> 黄芦岸白蘋渡口，绿杨堤红蓼滩头。虽无刎颈交，却有忘机友，点秋江白鹭沙鸥。傲煞人间万户侯，不识字烟波钓叟。

马致远早年热衷于功名，但他的仕途却并不得意，所任最高官职不过是从五品的江浙行省务官。长期沉抑下僚，使他饱受屈辱，并对现实的黑暗有了清醒的认识，心中郁结的愤懑不平之气充溢于他散曲的字里行间："夜来西风里，九天雕鹗飞，困煞中原一布衣。悲，故人知未知？登楼意，恨无上天梯!"（《金字经》）"叹寒儒，谩读书，读书须索题桥柱，题柱虽乘驷马车，乘车谁买《长门赋》，且看了长安回去。"（《拨不断》）这里表面上看，乃是抒发英雄失路之悲、壮志未酬之叹，但更深层的意蕴则是发泄传统价值在现实中无法实现的悲愤。

马致远被誉为"曲状元"，他的散曲在艺术上取得了很高的成就。与关汉卿散曲浓厚的世俗情趣相比，马致远的散曲则带有更多的传统文人气息。他的套数擅长把透辟的哲理、深沉的意境、奔放的情感、旷达的胸怀熔于一炉，语言放逸宏丽而不离本色，对仗则工稳妥帖，被视为元散曲豪放派的代表作家。他的小令亦写得俊逸疏宕，别具情致。如脍炙人口的《天净沙・秋思》：

> 枯藤老树昏鸦，小桥流水人家，古道西风瘦马。夕阳西下，断肠人在天涯。

仅 28 字就勾勒出一幅秋里夕照图，特别是首三句不以动词做中介，而连用九个名词勾绘出九组剪影，交相叠映，创造出苍凉萧瑟的意境，映衬出羁旅天涯茫然无依的孤独与彷徨。全曲景中含情，情自景生，情景交融，隽永含蕴。周德清《中原音韵》赞其为"秋思之祖"，王国维《人间词话》说它"寥寥数语，深得唐人绝句妙境"。

第三类是达官显宦作家。一般来说，这类作家仕途比较通达，尤其在元初知识分子普遍栖身下层，汉人一般不受重用的情况下，他们可以说是特别受到命运眷顾的宠儿。所以他们的作品更多表现的是传统的士大夫思想情趣。当然，在元代政治极度腐败、民族歧视严重的社会环境下，他们也同样有牢骚和不平，但远没有前两类作家那样激愤难抑。在艺术风格上，他们或精工雅丽，或质朴本色，但总体上则偏于典雅一路，俚俗的成分较少。这一类作家以卢挚和姚燧为代表。

[作业]

请同学们自行分组，研读《西厢记》，其中崔莺莺的身份是大家闺秀，她的唱词节奏舒展，色彩华美，感情含蓄，与婉约派词风相似。而红娘则是丫鬟出身，语言显得鲜活泼辣，口齿伶俐，作者让她的语言夹杂着俚语、俗语和日常生活用语，显得既质朴本色又生动活泼。请每个小组找出三处以上（含三个）这样的例子来，来说明两人阶层身份不同，并思考如果将两人的唱词与念白风格都写得一样的话，还如何能够区别出两个人身份、性格的不同？每个小组在拿出自己的解决方案后，通过实际的表演证明。

Chapter 2
第二章　明代文学的社会属性是如何拓展的

【概论】

明代最为兴盛的文学类型是小说和戏曲作品，这两种文学类型从理论到实践等多方面都在明代都获得了突破性进展。俗文学的价值从李梦阳、何景明开始便得到社会肯定。李梦阳将《西厢记》与《离骚》并称，后来王慎中、唐顺之又把《水浒传》与《史记》并称。李贽、袁宏道、汤显祖和冯梦龙进一步为俗文学大声疾呼。袁宏道将词、曲、小说与《庄子》《离骚》《史记》《汉书》并提，称《水浒传》《金瓶梅》为“逸典”。小说《三国志通俗演义》（简称《三国演义》）、《水浒传》《西游记》《金瓶梅》被称为明代四大奇书。

明代文学的社会属性也正是借助“俗”的旗帜，从而进入更宽阔的社会领域，为更多的社会阶层、更多的人提供文学服务。这种拓展不是由雅到俗，而是从俗开始，俗雅交融，由俗完成浸染与拓展，而俗雅的交融让俗之花结出了雅俗共赏的果子。小说作为一种文学形式经过这样的上下交融也就从市井出发走上了文学殿堂。文学的属性也不再是精英阶层的专属，而扩展为社会所需。文学成为人人都可以消费也能够消费的精神食粮。

一、政治压制和权力斗争使得文化人的重要性下降

（一） 明代政治对文人的压制

朱元璋开国之初，极力强化独裁统治，不仅大兴党狱杀戮功臣，还乘机废除了延续一千多年的宰相制度和历时七百多年的三省（中书、门下、尚书）制度，将军政大权独揽一身。

（二） 八股文的影响——缺乏创新与创造

明朝统治者大力提倡“程朱理学”，推行“八股取士”的制度。对知识分子在拉拢的同时实行高压统治，大兴文字狱，动不动就进行迫害，在这种淫威的高压下，思想文化界呈现一片沉闷压抑的气氛。

（三）党阀斗争成为权力中心所热衷的游戏，给知识分子带来不安全感与幻灭感

明朝设立了锦衣卫和东厂、西厂，对群臣和百姓进行监督，实施恐怖的特务统治。后来宦官当权，朝廷腐败堕落，又加剧了党争，这让普通的知识分子远离曾经热衷的家国仕途。

上述三个原因的存在，让文人对权力舞台的把控力下降，他们的注意力不得不转移，“移情别恋”成为时代潮流。

二、经济环境与市场需求

明代的社会经济发展情况可分为两个阶段。从明太祖洪武元年（1368 年），到明宣宗宣德元年（1426 年），这六七十年时间里，随着政局的稳定，被战乱破坏的地方又重新建立起社会秩序。农业逐渐恢复，户口与垦田逐渐增多，粮食产量增加，政府税收增多，官营与民营手工业陆续发展，商业城市增多，全国商业流通顺畅，海外贸易往来活跃。

从公元 1522 年明世宗嘉靖元年到明神宗万历年，在这一百多年的时间里，商品经济发展迅速，工商业繁荣，是我国经济发展史上的重要时期。

工商业的发展使得市民阶层出现并不断壮大，话本、戏剧等来自民间的文学形式持续繁荣，很多失意的文人开始关注并投身到市井文化文学作品的创作中，文人对俗文化的关注，使得俗文化的水平与品质获得重大提升。现实的管制让人们寻求虚拟空间中的享乐，舞台戏剧、神怪、历史演义成为人们的选择。

上述因素的综合作用，使传统意义上的文学走下神坛，并从小圈子走出来与大圈子交互渗透，其社会属性逐步展现出来。俗文化的发展路径为市井百姓—文人加工提升—传播扩散，从百姓、权贵都喜欢到开创出另外一片文化天空，从而取得出色的成就。

第一节　明代小说的分类介绍

我国小说在魏晋南北朝时期初具规模，包括志人、志怪、话本等，为明清小说的繁荣创造了条件。明代文学在话本的基础上，产生了长篇章回小说《三国演义》《水浒传》《西游记》《金瓶梅》四大传奇小说，并成为明代小说的代表。因为这四大奇书，我们可以充分认定明代小说的成就与地位，这是文学基因突变之后结出的硕果，也标志着中华民族文学审美变化之后的高峰来临，所以，明代小说是特别值得研究的。

小说从话本而来，所以它拥有草根性、社会性、娱乐性和大众性。但话本还不是小说，小说是印刷出来的，是通过阅读文字传播的，而不是以听觉接受的方式传播的。小说就是文学的一种，而话本是娱乐内容，这两者也是一脉相承的，其中文人的介入、劳动和创造是让其具备文学性的重要条件。

明太祖朱元璋在建立政权以后，吸取了元统治者覆亡的历史教训，在明初采取了恢复生产、休养生息的方针，历经百年左右，国家出现了经济繁荣和社会安定的局面。明中叶以后，工商业得到进一步发展，市民阶层日益壮大，他们的生活方式和思想观念要求在文学中得到反映，因而在宋元时期说话艺术基础上发展起来的通俗小说，便受到他们的欢迎而得到发展的机会。叶盛在《水东日记》卷二十一中说，“今书坊相传，射利之徒，伪为

小说杂事，农工商贩抄写绘画”，反映了当时小说的读者群主要是市民阶层。

明代小说是在宋元时期说话艺术的基础上发展起来的。明代文人创作的白话短篇小说称为“拟话本”，就是直接摹拟学习宋元话本的产物。长篇小说如《三国演义》《水浒传》《西游记》等，也多由宋元说话中的讲史、说经演化发展而来。嘉靖以后，文人独立创作的反映现实的长篇小说如《金瓶梅》，也取资于讲唱文学的写作经验。

一、历史演义小说

历史演义小说是由宋元说话艺术中的讲史一类发展而来的。历史演义以一朝一代的历史事实为基础，吸取野史杂说和民间传说的内容。“七分事实，三分虚构”是其特点。元末明初罗贯中的《三国演义》是最典型的历史演义小说，也是中国的第一部历史演义小说，是历史演义小说的代表作。在它的影响下，历史演义小说大量出现，内容从远古传说时代到汉晋唐宋时期的历史事件都有所涉及。较著名的有《列国志传》《全汉志传》《唐书志传通俗演义》等，其中以冯梦龙改编的《新列国志》成就较高，影响也较大。

二、英雄传奇小说

英雄传奇小说也是在宋元讲史的基础上发展起来的，它与历史演义小说的不同之处在于它不拘泥于一朝一代历史事件的演变，而是以描写理想化的传奇式英雄人物为主，虚构的成分较多。

明初施耐庵所著的《水浒传》是英雄传奇小说的代表作品，标志着中国古典小说的现实主义艺术趋于成熟。明中叶以后，产生了不少英雄传奇小说，较著名的是万历年间熊大木所著的《北宋志传》和作者为无名氏的《杨家府演义》。此外，郭勋的《皇明英烈传》和袁于令的《隋史遗文》也是明后期影响较大的英雄传奇作品。

三、神魔小说

这类小说在不同程度上受到宗教的影响，内容涉及鬼神魔怪，充满奇异的幻想。吴承恩的《西游记》是神魔小说中最优秀的一部。

《西游记》也是在宋元说话艺术和民间传说的基础上由文人作家加工创作而成的。此外，许仲琳所著的《封神演义》也是影响较大的一部。罗懋登的《三宝太监西洋记通俗演义》、董说的《西游补》等也流传较广。

四、世情小说

世情小说是以社会现实生活，尤其是以家庭生活为题材，刻画种种世态人情的小说，《金瓶梅》是其代表。《金瓶梅》是中国第一部文人独立创作的长篇小说，它开始摆脱历史故事、历史传说对小说创作的束缚，转向现实题材，开始对日常生活做细致描写，这在中国小说发展史上有着重要的意义。《金瓶梅》之后，世情小说表现出两种倾向：一种是在世情描绘中宣扬因果报应思想，如成书于明末，西周生所著的《醒世姻缘传》；另一种则演化为才子佳人小说，如成书于明末清初的《玉娇梨》《好逑传》等。

五、公案小说

明后期描写冤狱诉讼的公案小说兴起，这是社会黑暗、政治腐败的反映，较著名的公案小说有李春芳的《海刚峰先生居官公案传》和无名氏的《包孝肃公百家公案演义》等。这类小说在歌颂清官的同时，也在一定程度上反映了当时社会政治的黑暗和阶级矛盾的尖锐。公案小说一般都追求故事情节的离奇曲折而忽视人物性格的着力刻画，在艺术上显得较为粗糙。

第二节　“三言”“二拍”与明代的短篇小说

上面我们充分阐述了明代小说的巨大成就，现在要在小说中特别提及明代的白话短篇小说，当我们说到白话的时候就意味着它是民间的、世俗的、有娱乐属性的，而短篇小说不论从篇幅到形式再到表现内容，尤其适合大众快捷的消费需要。明代短篇小说集中反映了明清时期中国市民阶层的生活趣味。

一、“三言”“二拍”是经典与代表

明中叶之后，白话小说空前繁荣。一方面一些文人对宋元话本加以整理润饰，另一方面他们又有意识地模拟宋元话本的形式进行创作，这就是拟话本。从话本到拟话本，是由供讲唱的口头文学的记录发展到供人阅读的案头文学的创作。对白话小说的汇集、刊印，最早有嘉靖年间洪楩编撰的《清平山堂话本》，共 60 种，故又称《六十家小说》。万历年间，熊龙峰也分册刊印过话本小说，今存四种，即《熊龙峰刊四种小说》，这些短篇小说集较多地保留着作品的原貌，为收集整理、改编白话小说开辟了道路。

“三言”是《喻世明言》《警世通言》《醒世恒言》三部小说集的总称，“三言”每集 40 篇，共 120 篇，刊于天启年间，有些作品是辑录了宋代以来的旧本，但一般都做了不同程度的修改；也有的是据文言笔记、传奇小说、戏曲、历史故事，乃至社会传闻再创作而成，故“三言”包含了旧本的汇辑和新著的创作，是我国白话短篇小说在说唱艺术的基础上，经过文人的整理加工发展到文人进行独立创作的开始。经冯梦龙润色加工，反映出当时市民阶层的思想、生活和情趣，对后世的白话小说及戏曲创作都有很大影响。它的出现，标志着古代白话短篇小说整理和创作高潮的到来。

常与“三言”并称、地位相当的是凌蒙初编著的拟话本集《初刻拍案惊奇》《二刻拍案惊奇》，合称“二拍”，各 40 篇，内有一篇重复，一篇杂剧，实 78 篇。“二拍”思想性、艺术性不及“三言”，但为凌氏本人创作，选材标准与语言风格比较统一。这些短篇小说中，爱情婚姻题材占重要地位，而反映社会现实，比如权贵的罪恶和政治的黑暗也是其重要主题。另外美化统治者，宣扬封建礼教和鬼神迷信、因果报应之类的作品也占了相当一部分。

大批短篇小说的涌现，成为市民社会的风情画。其中商人成为主要的兴趣对象和关注

对象，由于市民社会的形成，许多理性的、反对传统礼教的思想日益兴盛，比如不再贬低商人，“重商逐利”的风气广为人们所接受；在爱情方面更推崇婚恋自由，男女平等的意识也得到认可，这些正是这批短篇小说的社会意义。中国社会发展的经济形态、思想流变和社会样貌有了明确的印证。

二、“三言”“二拍”的价值

“三言”集中了古代白话短篇小说的精华，代表了它的最高成就，几乎囊括了前代和当时流行的优秀话本，成为中国古代白话短篇小说的宝库。《今古奇观·序》中说：“《喻世》《警世》《醒世》三言，极摹人情世态之歧，备写悲欢离合之致，可谓钦异拔新，恫心戒目。”“三言”提高了话本小说的艺术价值，奠定了拟话本小说的历史地位，直接推动了拟话本的创作。因此，“三言”的出现，标志着中国白话短篇小说的民族风格和特色已经形成并渐趋完备。

“二拍”是在“三言”的直接影响下产生的，其最重要的价值是全部 78 篇作品都是凌濛初自己编写的，其中有一部分是根据前人笔记、戏曲等创作而成。关于凌濛初的创作动机和取材来源，可从他的《序》中得知：“宋元旧种，亦被蒐括殆尽。肆中人见其行世颇捷，意余当别有秘本图书而衡之……因取古今来杂碎事，可新听睹、佐谈谐者，演而畅之。”从总体来看，“二拍”取材的特点是，“初刻”偏重于两性关系的描写，“二刻”谈神说鬼的居多。长期以来，人们对凌濛初和“二拍”的评价不高，认为其思想性低、情趣低，其实，凌濛初也是一位优秀的通俗文学家，“二拍”在文学史上占有重要的地位。

首先，“二拍”是中国第一部个人创作的白话短篇小说集，从数量上看，凌濛初也是创作话本最多的作家，这是文学史上的空前成就，应当给予充分肯定。其次，从思想内容上看，“二拍”比“三言”更广泛地反映了社会各阶层特别是市民阶层中商人的生活，集中展现了明末资本主义萌芽时期中国社会生活的特征，这是不容忽视的。最后，从艺术手法上看，“二拍”文字通俗，情节曲折，具有较强的可读性和感染力，更能体现创作小说的特点。凌濛初往往将本来只有几十字的素材铺写成近万字的小说，显示了他旺盛的创作力。

三、“三言”“二拍”的思想倾向

（一）对男女爱情和情欲的肯定

这类作品数量约占“三言”“二拍”的五分之三。宣扬新的爱情观、婚姻观、道德观，这类作品不仅数量最多，而且也写得最好，大都体现出一种具有反封建意义的新的爱情理想、婚姻标准和贞操观念，与封建道德相对立，与禁欲主义相对立，肯定情欲，强调人情、人性和人的尊严，歌颂平等互爱、真诚和谐的爱情以及家庭生活，唾弃门第、权势、富贵等传统观念。

《杜十娘怒沉百宝箱》中的杜十娘用死来捍卫了人的尊严。《蒋兴哥重会珍珠衫》中的蒋兴哥不忘旧情，与有不贞节行为的妻子重新团聚。《卖油郎独占花魁女》中的莘瑶琴终于战胜封建等级观念嫁给了一个普通男子，秦重则是靠一片痴诚获得了爱情，不是皇帝的圣旨，也不是状元及第。还有《金玉奴棒打薄情郎》《李将军错认舅》（“二刻”）等，大都贯穿一个“情”字，充分体现了市民阶层对于爱情的新观念。

总之，“三言”“二拍”中呈现的爱情观具有如下的社会意义：重情抗礼教，肯定人的情感权利；崇尚个性解放，突破禁欲主义；为正在兴起的个性解放思潮推波助澜。

（二）对商人“好货”的肯定

重商思想与商人形象出现在“三言”“二拍”中。尤其是“二拍”的大量作品中，广泛地描绘了城市商人的生活，批判了封建阶级重农轻商的传统观念，把工商业者作为正面形象加以歌颂，肯定了他们正当的谋生手段和追求财富的生活理想，这与传统的提倡读书、务农，把十年寒窗、金榜题名看作生活的最高理想，把农业生产看作立国根本的传统观念是很不相同的，体现出鲜明的时代精神。《施润泽滩阙遇友》赞美了两个小手工业者的团结互助。《转运汉巧遇洞庭红》（“初刻”）、《叠居奇程客得助》（“二刻”）等篇还肯定了商人的海外经商活动和冒险精神。

（三）揭露了社会的黑暗

大胆地揭露统治阶级倒行逆施的罪恶本质与官场吏治的腐败黑暗，同时也体现出清官贤士的正义感和下层人物的反抗精神。此类作品有的是直接面向现实，表现朝廷内部的忠奸斗争，如时事政治小说《沈小霞相会出师表》；有的是描写了官吏的昏庸无能、暴虐残酷，甚至是径直为盗的丑恶行径，如《进香客莽看金刚经》；有的是暴露社会邪恶势力对美好事物的摧残，如借神灵惩邪恶的神异小说《灌园叟晚逢仙女》等。

（四）斥责背信弃义的行为

这类题材未可谓新，但体现了新的时代精神。如《施润泽阙滩遇友》歌颂了小商人之间诚挚的友情。《吴保安弃家赎友》写吴保安十年如一日，专心营救一个从未谋面的朋友。《沈小霞相会出师表》中贾石冒着灭门的危险，救助落难的沈链。这些故事都可歌可泣、感人至深。相反，《桂员外穷途忏悔》则严厉谴责了朋友间忘恩负义的行为，作品结尾让桂富五全家变狗以示惩罚，虽落入因果报应的藩篱，却表达了作者伸张正义的思想。

四、“三言”“二拍”的艺术特色

（一）曲折动人的故事情节

作者善于运用生活中偶然性的巧合来构成故事的冲突，回旋跌宕，波澜起伏；同时也善于设置悬念伏笔，常常一波未平，一波又起，环环相扣，引人入胜。作者还继承了宋元话本的传统，注重故事情节的完整性，故事脉络清晰、情节连贯、头尾完整，前因后果都交代分明，各种矛盾冲突当场解决。这是适应我国民众的欣赏习惯与审美心理而形成的，是我国白话短篇小说所独具的民族文学形式。《蒋兴哥重会珍珠衫》以珍珠衫为线索描写了蒋兴哥、王三巧夫妻悲欢离合的故事，情节跌宕起伏、环环相扣。尤其是“珍珠衫”这个细节性小道具的运用，使故事更显得绵密细致、结构谨严，也更富有戏剧性、真实性和生活气息。

（二）鲜明的人物形象和细腻的性格刻画

宋元话本刻画人物，基本采用粗线条的勾勒方式，人物的性格塑造不被重视。“三言”“二拍”塑造人物形象时除了充分展开细节描写之外，有些篇章还能深入细致地描写心理活动，揭示人物的内心世界。柳永形象、白娘子形象的变化发展就是如此。杜十娘、李甲等典型形象的塑造，不仅是宋元话本无法比拟的，即使在整个古典文学的形象体系中，也是十分显著的。秦重、蒋兴哥等商人形象的出现，为文学史人物画廊增添了新的色彩。值得注意的是，“三言”“二拍”中写得最多也写得最好的是女性形象，尤其是妓女。她们往往有美丽的外貌，以及对美好生活与爱情的向往和坚贞的爱情信念，作者用充满赞美和同情的笔调，写下了她们的苦难遭遇，歌颂了她们的高洁人格和抗争精神。

（三）通俗活泼的语言风格

“三言”“二拍”的语言具有通俗生动和口语化的特点，文中巧妙运用当时民间的口头语，显得生动活泼。一些浅显文言也能与白话部分融为一体，变得简洁流畅。一些优秀作品还能针对不同人物运用不同语言，以符合人物的身份和性格。《卖油郎独占花魁女》《乔太守乱点鸳鸯谱》等反映市民生活的作品，语言明快流利。《俞伯牙摔琴谢知音》等反映文人风貌的作品，文言成分就多一些，但也朴素洗练，很有表现力。《杜十娘怒沉百宝箱》前半部分杜十娘与鸨儿的对话，大多是口语化的，这种口语化的语言符合妓院这样的特定场所和鸨儿这样特定人物的身份。后半部分基本上是浅近文言，这时杜十娘与李甲、孙富周旋，李甲是监生，出身仕宦之家，杜十娘文化教养很高，孙富身为盐商却又附庸风雅，因而语言风格便显得与整个故事的情境描写十分和谐。

五、冯梦龙、凌濛初的生平与著述

（一）冯梦龙

冯梦龙，明末江苏长洲（今苏州）人。他字犹龙，一字子犹，又字耳犹，别号龙子犹，又曾自称冯仲子。其室名墨憨斋，故常自题为墨憨斋主人。他用过的笔名，尚有姑苏词奴，吴下词奴，顾曲散人，前周柱史等，“三言”序曾分别署名茂苑野史、绿天馆主人、无碍居士和可一居士。有人曾说古今文人别名笔名之多者，无一人可比得上冯梦龙。

冯梦龙明万历二年（公元 1574 年）生于一个书香世家。弟兄三人都是文坛名人，哥哥冯梦桂是画家，弟弟冯梦熊是太学生、诗人。年轻时，他除了像一般读书人一样，准备应考以入仕外，也出入青楼酒馆，并开始收集及编辑一些民间流行的歌曲小调、博戏笑话等，可见他很早便对通俗文学有兴趣。

中年的活动无所考，大概主要从事文学工作，编写小说剧本，“三言”大概是成于这一阶段。直到他 56 岁那年，冯梦龙才考取了贡生，到他 61 岁时，才被任命为福建寿宁县的知县。在任四年，颇有政绩。

明末天下大乱，清兵入关，他十分关心国家大事，从南下避兵祸的难民中收集材料，写成了《甲申纪事》《中兴伟略》两部保存了珍贵历史资料的书。清顺治三年（公元 1647 年），冯梦龙去世，享年 73 岁。冯梦龙勤于著述，作品总数超过 50 种。他是通俗文学的全才，在民歌、戏曲、小说等方面都有撰作，下面略做介绍：

民歌类：《童痴一弄·挂枝儿》《童痴二弄·山歌》《夹竹桃顶真千家诗》三种；

戏曲类：撰作的有传奇《双雄记》《万事足》二种；改订的则有《新灌园》《女丈夫》《精忠旗》《一棒雪》《占花魁》《杀狗记》《三报恩》等十七种；

小说类：长篇历史演义有《有夏至传》《新列国志》《两汉志传》《平妖传》等六种；

短篇的话本小说则有“三言”。

（二）凌濛初

凌濛初的生平：

凌濛初，字玄房，号初成，亦名凌波，一字波，别号即空观主人，乌程（今浙江吴兴）人，出生于明万历八年（公元 1580 年），祖父和父亲都中过进士，所以他出生在一个仕宦之家。但到了凌濛初出生后，这个家庭已步向衰落。他 12 岁入学，18 岁才获得一个补廪膳生的位置。其后，他曾应举入试，但一直科场不利。到崇祯七年（公元 1634 年）他 55 岁时才以优贡生授上海县丞，署海防事，颇有政绩。崇祯十五年（1642 年），他 63 岁，擢升为徐州通判，分署房村治河。但过了两年，明朝已在风雨飘摇中，李自成、张献忠造反，大军所向无敌，势如破竹。凌濛初在房村被乱军包围，他拒绝投降，最终呕血而亡，时年 65 岁。

凌濛初除撰作通俗小说“二拍”外，也精通戏曲。

第三节　《杜十娘怒沉百宝箱》赏析

《杜十娘怒沉百宝箱》写名妓杜十娘因被官僚子弟李甲抛弃、转卖而自杀的悲剧故事。杜十娘这个形象，不仅富有个性和斗争性，而且迸发了新的思想火花。杜十娘是个被侮辱、被损害的风尘女子，她聪明、美丽、有阅历、有才智，而作者着重写了她的多情特征。杜十娘的一生都在追求真挚的爱情，她渴望从良，但主要不是找归宿，她择偶的着眼点，不是在金钱、地位、才貌上，而是追求真正的幸福生活，追求爱情中的人格平等、尊严和自我价值，她的着眼点在“情”。

一、故事的重要场景一：�翠院

杜十娘通过步步惊心的周旋、博弈，最终心愿得以实现，花钱不多赎得自由身，经过考验觅得如意郎君，收获了最珍贵的爱情。这看起来是十足的喜剧，尽管有李布政巨大的阴影存在。

“赎身”情节以杜十娘的胜利收尾，这胜利的确来之不易，每一步都凝结着她的心血。她的思想性格也随之展现。杜十娘渴望自由幸福，她苦心孤诣地安排着自己的命运。与李甲相比，杜十娘是主动积极的筹划者，而李甲则是被动消极的应付者。

同时，“百宝箱”这一道具也若明若暗地出现，留下了线索与悬念。

二、故事的重要场景二：瓜州江边船上

形势急转直下，喜剧的发展为悲剧形成了铺垫，杜十娘与李甲尖锐激烈的诀别几乎是一气呵成，让所有读者的神经都承受着电击般的刺激与蹂躏。

十娘坚强、刚毅，很有主见，历经艰难，她和李甲相好了。当她怀着百年好合的欢乐心情同李甲一起乘船远行归家沉浸在自由幸福之中时，突然得知李甲把她卖了，这如五雷轰顶，沉重地打击了她。在这打击面前她内心的痛苦、悲愤是可想而知的，但她没有哭，而是十分冷静、刚强、坚决。这段细节描写，确切精当地表现出十娘的内心世界和性格特征。当李甲说出他将自己卖给孙富后，十娘的动作、表情十分传神，起先“大惊”，后知李甲真意，事情无法挽回时，她“放开两手，冷笑一声”，之后又“挑灯梳洗”，用心修饰。最后“微窥公子，欣欣似有喜色”，“乃催公子快去回话，及早兑足银子”。细节描写尽管只有几个字、几句话，但透过十娘的表情动作，读者看到了她激烈、复杂的内心活动，感受到了她那极度的愤怒和悲痛。希望被丢进黑暗深渊，愤恨喷射出来，冤屈倾诉出来，杜十娘本可以大哭大闹，也可以痛骂、厮打，但她只是冷笑，这说明她已愤恨到了极点，真正看透了李甲，看透了世情。

三、宁为玉碎， 不为瓦全

杜十娘对李甲的试探主要是为察看对方是否有情，当她发现李甲要把她卖给孙富时，交易尚未成交，她坐拥价值不菲的金银珠宝，李甲并不知道。如果她让李甲知道这一点，那一千两银子的交易就不能成立。但杜十娘并不把自己当作李甲的附庸品，委曲求全，更不把自己降为商品而用金钱向孙富赎买。她发现了李甲的无情之后愤而投江，以一死显示了做人的尊严。

十娘追求的是真正的爱情，当她发现李甲把她出卖的时候，才发现李甲和玩自己的公子哥儿们在本质上是一样的她的理想破灭了，她不可能再从李甲身上得到幸福，和他一起过真正的人的生活也不可能了。

杜十娘怒沉百宝箱这一情节把故事推向高潮，完成了杜十娘的形象塑造。用“宁为玉碎，不为瓦全”来形容她并不过分。她用自杀表示她对扼杀自己的社会势力的抗议。杜十娘的死，不是怯懦轻生，而是宁死不屈的刚烈性格的表现。她的死是一个觉醒的妓女向封建制度进行的最大限度地斗争。她的悲剧是社会的悲剧、时代的悲剧。她以整个生命谴责了封建社会和市侩势力。所以在最后沉江这一情节里，人物形象一下子高大了起来。作者通过后人评论她为“千古女侠”并不过分。

四、谁是凶手？

杜十娘投江自杀是被迫害而致的。谁是杀人凶手？造成这一悲剧的根源是什么？是李甲吗？十娘对他那么好，他一下子就把人家卖掉了，他是凶手。李甲是个生性软弱的纨绔子弟，他只是贪恋十娘的美色，并不是真的想娶她做终身伴侣。李甲向父亲屈服是

他的必然选择。在那个社会，买卖妓女是极为平常之事。基于此，即使李甲此次不卖，将来也会抛弃她的。自私、卑劣是李甲这种纨绔子弟的本质特点。这两点也是造成十娘悲剧的根源。

凶手是孙富吗？十娘和李甲过得挺好的，孙富第三者插足破坏了人家的幸福生活，他是凶手没问题。但我们说直接凶手是李甲、孙富比较肤浅。凶手不仅仅是他们，或者更准确地说主要不是他们。这可以提出两个问题：(1) 他们怎样遇到孙富的？风雪阻渡，船开不动了。如果不遇风雪，船开走了，就碰不上孙富。如果杜十娘不唱歌，也不会引出孙富。(2) 李甲贪图那一千两银子，如果杜十娘早一点告诉李甲，她有个百宝箱，悲剧不就避免了吗？作者的深刻用意就在于此。作者通过这一系列的偶然事件（风雪阻渡、十娘唱歌、引出孙富），表现了这一悲剧的社会必然性。即使不遇到这一情况，悲剧还会发生，不可避免。我们读小说时可以感受到，作品从头至尾，忽隐忽现的有一种贯穿始终的社会势力在那儿阻碍、破坏、威胁着杜十娘的对美好爱情的追求。这种社会势力的代表人物是谁？是李甲的父亲——李布政，他像一块阴云笼罩着这一爱情。这个人物没有出场，但却无处不在，就是他所代表的社会势力——封建礼教，造成了杜十娘的爱情悲剧。

杜十娘在争取爱情幸福的道路上有两个障碍：第一个障碍是她的养娘鸨儿，这个人的特点是贪财无义。这一障碍，十娘用钱就轻而易举地克服了。

最主要障碍还是李甲父亲这一关。李甲父亲代表的封建礼教势力的黑暗和强大杜十娘缺乏认识，即使认识到了她也无能为力，没有力量去战胜它。

我们看孙富是怎样打动李甲的？孙富去说服李甲时，就是抓住了李甲的心理——怕他父亲，并且利用了他这脆弱的恐惧心理。孙富讲，你如果带这样一个妓女回家，你父亲不会饶恕你，而你的兄弟、朋友也会反对你。他还强调，如果你纳她为妾而触怒你父亲，你因一个妓女连家都不要了，大家必把你当成轻浮浪荡之人，将来妻子不以你为丈夫，弟弟不以你为兄长，交情深厚的朋友不以你为朋友，到那时你怎么在这世间立身存在呢？一句话归纳，就是你讨个妓女，在整个社会上你都站不住脚，整个社会都会鄙视你、看不起你。

听到这里，李甲“茫然自失”。在此情况下，他答应一千两银子把十娘卖了。最后孙富击败李甲，将十娘买过来造成的悲剧依靠的是什么？表面上看是一千两银子，实质上他靠的是封建礼教，凭借礼教孙富摧毁了李甲的精神防线。过去有人评论，这篇小说反映了明中叶资本主义萌芽时期金钱的力量。这样评价就贬低了这篇作品的价值了。如果说孙富战胜李甲凭借的是一千两银子，那十娘就会像战胜老鸨那样轻而易举地拿出银子战胜孙富，打开百宝箱，亮一下底，问题很快就解决了。所以这不是金钱问题，主要还是封建礼教在起作用。这一关键问题十娘开始没有认识到，当悲剧发展到高潮时她才逐渐认识到。小说中写到，十娘听说要卖掉她，她还没有下决心沉江。“十娘微窥公子”，偷偷看李甲，如果这时李甲有点悲哀、留恋之意，她可能还会有新的想法，但看公子是“欣欣似有喜色”，他很高兴，因此十娘的一切理想都破灭了。最后十娘与百宝箱一起怒沉江底，用生命来维护自己的爱情理想与人格尊严，她的这种人格力量震撼人心并让读者印象深刻。

第四节 《金瓶梅》与世情小说的勃兴

一、明代小说的巅峰《金瓶梅》

明代小说的一个巅峰就是《金瓶梅》，这部属于明代的原创作品，我们叫它世情小说，前面所提及的“四大名著”中三部都是有时间的积累与迭代的，是慢慢积攒而成的，只是在明代完成了经典化。只有《金瓶梅》是现实主义小说，关注身边的生活，关注所存在的社会，反映当时人们的思想观念，描写现实的环境与人物。

《金瓶梅》在白话长篇小说中占有重要地位，是因为它摆脱了英雄与神怪的传统题材，转而表现现实日常生活，是这类小说的创始之作。该书以《水浒传》中武松杀嫂的这段故事为引子，演绎成百回长书，虽假托宋代，反映的却是 16 世纪北方城市居民的日常生活。作者熟悉市井生活和市民语言，描摹人情世态细致传神，语言泼辣生动。但书中对放纵肉欲有颇多自然描写，也影响了这部书的价值与流布，后面很多时期被列为禁书也是因为这个缘故。

二、赏析

（一） 反映现实的社会风俗画

《金瓶梅》借西门一家描绘了明代一个上自朝廷擅权专政的太师，下至地方官僚恶霸乃至市井间的地痞、流氓、帮闲所构成的鬼蜮世界。

西门庆原是个破落财主、生药铺老板。他善于投机钻营，巴结权贵，在县里包揽讼事，交通官吏，知县知府都和他往来。他不择手段地巧取豪夺，聚敛财富，荒淫好色，无恶不作。西门庆一方面凭借经济实力来交通权贵，行贿钻营，提高其政治地位；另一方面又依靠政治地位来贪赃枉法，为所欲为，扩大非法经营，从而成为集财、权、势于一身的地方一霸。

作品通过西门庆的社会活动，反映了上自朝廷下至市井，官府权贵与豪绅富商狼狈为奸、鱼肉百姓、无恶不作的现实，从客观上反映了这个社会的黑暗现实。西门庆通过蔡京的管家，在蔡京的寿宴送黄金白银，蔡京认西门庆为干儿子，封他为山东府礼行所副（后是正）千户。西门庆经商，给蔡状元送大礼，并找了两个妓女陪他，蔡状元给西门庆送三万盐引做回报。盐引就是盐业专卖的准许证，可以用来贩盐，一盐引能卖一两银子，通过这些非法手段，西门庆转眼间成了青河县乃至山东省的首富。小说以西门庆为中心，一方面辐射市井社会，一方面反映官场社会，描绘了广阔的社会图景，彻底暴露出人间鬼蜮世界的肮脏和丑恶。

（二） 艺术手法

作为一部具有近代意味的现实主义文学巨著，《金瓶梅》是中国古代小说发展的里程碑。它突破了中国长篇小说的传统模式，在艺术上较之此前的长篇小说有了多方面的开拓和创新，为中国古代小说的演进做出了历史性的贡献。《金瓶梅》对市井生活的描写可以当史料来看待，对黄河一带的社会状况描写得很是细致，商业、农业活动均有涉及，人物的职业范围非常广泛，从帝王到宰相、大小官吏都写到了，让读者对明末的社会生活有了充分的了解。

（1）借西门庆一家写了普通市民的日常生活。西门庆是开生药铺的商人，在城市中，西门庆的药店是大买卖，其后又做了千户，发了大财，一夜暴富。西门庆极尽奢侈，婚丧嫁娶、过年过节，尤其是正月十五的元宵节办得最为热闹，西门庆在门口扎小山坳（用彩灯扎的）。他的仆人们在大街上放烟花、六个老婆上楼看花灯以及李瓶儿的葬礼，这些也都是市民的日常生活。

（2）反映了明末社会的经济生活。如杨戬被参倒之后，株连西门庆的亲家，陈洪被抓，西门大姐带着财宝到西门庆家躲避，向下追究到西门庆时，朝廷让西门庆的家人到东京，西门庆行贿于吴邦燕，用两个月的时间摆平了这个灭顶之灾。李瓶儿嫁给了贾如山，并给贾如山开了一个药铺，一开始很是兴隆，后来西门庆的官司一了，重整家业，领着仆人在城里逛，西门庆的恶徒把贾如山的药铺砸了，还在药品方面进行垄断。西门庆又做了几个大生意，并派伙计将绸缎、酒、货物运往各地，做官以后，从政府人士手中弄得三万盐引，将盐引卖了出去，成为山东省的大商人。这些都反映了封建时代的经济生活。

三、小结

《金瓶梅》是世俗风情画，它揭露了人欲的放纵与人性的压抑，并由此毁灭着人的价值。因此，我们说《金瓶梅》是白话长篇小说的里程碑，其创作最显著的特点就是立足现实，直接面对这个社会的真实面貌，而之前的长篇小说的题材都来自历史或神话，《金瓶梅》无疑是个重要的转变。

《金瓶梅》从家庭着手，关注的都是生活中的平常之事，这无疑拉近了与读者的距离，给人以身临其境、亲睹亲闻之感，这标志着我国小说进入了一个更加贴近现实、面向人生的新阶段，所谓“画鬼容易画人难”，就是这样的道理。另一方面，《金瓶梅》一改中国长篇小说关注英雄豪杰，写丰功伟绩、建功立业、忠君报国这类宏大的题材的传统写法，以冷静、客观的态度描绘了假、恶、丑，不能不说它是立意上的里程碑。

《金瓶梅》比之《三国演义》《水浒传》等从“说话”的基础上发展起来的小说，在塑造人物形象方面也有巨大进步，小说也从往常的以讲故事为重心开始转向塑造人物。一方面小说的故事从传奇趋向平淡，节奏必然放慢，作者就在相对稳定的时空环境和叙事角度中描摹细节、对人物的心理进行精雕细刻。写李瓶儿病危、死亡到出殡，竟用了两回半近三万字的篇幅，仅临终一段就写了万余字，西门庆、李瓶儿、众妻妾的感情世界都一一细微描画。

为了刻画人物性格，作者用很多笔墨写了不少平淡无奇的事情，比如第八回写潘金莲久等西门庆不来，心中烦躁，一会儿要睡觉，一会儿要洗澡，一会儿打相思卦，一会儿又要吃饺子，发现为西门庆精心准备的饺子少了一个，就将气出在迎儿身上，先打了她一顿，还不算完，又让她给自己打扇。之后还是没有等到西门庆，竟又迁怒近前的迎儿，无端用尖指甲在迎儿的脸上掐出两道血口子。看似慢条斯理，却全面刻画出潘金莲“烦躁焦虑”的心境与狠毒暴戾的性格特征。

最后说说《金瓶梅》的影响。一般优秀的小说作品，中国人都喜欢后续，虽然有狗尾续貂之嫌，但也无不是致敬之举，《金瓶梅》就有大量的续写之作。当然，论及影响，主要不在于它有几部续书，而是它开一代宗流。后世中国所谓的世情小说数量大，优秀者多，都或多或少受到了《金瓶梅》的影响。不管是以才子佳人、家庭故事为题材的世情小说，还是以社会生活为题材、用讥刺笔法来暴露社会黑暗的世情小说，都有《金瓶梅》的基因，深得其中三昧者，前者以《红楼梦》为优秀代表，后者以《儒林外史》为优秀代表。当然《金瓶梅》也是色情小说的滥觞。

同样《金瓶梅》也受到国外学者的高度重视，早在1853年就出现了法译本，在日本则更早获得传播，现在的外译本多达十五六种，也获得美、英、法、日等国家大百科全书的高度评价。更有美国学者认为，中国的《金瓶梅》与《红楼梦》二书，描写范围之广，情节之复杂，人物刻画之细致入微，均可以与西方最伟大的小说相媲美。中国小说在质的方面，凭借上述两部名著，足可以同欧洲小说并驾齐驱，争一日之短长。

[作业]

《杜十娘怒沉百宝箱》是明代短篇小说中非常优秀的一篇，在前面的赏析中，同学们可以感受到它强烈的画面感，仿佛我们可以观看到这一故事的曲折演进，那么咱们学以致用，在现有小说的基础上根据自己的理解，以戏剧的形式改写这篇小说的结尾。原小说杜十娘在船头一层一层展示自己的百宝箱，并怒斥李甲、孙富，围观群众很多，杜十娘起到了广而告之的作用，最后，她抱着百宝箱跳江了。同学自由组合，5—10人一组，从杜十娘将百宝抛入江中，自己欲跳而未跳的时候开始，重新续写故事结尾，可以在原来的基础上增加2—3位人物，比如船家以及岸上的观众。同学们按照自己的理解演绎杜十娘可能会有的结局，杜十娘可以继续跳江而死，也可以不死，同学们可尽情发挥自己的想象力。风格随意，可以是麻辣的，也可以是戏说的，还可以是穿越的，总而言之，杜十娘的性格不能变，揭露、反抗、复仇的目的要达到。剧本以宋体五号字WORD文档三页为最低要求，如果有可能，作业可以升级为10—15分钟的话剧表演。

Chapter 3
第三章　戏剧名家辈出

在宋元南戏和金元杂剧两种不同戏曲的基础上，明代发展、衍化出包括传奇戏曲和杂剧的中国戏曲。

传奇戏曲的前身是产生于浙江温州一带的南戏，是明代主要的戏曲形式。其发展以正德后与嘉靖前为界，大致可分为两个时期。元末明初五大传奇《琵琶记》《荆钗记》《白兔记》《拜月亭记》《杀狗记》的出现，是杂剧时代向传奇时代转变的标志。初期传奇作品极少。嘉靖以后传奇创作大盛，出现了李开先的《宝剑记》、传为王世贞（一说其门人）作的《鸣凤记》、梁辰鱼的《浣纱记》三部重要作品。

明初杂剧的核心人物是皇子朱权和朱有燉。他们左右并影响着一批文人墨客，并形成了宫廷派杂剧创作的小群体。当然，用杂剧作为歌舞升平的工具，既是他们发自内心的需求，同时也是借此向上位者表明自己胸无异志，只爱吟风弄月。作为一种政治韬略的艺术展示，喜庆剧、道德剧和神仙剧成为宫廷派杂剧作家的主要创作类型。明代中后期的杂剧进入鼎盛时期，并实现了杂剧创作的转型。就创作主体而言，这时的杂剧创作逐渐由宫廷派作家转入文人士大夫手中，他们或以布衣终其一生，或历经宦海沉浮，往往借助杂剧创作来排遣郁闷、宣泄情怀，杂剧成为他们抒情写意的工具，故此期的杂剧创作表现出强烈的文人化、抒情化特色。

明代传奇创作大盛是嘉靖以后出现的。明王朝经过一百多年休养生息之后，社会经济呈现了繁荣局面，与这一新的经济、政治环境相适应，嘉靖时期剧坛发生了较大的变化。有些传奇作品，突破了教忠教孝的束缚，直接将现实生活中政治斗争的题材搬上舞台，产生了巨大的反响。这一时期出现了三部重要传奇：《宝剑记》《鸣凤记》和《浣纱记》。《宝剑记》作者李开先，曾因严嵩同党的倾轧而罢职闲居，因此“特借以诋严嵩父子耳”（《曲海总目提要》）。剧本写林冲被逼上梁山的故事，但作者有意加以改造，将林冲塑造成为一位勇于向高俅、童贯斗争的英雄，以此表现作者对于黑暗统治的不满和抗议。《鸣凤记》传为王世贞所作，或说是王世贞的门人所作，剧本描写杨继盛等人与权臣严嵩的斗争，直接以时事入剧，具有更为深刻的社会意义。梁辰鱼的《浣纱记》写吴越兴亡故事，最后以范蠡在灭吴后归隐结束，寄意深远。在《鸣凤记》以后，产生了大量反映当时重大政治事件的作品，虽然有的在艺术上比较粗糙，但表现出了强烈的现实批判精神，这是明后期传奇创作中的一大特点。

明代戏曲的主体是传奇。“传奇”最早特指唐代的短篇文言小说，宋代话本小说中也有“传奇”一类，元末明初的学者中也有人将元杂剧称为“传奇”，原因之一在于许多唐传奇都曾被元杂剧改编成剧本，因而大部分杂剧也都带有浓郁的传奇色彩。但自从宋元南戏在明代规格化、文雅化、声腔化和全国化之后，传奇便渐渐成为不包括杂剧在内的明清中长篇戏剧的总称。

明传奇的发展和繁荣，开创了戏曲艺术的新面貌。传奇拥有较为庞大的体制、完整有序的结构、生动丰富的人物和瑰丽多彩的画面，它以生气勃勃、席卷南北的气势，演出了一幕幕史诗般的人间悲喜剧。这就使这种发源于宋元南戏、带有浓厚南方戏剧特征但又融合了北曲声腔和元杂剧精华的艺术样式，伴随着昆山、弋阳、海盐、余姚“四大声腔”的弦歌，迅速发展为明清两代的全国性大型戏曲。元杂剧与明传奇前后辉映，各领风骚，汇聚成中国戏曲文化汪洋恣肆的万千气象。以《牡丹亭》（又名《还魂记》）为典范的明代传奇剧本，成为文学史上璀璨夺目的明珠。

第一节　汤显祖与《牡丹亭》

一、汤显祖的身世与经历

明嘉靖二十九年八月十四日（公元 1550 年 9 月 24 日），汤显祖出生于一个书香世家。原居江西临川文昌里（今临川文昌桥东太平街汤家山），后移居沙井巷，建“玉茗堂”（内有揽秀楼、清远楼、毓霭池、金柅阁等），自号清远道人，晚年又号茧翁。其祖上四代均有文名：高祖、曾祖藏书、好文；祖父汤懋昭，字日新，博览群书，精黄老学说，善诗文，被学者推为“词坛名将”；父亲汤尚贤是个知识渊博的儒士，为明嘉靖年间著名老庄学者、养生学家、藏书家，重视家族教育，为弘扬儒学，他在临川城唐公庙创建“汤氏家塾”，并聘请江西理学大师罗汝芳为塾师，课教宗族子弟，生子汤显祖、汤儒祖、汤奉祖（汤凤祖）、汤会祖、汤良祖、汤寅祖；伯父汤尚质酷爱戏曲，还从事过戏曲活动；母亲自幼熟读诗书。

汤显祖天资聪慧，从小受家庭熏陶，勤奋好学。5 岁时进家塾读书，12 岁能诗，13 岁（嘉靖四十一年）从徐良傅学古文词，14 岁便补了县诸生，21 岁中了举人。按他的才学，在仕途上本可望拾青紫如地芥了。但是，跟随整个明代社会一起堕落的科举制度也已经腐败，考试成了上层统治集团营私舞弊的幕后交易，成为确定贵族子弟世袭地位的骗局，而不以才学论人。万历五年（公元 1577 年）、万历八年（公元 1580 年）两次会试，当朝首辅张居正要安排他的几个儿子取中进士，为遮掩世人耳目，又想找几个有真才实学的人作为陪衬。

他打听到海内最有名望的举人无过于汤显祖和沈懋学等人，就派了自己的叔父去笼络他们。声言只要肯同宰相合作，就许显祖等中在头几名。以宰相之威势，加以许多人梦寐以求的诱惑，沈懋学等出卖了自己，果然中了高科。但汤显祖却洁身自好，一无所动。他虽然并不反对张居正的政治改革，但作为一个正直的知识分子，他憎恶这种腐败的风气，因而先后两次都严峻地拒绝了招揽。说：“吾不敢从处女子失身也。”结果是可想而知的，汤显祖名落孙山。而且，在张居正当权的年月里，他永远落第了。但因此，汤显祖以高尚的人格和洁白的操守，得到海内人士的称赞。张居正死后，张四维、申时行相继为相，他们也曾许以翰林的地位拉显祖入幕，显祖都拒绝了。

34岁，汤显祖以极低的名次中了进士，布满荆棘的仕途从此开始。他先在北京礼部观政（见习），次年以七品官到南京任太常寺博士，一住七年。自永乐以来，南京是明朝的留都。虽各部衙门俱全，实际上却毫无权力，形同虚设，太常寺尤为其中的闲职。有人咏之于诗曰："印床高阁网尘纱，日听喧蜂两度衙。"其闲寂可想而知。然而，当时南京却是文人荟萃之地，诗文家不论，即戏曲家，前后就有徐霖、姚大声、何良俊、金在衡、臧懋循等诸名家。汤显祖在此，一面以诗文、词曲同这些人切磋唱和，一面研究学问，作书中蠹鱼。虽至夜半，书声琅琅不绝于口。别人问他："老博士何为嗜书?"答曰："吾读书不问博士非博士。"这种恬淡自得的生活同因投靠张居正而终于在这时被严加处分的文人形成鲜明的对照。

1591年（万历十九年），汤显祖在南京礼部祠祭司主事的任上，上奏了一篇《论辅臣科臣疏》，严词弹劾首辅申时行和科臣杨文举、胡汝宁，揭露他们窃盗威柄、贪赃枉法、刻掠饥民的罪行，疏文对万历登基二十年的政治都做了抨击。疏文一出，神宗大怒，一道圣旨就把汤显祖放逐到雷州半岛的徐闻县为典史。一年后遇赦，内迁浙江遂昌知县。在遂昌，他"去钳剧（杀戮），罢桁杨（加在脚上或颈上以拘系囚犯的刑具），减科条，省期会"，建射堂，修书院。有时下乡劝农，常年与青衿子秀切磋文字。这种古循吏的作风，终于使浙中这块僻瘠之地大为改观，桑麻牛畜都兴旺起来。

也许汤显祖是把这里当作他的理想王国了，在上述善政之外，竟然擅自放监狱中的囚犯回家过年，元宵节让他们上街观灯，为实施自己的政治主张一无顾忌。这使他的政敌终于抓住了把柄，待考核官员的时机一到，他们就出来暗语中伤。汤显祖自然知道有人想赶走他。公元1598年（万历二十六年），听说朝廷将派税使来遂昌扰民，他不堪忍受，便不待别人攻击，给吏部递了辞呈。他也不等批准就扬长而去，回到家乡，归隐于临川玉茗堂中，也正是在这一年他创作了《牡丹亭》。

汤显祖的主要创作成就在戏曲方面，代表作是《牡丹亭》，它和《邯郸记》《南柯记》《紫钗记》合称"玉茗堂四梦"，又名"临川四梦"。汤显祖在剧作中完整地展示了他的"至情"论。

二、高举情爱的旗帜，带来有主张的戏剧故事

汤显祖对这个世界充满"仁爱"，从师友处得到的影响以及自己的修学，主张"至情"论，大致表现在三个方面。世界是有情世界，人生是有情人生。"世总为情"（《耳伯麻姑游诗序》），"人生而有情"（《宜黄县戏神清源师庙记》），"情"与生俱来并始终伴随着生命进程。"思欢怒愁"等表象，感伤宣泄等渠道，都是情感流程中的不同环节。世间之事，非理所能尽释，但一定都伴随着情感的旋律。

从程度上来看，有情人生的最高境界是"至情"，《牡丹亭》便是"至情"的演绎。汤显祖在该剧《题词》中说："情不知所起，一往而深。生者可以死，死可以生。生而不可

与死，死而不可复生，皆非情之至也。”这种贯通于生死虚实之间，如影随形的“至情”，呼唤着精神的自由与个性的解放。

汤显祖认为，最有效的“至情”感悟方式是借戏剧之道来表达。戏剧表演可以“生天生地生鬼生神，极人物之万途，攒古今之千变”，使得观众在戏剧审美活动中无故而喜，无故而悲，将旁观者的冷漠与麻木不仁的状态调整过来，“无情者可使有情，无声者可使有声……人有此声，家有此道，疫疠不作，天下和平”，人们最终在“至情”的照耀下，于戏剧的弦歌声中，把世界变成美好的人间。

三、赏析

《牡丹亭》正是汤显祖“至情”论的戏曲实践，整部戏的魂就是真爱至情，《牡丹亭》共 55 出，写杜丽娘和柳梦梅的爱情故事，其中不少情节取自话本《杜丽娘慕色还魂》（见《燕居笔记》）。和话本相比，《牡丹亭》不仅在情节和描写上做了较大改动，而且在主题思想上有极大的提高。剧情梗概是：贫寒书生柳梦梅梦见在一座花园的梅树下立着一位佳人，说同他有姻缘之分，从此经常思念她。南安太守杜宝之女名丽娘，才貌端妍，从师陈最良读书。她由《诗经·关雎》章而伤春寻春，从花园回来后在昏昏睡梦中见一书生持半枝垂柳前来求爱，两人在牡丹亭畔幽会。杜丽娘从此愁闷消瘦，一病不起。她在弥留之际要求母亲把她葬在花园的梅树下，嘱咐丫环春香将其自画像藏在太湖石底。其父升任淮阳安抚使，委托陈最良葬女并修建“梅花庵观”。

三年后，柳梦梅赴京应试，借宿梅花观中，在太湖石下拾得杜丽娘画像，发现就是梦中见到的佳人。杜丽娘魂游后园，和柳梦梅再度幽会。柳梦梅掘墓开棺，杜丽娘起死回生，两人结为夫妻。《牡丹亭》比同时代的爱情剧高出一筹。剧中关于杜丽娘、柳梦梅在梦中第二次见面就相好幽会，杜丽娘鬼魂和情人同居，还魂后才正式“拜告天地”成婚的描写；关于杜丽娘不是死于爱情被现实阻隔，而是由于梦中获得的爱情在现实中难以寻觅，一时感伤而死，也即所谓“慕色而亡”的描写，都使它别具一格，显示了要求个性解放的思想倾向和浪漫夸张的艺术手法。

四、汤显祖与莎士比亚相提并论

《牡丹亭》中表现的穿越生死的情爱，对于想象力的突破是跨时代的，它在思想和艺术方面都达到了汤显祖创作的最高水准。剧本推出之时，便一举超过了另一部古代爱情故事《西厢记》。据记载“《牡丹亭梦》一出，家传户诵，几令《西厢》减价”。此剧在封建礼教制度森严的古代中国一经上演，就受到民众的欢迎，特别是感情受压抑的妇女。有记载当时有少女读其剧作后深为感动，以至于“忿惋而死”，杭州有女伶演到“寻梦”一出戏时感情激动，卒于台上。

公元 1946 年，赵景深的《汤显祖与莎士比亚》一文，提到汤显祖和莎士比亚的五个相同点：一是生卒年几乎相同（前者公元 1550—公元 1616 年，后者公元 1564—公元 1616 年），二是同在戏曲界占有最高的地位，三是创作内容都善于取材于他人著作，四是不守戏剧创作的清规戒律，五是剧作最能哀怨动人。

1959年，田汉到江西临川拜访“汤家玉茗堂碑”，作诗：“杜丽如何朱丽叶，情深真已到梅根。何当丽句锁池馆，不让莎翁在故村。”提出汤显祖与莎士比亚旗鼓相当、杜丽娘与朱丽叶不相上下的观点。

1964年，徐朔方的《汤显祖与莎士比亚》一文，指出汤显祖与莎士比亚时代相同，但具体的戏剧创作传统不同，前者依谱按律填写诗句曲词，后者则以话剧的开放形式施展生花妙笔，认为汤显祖的创作空间与难度更大。1986年到1987年，徐朔方两次钻研了汤显祖与莎士比亚，联系剧作家与中西历史文化发展的关系，指出汤显祖生活的明朝封建社会，比起莎士比亚的伊丽莎白时代而言，要封闭落后得多，故而汤显祖塑造出《牡丹亭》里杜丽娘敢于追求自身幸福的人物，更是难能可贵。

第二节　其他名家名剧

一、沈璟和吴江派

明中叶后由于戏曲创作的繁荣，出现了不同的戏曲流派。其中影响较大的有以沈璟为代表的吴江派和在汤显祖影响下形成的临川派。

沈璟（公元1553年—公元1610年），字伯英，号宁庵，江苏吴江人。他二十多岁中进士，历官至光禄寺丞。因科场舞弊案受人攻击，壮年便弃官归乡，在家里养了一个戏班子，听听戏，写写词曲，过他所自称的“词隐”生活。他平生精研曲律，对昆腔音律的整理有一定贡献。所著传奇17种，现存的有《红蕖记》《义侠记》《博笑记》等七八种。

二、徐渭和明中叶后杂剧

从明初以来长期沉寂的杂剧创作，到中叶也起了变化，出现了较多讽刺现实的作品，较早的王九思、康海起了先驱的作用，继起的徐渭成就更大。

徐渭（公元1521年—公元1593年），字文长，号青藤，又号天池，浙江山阴（今绍兴市）人。他天才超逸而科举屡试不中，壮年曾在浙江总督胡宗宪幕下当书记，出奇计，破倭寇。后胡宗宪获罪被杀，他也潦倒终身。他与李卓吾都是晚明进步思想的先驱，性格豪放不羁，痛恨达官贵人及世俗文士。他擅长多方面的艺术，晚年以卖书画过活，可是当道官僚求他一字都不能得。他被当时统治阶级看作不可理解的狂人，可是死后浙江民间普遍流传着关于他的故事。

徐渭的《四声猿》包括《渔阳弄》《雌木兰》《女状元》《翠乡梦》四个杂剧。《渔阳弄》通过祢衡在阎罗殿上对着曹操的鬼魂再一次击鼓痛骂，揭露这些权臣的狠毒虚伪、借刀杀人、沉迷酒色、至死不悟的恶劣行径，同时抒发了作者像烈火一样的激情。

《雌木兰》写木兰代父从军，为国立功。《女状元》写黄春桃女扮男装考取状元，并在审理案件时表现出惊人的才能。“裙钗伴，立地撑天，说什么男儿汉”“世间好事属何人，不在男儿在女子”，他在作品里流露的这些思想，是对重男轻女的封建社会的挑战。然而生活在四百年前的徐渭不可能为妇女找到真正的出路，因此木兰、春桃最后还只能恢复女儿身，回到闺房里去。

徐渭的杂剧和他的书画一样，充分表现了他狂放不羁的性格和愤世嫉俗的叛逆精神。透过喜剧、闹剧的气氛，表现悲愤的内容，达到“嘻笑之骂怒于裂眦，长歌之哀甚于痛哭”的境界，是他杂剧的风格特征。他作品的浪漫主义精神大大冲击了当时戏曲创作上陈陈相因的习气，同时对后来的浪漫主义戏曲作家汤显祖有明显影响。

三、徐复祚与王衡

徐复祚是江苏常熟人，著有传奇三种，他的杂剧《一文钱》共六折，深刻表现了守财奴卢至的悭吝性格。王衡是江苏太仓人，共写杂剧五种，其中《真傀儡》一剧写杜衍致仕之后，观傀儡戏于市井间，受人凌辱而无忤，后来被宣召，竟假傀儡衣冠受命，描绘世态，讽刺朝廷，入木三分。

第三节　同时期的世界文学

一、但丁《神曲》（意大利）

《神曲》的意大利文原意是《神圣的喜剧》。但丁原来只给自己的作品取名为《喜剧》，薄伽丘在撰写《但丁传》时，为了表示对但丁的崇敬而加上“神圣的”一词。

命名为《喜剧》一是因为作品从悲哀的地狱开始，到光明的天堂结束。同时由于当时的人们习惯于把叙事诗称为“喜剧”和“悲剧”，因而定名为《喜剧》；另一原因是，《神曲》用意大利文写成，而非官方语言拉丁文，行文不够严肃，故而称为“喜剧”。它翻译到中国的时候被译为《神曲》，是欧洲古典四大名著之一。

《神曲》采用中世纪文学特有的幻游形式，但丁以自己为主人公，假想他作为一名活人对冥府——死人的王国进行了一次游历。全诗分《地狱》《炼狱》《天堂》三部。

阿利盖利·但丁以第一人称记述自己 35 岁时（人生的中途）误入一座黑暗的森林（象征罪恶），在一座小山脚下，有三只猛兽拦住去路，一只母狼（象征贪欲）、一只狮子（象征野心）、一只豹（象征逸乐），又一种说法是说它们分别象征教皇、法国国王和佛罗伦萨人。他在呼救时出现了古罗马诗人维吉尔的灵魂，对他说：“你不能战胜这三只野兽，我指示你另一条路径。”于是维吉尔带领他穿过地狱、炼狱，然后把他交给当年阿利盖利·但丁单相思暗恋的情人贝阿特丽切的灵魂，由她带但丁游历天堂，一直到见到上帝。

二、沙姆思·丁·穆罕默德·哈菲兹

沙姆思·丁·穆罕默德·哈菲兹（1320 年—1389 年），14 世纪波斯伟大的抒情诗人。他的诗对封建专制和宗教偏见进行揭露和嘲讽，对贫贱的人民寄予深厚的同情，他咏叹春天、鲜花、美酒和爱情，呼唤自由、公正和美好的新生活。他的作品感情真挚、联想丰富、寓意深刻、富有哲理，充满浪漫主义精神，被公认为波斯抒情诗的高峰。他流传下来

的诗歌超过 500 首。

三、乔万尼·薄伽丘（意大利）

《十日谈》是意大利作家乔万尼·薄伽丘创作的长篇小说，该作讲述了 1348 年，意大利佛罗伦萨流行瘟疫时，十名男女在乡村一所别墅里避难的故事。他们终日游玩欢宴，每人每天讲一个故事，共住了十天讲了一百个故事，这些故事批判天主教会，嘲笑教会传授黑暗和罪恶，赞美爱情是才华和高尚情操的源泉，谴责禁欲主义，无情暴露和鞭挞封建贵族的堕落和腐败，体现了人文主义思想。

《十日谈》是欧洲文学史上第一部现实主义巨著，意大利近代评论家桑克提斯曾把《十日谈》与但丁的《神曲》并列，称之为“人曲”。

四、塞万提斯（西班牙）

《堂吉诃德》是西班牙作家塞万提斯于 1605 年和 1615 年分两部分出版的长篇反骑士小说。

故事发生时，骑士早已绝迹一个多世纪，但主角阿隆索·吉哈诺（堂吉诃德原名）却因为沉迷于骑士小说，时常幻想自己是个中世纪骑士，进而自封为“堂吉诃德·德·拉曼恰”（德·拉曼恰地区的守护者），拉着邻居桑丘·潘沙做自己的仆人，“行侠仗义”、游走天下，做出了种种与时代相悖、令人匪夷所思的行径，结果四处碰壁。但最终他从梦幻中苏醒过来，回到家乡后死去。

文学评论家称《堂吉诃德》是西方文学史上的第一部现代小说，也是世界文学的瑰宝之一。

五、拉伯雷（法国）

《巨人传》原名《高康大和庞大固埃》，共五卷，是法国文艺复兴时期小说家拉伯雷创作的多传本长篇小说，先后出版于 1532 年至 1564 年。

这是一部讽刺小说，讲述了巨人国国王高康大及其儿子庞大固埃的神奇事迹：高康大不同凡响的出生；庞大固埃在巴黎求学时的奇遇；庞大固埃和高康大对婚姻问题的探讨；庞大固埃远渡重洋，寻访智慧源泉——“神瓶”，并最终如愿以偿。

该作鞭挞了法国 16 世纪的封建社会，是新兴资产阶级对封建教会统治发出的呐喊，充分体现了人文主义者对人、人性和人的创造力的肯定。在小说中，拉伯雷痛快淋漓地批判教会的虚伪和残酷，特别痛斥了天主教毒害儿童的经院教育。

六、乔叟（英国）

《坎特伯雷故事集》是一部诗体短篇小说集，叙述了朝圣者一行 30 人前往坎特伯雷朝圣的故事。这些朝圣者中有骑士、僧尼、商人、手工艺者、医生、律师、学者、农夫、家庭主妇等当时英国社会各个阶层的人士。当他们汇聚在泰巴旅店时，爱热闹的店主自告奋勇为他们担任向导，并提议在往返圣地的途中每人讲两个故事，以解旅途中的无聊，并由店主做裁判，选出故事讲得最好的人，回到旅店后大家请他吃饭。众人接受了店主的建议，于是次日一同踏上朝圣之途，并开始讲故事。

讲述的故事按题材来分，有爱情和骑士探险传奇、宗教和道德训诫故事、诙谐滑稽故事、动物寓言等几大类，内容包罗万象，有雅有俗，有的很有趣。作者乔叟借朝圣者之口，汇集了欧洲中世纪文学中各种主要类型的故事。

七、莎士比亚（戏剧，十四行诗）

威廉·莎士比亚（公元 1564 年—公元 1616 年），英国文学史上最杰出的戏剧家，欧洲文艺复兴时期最重要、最伟大的作家，也是全世界最卓越的文学家之一。

莎士比亚在 16 世纪末到 17 世纪初的 20 多年里在伦敦开始了成功的职业生涯，他不仅是演员、剧作家，还是宫内大臣剧团的合伙人之一，该剧团后来改名为国王剧团。1613 年左右，莎士比亚退休，三年后逝世。

1590 年到 1613 年是莎士比亚创作的黄金时代。他的早期剧本主要是喜剧和历史剧，在 16 世纪末期达到了思想深度和艺术性的高峰。接下来到 1608 年他主要创作悲剧，莎士比亚崇尚高尚情操，常常描写牺牲与复仇，包括《奥赛罗》《哈姆雷特》《李尔王》和《麦克白》，被认为是悲剧的最佳范例。在人生的最后阶段，他开始创作悲喜剧，又称为传奇剧。

莎士比亚流传下来的作品包括 39 部戏剧、154 首十四行诗和两首长叙事诗。他的戏剧有各种主要语言的译本，且表演次数远远超过其他任何戏剧家的作品。

八、莫里哀

莫里哀（公元 1622 年—公元 1673 年），原名让·巴蒂斯特·波克兰，法国喜剧作家、演员、戏剧活动家，法国芭蕾舞喜剧的创始人。莫里哀是他的艺名，法语意为常春藤。莫里哀是法国 17 世纪古典主义文学最重要的作家，古典主义喜剧的创建者，在欧洲戏剧史上占有十分重要的地位。代表作品《无病呻吟》《伪君子》《悭吝人》等。

九、高乃依

皮埃尔·高乃依（公元 1606 年—公元 1684 年），是 17 世纪上半叶法国古典主义悲剧的代表作家，一向被称为法国古典主义戏剧的奠基人。1629 年，他的第一部喜剧《梅丽特》问世，1635，他完成了第一部悲剧《梅德》。1636 年，他推出了轰动整个巴黎的悲剧《熙德》，创立了法兰西民族戏剧的光辉典范，但该剧也在法国文坛引起了一场轩然大波，遭到了一些贵族文人的诋毁攻击。1640 年至 1643 年，他又先后完成了《贺拉斯》《西拿》和《波里厄克特》三部比较重要的悲剧。1647 年被选为法兰西学院院士。1674 年，他完成了最后一部悲剧《苏莱拿》，十年后他在贫困与孤寂中死去。他一生共写有各类剧作 32 部。

十、让·拉辛

让·拉辛（公元1639年—公元1699年），法国剧作家，与高乃依和莫里哀合称17世纪最伟大的三位剧作家。

代表作品有《昂朵马格》（1667年）、《讼棍》（1668年）、《布里塔尼居斯》（1669年）、《蓓蕾尼丝》（1670年）、《巴雅泽》（1672年）、《米特里达特》（1673年）、《伊菲莱涅亚》（1675年）和《费德尔》（1677年）等。

十一、布瓦洛

法国诗人、文学批评家。1666年发表一组讽刺诗，针砭教士、妇女及巴黎的生活，成为莫里哀、拉辛等文豪的朋友。1674年发表《诗的艺术》，阐明了文学的古典主义原则，对当时法国和英国的文坛影响很大。他还撰有打油性叙事诗《读经台》，并且翻译了朗吉努斯的《论崇高》。

十二、松尾芭蕉（日本）

松尾芭蕉（公元1644年—公元1694年），日本俳句家。他最主要的功绩是把俳句形式推向顶峰，但是在他生活的时代，他是以俳谐连歌（由一组诗人创作的半喜剧连接诗）诗人而著称的。在19世纪，连歌的开始一节（称为和歌）发展成独立的诗体，被称为俳谐。明治时代的诗人正冈子规首先称其为俳句。

第五讲　锦绣篇——清代文学

【概论】

清代文学较之以往各代异常繁富，甚至可谓驳杂。一方面是元明以来新兴的小说、戏曲，入清之后依然蓬勃发展；另一方面是元明以来已经呈现弱势的诗、古文，乃至已经衰落下来屈居于陪衬地位的词、骈文，入清之后又重新振兴起来。举凡以往各代曾经盛行过、辉煌过的文学样式，大都在清代文坛上占有一席之地。各类文体大都拥有众多的作者，写出了大量的作品，数量之多超过以往各代，甚至包括它们盛行的那个时代。

各类文体曾经有过的类型、作法，出现过的风格，清代作者也大都承袭下来，有人学习效法，也有人独辟蹊径有所创新，相当多的作者达到了很高的造诣，写出了许多优秀的乃至堪称珍品的传世之作，如吴伟业的歌行诗和王士禛的神韵诗，陈维崧的登临怀古词和纳兰性德的出塞悼亡词，戏曲有洪升的《长生殿》和孔尚任的《桃花扇》，骈文有汪中的《哀盐船文》，文言小说有蒲松龄的《聊斋志异》，白话章回小说有吴敬梓的《儒林外史》和曹雪芹的《红楼梦》。

郭绍虞在其《中国文学批评史・绪论》中论及清代学术之集大成时说："就拿文学来讲，周秦以子称，楚人以骚称，汉人以赋称，魏晋六朝以骈文称，唐人以诗称，宋人以词称，元人以曲称，明人以小说、戏曲或制艺称，至于清代的文学则于上述各种中间，或于上述各种之外，没有一种比较特殊的足以称为清代的文学，却也没有一种不成为清代的文学。盖由清代文学而言，也是包罗万象而兼有以前各代的特点的。"清代文学可以说是以往各类文体之总汇，呈现出一种蔚为大观的集大成景象。

对于清代文学这种集大成的景象，曾经兴盛过的文体之再度兴盛，表象上是中国文学传统精神和古典审美特征的复归与昂扬，实际上是特殊环境下的自觉与不自觉之举。清代以来文学没有创新，说明这个朝代的文化没有进步也没有新的样式的萌芽，此外，文人都将时间与精力放在回望上，研究过往而学习之，这就是清代的文学面貌之所以如此的深层原因。

一、迭代之后的文艺全面复兴的现象与原因

满族以少数民族入关成为统治者，为了巩固统治，清王朝严禁知识分子结社，并大兴文字狱。表面上，内阁六部，满汉官员分设复职，实际上，权力掌握于满族议政王大臣之手，最后裁决于皇帝，形成带有种族歧视的封建专制。在政治、文化上，继续推行科举考试，另开博学鸿词科，全面接受儒家文化、制度，以功名利禄笼络知识分子，提倡程朱理学，宣扬纲常名教，以削弱人们的反抗意识。到康熙后 40 年出现了安定局面，促进了中国社会农业、手工业和商业的发展。

满清入关，彻底解除了长城内外的对峙与紧张，经济安定了，民生得以恢复与发展，但朝廷对知识分子是不倚重的，对文化则是有针对性地进行管控。自古以来文人学习孔孟之道，入仕求官，实现政治理想或挣得出将入相的荣耀，但在清代基本是不太可能的。于是，文化人开始专注于本业，之前是心系家国社稷，现在发现没有什么机会与希望，也有

不甘愿的成分，于是，眼睛向内，逐渐地，考据成为一种专门的学问，并被统治者所鼓励、利用，使知识分子走上了复古的道路，因而文学创作的复古倾向也更为严重，如桐城派古文和浙商派的词就都倾向于复古。

正是在这种复古风尚下，有了文学全面的复兴。清代是诗、词、文全面丰收的时代。虽然这些文体在清代以前早已成型，并出现过创作的高峰，但清人在继承传统的同时，以更为细致、精巧的笔法，将上述文体运用得得心应手，进一步展示了传统文体的艺术魅力。

二、诗词文

清诗在发展中形成了不同的诗学主张与流派，其中比较重要的有王士祯的“神韵说”、沈德潜的“格调说”、袁枚的“性灵说”和翁方纲的“肌理说”。词至清代，已在整体意义上发展成为一种与诗并立的、独立的抒情文体。清前期的陈维崧、朱彝尊等人为清词奠定了超越元、明的基础，而纳兰性德则被王国维誉为“北宋以来，一人而已”。他的词多写离别相思与个人闲愁，风格却不纤弱，其中融入了对人生的体悟，较前人同类作品有所开拓。张惠言则在词的理论上有所发展。

散文方面，产生了以方苞为代表的桐城派。桐城派是清代最重要的一个散文流派，持续时间长达二百余年，几与清朝相始终。桐城派创始人是方苞，他论文最重“义法”，这里所说的“义”即“言有物”，也就是要有内容；“法”则是“言有序”，也就是指形式技巧完备。刘大櫆继方苞之后，进一步论述了文章的作法，着重探讨了“神气”“音节”“字句”的关系。姚鼐则提出了义理、考据、文章三者兼备的观点。至此，桐城派完成了自己的古文理论构建。由于这一理论构建借鉴了历代古文创作的经验、教训，因此，又是古文理论集大成的表现。

三、小说

长篇白话小说在清代放射出巨大的光彩，主要体现在吴敬梓的《儒林外史》与曹雪芹的《红楼梦》两部巨著的出现上。《儒林外史》对八股取士的封建考试制度摧残人才的情况，进行了全面的揭露和辛辣的讽刺，它虽采用夸张的手法，却体现出“讽刺的生命是真实”的深刻现实性，它是中国古代成就最高的长篇讽刺小说。而《红楼梦》通过贾宝玉、林黛玉的爱情悲剧和贾府由盛到衰的故事情节，反映了官僚地主生活的腐朽，表现了具有叛逆性格、民主思想的青年一代与传统意识顽固的封建家长的冲突，揭示了封建统治阶级和封建社会走向没落的趋势。它通过对日常生活琐事和人物内心世界的精炼描写，塑造了一大群具有典型意义而又个性鲜明的人物形象。它以思想上和艺术上的伟大成就成为中国古典小说的高峰。在短篇文言的笔记小说方面，则有纪昀的《阅微草堂笔记》、袁枚的《新齐谐》等，但成就都不及清朝前期的《聊斋志异》。

中国古代讲究“文以载道”，所以各种说教都会渗透到文学形式中，尤其在广大草根民众喜闻乐见的文学形式白话小说和戏剧中更有大量的因果轮回、善恶报应的内容文学家担着教化功能。到了清代，康乾盛世下，社会稳定，经济获得发展，文人自觉追求文学的本体价值，小说、戏剧更加繁荣，社会普及度越来越高，越来越多的普通百姓都可以接触到诸如小说、戏剧这样的艺术形式。到了清后期，鸦片战争之后，求变革的呼声日益高涨，有志之士和知识分子都有意识地利用文学手段来教育民众，灌输除旧布新的观念，报纸刊物因而流行，各种文学体裁也获得空前的发展与繁荣，文学成为一股动员力量而直达社会上下各阶层。

Chapter 1
第一章　清代诗文创作

清初诗坛力矫明代空疏浅薄的陋习，恢复了诗歌的风骚传统和斗争精神。他们虽然也有宗唐、宗宋之争，但一般比较能够融会贯通、转益多师，把学习和创造结合起来，为有清一代诗风重振的盛局开拓了道路。清初诗坛上的代表人物，主要有遗民诗人和由明入清且又出仕清朝的诗人组成。

第一节　清代早期诗、词

一、诗的早期代表钱谦益

在明末清初的诗坛上，钱谦益是影响最大的诗人。他的诗歌主张是在重"性情"的同时也重"学问"，具有向宋诗回归的意味。清初诗坛沿袭明朝的余温，云间派、虞山派、娄东派三足鼎立，虞山派和娄东派，由钱谦益和吴伟业领衔，出现了新的局面与气象，影响最大。

（一）生平

钱谦益（公元1582年—公元1664年），明末清初诗坛盟主之一。字受之，号牧斋，晚号蒙叟，东涧老人，学者称虞山先生，江苏常熟人。明万历三十八年（1610年）一甲三名进士（探花），东林党领袖之一，官至礼部侍郎，因与温体仁争权失败而被革职。明朝灭亡后，马士英、阮大铖在南京拥立福王，钱谦益依附之，为礼部尚书。后降清，仍为礼部侍郎。但很快就告病归乡，与反清势力保持联系。晚年之作多抒发反对清朝、恢复故国的心愿。乾隆时期，他的诗文均遭到禁毁。

作为诗人，他开创了有清一代诗风，与著名诗人睢阳袁枢（字伯应，袁可立子）多有往来。当时人称"前后七子而后，诗派即衰微矣，牧斋宗伯起而振之，而诗家翕然宗之，天下靡然从风，一归于正。其学之淹博、气之雄厚，诚足以囊括诸家，包罗万有，其诗清而绮，和而壮，感叹而不促狭，论事广肆而不诽排，洵大雅元音，诗人之冠冕也！"（凌凤翔《初学集序》）

作为史学家，钱谦益早年撰《太祖实录辨证》五卷，立志私人完成国史，他于弘光元年、顺治三年两次欲修明史，虽然因为种种原因未能如愿，但人们认为"虞山（钱谦益）

尚在，国史犹未死也”，可见对他史学才能的极度推崇。作为文章家，钱谦益名扬四海，号称“当代文章伯”，黄梨洲《忠旧录》称他为王弇州（世贞）后文坛最负盛名之人。当然，钱谦益的为人多受诟病，自己也相当矛盾，但是他与柳如是的爱情，却被广为传唱，令人唏嘘。

（二）赏析与评价

金陵后观棋（六首选一）

钱谦益

寂寞枯枰响泬寥，秦淮秋老咽寒潮。

白头灯影凉宵里，一局残棋见六朝。

此篇写得巧妙自然，诗人将寂寞冷落的围棋“残局”，融入南京（金陵）秦淮河畔的秋潮幽咽凄清的背景中，极力渲染南京城的萧瑟氛围。进而借观棋抒发心中感慨，在棋的残局中寄寓了诗人的故国之思和亡国之痛。

钱谦益晚年的《后秋兴》诗歌是 13 组 54 首七律的鸿篇巨制，大约是在他 77 到 81 周岁（1659 年—1663 年）用四年时间完成的，收在《牧斋杂著》之《投笔集》中。陈寅恪先生评价道：“《投笔集》诸诗摹拟少陵，入其堂奥，自不待言。其此集牧斋诸诗中颇多军国之关键，为其所身预者，与少陵之诗仅为得诸远道传闻及追忆故国者有异。故就此点而论，《投笔》一集实为明清之诗史，较杜陵尤胜一筹，乃三百年来之绝大著作也。”

二、词的代表纳兰性德

经过元明两代的沉寂，词在明清之际摆脱柔靡之风，出现了中兴气象。词人云集，高才辈出，仅仅顺治、康熙两朝就有超过两千位词作家，词作五万余首，可谓流派纷呈，高潮迭起，出现了以陈维崧为首的阳羡词派、朱彝尊为首的浙西词派和独树一帜的著名满族词人纳兰性德。后者又与曹贞吉、顾贞观合称“京华三绝”，大学者王国维更评价纳兰性德为“北宋之后仅一人”。

（一）生平

纳兰性德（公元 1655 年—公元 1685 年），叶赫那拉氏，字容若，号楞伽山人，满洲正黄旗人，清朝初年词人，大学士纳兰明珠长子，其母为英亲王阿济格第五女爱新觉罗氏。纳兰性德自幼饱读诗书，文武兼修，17 岁入国子监，被祭酒徐元文赏识。18 岁考中举人，次年成为贡士。康熙十二年（1673 年）因病错过殿试。康熙十五年（1676 年）补殿试，考中第二甲第七名，赐进士出身。纳兰性德曾拜徐乾学为师。他于两年中主持编纂了一部儒学汇编——《通志堂经解》，深受康熙皇帝赏识，为今后发展奠定基础。纳兰性德于康熙二十四年（公元 1685 年）五月三十日（1685 年 7 月 1 日）溘然而逝，年仅 30 岁。纳兰性德的词以“真”取胜，写景逼真传神，词风“清丽婉约，哀感顽艳，格高韵远，独具特色”。著有《通志堂集》《侧帽集》《饮水词》等。

康熙十三年（1674 年），纳兰与两广总督卢兴祖之女卢氏成婚。康熙十六年卢氏难产去世，纳兰的悼亡之音由此破空而起，成为《饮水词》中拔地而起的高峰，后人不能超越，连他自己也再难超越。

纳兰性德 24 岁时将词作编选成集，名为《侧帽集》，又著《饮水词》。后人将两部词集增遗补缺，共得 349 首，合为《纳兰词》。传世的《纳兰词》在当时社会就享有盛誉，被文人学士高度评价。时人云，“家家争唱《饮水词》，纳兰心事几人知?”可见其词的影响力之大。

（二）赏析

纳兰性德词作内容涉及爱情友谊、边塞江南、咏物咏史及杂感等方面，写景状物中关于水、荷尤多，由于诗缘情而旖旎，而纳兰性德是性情中人，因而他的词作尽出佳品，周颐在《蕙风词话》中誉其为“国初第一词手”。《纳兰词》不但在清代词坛享有很高声誉，在整个中国文学史上也占有光彩夺目的一席之地。纵观纳兰性德的词风，清新隽秀、哀感顽艳，颇近南唐后主。而他本人也十分欣赏李煜，他曾说：“花间之词如古玉器，贵重而不适用；宋词适用而少贵重，李后主兼而有其美，更饶烟水迷离之致。”

纳兰性德曾随康熙幸游“八大处”宝珠洞。他扈从玄烨凭高远望，写下《望海潮·宝珠洞》，“漠陵风雨、寒烟衰草，江山满目兴亡。白日空山，夜深清呗，算来别是凄凉。往事最堪伤，想铜骆巷陌，金谷风光。几处离宫，至今童子牧牛羊。荒沙一片茫茫，有桑乾一线，雪冷雕翔。一道炊烟，三分梦雨，忍看林表斜阳。归雁两三行，见乱云低水，铁骑荒冈。僧饭黄昏，松门凉月拂衣裳。”

纳兰性德从驾到西山黑龙潭，写下《忆秦娥·龙潭口》，“山重叠，悬崖一线天疑裂。天疑裂、断碑题字，苔痕横啮。风声雷动鸣金铁，阴森潭底蛟龙窟。蛟龙窟，兴亡满眼，旧时明月。”

纳兰性德《木兰花·拟古决绝词柬友》：

> 人生若只如初见，何事秋风悲画扇？等闲变却故人心，却道故人心易变。骊山语罢清宵半，泪雨霖铃终不怨。何如薄幸锦衣郎，比翼连枝当日愿。

“人生若只如初见”，短短一句胜过千言万语，刹那之间，人生中那些不可言说的复杂滋味都涌上心头，让人感慨万千。开篇一句起到统领全词的作用，其余七句都是为了迎合这一句而存在，同时这一句也代表了容若的梦想：人生如果总像刚刚相识时的那样甜蜜，那样温馨，那样深情和快乐，该是一件多么美好的事情，然而，现实中的爱情总是美好却又短暂，无论是汉成帝与班婕妤，还是明皇与杨妃，情深义重的开始却有了背情弃义的结局。纳兰悲伤的正是这璀璨又转瞬凄凉的情爱。

纳兰性德《长相思》：

> 山一程，水一程，身向榆关那畔行，夜深千帐灯。　　风一更，雪一更，聒碎乡心梦不成，故园无此声。

说起来，这首诗并不凄美，却字字含情。清康熙二十一年二月十五日，康熙因云南平定，出关东巡，祭告奉天祖陵。纳兰性德随从康熙帝诣永陵、福陵、昭陵告祭，二十三日出山海关。塞上风雪凄迷，苦寒的天气引发了纳兰对位于北京什刹海后海的那个家的思念，这首词即在这个背景下写成。

风雪交加夜，最幸福的莫过于一家人的团聚。可此时的纳兰远在塞外宿营，夜深人静，风雪弥漫，心情就大不相同。路途遥远，衷肠难诉，辗转反侧，卧不成眠。“聒碎乡心梦不成”可谓是水到渠成。

无论是“夜深千帐灯”的壮美，还是“故园无此声”的委婉，纳兰的词句犹如出水芙蓉，还宛如夜来香一样，风一来，香气夜夜回荡。

三、中期代表袁枚

袁枚的出现，给诗坛吹进了清新空气并独树一帜。袁枚（公元 1716 年—公元 1798 年），清代诗人、散文家、藏书家、美食家。字子才，号简斋，晚年自号仓山居士、随园主人、随园老人。汉族，钱塘（今浙江杭州）人。乾隆四年进士，历任溧水、江宁等县知县，有政绩，40 岁即告归。在江宁小仓山下筑随园，吟咏其中。广收诗弟子，女弟子尤众。袁枚是乾隆、嘉庆时期的代表诗人之一，与赵翼、蒋士铨合称为“乾隆三大家”。

袁枚在随园过了近 50 年的闲适生活，从事诗文著述，编诗话，发现人才，奖掖后进，为当时诗坛所宗。著作有《小仓山房文集》《随园诗话》16 卷及《补遗》10 卷、《新齐谐》24 卷及《续新齐谐》10 卷、《随园食单》1 卷、散文、尺牍、《随园食单》说部等 30 余种。散文代表作《祭妹文》，哀婉真挚，流传久远，古文论者将其与唐代韩愈的《祭十二郎文》并提。

袁枚作诗以才运笔，抒发性灵，极有特色。他的笔触相当广泛，反映现实、咏物怀古、描绘山川自然和表现个人志趣，大都不受传统思想束缚和正宗格调限制，信手拈来，矜新斗捷，不尽尊轨范；而且清灵隽妙，具有感情奔放、议论新颖、笔调活泼、语言晓畅、句法灵巧等特点，从内容到形式都有一定的创新。如《马嵬》其二：

> 莫唱当年长恨歌，人间亦自有银河。石壕村里夫妻别，泪比长生殿上多。

诗将白居易的《长恨歌》与杜甫的《石壕吏》对比，将帝妃悲剧转向民间夫妻的惨别，翻出新意的同时渗透着对百姓疾苦的深切同情。另如《所见》：

> 牧童骑黄牛，歌声振林樾。意欲捕鸣蝉，忽然闭口立。

这是一首反映儿童生活的诗篇，诗人在诗中赞美了小牧童充满童趣的生活画面。诗人先写小牧童的动态，那高坐牛背、大声唱歌的派头，何等散漫、放肆；后写小牧童的静态，那屏住呼吸，眼望鸣蝉的神情，显得特别专注。“此时无声胜有声”，这从动到静的变化，写得既突然又自然，把小牧童天真烂漫、好听多事的形象，刻画得活灵活现。这首诗正是在这种起伏变化中获得了巨大的艺术效果。诗的语言，明白如话，质朴无华，十分本色。至于下一步的动静，小牧童怎样捕蝉，捕到没有，诗人没有写，留给读者去体会、去遐想、去思考。

综观全诗，它所描绘的宁静、优美的田园风光，所刻画的活泼、自在和天真无邪的牧童形象，表现了诗人的一种“真性情”。诗人曾经说过“诗人者，不失其赤子之心也”。毋庸讳言，诗所描绘、所刻画的，正是诗人毕生追求的境界，也正是他所一再强调的“真性情”。

第二节 清代散文

桐城派是我国清代文坛上最大的散文流派，亦称“桐城古文派”，世通称“桐城派”。它以其文统的源远流长、文论的博大精深、著述的丰厚清正，风靡全国，享誉海外，在中国古代文学史上占有显赫地位，是中华民族传统文化中的一座丰碑。

戴名世、方苞、刘大櫆、姚鼐被尊为桐城派“四祖”，师事、私淑或服膺他们的作家，遍及全国19个省（市）计1 211人，传世作品两千余种，主盟清代文坛两百余年，其影响延及近代，对当代为文亦不无启迪借鉴之作用。值得一提的是，前“三祖”戴名世、方大苞、刘大櫆，从未以“天下文章在桐城”自居，姚鼐更未明确言“派”。

正式打出“桐城派”旗号的，是道光、咸丰年间的曾国藩，他在《欧阳生文集序》中，称道方苞、刘大櫆、姚鼐善为古文辞后，说：“姚先生治其术益精。历城周永年书昌为之语曰：‘天下之文章，其在桐城乎？’由是学者多归向桐城，号桐城派。”自此，以桐城地域命名的“桐城派”应运而生。戴名世是先驱，方苞为桐城奠基人，方苞、刘大櫆、姚鼐被尊为“桐城三祖”。桐城派主张学习《左传》《史记》，讲究义法，提倡义理，要求语言雅洁，反对俚俗。

桐城派的文章，内容多是宣传儒家思想，尤其是程朱理学，语言则力求简明达意，条理清晰，“清真雅正”，他们的许多散文都体现了这一特点。如方苞的《狱中杂记》《左忠毅公逸事》，姚鼐的《登泰山记》等，都是著名的代表作品。辞赋大师潘承祥先生评价道：“桐城古文运动，是唐宋古文运动的继续、发展、终结。”

桐城派在清代文坛上影响极大。时间上从康熙时一直绵延至清末，地域上也超越桐城，遍及国内。桐城派的“载道”思想，适应清朝统治者提倡程朱理学的需要；“义法”理论，也能为“制举之文”所利用，故得以长盛不衰。他们矫正明末清初“辞繁而芜，句佻且稚”（方苞《书柳文后》）的文风，在促进散文的发展方面也起了一定的作用。其中姚鼐编选《古文辞类纂》，流传尤广。

Chapter 2
第二章　清代小说《聊斋志异》《儒林外史》《红楼梦》

小说创作的繁荣代表了清代文学的主要成就。从数量上看，据《中国通俗小说总目提要》和其他材料的统计，清代白话通俗小说的数量大约400种；据《中国文言小说总目提要》，清代文言小说数量在500种左右。这个数字超过了明代，居历代之首。

从题材类型看，白话小说在明代历史演义、英雄传奇、神魔、世情四大小说类型的基础上，又衍变出才子佳人小说、才学小说、讽刺小说、公案小说等新题材。文言小说在志怪、志人、传奇等传统类型的基础上形成了“剪灯系列”“虞初系列”“拟唐传奇系列”三大类。各种题材的小说异彩纷呈、百花齐放。

到清代，文人独立创作的小说已十分成熟，一些优秀作家认识生活和概括生活的能力都有了很大的提高，出现了《聊斋志异》《红楼梦》《儒林外史》等小说史上的巅峰之作。

第一节　《聊斋志异》

《聊斋志异》为清代文言文短篇小说集，是蒲松龄的代表作。他在40岁左右基本完成了书稿，此后不断有增补和修改。“聊斋”是他的书屋名，“志”是记述的意思，“异”指奇异的故事。多数作品通过谈狐说鬼，对当时社会的腐败、黑暗进行了有力的批判，在一定程度上揭露了社会矛盾，表达了人民的愿望。但其中也夹杂着一些封建伦理观念和因果报应的宿命论思想。

蒲松龄（1640年—1715年），字留仙，一字剑臣，别号柳泉居士，世称聊斋先生，自称异史氏，现山东省淄博市淄川区洪山镇蒲家庄人。他出生于一个逐渐败落的中小地主兼商人家庭。19岁应童子试，接连考取县、府、道三个第一，名震一时，补博士弟子员。以后屡试不第，直至71岁时才成岁贡生。为生活所迫，他除了应同邑人宝应县知县孙蕙之请为其做幕宾数年之外，还在本县西铺村毕际友家做塾师，舌耕笔耘近42年，直至1709年方撤帐归家。1715年正月病逝，享年76岁。他用毕生精力创作出著名的文言文短篇小说集《聊斋志异》。

《聊斋志异》，简称《聊斋》，俗名《鬼狐传》。《聊斋志异》体裁复杂，以短篇小说为主，兼有杂记、寓言等多种文体，故事来源也不一，有的源于传闻，也有出自前人故事，但其中较为重要的作品往往并无依据，是蒲松龄匠心独运的创作。

《聊斋志异》题材广泛，其中《促织》《席方平》等作品揭示了社会的黑暗和权势者的残暴，并歌颂了民众的反抗精神；《贾奉雉》《司文郎》《叶生》《王子安》《胡四娘》《镜听》等则从不同角度表现了科举制度的弊端及其社会危害；而《婴宁》《小翠》《连城》《阿宝》等则塑造了一批聪慧美丽的花妖狐魅和志诚痴狂的青年男子，讴歌了纯净的精神追求和美好的爱情。

作者充分发挥想象，创造了一个神奇的艺术世界。小说情节曲折、细节丰满，较之以前的志怪、传奇，有很大的发展。语言华朴兼擅，古雅清新，凝练而富于表现力。其中独特的“异史氏曰”拓展了小说的思维空间，使议论与叙事相互补充。

全书共有短篇小说 491 篇，题材非常广泛，内容极其丰富。书中多谈狐、仙、鬼、妖，以此来概括当时的社会关系，反映了 17 世纪中国的社会面貌。蒲松龄的同乡好友王士祯对《聊斋志异》甚为喜爱，给予极高评价，并为其作评点，甚至欲以五百两黄金购《聊斋志异》之手稿而不可得。

《聊斋志异》艺术成就的另一表现是成功地塑造了众多的艺术典型，人物形象鲜明生动。其内容大致可以分为以下几类：一是才子佳人式的爱情故事；二是人与人或非人之间的友情故事；三是不满黑暗社会现实的反抗故事；四是讽刺不良品行的道德训诫故事。故事情节曲折离奇，结构布局严谨巧妙，文笔简练，描写细腻，堪称中国古典短篇小说之巅峰。

第二节 《儒林外史》

《儒林外史》是由清代吴敬梓创作的杰出的现实主义长篇讽刺章回体小说。全书共 56 回（也有人认为最后一回并非吴敬梓所作），于 1750 年前后完成。全书约 40 万字，描写了近 200 个人物。小说假托明朝，实际描写了康乾时期科举制度下的读书人、知识分子及官绅的活动和精神面貌。鲁迅先生评其为“如集诸碎锦，合为帖子，虽非巨幅，而时见珍异”。冯沅君、陆侃如合著的《中国文学史简编》则认为其“大醇小疵”。

《儒林外史》是一部以知识分子为中心展开描写的小说，这一题材的长篇小说在小说史上是首次出现。因此，如何处理这样一个没有剧烈情节冲突的题材？对小说家来说，结构、人物、描写、语言等各方面都是全新的挑战。全书故事情节虽没有一条主干线索，可是有一个中心思想贯穿其间，那就是反映科举制度和封建礼教的毒害，讽刺因热衷功名富贵而造成的极端虚伪、恶劣的社会风习。这样的思想内容，在当时无疑是有重大的现实意义和教育意义的。加上它那准确、生动、简练的白话语言、栩栩如生的人物形象塑造、优美细腻的景物描写、出色的讽刺手法，在艺术上也获得了巨大的成功。

文人作为叙事者，不再盲从上层意识形态，与世俗文化心理也保持着一定的距离。为了突出儒林人物的精神状态，作品以所谓“功名富贵”为“一篇之骨”，对形形色色的知识分子做了入木三分的描写，同时又广泛涉及与之相关的社会环境。作者的描写既有现实依据，又包含了深刻的历史思考，使《儒林外史》的思想内涵超越了一般的世情小说，而表现出一种全面总结历史文化的意识。

在《儒林外史》之前的小说，也时有讽刺描写，但像它这样，以讽刺作为全书的一个重要方面，而讽刺手法又表现出多样性的作品却鲜见。故事情节的淡化，是《儒林外史》的特点之一，也反映了一向重视情节离奇、巧合的中国古代小说在审美特点上的新变化。《儒林外史》在结构上虽无情节主干，但分散的人物与自成段落的故事，仍然前后呼应。思想上的内在统一保证了作品的“形散神不散”，而散点透视式的描写，又更加自由灵活地展开了流转、开阔的社会场景。

《儒林外史》是中国小说史上的一部带有开创意义的杰作。在它之前中国文学中就已经有了《三国演义》《水浒传》《西游记》等著名的白话章回体长篇小说。而《儒林外史》的开创性意义在于：它以现实主义作为底色，以讽刺作为自己的美学追求。它与稍后出现的《红楼梦》一起，构成我国古代小说的又一高峰，在中国小说发展史上具有不可替代的作用。

吴敬梓所开创的文学传统在清末文坛被广为推崇，对重要文学流派谴责小说产生了重要的影响。我国现代文学大师鲁迅先生对吴敬梓有极高的评价，认为他的创作“秉持公心，指摘时弊”。鲁迅的小说中贯穿着现实主义精神、闪烁着批判的锋芒，他对国民性的深切剖析，无疑是从吴敬梓的思想和艺术中汲取了丰富的营养。

《儒林外史》不仅直接影响了近代谴责小说，而且对现代讽刺文学也有深刻的启发。现在，《儒林外史》已被译成英、法、德、俄、日等多种文字，成为一部世界性的文学名著。有的外国学者认为：这是一部讽刺迂腐与卖弄的作品，然而却可称为世界上一部最不引经据典、最饶诗意的散文叙述体小说。

第三节 《红楼梦》

一、《红楼梦》

（一）曹雪芹的家世与《红楼梦》的创作

曹雪芹的先世本是汉人，是明朝驻东北的官员，随着满族的兴起，就加入了满洲旗籍，成了爱新觉罗氏的皇家“包衣”（奴隶）。随清人入关后，逐渐晋升为皇家亲信的官吏。曹雪芹的曾祖父曹玺的妻子是康熙皇帝的保姆。康熙登基后，曹玺任江宁织造（专做供应皇家的织品），直至病故。康熙又命其子曹寅（曹雪芹的祖父）任苏州织造，后又继任江宁织造。曹寅幼时做过康熙的伴读，既是康熙的臣仆，又是朋友，深得康熙的信任。曹寅极受宠信，康熙六次南巡，曾四次以曹家为行宫，曹家此时发展至鼎盛时期。曹家的先世与清王朝的政治经济都有较密切的关系，又在文学方面有很深的家学渊源，这些都给曹雪芹以深刻的影响，为他创作《红楼梦》提供了条件。

曹雪芹生于曹氏家族衰落的前夕。在他少年时代，继承康熙皇位的雍正皇帝就把曹家的第四任织造曹𫖯从江宁革职抄家，遣回北京。到了乾隆时期，曹家又遭变故，彻底结束了曹雪芹无忧无虑的贵公子生活。而曹雪芹这段不同寻常的经历，对他创作《红楼梦》产生了重要的影响。他把贵族生活，熔铸在《红楼梦》的艺术形象创造中。曹雪芹在落魄的生活中，一直顽强坚持着《红楼梦》的写作。成为千古遗憾的是，曹雪芹过早地被贫苦夺去了他富有才华的生命，而没能完成他这部呕心沥血的杰作。曹雪芹四十几岁就死去了，身后留下一个新婚不久的妻子和几束残稿，连埋葬的费用都是他几个好友资助的，而他创作的《红楼梦》，却在他死后三十年，排印问世，风靡全国。贾宝玉就是曹雪芹的艺术化身。

（二）《红楼梦》赏析

《红楼梦》达到了古代小说艺术思维的新高度。作者深刻全面地描写了一个贵族大家庭的没落。作为以家庭为核心的小说，《红楼梦》较此前的同类小说（如《金瓶梅》等）有极大的发展。作者通过“冷子兴演说荣国府”，揭示了贵族大家庭没落的原因与表现，其中最严重的是“一代不如一代”的问题。无论是贾政、贾赦、贾敬等人的昏聩，还是贾珍、贾琏以及贾蓉等人的荒淫，或是贾宝玉的率性而为，这个家庭的男性成员都不能承担起“于荣时筹划下将来衰时的世业”（秦可卿语）。而在“富而好礼”的掩饰下，家庭成员内部尖锐而复杂的矛盾，又昭示出大族人家“必须先从家里自杀自灭起来，才能一败涂地”的哲理。正是在这样的背景下，作者以强烈的同情心，描写了宝、黛、钗三人的爱情、婚姻悲剧。宝玉鄙弃世俗与传统观念，不愿秉承父辈旨意，走求取功名之路，这使得他从心底里亲近与功名无缘的女性，特别是与志趣相投的黛玉建立了深厚的感情。但这一脱离当时社会现实的感情追求，难以有美满的结局。相比之下，宝钗的世俗更多地赢得了家长们的认同。后四十回描写了黛玉的早逝、宝玉的出家和宝钗的独守空房，完成了宝、黛、钗的悲剧命运。不过，从曹雪芹的立意来说，“白茫茫大地一片真干净”是一种对现实更为彻底的否定。

《红楼梦》是中国古代小说艺术的高峰，主要表现在以下几个方面：一是大旨写情，揭示人物内心世界；二是真实而内涵丰富的细节描写；三是整体结构的严密精巧与情节安排的灵活多样；四是高超的语言艺术；五是浓郁的抒情意味。

（三）《红楼梦》的影响与伟大之处

《红楼梦》在中国文学史上具有崇高的地位和深远的影响。

《红楼梦》刊行后，相继出现了一大批续书，如逍遥子的《后红楼梦》、秦子忱的《续红楼梦》、陈少海的《红楼复梦》、海圃主人的《续红楼梦》、归锄子的《红楼梦补》、临鹤山人的《红楼圆梦》等，约三十多种。这些续书的大量涌现，充分说明《红楼梦》本身的巨大成就和艺术魅力。

《红楼梦》备受欢迎，陆续被搬上舞台。据不完全统计，在清代以《红楼梦》为题材的传奇、杂剧有近二十多种。到了近代，花部戏勃兴，在京剧和各个地方剧种、曲种中出现了数以百计的红楼梦戏。其中梅兰芳的《黛玉葬花》、荀慧生的《红楼二尤》等，经过杰出艺术家的再创作，均成为戏曲节目中的精品，经久不衰。近年来，《红楼梦》的电影、电视剧更把它带入千家万户，风靡整个华人世界。

鲁迅继承和发扬了《红楼梦》的现实主义精神，深刻地写出了平凡人物的悲剧；郁达夫、庐隐等人把《红楼梦》作为自传体小说，在他们的小说创作中带有浓厚的自叙传的色彩；《红楼梦》里提出的爱情婚姻问题，成为作家创作的热点。当代，《红楼梦》仍然是永远读不完、永远值得读的书，成为中国作家创造高水平的作品时不可多得的借鉴品。

《红楼梦》问世后，引起了人们对它评论和研究的兴趣，并形成一种专门的学问——红学。据李放《八旗画录注》："光绪初，京朝士大夫尤喜读之（指《红楼梦》），自相矜为红学云。"如果说，当时那还是句戏语，其后近百年来，《红楼梦》的评论、研究日益发展、兴盛，确实成了一种专门的学问。从早期的评点、索引，到 20 世纪前期的"新红学"，再到 20 世纪 50 年代后的文学批评，论著之多足以成立一所专门的图书馆。《红楼梦》的作者问题、文本的思想内涵、人物形象、艺术特征等方面的问题，都得到了日益深细的探讨、解析，近二十年间更呈现出生机勃勃、欣欣向荣的景象。

《红楼梦》这部伟大作品是属于中国的，也是属于世界的。它不仅在国内已有数以百万计的发行量，有藏、蒙、维吾尔、哈萨克、朝鲜多种文字的译本，成为家喻户晓的名著；而且在国外传播中已有英、法、俄等十几种语种的择译本、节译本和全译本，并且也有不少国外学者对它进行研究，写出了不少论著，《红楼梦》正日益成为世界人民共同的精神财富。

《红楼梦》更是一部百科全书，它极高的艺术价值还在于它浸透并散发着浓郁的中国传统文化的底蕴。比如它涉及诗词歌赋、绘画、音乐、雕刻、建筑等艺术领域，且将服饰、膳食、酒令，灯谜等民俗文化加以融入与点缀。这些艺术、民俗在文中的运用，不仅可以增强细节的真实性，还使文章富于生命力并充满诗情画意。

[作业]

同学们自行分组，每组不少于 3 名同学，不多于 15 名同学。有观点说：《红楼梦》诞生后，续写的人很多，但是仿照写作的人却不多。请同学们对《红楼梦》的仿照之作进行梳理，并就"仿照写作的人不多"的观点给出自己的意见。每个小组需要上交一篇 3 000 字以内的论文，并在课堂上选派代表进行 15 分钟的陈述，并接受 15 分钟的提问或互动。

Chapter 3
第三章 清戏曲与讲唱文学

第一节 清初戏曲与《长生殿》《桃花扇》

一、清初戏曲

由于文学本身的演变、社会的发展和市民阶层的变化等原因，元明以来，新兴的戏曲、小说在文学史上的地位，逐渐超过了当时的诗歌和散文。清代文学，也还继续着这种趋势，戏曲、小说的成就比较突出。继元杂剧、明传奇之后，清代戏曲在戏曲发展史上又有了新的特点，戏曲体制更加完善，文人化的倾向也有所加强。

与此同时，戏曲在民间也孕育着新的变化，形成了以京剧为代表的各种地方戏。戏曲发展到清中叶经历了一个重要的转折：自明中叶以来占主导地位的昆曲，至此开始为更富于生活气息的地方戏所取代。昆曲被称为“雅部”，其他地方戏被称为“花部”。地方戏与昆曲的争胜过程则被人描述为花、雅之争。京剧的形成是戏曲史上的又一里程碑，但昆曲并没有完全退出舞台，许多地方戏的剧目也可以在昆曲中找到他们的祖本。清代戏剧作家的作品数量都十分可观。杂剧数量 1 300 种左右，传奇数量约在 1 100 种左右。杂剧数量虽多于传奇，但清代戏剧的成就主要体现在传奇方面，其中又以清初传奇为重头戏。

清初传奇创作主要有三种流派：以李玉为首的苏州派，其身份和作品都具有较强的市民色彩；以吴伟业、尤侗为代表的文人派，其作品有较强的案头化倾向；以李渔为代表的形式派，他们讲究戏剧的娱乐功能和形式技巧。在此三派之后，代表清代戏剧最高成就的是被称为“南洪北孔”的历史剧作家洪昇和孔尚任，两人的代表作分别为《长生殿》和《桃花扇》。

清初以后，戏剧创作的质量急转直下，乾隆时期的杂剧传奇多平庸之作，只有蒋士铨的传奇和杨潮观的杂剧有较高的价值。李渔还就明代传奇的得失，总结出一套系统的编剧和表演的理论，在《闲情偶寄》一书的“词曲部”和“演习部”进行了详细的阐述。

前面说过，康熙剧坛上最成功、最有影响的作品是洪昇的《长生殿》和孔尚任的《桃花扇》。两剧的作者都以其剧作肇祸，一个革除了监生资格，一个罢了官，但两部戏剧不仅大受欢迎，也受到文人的肯定与赞赏，“纵使元人多院本，勾栏争唱孔洪词”。

二、《长生殿》

《长生殿》，昆曲经典剧目，后亦为京剧传统剧目。清初洪昇创作，共二卷，五十出，历经十余年始成。它取材自唐代诗人白居易的长诗《长恨歌》和元代剧作家白朴的剧作《梧桐雨》，讲的是唐玄宗和贵妃杨玉环之间的爱情故事，但作者在原来题材上有所发挥，呈现出两个重要的特征：一是极大地增加了当时的社会和政治方面的内容；二是改造和充实了爱情故事。

（一）剧情

唐明皇继位以来，励精图治，国势强盛，但他却从此寄情声色，下旨选美。因发现宫女杨玉环才貌出众，于是册封为贵妃，两人对天盟誓，并以金钗钿盒为定情之物。杨玉环自册封为贵妃，荣耀及于一门，其兄弟姊妹俱有封赏。

这年春日，唐明皇与杨贵妃游幸曲江，秦、虢、韩三国夫人随驾，唐明皇因爱虢国夫人不施铅华的淡雅之美，特命她到望春宫陪宴并留宿。杨贵妃知悉后，醋性大发，言语间触怒了明皇，明皇一怒之下，命高力士将她送归相府。此后，唐明皇坐立不安，后悔不已。高力士将此情景报与贵妃。杨贵妃遂剪下一缕青丝，托他献给明皇，明皇见发思情，命高力士连夜迎接回宫，两人和好如初。

失机边将安禄山按律当斩，却因贿赂杨国忠，不但免于一死，反而升了官，从此骄横于朝廷，唐明皇失策竟将他调任范阳节度使。安禄山一到范阳（今北京），招兵买马，妄图进兵中原，夺取天下。而此时，唐明皇还沉湎在声色之中。杨贵妃新舞《霓裳羽衣曲》压倒了梅妃的《惊鸿舞》。自此，三千宠爱集于一身。唐明皇为她，不惜劳民伤财，从海南运来荔枝；安禄山反叛，唐军节节败退。唐明皇奔逃蜀中避难，在马嵬坡，军士哗变，杀杨国忠，更逼杨妃。唐明皇无奈，被迫赐杨妃自尽。自此他心灰意冷，传位于太子，自己当了太上皇。后大将郭子仪奉旨征讨，大败安禄山，收复长安。唐明皇以太上皇身份自蜀中归来，仍是日夜思念杨妃。有一天做了一场噩梦后，访得异人为杨玉环招魂。临邛道士杨通幽奉旨作法，找到杨玉环幽魂。八月十五夜，杨通幽引太上皇魂魄来到月宫与杨玉环相会。玉帝传旨，让二人居忉利天宫，永为夫妇。

（二）作者生平

洪昇（1645 年—1704 年），字昉思，号稗畦，又号稗村、南屏樵者。汉族，钱塘（今浙江杭州）人。是中国清代卓越的戏曲大家，与《桃花扇》作者孔尚任并称“南洪北孔”。洪昇生于世宦之家，康熙七年（1668 年）于北京国子监肄业，二十年均科举不第，白衣终身。

其代表作《长生殿》历经十年，三易其稿，于康熙二十七年（1688 年）问世后引起社会轰动。次年因在孝懿皇后忌日演出《长生殿》，洪昇被劾下狱且革去国子监监生之功名，其诸多好友亦受牵连。后人有“可怜一曲《长生殿》，断送功名到白头”之叹。

洪昇晚年归钱塘，生活穷困潦倒。康熙四十三年（1704 年），江宁织造曹寅在南京排演全本《长生殿》，洪昇应邀前去观赏，事后在返回杭州途中，于乌镇酒醉后失足落水而死。他一生著有诗集《稗畦集》《稗畦续集》《啸月楼集》，杂剧有《四婵娟》，传奇除《长生殿》外，还有《回文锦》《回龙记》等。现戏曲仅存《长生殿》和《四婵娟》两种。

三、《桃花扇》

（一）艺术成就

《桃花扇》是一部表现亡国之痛的历史剧。作者将明末侯方域与秦淮名妓李香君的悲欢离合同南明弘光朝的兴亡有机地结合在一起，塑造了一系列栩栩如生的人物形象，悲剧的结局突破了才子佳人大团圆的传统模式，男女之情与兴亡之感都得到哲理性的升华。

明代末年，曾经是明朝改革派的“东林党人”侯方域逃难到南京，重新组织“复社”，和曾经专权的太监魏忠贤余党、已被罢官的阮大铖斗争。之后他结识了秦淮名妓李香君，并与其“梳栊”（和妓女非正式结婚）。阮大铖托人匿名赠送丰厚妆奁以拉拢侯方域，被李香君知晓坚决退回，阮大铖怀恨在心。弘光皇帝即位后，起用阮大铖，他趁机陷害侯方域，迫使其投奔史可法，并强将李香君许配他人，李香君坚决不从……南明灭亡后，李香君入山出家。扬州陷落后侯方域逃回寻找李香君，最后也出家学道。

全剧穿插当时的历史事件，如南明君臣如何花天酒地，四镇带兵打内战，史可法坚守扬州城破投河自尽等。《桃花扇》是一部伟大的现实主义历史剧。剧作的主题正如孔尚任自己所说的，是“借离合之情，写兴亡之感”。作品通过侯方域与李香君悲欢离合的爱情故事，反映了明末动荡的社会现实及统治阶级内部的派系斗争，从而揭示了南明覆灭的根本原因。作者从沉痛的故国哀思出发，无情地揭露了统治阶级丑恶的本质，严厉地谴责了他们祸国殃民的罪行。同时，全剧以激昂的爱国热情歌颂了民族英雄和热爱祖国的下层人民。

作品展现了明末广阔的社会图景：朝政黑暗，统治阶级内部派系斗争尖锐，不可调和的阶级矛盾导致农民起义爆发，明朝垮台，清兵入关，马士英、阮大铖等勾结四镇拥立福王，建立了南明王朝。但福王不思收复失地，反而贪恋声色。马士英、阮大铖以迎立有功，操纵朝政，狼狈为奸，卑鄙地宣称：“幸遇国家多故，正我辈得意之秋”，排挤忠良。一些武将“没有阵上逞威风，早已窝里相争斗”，整个王朝君是昏君，臣是佞臣。剧作以具体的艺术形象揭露了南明统治集团的荒淫无耻和日益走向腐朽的丑恶本质。

与此相反，作者以无限崇敬与沉痛的心情，塑造了史可法这个不朽的形象。他在被马士英、阮大铖排挤，四镇将领不听调动这一万分困难的条件下，仍然坚持抗敌，死守孤城，最后怀着满腔悲愤以身殉国。《桃花扇》的伟大成就，还表现在热情地歌颂了下层人民的忠心坚贞和爱国主义精神，塑造了为封建统治阶级所鄙视的歌妓、艺人的优美形象。

（二）作者生平

孔尚任（1648—1718年），字聘之，又字季重，号东塘（《随园诗话》所载为东堂），别号岸堂，自称云亭山人。山东曲阜人，孔子六十四代孙，清初诗人、戏曲作家，继承了儒家的思想传统与学术，自幼即留意礼、乐、兵、农等学问，还考证过乐律，为以后的戏曲创作打下了音乐知识基础。

20 岁前后，孔尚任考取县府学生员。后来参加岁考，没有录取。但孔尚任并没有放弃做官的念头，他典卖了家中田地，捐资纳了一个“例监”（国子生）。31 岁，他于县北石门山，读书著述，谈古论今。在少年时代和读书石门山时期，孔尚任已对南明兴亡生产生兴趣。这期间，他曾从亲友处收集轶闻，又从诸家记载中撷取史实，准备写一部反映南明兴亡的传奇。这就是《桃花扇》创作的酝酿时期。

1684 年康熙南巡北归，特至曲阜祭孔，三十七岁的孔尚任在御前讲经，颇得康熙的赏识，破格授为国子监博士，赴京就任。三十九岁，奉命赴江南治水，历时四载。这个时期，他的足迹几乎踏遍南明故地，又与一大批有民族气节的明代遗民结为知交，接受他们的爱国思想，加深了对南明兴亡历史的认识。他积极收集素材，丰富了创作《桃花扇》的素材。

康熙二十九年（1690 年），孔尚任回京，开始了十年京官生涯。前五年，他仍做国子监博士，三十四年（1695 年）秋升为户部主事，奉命在宝泉局监铸钱币。三十九年（1700 年）三月，为户部广东司员外郎，并写成了《桃花扇》。一时洛阳纸贵，不仅在北京频繁演出，“岁无虚日”，而且流传到偏远的地方，连“万山中，阻绝入境”的楚地容美（今湖北鹤峰县），也有演出（《桃花扇本末》）。

次年三月，孔尚任被免职，同月即罢官。罢官后，孔尚任在京赋闲两年多，接着回乡隐居。康熙五十七年（1718 年）这位享有盛誉的一代戏曲家，就在曲阜石门家中与世长辞，享年七十岁。他的作品还有和顾采合著的《小忽雷》传奇及诗文集《湖海集》《岸堂文集》《长留集》等。

第二节　清中叶戏曲与讲唱文学

一、清中叶的戏曲

兴盛于明代的传奇发展至清中叶，出现了成就较大的传奇作家蒋士铨，而这一时期黄图珌的《雷峰塔传奇》也是一部广受欢迎的神话传说剧，但之后传奇就走向衰微。清康熙末叶，各地的地方戏蓬勃兴起，被称为花部，进入乾隆年代开始与称为雅部的昆剧争胜。至乾隆末叶，花部压倒雅部，占据了舞台统治地位，直至道光末叶。这 150 多年就是清代地方戏的时代。鸦片战争之后，到 1919 年的戏曲称近代戏曲，内容包括同治、光绪年间形成的京剧以及 20 世纪初出现的一段戏曲改良运动。

（一）“花”“雅”之争

“花部”：指清乾隆年间昆山腔以外的各种地方戏曲剧种。明中叶到清初昆曲以唱腔优美和剧目丰富，在剧坛占绝对优势。康熙末至乾隆朝，地方戏蓬勃发展，地方戏曲如梆子腔、二簧腔、秦腔、楚腔、吹腔、弦索腔大都风格粗犷、语言通俗、形式活泼，北京、扬州等地的士大夫把它们蔑称为“花部”或“乱弹”。后来昆曲衰落，地方剧种遍地开花，花、雅之争告停。（与“花部”对立的地方戏曲是“雅部”：即昆山腔，是清乾隆年间北京、扬州等地士大夫对昆腔的称呼。）

（二）京剧

乾隆末期四大徽班进北京后，于嘉庆、道光年间同来自湖北的汉调艺人合作，互相影响，逐渐接受了昆曲、秦腔的部分剧目、曲调和表演方法，并吸收了一些民间曲调，逐渐融合发展而成京剧。京剧是在清代地方戏高度繁荣的基础上产生的。著名艺人高朗亭、米喜子等为其早期发展做出了贡献。道光以后，又经过以程长庚、余三胜、张二奎为代表的徽、汉、京三派皮黄艺人的共同努力，使二黄、西皮两种声腔在艺术上得到提高，并与北京方言相结合，成为既以皮黄声腔为主体，又脱离对徽、汉二调的依附，在音乐唱腔、表演艺术方面都具有自己特定风格的独立剧种。

同治、光绪年间，出现了名列“同光十三绝”中而擅一时盛誉的第一代京剧表演艺术家，和以谭鑫培、汪桂芬、孙菊仙为代表的不同艺术流派的宗师，他们标志着京剧艺术的成熟与兴盛。不久，又形成了京剧向全国流布的局面，特别是在上海、天津等地得到迅速发展，成为具有广泛影响的剧种，将中国戏曲艺术推进到了一个新的高度。

二、讲唱文学的盛行

（一）鼓词

鼓词是一种以鼓击节，兼有说、唱的叙述性文字，由变文、陶真和词话发展而来，主要流传于北方各省。鼓词的内容主要有两大类：一是表现前代英雄豪杰的事迹，如《呼家将》《杨家将》《三国志》《忠义水浒传》等；二是讲才子佳人的爱情婚姻故事，如《绣鞋记》《蝴蝶杯》等。前者篇幅较长，后者篇幅较短。

子弟书是鼓词的支流，它流行于八旗子弟之间。子弟书内容大抵分两类：一是对清代现实生活的反映，如《逛护国寺》《烟花叹》等；二是对文学名著或民间故事的改编，如《黛玉悲叹》《草桥惊梦》《孟姜女寻夫》等。子弟书只唱不说，在音律、辞藻方面比较讲究。

（二）弹词

弹词是以琵琶为主要伴奏乐器的说唱文学，由变文发展演变而来。弹词与鼓词就其性质和基本格局而论，是相同的。只不过鼓词纯属叙述体，而弹词则包含着一定代言体的成分，即讲唱者有时可以“生白”“生唱”等形式进入角色代言。弹词的作者与弹唱者、观赏者多是女性，因此弹词被称为“妇女的文学”（郑振铎《中国俗文学史》）。弹词中较为著名的如陶贞怀的《天雨花》，政治色彩很浓，反映了明末东林党人与阉党的斗争。有人把它与《红楼梦》相提并论，称之为“南花北梦”。

Chapter 4
第四章 西风烈——近代篇

清代文学的主要成就出现在前期和中期。在这一历史阶段中，中国古代曾经出现的各种文学样式都出现了回归，出现了一些优秀的作品，这是其他时代所没有的特点。

因此，可以说清代文学是中国古典文学的总结。另外，清代文人普遍地推崇学术文化修养，爱好精细雅致之美，这对于各类文学创作均有不等的影响。就是在作为通俗文学样式的长篇小说《红楼梦》中，也可以看出作者的学养和文笔的精致。这也是以前的文学中比较少见的。

1840 年鸦片战争以后，是所谓的“近代文学”时期开启了，到 1919 年五四运动为止可以分为三个时期。一是启蒙时期。鸦片战争，清朝战败，国门被强行打开，中国的经济状况和社会生活方式都发生了巨大的变化。西方工业国家的产品凭借军事强权的支持和自身的竞争力，从沿海深入内地，无情地撕裂着中国的经济、社会与文化。在这一环境下出现了睁开眼睛看世界的知识分子，代表作家是龚自珍与魏源。

二是改良运动时期。受到经济与文化的刺激，中国的官办工商业和民间工商业也日渐兴旺，城市出现畸形的繁荣。文学进入全面繁荣时期，代表作家有黄遵宪、梁启超、李伯元等，相继有“诗界革命”“文体革命”和“小说界革命”出现。

三是爱国民主革命时期。在各个通商口岸的外国租界扮演了重要角色，作为半殖民地中国的怪胎，它是外国资本吸取中国血汗的渠道，又是中国了解世界、吸纳西方文明的窗口，它是藏污纳垢之地，又是革命的温床，提供了各种新文化、新事物得以生长的土壤。清末文化的众多现象，均与租界有关。举最简单的例子来说，中国众多的新式报刊，差不多全是以租界为基地的。这一时期的代表作家有章炳麟、秋瑾、柳亚子、曾朴等。这一时期“南社”出现、话剧产生。

第一节 清后期的诗、文

鸦片战争作为中国第一次反抗西方侵略失败的耻辱纪录，既暴露了清政权的腐败无能，也宣告了中国所面临的深重危机，它在人们心中引起了极大的震动。这一时期留下了众多揭露时弊和抒发忧国之情的诗篇。

因虎门销烟而名垂史册的林则徐（1785 年—1850 年）并不以诗著称，但由于他的地位与经历的关系，他的诗作对了解鸦片战争前后的形势有重要的价值。他谪戍伊犁时所作的《赴戍登程口占示家人》《出嘉峪关感赋》等，表达了忧念时事、以身许国的热情。前一首中“苟利国家生死以，岂因祸福避趋之”是他常吟诵的句子，从中可以感受到一个正直的政治家的心迹。

此外，鸦片战争前后，魏源和姚燮是较有影响的作家。龚自珍的诗文更具有代表性。

一、龚自珍

龚自珍（1792 年—1841 年），号定庵，汉族，仁和（今浙江杭州）人。晚年居住昆山羽琌山馆，又号羽琌山民，清代思想家、诗人、文学家和改良主义的先驱者。

龚自珍曾任内阁中书、宗人府主事和礼部主事等官职，主张革除弊政，抵制外国侵略，曾全力支持林则徐禁除鸦片。48 岁辞官南归，次年卒于江苏丹阳云阳书院。他的诗文主张“更法”“改图”，揭露清统治者的腐朽，洋溢着爱国热情，被柳亚子誉为“三百年来第一流”。著有《定庵文集》，留存文章 300 余篇，诗词近 800 首，今人辑为《龚自珍全集》。著名诗作《己亥杂诗》共 350 首，多为咏怀和讽喻之作。

龚自珍生活的时代虽然距近代社会的大变动还有一段时间，但他无疑已经敏锐地感受到了社会变革的即将到来，或者说，他通过自己对社会弊端的观察与思考，最早以文学的形式呼唤改革的到来。《己亥杂诗》是龚自珍以七言绝句形式写的大型组诗。这组诗有强烈的现实感。

己亥杂诗（其二百二十）

九州生气恃风雷，
万马齐喑究可哀！
我劝天公重抖擞，
不拘一格降人才。

龚自珍深知高压专制会把人们变成浑浑噩噩的庸才，全无生气，国家在这样的状态下将日薄西山。而国家的前途与希望在于人才蔚起，以强有力的变革使社会重获生机，因此，他的散文与诗一样，紧紧围绕现实政治这个中心，或批判，或感慨，一展新诗坛面貌。

二、魏源

魏源（1794 年—1857 年），清代启蒙思想家、政治家、文学家，近代中国“睁眼看世界”的先行者之一。名远达，字默深，又字墨生、汉士，号良图，汉族，湖南邵阳隆回人，道光二年举人，二十五年始成进士，官高邮知州，晚年弃官归隐，潜心佛学，法名承贯。魏源认为论学应以“经世致用”为宗旨，提出“变古愈尽，便民愈甚”的变法主张，倡导学习西方先进科学技术，总结出“师夷之长技以制夷”的新思想。

魏源作为坚决反对外国侵略的爱国学者，积极要求清政府进行改革，强调：“天下无数百年不弊之法，无穷极不变之法，无不除弊而能兴利之法，无不易简而能变通之法。”他着重于经济领域的改革，在鸦片战争前后提出了一些改革水利、漕运、盐政的方案和措施，要求革除弊端以有利于“国计民生”，这些主张不仅在当时具有进步意义，对于后来的资产阶级变法维新运动也起了积极的推动作用。

《海国图志》是魏源受林则徐嘱托而编著的一部世界地理历史知识的综合性图书。它以林则徐主持编译的不足九万字的《四洲志》为基础，将当时搜集到的其他文献书刊资料和魏源自撰的很多篇论文进行扩编，初刻于道光二十二年，为五十卷。道光二十七年增补刊刻为六十卷。随后，又辑录徐继畬在道光二十八年所成的《瀛寰志略》及其他资料，补成一百卷，于咸丰二年刊行于世。

三、黄遵宪与诗界革命

近代后期由资产阶级文化思想更新带来的文学变革之一，是诗歌领域出现的“诗界革命”。鲜明提出“诗界革命”口号的是梁启超，而早已反映出诗歌变革趋向并获得创作成功，成为“诗界革命”旗帜的则是黄遵宪。1895 年甲午战争失败以后，改良派兴起，文化思想界发生了“旧学”与“新学”的对立，热心宣扬新学的夏曾右、梁启超等人，写诗时大量采用新名词、外来术语及典故，并在一定程度上突破了旧诗格律的束缚，他们的这类作品被称为“新诗”。1899 年梁启超正式提出“诗界革命”的口号，主张新诗要有新意境、新语句，而又以古人之风格出之。黄遵宪主张“我手写我口”，他的诗“吟到中华以外天”，大量抒写外国的奇异风物、重大历史事件和资本主义社会的物质文明，表达了改良主义的政治愿望。

黄遵宪（1848 年—1905 年）汉族，字公度，清朝诗人，外交家、政治家、教育家。黄遵宪出生于广东，1876 年中举人，历任师日参赞、旧金山总领事、驻英参赞、新加坡总领事，戊戌变法期间署湖南按察使，助巡抚陈宝箴推行新政。他喜以新事物熔铸入诗，有“诗界革新导师”之称。黄遵宪的作品有《人境庐诗草》《日本国志》《日本杂事诗》等，被誉为“近代中国走向世界第一人”。

赠梁任父同年

寸寸河山寸寸金，
侉离分割力谁任？
杜鹃再拜忧天泪，
精卫无穷填海心。

这首诗是 1896 年黄遵宪邀请梁启超到上海办《时务报》时写给他的一首七言绝句。诗中表现了作者为国献身、变法图存的坚强决心和对梁启超的热切希望。

己亥杂诗（第四十七首）

滔滔海水日趋东，
万法从新要大同。
后二十年言定验，
手书心史井函中。

这首诗体现了作者坚信变旧趋新的历史潮流不可逆。

第二节　文化下移与文体革命

春秋战国时期有一次文化下移，从贵族的世袭官学下移到下层实际执事的士手中，这才有了孔子兴办私塾、倡导有教无类的可能。近代，由于启蒙思想的引入，资产阶级旧民主主义革命的兴起，需要对广泛的民众进行思想文化的启蒙，使文化扩散到更大的范围、更广的阶层，新文体就成为必然的选择。另外，白话文的流行，翻译文学的兴盛，近代报刊与印刷业的发达，文人作家为稿酬而创作的状况，都让文化下移成为潮流，而文学也从客观上完成了其社会属性的延展，成为人人可以消费的精神产品。

一、新文体

戊戌变法前后，改良派很重视利用报刊做宣传工具，其中影响较大的有康有为主办的《中外纪闻》，梁启超主办的《强学报》《时务报》《新民丛报》等。这些报刊大力宣扬变法维新的主张，介绍西方政治文化思想，并对时局发表评论，文章的体裁和风格也发生了明显的变化，这就是所谓的“新文体”。因为“新文体”以梁启超等人的文章为代表，所以又被称为“新民体”。

梁启超（1873 年—1929 年），字卓如，一字任甫，号任公，又号饮冰室主人，清朝光绪年间举人，中国近代思想家、政治家、教育家、史学家、文学家；戊戌变法（百日维新）领袖之一、中国近代维新派、新法家代表人物。幼年时他从师学习，八岁学为文，九岁能缀千言，十七岁中举。后师从康有为，成为资产阶级改良派的宣传家。维新变法前，与康有为一起联合各省举人发动“公车上书”运动，先后领导北京和上海的强学会，又与黄遵宪一起办《时务报》，任长沙时务学堂的主讲，并著《变法通议》，为变法作宣传。

戊戌变法失败后，他与康有为一起流亡日本，政治思想上逐渐走向保守，但仍是近代文学革命运动的理论倡导者。逃亡日本后，梁启超在《饮冰室合集》《夏威夷游记》中继续推广“诗界革命”，批判了以往那种诗中运用新名词以表新意的做法。他在海外期间仍积极推动君主立宪。辛亥革命之后一度入袁世凯政府，担任司法总长，之后对袁世凯称帝、张勋复辟等严词抨击，并加入段祺瑞政府。他倡导新文化运动，支持五四运动。其著作合编为《饮冰室合集》。

梁启超是改良派的领袖之一，大约从 1895 年之后的十年间，他写了《变法通议》《少年中国说》《说希望》《新民说》等一大批很有影响的散文。如《少年中国说》全文充满积极进取的精神，展望祖国繁荣富强的美景，古今中外，纵横议论，思路流畅，半文半白，极富有感染力。

二、小说观念的转变

近代小说大致可以分为两个阶段，从鸦片战争到甲午战争（1840 年—1894 年）为第一个阶段。这时出现的一些流传较广的作品如《儿女英雄传》《荡寇志》《三侠五义》等，基本上还是受此前小说的流波余韵影响。

《儿女英雄传》作者为文康。这部小说描写安骥与侠女十三妹的故事，最大的特点是将才子佳人小说与英雄传奇结合，认为“有了英雄至性，才成就得儿女心肠；有了儿女真情，才作得出英雄事业”。这部小说在艺术上有一定的成就，结构紧凑，情节生动。其中塑造的十三妹形象，在民间有一定的影响。语言也比较流畅，但说教太多。

《荡寇志》共七十回，俞万春著，描写张叔夜、陈希真、云天彪等擒杀《水浒传》中的梁山英雄，以表达对梁山英雄的痛恨。小说在艺术上有一定成就，但思想倾向却是不足取的。

《三侠五义》，原名《忠烈侠义传》，一百二十回，石玉昆著。小说可分为两大部分：前七十回主要写侠客义士协助清官包公断案，惩办豪强；后五十回主要写侠客义士协助清官颜查散清除马朝贤、马强及襄阳王等邪恶势力的故事。小说在思想上有一定的积极意义，风格上明快生动。

与此同时，受到文体下移的影响，这一阶段的小说创作者来自三教九流，他们关注的视野也扩展到整个社会，而且由于很多作品可以刊载售卖，创作小说成为收入来源。于是，迎合读者的趣味成为许多作者的选择，呈现出一些与传统疏离、嬗变的征兆，也出现了新变化，这一阶段的小说被称为人情世态小说，如《海上花列传》；狭邪小说如《花月痕》《品花宝鉴》等，它们在题材上虽接近，都关注大都市五光十色的生活对传统道德观念与生活方式的冲击，但内涵上却不尽相同。这也就是近代小说的第二阶段。

陈森的《品花宝鉴》，围绕京都狎优风气，以酣恣的笔墨描写出嘉、道之际京华紫陌红尘中的众生相。从富贵豪门、筝琶曲苑到茶楼酒肆、下等妓寮，无不收摄笔下，不啻一幅带有浓郁京华气韵的都市风情长卷。小说以较多篇幅记述了一代伶人血泪斑斑的人生遭遇。清代严禁官吏狎娼，达官名士为避禁令，每招优伶侑觞宴乐，呼曰“相公”，流品一如妓女。就创作意图而言，作者以为伶人自有邪正，狎客亦有雅俗，因此妍媸杂陈，以寓劝惩。小说以梅子玉与杜琴言的情缘为主干，写了10个“用情守礼之君子”和10个“洁身自好的优伶”，赞美他们柏拉图式的爱。京味语言是其特色，但写同性恋也有猎奇之嫌。

《花月痕》是清朝继《红楼梦》之后的又一部长篇言情小说，是我国第一部以妓女为主要人物的长篇小说，写韩荷生、韦痴珠与青楼女子杜采秋、刘秋痕的爱情故事。书中的韩荷生才兼文武，屡建奇功，终得封侯，杜采秋也受一品夫人封典；韦痴珠则怀才不遇，穷困潦倒，落得个一病身亡，刘秋痕也自缢殉情。作者通过这一穷一达两对人物的描写，表达了自己的不平和追求。其中关于韦、刘二人的描写，凄婉动人，颇具艺术感染力。

《海上花列传》是较有特色的一部。它描写了清末上海租界高级妓馆的妓女与狎客的生活，内容不可取，但艺术上有其特点，结构严密，人物也写得生动，叙述用普通话，对白用苏州话，叙述冷静而自然，对现代作家张爱玲等有明显的影响。

三、革命作家

（一）秋瑾

秋瑾（1875 年—1907 年），女，中国女权、女学思想的倡导者，近代民主革命志士。第一批为推翻清朝政权和数千年封建统治而牺牲的革命先驱，为辛亥革命做出了巨大贡献。她提倡女权女学，对妇女解放运动的发展起到了巨大的推动作用。1907 年 7 月 15 日凌晨，秋瑾从容就义于绍兴轩亭口，年仅 32 岁。

对　酒

不惜千金买宝刀，貂裘换酒也堪豪。
一腔热血勤珍重，洒去犹能化碧涛

黄海舟中日人索句并见日俄战争地图

万里乘风去复来，只身东海挟春雷。
忍看图画移颜色，肯使江山付劫灰。
浊酒不销忧国泪，救时应仗出群才。
拼将十万头颅血，须把乾坤力挽回。

（二）章炳麟

章太炎（1869 年—1936 年），浙江余杭人。原名学乘，字枚叔（以纪念汉代辞赋家枚乘），后易名为炳麟。因强烈反清，慕顾绛（顾炎武）的为人行事而改名为绛，号太炎。世人常称之为“太炎先生”。早年又号“膏兰室主人”“刘子骏私淑弟子”等，后自认“民国遗民”。清末民初民主革命家、思想家、著名学者，研究范围涉及小学、历史、哲学、政治等，著述甚丰。

光绪二十三年（1897 年）任《时务报》撰述，因参加维新运动被通缉，流亡日本。光绪二十九年（1903 年）因发表《驳康有为论革命书》并为邹容《革命军》作序，触怒清廷，被捕入狱。光绪三十年（1904 年）与蔡元培等合作，发起光复会。光绪三十二年（1906 年）出狱后，孙中山迎其至日本，参加同盟会，主编同盟会机关报《民报》，与改良派展开论战。宣统三年（1911 年）上海光复后回国，主编《大共和日报》，并任孙中山总统府枢密顾问。曾参加张謇统一党，散布“革命军兴，革命党消”言论。1913 年宋教仁被刺后参加讨袁，为袁禁锢，袁世凯死后被释放。1917 年脱离孙中山改组的国民党，在苏州设章氏国学讲习会，以讲学为业。1935 年在苏州主持章氏国学讲习会，主编《制言》杂志。晚年气愤于日本侵略中国，曾赞助抗日救亡运动。1936 年 6 月 14 日病逝。

鲁迅在 1936 年临终时回忆其师章太炎：“考其生平，以大勋章作扇坠，临总统府之门，大诟袁世凯包藏祸心者，并世无第二人；七被追捕，三入牢狱，而革命之志终不屈挠者，举世亦无第二人。这才是先哲的精神，后生的楷模。”汪炳评价他是一位“有革命业绩的学问家”。

（三）柳亚子与南社诗人

柳亚子（1887 年—1958 年），江苏省苏州市吴江区黎里镇人，出生于大胜村的港上港南中段，创办并主持南社。曾任孙中山总统府秘书，中国国民党中央监察委员、上海通志馆馆长。“四·一二”政变后被通缉，逃往日本。1928年回国，进行反蒋活动。抗日战争时期，与宋庆龄、何香凝等从事抗日民主活动，曾任中国国民党革命委员会中央常务委员兼监察委员会主席、三民主义同志联合会中央常务理事，中国民主同盟中央执行委员。1949年，出席中国人民政治协商会议第一届全体会议。新中国成立后，柳亚子曾历任中央人民政府委员、全国人大常委会委员。

南社是一个曾经在中国近现代史上产生过重要影响的资产阶级革命文化团体，1909成立于苏州，其发起人是柳亚子、高旭和陈去病等。南社活动中心在上海，社员总数1 180余人，1923年解体。南社受孙中山先生领导的同盟会影响，取“操南音，不忘本也”之意，支持资产阶级民主革命，提倡民族气节，反对清王朝的腐朽统治，为辛亥革命做了非常重要的舆论准备。

南社文学以诗歌为主，大体以辛亥革命为分界线。此前，主题多为批判清朝统治，倾诉爱国热情，呼唤民主，谴责专制，号召人们为祖国的独立富强而斗争，风格慷慨豪壮。此后，主题转为批判辛亥革命的不彻底，抒发理想破灭的悲哀，斥责袁世凯的称帝丑剧，风格愤郁低沉，有些甚至流为靡靡之音。南社的主要作家有柳亚子、陈去病、高旭、苏曼殊、马君武、宁调元、周实、吴梅、黄节等。

第三节 近代后期的小说与戏曲

一、谴责小说

从甲午战争到五四运动（1894年—1919年），是近代小说发展的第二个阶段。这一阶段，改良派兴起，他们抛弃了以往轻视小说的观点，从理论上高度评价小说的社会作用，提倡小说为改良主义政治运动服务。这些观点集中体现在梁启超的《译印政治小说序》《小说与群治之关系》等论文中。在这种舆论的引导下，出现了一大批所谓的“新小说”，其中较为突出的有李宝嘉的《官场现形记》、吴沃尧的《二十年目睹之怪现状》、刘鹗的《老残游记》、曾朴的《孽海花》等，这些小说尖锐地揭露了社会的黑暗，特别是官场的腐败，所以鲁迅称之为“谴责小说”，他认为这类小说“揭发伏藏，显其弊恶，而于时政，严加纠弹，或更补充，并及风俗。虽命意在于匡世，似与讽刺小说同伦，而辞气毕露，笔无藏锋，甚至过甚其词，以合时人嗜好，则其度量技术之相去亦远矣”。

李宝嘉（1867年—1906年），字伯元，主要作品有《官场现形记》《文明小史》《活地狱》等，《官场现形记》是其代表作。小说主要描写了形形色色的官僚，这些官僚的共同特点是“见钱眼开，视钱如命”，为了升官发财，他们残害人民、侵吞公款、卖官鬻爵、出卖灵魂。这本书描绘了一幅晚清官场百丑图，妖魔鬼怪一应俱全。作者敢于把当时官场的种种罪恶，通通展示在光天化日之下。在艺术表现形式上，受《儒林外史》的影响较大，全书结构也与《儒林外史》略同，由许多短篇故事连缀而成，每个短篇都有一定的独立性和完整性，描写手法上也普遍使用讽刺手法；但有些地方结构松散，对于人物的刻画流于浮光掠影。

《二十年目睹之怪现状》作者吴沃尧（1866 年—1910 年），字趼人。他一生中写了 30 余种小说，其中有《九命奇冤》《恨海》《痛史》等较著名的作品，代表作是《二十年目睹之怪现状》。这是一部带有自传性质的作品，通过“九死一生”（作者的化身）在二十年中耳闻目睹的无数怪现状，描绘了官场官僚、洋场才子、三教九流等各行各业里各种人物的各种丑态，与《官场现形记》仅局限于官场不同。它以“九死一生”的见闻为线索，前后贯穿，结构集中，在当时是一部有重要影响的作品。

《老残游记》的作者刘鹗（1857 年—1909 年），字铁云，丹徒（今江苏镇江）人。刘鹗知识广博，做过官，也是著名的实业家。小说以老残（实即作者）的见闻为线索，描写了晚清各种社会现象，尤其是对于所谓的“清官”进行了无情的揭露，认为他们实际上是酷吏。小说结构比较松散，但有些片段写得很成功。而且《老残游记》的语言清新流畅、富有韵味。鲁迅说它“叙景状物，时有可观”。作者写景的特点是自然、逼真，有鲜明的层次和色彩，可以当成优美的散文来读。

《孽海花》的作者曾朴（1872 年—1935 年），字孟朴，常熟（今属江苏）人。小说以金雯青和傅彩云的故事为线索，描写了晚清上层社会的各种人物。这部小说与其他小说的不同之处在于，书中的人物大多以现实人物为原型，金雯青与傅彩云实际上就是洪钧和赛金花。全书结构既受《儒林外史》的影响，又有所突破，表现方法上也有一定的创新。鲁迅说它“结构工巧，文采斐然”。

总之，清末的这些谴责小说均反映了清末官僚的腐败，表现了人们对清政府的厌恶。同时，文学题材空前扩大，各种新思想、新事物、新知识都进入文学领域，语言趋向通俗化，艺术形式自由多样。但也存在着小说形象不够典型、艺术粗糙等问题。清后期的小说中，翻译作品比创作的数量还要大。翻译小说的勃兴，既有助于当时的人们放开眼光看世界，了解异域的文化和完全不同的生活方式，也在多方面为中国的小说创作提供了借鉴。不过，当时的小说翻译，由于缺乏对外国文学的全面认识，还缺乏系统性，所介绍的作品，以娱乐性读物为多，真正的经典之作反而译得很少。

二、戏剧改良运动与话剧的诞生

（一）戏剧改良运动

戏剧改良运动发生于 20 世纪初期“五四”新文化运动前，与“诗界革命”“文体革命”“小说界革命”一样，都是近代文学改良运动的重要组成部分。戏剧改良运动推动传奇杂剧创作出现新的繁荣局面，作品数量多，题材广，且多关系时局大事。但是，这一时期的传奇杂剧创作大多载于报刊，也大都不适合上演，成为特定时期产生的一种报刊戏。

汪笑侬（1858 年—1918 年）是京剧改良的先驱。他忧国忧民，主张以戏剧激扬民心。他一生自编自演的戏很多，包括自己创作、从传奇等移植改编、整理加工京剧旧本而得等。其作品大多托古喻今，影射时政，表达了悲愤激昂的民众心声。如《哭祖庙》演三国蜀汉亡国事，魏军压境，后主刘禅一意求降，其子刘谌苦谏不从，提剑回宫，杀妻与子，哭祭祖庙，自刎而死。剧中说：“自盘古以来，江山只有争斗，哪有禅让之理?”以此鼓舞人们的斗争精神。《党人碑》以书生谢琼仙醉后怒毁党人碑的故事，哀悼戊戌六君子。

《博浪锥》写于袁世凯称帝之时，借张良谋刺秦始皇的故事，把矛头直指窃国大盗袁世凯。

汪笑侬最擅演悲剧，其唱腔苍老遒劲，“低回呜咽，慷慨淋漓，将有心人一种深情和盘托出”（《耕尘舍剧话》）。同时，他还积极参与了时装京剧的演出活动。他自编自演的《瓜种兰因》，演波兰与土耳其开战、兵败被各国瓜分的故事，借波兰亡国的惨痛历史以警醒国人，痛骂卖国政府。1908 年（光绪三十四年）爱国艺人潘月樵和夏月润、夏月珊兄弟创建上海“新舞台”，这是中国第一个采用新式舞台与布景上演新戏的重要场所，由此时装京剧开始大量涌现，京剧改良运动达到高潮，先后有《潘烈士投海》《玫瑰花》等剧目上演。此外，刘艺舟在汉口自编自演了《皇帝梦》（又名《新华宫》），讽刺洪宪称帝丑剧，梅兰芳在北京编演了《一缕麻》《邓霞姑》等剧目。

戏剧改良运动也在其他地方戏中展开。1905 年（光绪三十一年）周善培在成都倡议成立了“戏曲改良公会”，指导川剧改良工作。剧作家黄吉安（1836 年—1924 年）创作改编剧本多达百种，其中有的作品借古喻今，彰善瘅恶，有的作品广泛涉及生活陋俗，如戒鸦片的《断双枪》、戒缠足的《凌云步》、戒迷信的《邺水投巫》等。

1912 年西安成立的易俗社编演秦腔优秀剧目。河北成兆才在民间说唱莲花落的基础上，借鉴其他剧种，创造了评剧。他一生创作和整理改编了近百种评剧剧本，其代表作《珍珠衫》《花为媒》以及时事新剧《杨三姐告状》等都盛演不衰。

（二）话剧诞生

20 世纪初叶，戏剧改良运动勃然兴起，成为晚清文学革新运动的一个组成部分，并诞生了新的剧种——话剧。1902 年（光绪二十八年）梁启超在《新民丛报》创刊号上发表传奇《劫灰梦》，直抒国家兴亡感慨，成为戏剧改良之先声。他又陆续发表了传奇《新罗马》《侠情记》，“以中国戏演外国事”，引起强烈的社会反响。1904 年（光绪三十年）中国第一个戏剧杂志《二十世纪大舞台》问世，发起人陈去病、汪笑侬等标举“以改革恶俗，开通民智，提倡民族主义，唤起国家思想为唯一之目的”（《简章》），柳亚子所撰《发刊词》，高举“梨园革命军”大旗，呼吁“建独立之阁，撞自由之钟，以演光复旧物推倒虏朝之壮剧、快剧”，揭开了戏剧史上新的一页。

话剧是一种不同于中国传统戏曲的新型剧种。它不用歌唱，以对话和动作为主要表现手段，属于写实主义的戏剧类型。中国早期话剧的诞生当以春柳社的成立为标志。光绪三十二年（1906 年）年底，在日本东京的中国留学生曾孝谷、李叔同等组织了我国第一个戏剧团体——春柳社，当时正是日本新派剧人才辈出的时候，中国留学生深受其影响。次年春，在中国青年会举办的一次赈灾游艺会上，春柳同人演出了法国小仲马《茶花女》的第三幕。张庚认为：“这是真正由中国人用中国话所演出的第一个话剧”（《中国话剧运动史初稿》）。同年六月初，春柳社又在东京大戏院本乡座公演了由曾孝谷根据林译同名小说改编的《黑奴吁天录》。欧阳予倩认为这“可以看作中国话剧第一个创作剧本”。演出颇为轰动，收获了诸多好评。

1907 年（光绪三十三年），受春柳社的影响，王钟声在上海组织春阳社。该社于同年在兰心大戏院公演了《黑奴吁天录》。由于在艺术表现上新旧混杂，演出不是很成功。次年王钟声与任天知合作创办通鉴学校（培养戏剧人才的学校），于春仙茶园演出《迦茵小传》，话剧形态比较分明，张庚称之为“中国本土”上始见的“真正的话剧”（《中国话剧运动史初稿》）。1910年年底，到了辛亥革命高潮时期，任天知在上海组织进化团，次年到南京演出《血蓑衣》《安重根刺伊藤》《新茶花》等剧，标出“天知派新剧”的旗帜。上海光复后，进化团回到上海，在张园演出歌颂南京光复的《共和万岁》和劝募国民支援革命的《黄金赤血》，此时进化团达于鼎盛。1912年陆镜若在上海召集春柳社成员，组织新剧同志会，陆续参加的有欧阳予倩、吴我尊、马绛士、冯淑銮等人。他们辗转江浙两湖地区进行演出活动，于1914年回到上海，易名春柳剧场。演出剧目有《家庭恩仇记》《不如归》《猛回头》《社会钟》等八十余个。剧本不采用“言论派老生”的宣传方式和“幕外戏”的编剧手法，在剧坛独树一帜。春柳社在艺术方面整齐严肃的做法，对中国早期话剧的发展起了很好的作用。此后，“五四”文学革命时期罗家伦等翻译的易卜生的《娜拉》和胡适创作的《终身大事》等话剧剧本进入剧坛。

第四节　同时期的世界文学

一、英国

（一）丹尼尔·笛福

丹尼尔·笛福（1660年—1731年），英国作家。英国启蒙时期现实主义丰富小说的奠基人，被誉为欧洲的“小说之父”“英国小说之父”和“英国报纸之父”等。

其作品可读性强，代表作为《鲁滨孙漂流记》，书中乐观又勇敢的鲁滨孙通过努力，靠智慧和勇气战胜了困难，表现了当时追求冒险，倡导个人奋斗的社会风气。

（三）乔纳森·斯威夫特

《格列佛游记》是英国作家乔纳森·斯威夫特（又译为江奈生·斯威夫特）创作的一部长篇游记体讽刺小说，首次出版于1726年。

作品以里梅尔·格列佛（又译为莱缪尔·格列佛）船长的口吻叙述周游四国的经历。通过格列佛在利立浦特、布罗卜丁奈格、飞岛国、慧骃国的奇遇，反映了18世纪前半期英国统治阶级的腐败和罪恶。它还以较为完美的艺术形式表达了作者的思想观念，作者用了丰富的讽刺手法和虚构的幻想写出了荒诞而离奇的情节，深刻地反映了当时的英国议会中毫无意义的党派斗争，统治集团的昏庸腐朽和唯利是图，对殖民战争的残酷暴戾进行了揭露和批判，同时它还在一定程度上歌颂了殖民地人民反抗统治者的英勇斗争。

《格列佛游记》1726年在英国首次出版便受到读者追捧，一周之内售空。出版几个世纪以来，被翻译成几十种语言，在世界各国广为流传。在中国它也是最具影响力的外国文学作品之一，被列为语文新课程标准必读书目。根据其内容改编的电影分别于1977年、1996年、2010年被搬上大银幕。

（三）亨利·菲尔丁

亨利·菲尔丁（1707年—1754年），18世纪最杰出的英国小说家，戏剧家之一。18

世纪英国启蒙运动的最大代表人物之一，是英国第一个用完整的小说理论来从事创作的作家，被沃尔特·司各特称为“英国小说之父”。在《约瑟夫·安德鲁斯》《弃婴托姆·琼斯的故事》和《阿米莉亚》中，菲尔丁奠定了至19世纪末一直支配着英国小说界的全面反映当代社会的现实主义传统。他对文学的最大贡献是他创作的现实主义小说。亨利·菲尔丁和丹尼尔·笛福、塞缪尔·理查逊并称为英国现代小说的三大奠基人。

（四）乔治·戈登·拜伦

乔治·戈登·拜伦（1788年—1824年），是英国19世纪初期伟大的浪漫主义诗人，代表作品有《恰尔德·哈洛尔德游记》《唐璜》等，拜伦在他的诗歌里塑造了一批“拜伦式英雄”。他不仅是一位伟大的诗人，还是一个为理想战斗一生的勇士，他积极而勇敢地投身革命——参加了希腊民族解放运动，并成为领导人之一。

（五）珀西·比希·雪莱

珀西·比希·雪莱（1792年—1822年），英国著名作家、浪漫主义诗人，被认为是历史上最出色的英语诗人之一。他还是第一位社会主义诗人、小说家、哲学家、散文随笔和政论作家、改革家、柏拉图主义者和理想主义者，受空想社会主义思想影响颇深。

（六）约翰·济慈

约翰·济慈（1795年—1821年），出生于18世纪末的伦敦，杰出的英国诗人作家之一，浪漫派的主要成员。济慈才华横溢，与雪莱、拜伦齐名。他善于运用描写手法创作诗歌，将多种情感与自然完美结合，从生活中寻找创作的影子，他的诗篇能给人们带来身临其境的感受。

他去世时年仅25岁，可他遗下的诗篇誉满人间，他的诗被认为完美体现了西方浪漫主义诗歌特色，济慈被人们推崇为欧洲浪漫主义运动的杰出代表。

（七）威廉·梅克比斯·萨克雷

威廉·梅克比斯·萨克雷，英国作家。萨克雷是独生子，1811年7月18日出生在印度加尔各答。他父亲是英国人，任职于东印度公司。

萨克雷与狄更斯齐名，为维多利亚时代的代表小说家。其代表作品是世界名著《名利场》，还著有《班迪尼斯》等作品。

（八）查尔斯·狄更斯

查尔斯·狄更斯，全名查尔斯·约翰·赫法姆·狄更斯（1812年—1870年），英国作家。他的主要作品有《大卫·科波菲尔》《匹克威克外传》《雾都孤儿》《老古玩店》《艰难时世》《我们共同的朋友》《双城记》等。狄更斯特别注意描写生活在英国社会底层的“小人物”的生活遭遇，深刻地反映了当时英国复杂的社会现实，为英国批判现实主义文学的开拓和发展做出了卓越的贡献。他的作品对英国的文学发展起到了深远的影响。

（九）《简·爱》

《简·爱》是英国女作家夏洛蒂·勃朗特创作的长篇小说，是一部具有自传色彩的作品。

作品讲述了一位从小就变成孤儿的英国女子在各种磨难中不断追求自由与尊严，坚持自我，最终获得幸福的故事。小说引人入胜地展示了男女主人公曲折起伏的爱情经历，歌颂了摆脱一切旧习俗和偏见的精神，成功塑造了一个敢于反抗、敢于争取自由和平等地位的妇女形象。

（十）《呼啸山庄》

《呼啸山庄》是英国女作家艾米莉·勃朗特的作品，是 19 世纪英国文学的代表作之一。

小说描写了吉卜赛弃儿希斯克利夫被山庄老主人收养后，因受辱和恋爱不遂而逃离山庄，回来后对与其女友凯瑟琳结婚的地主林顿及其子女进行报复的故事。全篇充满强烈的反压迫、争幸福的斗争精神，又始终笼罩着离奇、紧张的浪漫气氛。此作品后被改编成电影。

二、法国

（一）让-雅克·卢梭

让-雅克·卢梭（1712 年—1778 年），法国 18 世纪伟大的启蒙思想家、哲学家、教育家、文学家，18 世纪法国大革命的思想先驱，杰出的民主政论家和浪漫主义文学流派的开创者，启蒙运动最卓越的代表人物之一。

主要著作有《论人类不平等的起源和基础》《社会契约论》《爱弥儿》《忏悔录》《新爱洛漪丝》《植物学通信》等。

（二）伏尔泰

伏尔泰（1694 年—1778 年），本名弗朗索瓦-马利·阿鲁埃（法文：François-MarieArou-et），伏尔泰是他的笔名，法国启蒙思想家、文学家、哲学家、著名学者、作家。

伏尔泰是十八世纪法国资产阶级启蒙运动的泰斗，被誉为“法兰西思想之王”“法兰西最优秀的诗人”“欧洲的良心”。他主张开明的君主政治，强调自由和平等。其代表作为《哲学通信》《形而上学论》《路易十四时代》《老实人》等。

（三）博马舍

博马舍（1732 年—1799 年），法国喜剧作家，法国最后一位著名的启蒙作家。他出生于一个钟表匠家庭，曾在王宫任职，受启蒙主义思想家狄德罗影响很深。22 岁发明了一种钟表擒纵机，后因专利问题发起诉讼，写了一系列辩论的文章，声名鹊起，一生经历复杂。1767 年发表第一个剧本《欧仁妮》，1773 年起先后发表四部《备忘录》，戳穿封建法庭的黑暗内幕。后有喜剧代表作《塞维尔的理发师》和《费加罗的婚礼》，这两出喜剧后来分别由罗西尼和莫扎特改编成著名的歌剧。1777 年他组建著作人协会，让剧作家能得到王室的酬劳。因过于富有，在法国大革命期间曾被短暂监禁，据说这次事件时常激发他写剧本的灵感。晚期的作品有写费加罗的第三部剧本《有罪的母亲》，但思想性和艺术性都不如前两部。

（四）乔治·桑

乔治·桑（1804 年—1876 年），法国著名小说家，是巴尔扎克时代最具风情、最另类的小说家之一。

她凭借发表的第一部长篇小说《安蒂亚娜》（1832年）而一举成名，她是一位多产作家，一生写了244部作品，包括100卷以上的文艺作品、20卷的回忆录《我的一生》以及大量书简和政论文章。雨果曾称颂她“在我们这个时代具有独一无二的地位。其他伟人都是男子，唯独她是伟大的女性”。

（五）夏多布里昂

夏多布里昂（1768年—1848年），法国十八至十九世纪的作家，政治家，外交家，法兰西学院院士。1768年9月4日生于法国布列塔尼伊勒-维莱讷省的圣马洛市，1848年7月4日卒于巴黎。拿破仑时期曾任驻罗马使馆秘书，波旁王朝复辟后成为贵族院议员，先后担任驻瑞典和德国的外交官，及驻英国大使，并于1823年出任外交大臣。著有小说《阿达拉》《勒内》《基督教真谛》和长篇自传《墓畔回忆录》等，是法国早期浪漫主义的代表作家。

（六）维克多·雨果

维克多·雨果（1802年—1885年），法国作家，19世纪前期积极浪漫主义文学的代表作家，人道主义的代表人物，法国文学史上卓越的资产阶级民主作家，被人们称为“法兰西的莎士比亚”。一生写过多部诗歌、小说、剧本、各种散文、文艺评论及政论文章，在法国及世界有着广泛的影响力。

雨果的创作历程超过60年，其作品包括26卷诗歌、20卷小说、12卷剧本、21卷哲理论著，合计79卷。其代表作有长篇小说《巴黎圣母院》《九三年》《悲惨世界》，短篇小说《“诺曼底”号遇难记》。

（七）缪塞

缪塞（1810年—1857年），一生只活到四十七岁，除了三个优秀的小剧本和几首诗外，其余的作品都是三十岁以前完成的。1833年与女作家乔治·桑的相恋是缪塞人生中的一个重大转折点。他一系列伟大的作品几乎都是他与乔治·桑爱情破裂后的产物。魔鬼和天使结合的化身、失恋带来的极致痛苦、沉闷压抑的社会背景、动荡不安的时代变迁，这一系列主、客观因素造就了缪塞痛苦的诗学理论，也使其成为现代最伟大的最具浪漫特质的法国诗人。1852年，缪塞被选为法兰西学院院士。

（八）亚历山大·大仲马

亚历山大·仲马（1802年—1870年），人称大仲马，法国19世纪浪漫主义作家。大仲马的各种著作达300卷之多，以小说和剧作为主。代表作有：《亨利第三及其宫廷》（剧本）、《基督山伯爵》（长篇小说）、《三个火枪手》（长篇小说）等。

大仲马信守共和政见，反对君主专政。先后参加了1830年“七月革命”、1848年推翻七月王朝革命、加里波第对那不勒斯王国的征战等活动。2002年，大仲马去世132年后，他的遗骸移入了法国先贤祠。

大仲马的小说大都以真实的历史作背景，情节曲折生动，往往出人意料，有历史惊险小说之称。结构清晰明朗，语言生动有力，对话灵活机智等构成了大仲马小说的特色。大仲马也因此被后人美誉为“通俗小说之王”。

（九）《红与黑》

《红与黑》是法国作家司汤达创作的长篇小说，也是其代表作。作品讲述了主人公于连的荒诞故事。于连是小业主的儿子，在当地市长家当家庭教师时与市长夫人勾搭成奸，事情败露后逃离市长家，进了神学院。经神学院院长举荐，他到巴黎给极端保王党中坚人物拉莫尔侯爵当私人秘书，很快得到侯爵的赏识和重用。与此同时，于连又与侯爵的女儿有了私情。最后在教会的策划下，市长夫人被逼写了一封告密信揭发他，使他的飞黄腾达毁于一旦。他在气愤之下，开枪击伤市长夫人，被判处死刑，上了断头台。

小说发表后，当时的社会流传“不读《红与黑》，就无法在政界混”的谚语，同时该书还被许多国家列为禁书。《红与黑》在心理深度的挖掘上远远超出了同时代作家的层次。它开创了后世“意识流小说”“心理小说”的先河。后来者竞相仿效这种“司汤达文体”，使小说创作“向内转”，发展到重心理刻画、重情绪抒发的现代形态。人们因此称司汤达为“现代小说之父”。《红与黑》发表100多年来，被译成多种文字并广为流传，还被多次改编为戏剧、电影。

（十）《人间喜剧》

《人间喜剧》是2009年世界图书出版公司出版的图书，作者是巴尔扎克。该书是他以毕生心血创作的，是一部由九十多部独立而又有所联系的小说组成的巨著。

《人间喜剧》被誉为“资本主义社会的百科全书”。但巴尔扎克却由于早期的债务和写作的艰辛，终因劳累过度于1850年8月18日与世长辞。

（十一）泰奥菲尔·戈蒂耶

泰奥菲尔·戈蒂耶（1811年—1872年），法国唯美主义诗人、散文家和小说家。早年习画，后转而从文，以创作实践自己“为艺术而艺术”的主张，他选取精美的景或物，以语言、韵律精雕细镂，创造出一种独特的情趣。《珐琅和雕玉》（1852年）正是这一风格的代表。其他重要诗集还有《阿贝都斯》（1832年）、《死亡的喜剧》（1838年），小说《莫班小姐》（1835年）等。

（十二）夏尔·波特莱尔

夏尔·波德莱尔（1821年—1867年），法国十九世纪最著名的现代派诗人，象征派诗歌先驱，代表作有《恶之花》。

（十三）斯特芳·马拉美

斯特芳·马拉美（1842年—1898年），法国象征主义诗人和散文家。他出生于巴黎一个官员家庭，1876年发表的作品《牧神的午后》在法国诗坛引起轰动。此后，斯特芳·马拉美在家中举办的诗歌沙龙成为当时法国文化界最著名的沙龙，一些著名的诗人、音乐家、画家都是这里的常客，如魏尔伦、兰波、德彪西、罗丹夫妇等。因为沙龙在星期二举行，被称为“马拉美的星期二”。他与阿蒂尔·兰波、保尔·魏尔伦同为早期象征主义诗歌的代表人物。

（十四）普罗斯佩·梅里美

普罗斯佩·梅里美（1803年—1870年），法国现实主义作家，剧作家，历史学家。主要作品有收集出版的剧本集《克拉拉·加苏尔戏剧集》（包括五个剧本）和历史剧《雅克团》，有长篇小说《查理九世的轶事》和中、短篇小说《马特奥·法尔哥内》《攻占棱堡》《塔曼果》《高龙巴》《卡门》《伊尔的美神》等。

（十五）德尼·狄德罗

德尼·狄德罗（1713 年—1784 年），出生于郎格勒，法国启蒙思想家、唯物主义哲学家、作家、百科全书派代表人物，毕业于法国巴黎大学。他的热忱和顽强使他成为百科全书派的领袖，同时著有《对自然的解释》以及《达朗贝和狄德罗的谈话》等。

三、德国

（一）约翰·沃尔夫冈·冯·歌德

约翰·沃尔夫冈·冯·歌德（1749 年—1832 年），出生于法兰克福，德国著名思想家、作家、科学家，他是魏玛的古典主义最著名的代表。而作为诗歌、戏剧和散文作品的创作者，他是最伟大的德国作家之一，也是世界文学领域的一个出类拔萃的光辉人物。他在 1773 年写了一部戏剧《葛兹·冯·伯利欣根》，从此蜚声德国文坛。1774 年发表了《少年维特之烦恼》，更使他名声大噪。1776 年开始为魏玛公国服务。1831 年完成《浮士德》，翌年在魏玛去世。

《浮士德》是德国作家歌德创作的一部长达 12 111 行的诗剧，第一部出版于 1808 年，共 25 场，不分幕。第二部共 27 场，分 5 幕。全剧没有首尾连贯的情节，而是以浮士德思想的发展变化为线索，以德国民间传说为题材，以文艺复兴以来的德国和欧洲社会为背景，写一个新兴资产阶级先进知识分子不满现实，竭力探索人生意义和社会理想的生活道路，是一部现实主义和浪漫主义结合得十分好的诗剧。

《浮士德》是歌德的代表作，是他毕生思想和艺术探索的结晶。《浮士德》的构思和写作，贯穿了歌德的一生，他从 1768 年开始创作，直到 1832 年——即歌德逝世前一年才最终完成，前后一共历时 64 年。《浮士德》构思宏伟，内容复杂，结构庞大，风格多变，融现实主义与浪漫主义于一炉，将真实的描写与奔放的想象、当代的生活与古代的神话传说杂糅，善于运用矛盾对比之法安排场面、配置人物、时庄时谐、有讽有颂、形式多样、色彩斑驳，达到了极高的艺术境界。

（二）莱辛

莱辛（1729 年—1781 年），德国人，生于德国的萨克森，莱比锡大学毕业，德国启蒙运动时期的剧作家、美学家、文艺批评家。其美学著作主要有《关于当代文学的通讯》《拉奥孔》《汉堡剧评》等。他的美学思想集中表现在《拉奥孔》中对画与诗的界限及两者和美的关系的论述上，以及表现在《汉堡剧评》中市民剧的创立上，体现着浓烈的启蒙气息。

作为启蒙主义思想家，莱辛批判虚伪的宫廷风格和“虔诚”的情感，用人道主义、浪漫主义取代已陷于僵死、衰落的古典主义。他主张天才与艺术创造的完美结合，反对艺术创作中的固有模式的限制。

莱辛处于古典主义向浪漫主义的转折点，将启蒙运动推向高潮，其美学思想预示了即将到来的浪漫主义美学的萌芽和蓬勃发展。

（三）弗里德里希·席勒

约翰·克里斯托弗·弗里德里希·冯·席勒（1759 年—1805 年），通常被称为弗里德里希·席勒，德国 18 世纪著名诗人、哲学家、历史学家和剧作家，德国启蒙文学的代表人物之一。席勒是德国文学史上著名的“狂飙突进运动”的代表人物，也被公认为德国文学史上地位仅次于歌德的伟大作家。

1830 年，雨果的剧本《欧那尼》在法兰西院大剧院上演，引起浪漫主义和古典主义的决战。从此，古典主义戏剧结束了独霸剧坛的统治时期，浪漫主义戏剧在巴黎舞台上占据了主宰地位。这就是著名的“欧那尼之战”。

《欧那尼》写的是 16 世纪西班牙一个贵族出身的强盗欧那尼反抗国王的故事，雨果赞美了强盗的侠义和高尚，表现了强烈的反封建倾向。《欧那尼》以反暴君为主题，反映了七月革命前夕人民反对复辟王朝斗争的迫切性和尖锐性，在艺术上一反古典主义的陈规陋习，充满浪漫主义自由奇异的构思。

（四）海因里希·海涅

海因里希·海涅（1797 年—1856 年），德国著名抒情诗人和散文家，被称为“德国古典文学的最后一位代表”。诗人以平常的词汇、普通的语句构造出思想深刻、生动优美的诗篇。在德国文学中既是作家又是思想家的不乏其人，但像海涅那样将二者完美地统一起来，而又没有让诗歌负担哲学的沉重的，却不多见。

四、俄国

（一）普希金

普希金是俄国著名文学家、诗人、小说家，现代俄国文学的创始人，19 世纪俄国浪漫主义文学的主要代表，同时也是现实主义文学的奠基人，现代标准俄语的创始人，被誉为“俄国文学之父”、“俄国诗歌的太阳”（高尔基）、“青铜骑士”。

普希金诸体皆擅，创立了俄国民族文学和文学语言，在诗歌、小说、戏剧乃至童话等文学各个领域都给俄罗斯文学创立了典范。普希金还被高尔基誉为“一切开端的开端”。他出身于贵族家庭，童年开始写诗，在沙皇政府专为培养贵族子弟而设立的皇村高等学校学习。学习期间受到当时进步的十二月党人及一些进步思想家的影响，因而后来发表的不少诗作抨击农奴制度，歌颂自由与进步。普希金的主要作品除了诗歌以外，还有长篇小说《上尉的女儿》，中篇小说《杜布罗夫斯基》《别尔金小说集》等。普希金在创作活动上备受沙皇政府迫害，1837 年他在一次布置的决斗中遇害。他的创作对俄国文学和语言的发展影响深刻。

（二）尼古莱·瓦西里耶维奇·果戈理·亚诺夫斯基

尼古莱·瓦西里耶维奇·果戈理·亚诺夫斯基（1809 年—1852 年）俄国批判主义作家，代表作有《死魂灵》（或译：《死农奴》）和《钦差大臣》。

（三） 维萨里昂·格里戈里耶维奇·别林斯基

维萨里昂·格里戈里耶维奇·别林斯基（1811 年—1848 年）：俄国革命民主主义者、哲学家、文学评论家。别林斯基的贡献是多方面的。他不仅通过他的著作宣传了革命民主主义的政治纲领，而且第一个系统地总结了俄国文学发展的历史，科学地阐述了艺术创作的规律，提出了一系列重要的文学和美学见解，成为俄国文学批评与文学理论的奠基人。他的文学评论与美学思想在俄国文学史上起过巨大的作用，它推动了俄国现实主义文学的进一步发展，对车尔尼雪夫斯基、杜勃罗留波夫的美学观念的形成有直接的影响。1848 年 6 月，别林斯基因病去世，年仅 37 岁。

（四） 米哈伊尔·尤里耶维奇·莱蒙托夫

米哈伊尔·尤里耶维奇·莱蒙托夫（1814 年—1841 年），是继普希金之后俄国又一位伟大诗人，被别林斯基誉为“民族诗人”。

《当代英雄》是俄罗斯文学中的第一部心理小说，也是最优秀的心理小说之一。莱蒙托夫运用口头语言，极力避免使用过时的外来语和法语，因而使人物语言富有鲜明的个性。作者试图通过毕巧林对社会的态度来揭示他的个性。毕巧林既是社会的产物，同时又与社会对立，不能融入社会。他是当时青年一代的代表，他们找不到施展抱负的机会，因而进入了“多余人”行列。

五、美国

（一） 埃德加·爱伦·坡

埃德加·爱伦·坡（1809 年—1849 年），19 世纪美国诗人、小说家和文学评论家，美国浪漫主义思潮时期的重要成员。

埃德加·爱伦·坡 1809 年 1 月 19 日生于马萨诸塞州的波士顿，他年幼时父母双亡，随即被弗吉尼亚州里士满的约翰和弗朗西丝斯·爱伦夫妇收养，在弗吉尼亚大学就读了短暂的一段时间后辍学，之后从军，并由此离开了爱伦夫妇。爱伦·坡低调地开始了他的写作生涯，匿名出版了诗集《帖木儿及其他诗》。1835 年他在巴尔的摩和 13 岁的表妹弗吉尼亚·克莱姆结婚。1838 年《阿瑟·戈登·皮姆的故事》出版并受到了广泛的关注。1839 年夏天，爱伦·坡成为《伯顿绅士杂志》（*Burton's Gentleman's Magazine*）的助理编辑。这期间他发表了一些随笔、小说和评论，这些作品加强了他在《南方文学信使》工作时期开始确立的敏锐批评家的声誉，同期，《怪异故事集》上下卷在 1839 年出版。1845 年 1 月，爱伦·坡发表诗歌“乌鸦”，一时声名鹊起。1849 年 10 月 7 日他于巴尔的摩逝世。

（二） 沃尔特·惠特曼

沃尔特·惠特曼（1819 年—1892 年）出生于纽约州长岛，美国著名诗人、人文主义者，创造了诗歌的自由体（free verse），其代表作品是诗集《草叶集》。

六、《金云翘传》（越南）

《金云翘传》是越南一部国民文学长篇叙事诗，原本为中国章回小说，又名《双奇梦》。全书 4 卷 20 回，署名青心才人编次，成书于顺治、康熙年间。18 世纪到 19 世纪间，越南阮朝诗人阮攸根据青心才人的原著小说进行改编，主要用越南本民族文字写成 3 254 行的叙事诗，越南通常称其为《传翘》或《断肠新声》。

第六讲　盛开篇——现代文学

【概论】

一、文学革命的发生与发展

（一）新文化运动的标志与内容

1915 年 9 月，《青年杂志》在上海创刊（第二卷起易名为《新青年》），主编陈独秀，提倡民主与科学。在《新青年》阵地上集结的激进知识分子主要从两方面推进思想启蒙运动：其一是重新评判孔子，抨击文化专制主义，倡导思想自由；其二是广泛引进和吸收西方文化。

新文化运动直接促成了文学革命，文学革命又成为新文化运动最有实绩的一部分。

（二）文学革命的标志和主要内容

1917 年 1 月，胡适在《新青年》上发表《文学改良刍议》，2 月陈独秀发表了措辞强烈的《文学革命论》，这是文学革命开始的标志。其主要内容如下：

（1）胡适提出文学改良应从“八事”入手，即须言之有物，不模仿古人，须讲求文法，不做无病之呻吟，务去滥调套语，不用典，不讲对仗，不避俗字俗语。

陈独秀提出“三大主义”作为文学革命的征战目标：“曰推倒雕琢的阿谀的贵族文学，建设平易的抒情的平民文学；曰推倒陈腐的铺张的古典文学，建立新鲜的立诚的写实文学；曰推倒迂晦的艰涩的山林文学，建设明了的通俗的社会文学”。

（2）钱玄同与刘半农的“双簧信”。

（3）1918 年 4 日胡适发表《建设的文学革命论》，以“国语的文学，文学的国语”来概括文学革命的宗旨。

（4）同年 12 月，周作人发表《人的文学》，提出以人道主义为文学之本。

（5）1918 年冬天，陈独秀、李大钊又创办了《每周评论》，北京大学的傅斯年、罗家仑等创办了《新潮》月刊。

（6）批判“黑幕派”和“鸳鸯蝴蝶派”以及旧戏曲。

（7）与旧文学势力的较量：①批判林纾致蔡元培的公开信；②1922 年与“学衡派”论争；③1925 年与“甲寅派”论争。

（三）文学革命的重大实效

（1）白话文全面推广。

（2）外国文学思潮广泛涌入和新文学社团蜂起，呈现出我国历史上空前未有的思想大解放局面。

（3）文学理论建设取得了初步的成果。

（4）文学创作取得了引人注目的成绩。

总结来说，在文学观念上，将“文以载道”、游戏消遣等种种传统的文学思想作为封建制度及其思想体系的产物加以否定，表现人生、反映时代的积极文学思想，成为一般新文学作家的共同倾向；在文学内容上体现着现代民主主义、人道主义思想，充满觉醒的时代精神；在语言和形式上，摒除了文言文和僵化的传统文学格式，用白话文写作，广泛吸收外国多样的文学样式、手法，促使文学语言和形式更加适用于表现现代生活，接近人民大众，创造了既与世界文学相联结又具有民族特色的崭新的现代文学语言与形式。

二、外国文艺思潮的涌入和新文学社团的蜂起

（一）大规模的文学作品翻译介绍西方的文学理论

在“五四”后短短的几年中，可以说西方文艺复兴以来的各种文学思潮和相关的哲学思潮都先后涌入中国。

（二）文学先驱者的理论思潮选择

现实主义特别是俄国的现实主义文学对中国文学的影响最大，后来成为中国文学的主流。浪漫主义文学也有较大的影响，但没有得到充分的发展。

（三）文学社团蜂起

1. 文学研究会

时间：1921 年 1 月

地点：北京

发起人：周作人、沈雁冰、郑振铎等 12 人，后来发展到 170 多人。

刊物：沈雁冰接编、经过革新的《小说月报》。

文学宗旨：“研究介绍世界文学，整理中国旧文学，创造新文学”。他们批判旧文学，注重文学的社会功利性，主张“为人生而艺术”。

创作：以人生和社会问题为题材，特别注重对社会黑暗的揭示和对灰色人生的诅咒，表现新旧冲突，写法上一般倾向于 19 世纪俄国和欧洲的现实主义表现手法，也借鉴自然主义，重视强调实地观察和如实描写。

2. 创造社

时间：1921 年 6 月

地点：日本东京

成员：郭沫若、张资平、郁达夫、成仿吾等，都是留日学生。

刊物：先后办有《创造》季刊、《创造周报》、《创造日》、《创作》月刊、《洪水》等刊物。

主张：初期主张“为艺术而艺术”，他们同时又注重用文学表现时代的使命，对旧社会不惜加以猛烈的炮火来攻击。

创作：流派特色十分明显，他们的作品大都侧重表现自我，带浓厚的抒情色彩，直抒胸臆和病态的心理描写往往成为他们表达内心矛盾和对现实的反抗情绪的主要形式。翻译的大多是西方浪漫主义的作品，也有些属于现代派或非理性主义、泛神论的作家、哲学家的作品。后期转向提倡“同情无产阶级的”革命文学，1925 年的“五卅运动”是其创作转向的分界。

3. 新月社
4. 语丝社、莽原社、未名社
5. 浅草社、沉钟社
6. 湖畔诗社

三、胡适、周作人与新文学初期理论建设

新文学最初的理论思考集中在为文学革命（包括白话文运动）寻找根据，证明其必然性和合理性。

胡适写有“白话文学论”和“历史的文学观念”论，构筑起了胡适的文学思想（同时也是文学革命的指导思想）的基本构架。

周作人最突出的贡献是以“人的文学”来概括新文学的内容，标示新文学区别于旧文学的本质特征。1919 年周作人还提出了“平民文学”的概念。

四、文学革命的成就

文学革命促进了白话文的全面推广。“五四运动”后，各地爱国学生团体纷纷仿效《新青年》《每周评论》，创办白话报刊，仅 1919 年就出版了 400 多种刊物，到 1920 年，连当年最重要的大杂志，如《东方杂志》《小说月报》等，也都采用白话文了。1920 年 1 月，依当时的教育部颁令，凡国民学校低年级国文课教育也统一运用语体文（白语）。文学革命促成了言文合一的“国语运动”，又为新文学的语体变革拓展了广阔的天地，并迅速扩大了新文学的影响。1924 年出版的中学语文课本，已经有一些新文学作家的作品。

这一期间的创作取得了引人注目的实绩。1918 年 5 月，鲁迅发表了第一篇白话短篇小说《狂人日记》，借“狂人”之口，控诉了封建制度及其伦理道德“吃人”的本质，并采用了现代意味的手法与样式。随后，鲁迅又连续创作了《孔乙己》《药》等小说，都显示了深刻的思想和完整的现代小说特色。鲁迅的小说甫一出现，就在艺术上显得很成熟了，这使得新文学的创作有了相当高的起点。除鲁迅的作品外，《新青年》《新潮》《学灯》等报刊上陆续推出了一些新文学作家及其作品：小说有叶绍钧的《这也是一个人》、杨振声的《渔家》、冰心的《斯人独憔悴》、许地山的《命命鸟》、王统照的《青雨之夜》、郁达夫的《沉沦》等；诗歌有胡适的《尝试集》、郭沫若的《女神》、汪静之的《蕙的风》等。这些作品大都是 1919 到 1922 年间发表的，不够成熟，却都充满着个性解放、民族解放的精神，从内容到形式都追求现代性品格，给文坛带来了青春气息。

文学革命是我国历史上前所未有的一次伟大而彻底的文学革新运动，不同于历史上包括近代产生过的文学变革或文学改良，它所带来的是文学观念、内容形式等各方面全方位的大革新、大解放，从而揭开了现代文学光辉的第一页，把中国文学推进到一个崭新的阶段。

Chapter 1
第一章　新文学发轫

第一节　小说

一、鲁迅的小说《呐喊》与《彷徨》

《呐喊》与《彷徨》是中国现代小说的开端，也是其成熟的标志，其成书年份与篇目分别是：

1918—1922年间，鲁迅发表的15篇短篇白话小说于1923年8月被编为《呐喊》一书。

1924—1925年间，另外11篇白话小说于1926年8月，被辑合出版为《彷徨》一书。

1918年5月，《新青年》4卷5号发表了鲁迅的《狂人日记》，这是中国文学史上第一篇用现代体式创作的白话短篇小说，它以“表现的深切和格式的特别”——内容与形式上的现代化特征，成为现代小说的伟大开端。

（一）“表现的深切”——独特的题材、眼光与小说模式

1. 题材：从启蒙主义的文学观念出发，鲁迅开创了“表现农民”和“表现知识分子”的两大现代文学的主要题材。

2. 视角：关注“精神的病苦”。

3. 情节模式：

（1）“看/被看”

看客“看”被看者，这类情感与行为方式表面上麻木、混沌，实际上显示了一种人性的残忍。在“好奇”的看客背后“看”（鉴赏），实际上被看者的背后，有一位隐含的作者在“看”：用悲悯的眼光，激愤地嘲讽着看客的麻木与残酷。

群众“看”先驱者，进一步演化为“吃/被吃”的模式。这里被质疑、批判的对象是双重的：既是那些“吃人”的民众，更是被吃的启蒙者甚至启蒙本身。这类小说中的人物与作者的距离大大缩小，作品中渗透着较多的作者的生命体验。例如：《药》。

（2）“离去—归来—再离去”

《在酒楼上》里“我”有一段自白，“北方固不是我的旧乡但南来又只能算一个客子，

无论那边的干雪怎样纷飞，这里的柔雪又是怎样的依恋，于我都没有怎样的关系了”。这里表现的是一种更深沉的无家可归的悬浮感，无可附着的漂泊感。它既表明了中国知识分子于“乡土中国”“在”而“不属于”的关系，更揭示了人在“飞向远方、高空”与“落脚于大地”之间选择的困惑，以及与之相联系的“冲决”与“回归”“躁动”与“安宁”“剧变”与“稳定”“创新”与“守旧”两极间摇摆的生存困境。在文学的背后，隐藏着鲁迅的绝望与苍凉。

鲁迅在小说结构上内蕴着“反抗绝望”的鲁迅哲学和他的生命体验。

（二）“格式的特别”——“创造新形式的先锋”

1. 鲁迅完全自觉地借鉴西方小说形式，通过自己的转化、发挥，以及个人的独立创造，建立起中国现代小说的新形式。例如《狂人日记》《孔乙己》《伤逝》《在酒楼上》《孤独者》。

2. 追求表达的含蓄、节制，以及简约、凝练的语言风格。

二、说不尽的阿 Q

（一）《阿 Q 正传》的写作原因——要“画出这样沉默的国民的魂灵来”

鲁迅的《呐喊》《彷徨》被视为中国现代小说成熟的标志，一个重要方面是因为它创造了以《阿 Q 正传》为代表的现代小说的经典作品。《阿 Q 正传》是最早介绍到世界范围上的中国现代小说，是中国现代文学自立于世界文学之林的伟大代表。

阿 Q 和一切不朽的文学经典一样，是说不尽的。不同时代、不同民族、不同层次的读者从不同的角度、侧面去读它，都会有自己的发现与发挥，从而构成了一部阿 Q 接受史，这个历史过程没有、也不会终结。

（二）人们的理解

20 年代的启蒙主义思潮、三四十年代民族救亡思潮，都提出了“民族自我批判”的时代主题。阿 Q 也就自然成为“反省国民性的弱点”的一面镜子。

人们关注的核心是精神胜利法。阿 Q 永远是失败者，但他却对自己的失败命运与奴隶地位采取了令人难以置信的辩护与粉饰态度。自尊自贵、容易忘却、向更弱者泄恨以转嫁屈辱、自轻自贱、自欺欺人，在幻觉中变真实的失败为精神上的虚幻胜利。“精神胜利法”是中华民族觉醒与振兴的最严重的思想阻力之一。《阿 Q 正传》正是对我们民族的自我批判。

第二节　诗歌

郭沫若（1892 年—1978 年）在现代文学史上是足以代表一个时代的诗人与历史剧作家。他是鲁迅在 21 世纪初热切呼唤、终于出现的摩罗诗人，又是新中国的预言诗人。他的第一本诗集《女神》出版于 1921 年 8 月，以崭新的内容与形式形成了一代诗风，堪称中国现代新诗的奠基之作。

一、《女神》的自我抒情主人公形象

《女神》的成功在于时代的需要与诗人创作个性的统一。狂飙突进的“五四”时代需要用高昂热情的浪漫主义来表现，而诗人郭沫若正是“偏于主观的人”，艺术想象力胜于观察力。个人的郁结，民族的郁结，在浪漫主义这里找到了喷火口，也找到了喷火的方法。

《女神》的自我抒情主人公首先是“开辟鸿荒的大我”——“五四”时期觉醒的中华民族的自我形象。郭沫若对于时代发展的信息，有着海燕般的特殊敏感，他最先感受到了在 20 世纪初伟大的五四运动中祖国的新生和中华民族的觉醒。

他的《凤凰涅槃》正是一首庄严的时代颂歌，宣告着：在“五四”开辟的新时代里，世界上最古老的中华民族（凤凰是她的象征）正经历着伟大的涅槃，正经历着“死灰中更生”的历史过程。诗中“凤歌”与“凰歌”以低昂、悲壮的葬歌结束了中华民族历史上最黑暗的一页，“凤凰更生歌”以热诚、和谐的欢唱预示着生动、自由、华美的民族振兴新时期的到来。

郭沫若是一个具有大胆创造精神的新人。他在诗剧《女神之再生》里，通过“黑暗中女性之声”形象地表达了中华民族的新觉醒：“新造的葡萄酒浆，不能盛在那旧了的皮囊”，“破了的天体”“我们尽他破坏不用再补他了！待我们新造的太阳出来，要照彻天内的世界，天外的世界!”于是，诗人笔下的“我”高喊着：“一切的偶像都在我面前毁破!破！破！破!”(《梅花树下的醉歌》)赞美着一切政治、社会、宗教、学说、文艺、教育革命的“匪徒”(《匪徒颂》)，“立在地球边上”呼唤着“要把地球推倒”“不断的毁坏”“不断的创造”的“力”(《立在地球边上放号》)。这里，还存在着丝毫的古老中国的妥协、中庸、柔弱吗？没有，代之而起的是彻底的、不妥协的、战斗的民族精神。

这个新生的巨人崇拜自己的本质，把自己的本质神化，热烈地追求精神自由与个性解放。在《女神》里，处处喧嚣着这样的呼声：“我……我崇拜我”(《我是个偶像崇拜者》)，“我赞美我自己”(《梅花树下的醉歌》)，“我效法造化的精神，我自由创造，自由地表现我自己。我创造尊严的山岳，宏伟的海洋，我创造日月星辰，我驰骋风云雷雨”，“不论在任何方面，我都想驰骋”(《湘累》)，“我飞奔，我狂叫，我燃烧，我如烈火一样地燃烧！我如大海一样地狂叫！我如电气一样地飞跑！……我便是我呀”(《天狗》)。这在中国历史上是第一次，人的自我价值得到肯定，人的尊严得到尊重，人的创造力得到承认。

对于长期处于“不把人当作人”的封建统治下，已经习惯于将个人价值泯灭在封建伦理原则之下的中华民族，这无疑是伟大的解放与觉醒。郭沫若的《女神》所显示的人的精神的自由状态，更是令人神往的。这是一个空前自由的审美天地，人的一切情感——喜、乐、悲、愤、爱、恨……都被引发出来，无所顾忌地追求“天马行空”的心灵世界、“天马行空”的感情世界与艺术世界，实质上就是追求人性的“放恣”状态。这对于习惯于压抑自己的情感、心灵不自由的中国人而言，自然也是破天荒的。《女神》的魅力及其不可重复性，正是在于它所达到的民族（与个体）精神及作家写作的自由状态。

《女神》中的“自我”抒情形象又是大时代中诗人自我灵魂、个性的真实袒露。田汉在给郭沫若的信中这样评价《女神》中的诗：“你的诗首首都是你的血，你的泪，你的自叙传，你的忏悔录呵，我爱读你这样的纯真的诗”。[①]

二、《女神》的艺术想象力、形象特征与形式

郭沫若是使新诗的翅膀飞腾起来的第一人。和《女神》所表现的“五四”狂飙突进的时代精神及雄奇风格相适应，《女神》创造了自由诗的形式。郭沫若一方面强调“形式方面我主张绝对的自由，绝对的自主”[②]，同时又认为“情绪的世界便是一个波动的世界，节奏的世界”[③]，“这儿虽没有一定的外形的韵律，但在自体是有节奏的”[④]。

因此，就《女神》总体看，她的形式是自由的。每首诗的节数，诗节的行数，每一诗行的字数都不固定，押韵没有统一的规律，但在每一首诗中，却要求格律的某种统一。它基本上有两种类型：一类外在格律相对严谨，押韵、诗节、诗行大体整齐。如《晨兴》，全诗三节，每节三行，每句末押大致相近的韵。另一类（占《女神》的大多数）则是情绪自然消长的内在韵律与某种程度的外在韵律（或不规则押韵，或用排比、复沓、对偶）相结合，使得诗在自由变动中取得某种程度的整齐与和韵。如《天狗》全诗四节，少至二行一节，多至十三行一节，每节字数少至三字，多至十字，形式确实做到了极端的自由；但诗中多次出现的排比与复沓，以及每节的不规则押韵，又形成了相对的和谐。

第三节　散文

一、周作人的散文

周作人也是《新青年》《语丝》一派的主要作者。作为一个在现代文学史上有巨大影响的散文家，周作人最早从西方引入“美文”的概念，提倡“记述的”“艺术的”叙事抒情散文，“给新文学开辟了一块新的土地”[⑤]。之后，他又形成了一整套的散文理论，中心是强调以自我为中心，提倡“言志”的小品文，认为这种小品文是“个人的文学的尖端”，“他集合叙事说理抒情的分子，都浸在自己的性情里，用了适宜的手法调理起来，所以是近代文学的一个潮头”[⑥]。他自己的散文，也有“浮躁凌厉”与“冲淡平和”两体。前者多收入《谈虎集》《谈龙集》中，思想意义与社会作用显然更加积极，常为论者所引述。但真正显示周作人创作个性，并成为他对现代文学艺术的独特贡献，而且实际影响更大的，

---

① 郭沫若，宗白华，田寿昌（田汉）. 三叶集［M］. 上海：上海书店，1982：79.
② 郭沫若 . 论诗三札 · 文艺论集［M］. 北京：人民文学出版社，1979：206，215 - 217.
③ 郭沫若 . 文学的本质 . 文艺论集［M］. 北京：人民文学出版社，1979：224.
④ 郭沫若 . 论节奏 . 文艺论集［M］. 北京：人民文学出版社，1979：236.
⑤ 周作人 . 美文 . 谈虎集［M］. 北京：北新书局，1928.
⑥ 周作人 . 近代散文抄［M］. 上海：天马书店，1934.

却是后者。

周作人的散文多作闲谈体，所追求的是自然而隽永，是富有艺术意味的闲谈。周作人有名士派的夙缘，有“叛徒”与“隐士”的双重性格。作为新文学运动的参与者，他关注现实，反抗黑暗，与思想革命取同一步调；但在人生观与艺术观方面，他又尽可能远离激进，保持平和。他更倾向于把文艺当作是“自己的园地”，是“言志”，即抒我之情。他更乐于饮苦茶，读杂书，陶醉于“苦雨斋”阴郁如雨的古典的氛围，玄思，冥想，“胡乱作文”，“在文学上寻找安慰”。他写于20年代的《北京的茶食》《故乡的野菜》《苦雨》《喝茶》《乌篷船》等文，都是现代散文的名篇，很能代表周作人“言志”小品的风格。

周作人的选材极平凡琐碎，但一经过他的笔墨点染，就透露出某种人生滋味，有特别的情趣。尽管那种情趣可能未免落寞、颓废，适合所谓“中年心态”。如《喝茶》所沉醉的是“于瓦屋纸窗下，清泉绿茶，用素雅的陶瓷茶具，同二、三人共饮，得半日之闲，可抵十年的尘梦”。《谈酒》中讲“酒的趣味，只是在饮的时候”。《济南道中》向往旅游的乐趣，“新式的整齐清洁之中，却仍能保持着旧日的长闲的风趣”。《北京的茶食》中写看夕阳、观秋河、赏花、听雨、闻香等，认为这些无用的游戏享乐，也是生活的必需部分。凡是受过中国传统文化熏陶的读者，读了周作人此类描写，往往都会神往。

周作人的小品常将口语、文言和欧化语杂糅调和，产生一种涩味与简单味，很耐人咀嚼。他的闲话体散文有些类似明人小品，又有外国随笔那种坦诚自然的笔调，有时还有日本俳句的笔墨情味，周作人显然对这些作品都有所借鉴，又融入自己的性情加以创造，形成平和冲淡、舒徐自如的叙谈风格。如另一散文家所评说的：“他的作风，可用龙井茶来打比方，看去全无颜色，喝到口里，一股清香，令人回味无穷。”① 人们也常用“闲适”来概括周作人的散文风格，其间蕴含着丰富的审美内容，一方面是淡而且深的寂寞之苦，另一方面又别有一种淡淡的喜悦，可以说是“苦中作乐”，忧患中的洒脱，也就是周作人所说的“凡人的悲哀”。

到了20世纪三四十年代周作人的散文仍有不少出产，但闲谈式的作品少了，他试验一种“文抄公体”的散文，即笔记体散文之中的一种，文章主干是精心挑选的或苦涩或华美的古文，连缀其间的周作人的评点，则用简明、朴实的现代白话，两者有机糅合，互相调剂，常兼两种文体之美，而总体风格则如郁达夫所说，“一变为枯涩苍老，炉火纯青，归入古雅遒劲的一途了”②。对周作人“文抄公体”散文后人历来毁誉不一，他自己直到晚年仍对其中某些文章，如写于30年代的《游山日记》《关于傅青主》与40年代的《无生老母的信息》，表示“敝帚自珍”之意。

周作人在现代文学史上的影响之一，是于抗争的小品文之外，又分出闲适、青涩、充满趣味性和知识性的一脉散文来。俞来伯、钟敬文、废名等，都是这一流派的主要散文家。

---

① 此为曹聚仁说法，转引自孙席珍．论现代中国散文［M］．北平：人文书店，1935。

② 资料来源：郁达夫，《中国新文学大系·散文二集》，上海文艺出版社影印本．

二、冰心、朱自清和文学研究会作家散文

（一）冰心

在“五四”美文的创作中，持缜密、漂亮风格的比冲淡一派的人数更多，几乎可以囊括文学研究会和创造社两大文学社团的主要作家。冰心散文的影响不在周作人之下，不过他们的创作路数与所拥有的读者并不相同。冰心那“小诗”味的散文更容易引起未涉世事的青年读者的共鸣与模仿。她的《笑》，发表于 1920 年革新后的《小说月报》上，是现代文学史上较早引人注目的美文小品。刊载后，学校竞相选入课本，语法学家把它做通篇句式解读，可见影响广大。很多人认为，冰心的散文实比她早年的问题小说和小诗成就更高。阿英说：“特别是《往事》（二篇）、《山中杂记》（寄小读者）以及《寄小读者》全书，在青年的读者之中，曾经有过极大的魔力。”

所谓“冰心体”的散文，是以行云流水似的文字，说心中要说的话，倾诉自己的真情，蕴含着温柔，微带着忧愁，显示出清丽的风致。冰心所谓的“心中要说的话”，简言之，即“爱的哲学”，即宣扬自然爱、母爱、儿童爱。其中有对下层人民的同情，探索人生的惆怅，对祖国、故乡、家人、大海的眷念，也有基督教义和泰戈尔哲学等内容融合其间。《往事（一）·七》，细腻地描写了两缸荷花在雨中的变化及作者的心情，当看到红莲在大雨中受大荷叶的庇护时，作者自然升华到母爱的主题。《山中杂记之七——说几句爱海的孩气的话》，用和儿童亲切谈心的语调，将山与海，从视野、颜色、动态、给人遐想等方面，详加对比，抓住事物特征，描绘得有声有色，处处传达着作者对大海的无限深情。冰心的作品多抒写自己霎时间涌现的感触与自然风景，传达的是一段挚情，或一缕幽思，空灵而缠绵，纤细而澄澈。

对于文体，冰心也有自己的追求，她曾借小说中的人物之口说：“我主张‘白话文言化’‘中文西文化’，这‘化’字大有奥妙，不能道出的，只看作者如何运用罢了，我想如现在的作家能无形中融合古文和西文，拿来应用于新文学，必能为今日中国的文学界，放一异彩。”[①] 冰心的语言仍有旧文学的色彩，不过经过她的处理，已经完全没有陈腐气息，而别具一种清新的韵味。如《往事》其二（八）中的一段描写：

> 船身微微的左右欹斜，这两点星光，也徐徐的在两旁隐约起伏。光线穿过雾层，莹然，灿然，直射到我的心上来，如招呼，如接引，我无言，久——久，悲哀的心弦，开始策策而动。

这种散文的词汇句式既保留了某些文言文的典雅、凝练，又适当地“欧化”，使句子更灵活、婉转、流动，有自然跳动的韵律感。在白话文运动刚刚开展的几年时间，冰心能将文言文、白话文与西文调和得如此完美，难怪能受到普遍的欢迎。冰心对建立与发展现代文学语言是卓有贡献的，不过她的作品读多了也会感到格调偏旧，因为她毕竟属于以旧文学为根基的早期新文学作家一派。

---

① 冰心．超人［M］．北京：商务印书馆，1923.

（二） 朱自清

朱自清（1898年—1948年）是极少数能用白话写出脍炙人口名篇（可与古典散文名著媲美）的散文家。他的重要性为很多评论家所公认，只要学校选讲范文，或编文学史，谈到现代散文的语言、文体之完美，朱自清必被提及。他擅长写一种漂亮精致的抒情散文，无论是朴素动人的《背影》，明净淡雅的《荷塘月色》，还是委婉真挚的《儿女》，从中我们都能感到他的诚挚和正直。他既不满意陶醉于抒写琐屑小事的“言志派”，也不满意后来的所谓的“幽默派”，他的写作态度严肃不苟，始终执着地表现人生。《桨声灯影里的秦淮河》《温州的踪迹·绿》《荷塘月色》是他写景抒情的名篇，都体现出作者对自然景物的细致观察，对声音、色彩的敏锐感觉，通过千姿百态、或动或静的鲜明形象，巧妙的比喻、联想，融入自己的感情色彩，便构成细密、幽远、浑圆的意境。他的散文结构缜密，脉络清晰，婉转曲折的思绪中保持了一种温柔敦厚的气氛。文字几乎全用口语，清秀、朴素而又精到，在20世纪20年代就被看作娴熟使用白话文字的典范。不过有时令人稍感着意为文，不如后来的散文（如《欧游杂记》和《伦敦杂记》）更成熟自然。《背影》只是质朴地叙说父亲送别儿子的一段场景，可他捕捉到不可言说的典型细节，注入了一股对劳碌奔波的老父亲的深情，表现出小资产者在旧世界一生颠簸挣扎的可悲命运。这样，就很容易打动无数身受飘零之苦的人，也就不难解释为什么它能那样长久地激起读者的心潮了。

（三） 文学研究会作家

丰子恺（1898年—1975年），从20世纪20年代中期开始写小品，此时期的散文结集有《缘缘堂随笔》。他的特殊之处是以某种源自佛理的眼光观察生活，于俗相中发现事理，能将琐细的事物叙说得娓娓动听，落笔平易朴实，有赤子之心，如他的画一般，透露着心地光明、一无沾染的品格风貌。作者在看见人世间的昏暗后，企图逃入儿童的世界，加上佛理的渗入，文章萧疏淡远，带着哲理深味，染有清淡的悲悯之色。

梁遇春（1904年—1932年）的《春醪集》和《泪与笑》收入他20世纪20年代中期以后的随笔中。20年代梁遇春被称为中国的“伊里亚”，是因为他的作品确受英国查理·兰姆随笔的影响。梁遇春耽于思索，他的随笔也有许多对人生哲理的探求和洞明的见解。他喜用絮语笔调，随意而坦诚的谈吐中不乏睿智的思辨。《春醪集》谈论知识，探索人生，或旁征博引，引类取比，或触景生情，浮想联翩；语言机智而有文采，潇洒自如，玲珑剔透；时有思想的火花，却缺乏如炬的目光。在小小题目里开掘微言大义的方法，引用外国的经典、警句，信手拈来，处处切题。梁遇春有股孤傲气，他那懒散的绅士风度，不愿受任何拘束的个性及享尽人生的主张，促使他喜好标新立异，怀着极大的兴趣来谈“人死观”“流浪汉”，阐发“悲哀是最可爱的东西”等。连“睡懒觉”这类的题目，他都能拉闲扯散，妙语连珠，好像比一般常人更能体味人生的滋味。梁遇春的散文，很能反映出“五四”散文品格多姿多彩的一面，待到20世纪30年代文坛被政治性战斗性的大潮所占领，像梁遇春这种绅士风的散文也就失去了广大读者，只能等未来的文学史家来品鉴它那小而晶莹的光泽了。

文学研究会其他重要的散文作家还有许地山。他不仅小说写得别致，散文集《空山灵雨》也另有情调：近似散文诗，渗入宗教气氛，既有对现实的不满，也有对人生哲理的探求。名篇《落花生》质朴短小，有寓意，主张人生“要学花生，因为它是有用的，不是伟大好看的东西”。这又是他生活态度扎实的一面。

但擅长写实风格的是叶圣陶、郑振铎和茅盾，他们的散文有充实的“人生派”内容，社会性较浓。“五卅”惨案期间，这三位文学研究会的中坚作家，都发出了愤怒的呼喊。叶圣陶的《五月卅一日急雨中》，一反他平时的纯朴、严谨，爆发出炽热的反帝激愤，全文具有急雨般的节奏和悲愤慷慨之情。他的《藕与莼菜》抒发了对故乡的情思，由物及人，平淡从容，便是他惯常的文风。郑振铎的《街血洗去后》《六月一日》，都是“五卅”惨案后不久写出的，沉痛的感情以质朴的语言来表现。他的《山中杂记》真率、俊逸，但视野不够广阔。茅盾写有《五月三十日的下午》《暴风雨》，也是“五卅”时产生影响的作品。他旅日时期写的一组散文，收入《宿莽》集，其中的《叩门》《雾》《卖豆腐的哨子》等，反映了他处于革命转换时期的思索和探寻，有时代的苦闷，也有新的期望，是用诗的情绪交织成回荡起伏的怅惘滋味，显露了茅盾文学气质的又一侧面。而他作为一个成熟的散文家产出作品，则是在抗战以后了。

还有一位较特殊的文学研究会作家是早期的共产党人瞿秋白（1899 年—1935 年）。他这时有《俄乡纪程》（即《新俄国游记》）和《赤都心史》问世。这两部散文集是作者以《晨报》特约记者的身份赴苏联考察的结晶，根据亲身的见闻向国人真实报道了十月革命后的苏俄真相，但其中又留下了作者自己的思想印痕。书中并不回避世界上第一个社会主义国家缔造中面临的重重困难，但以深沉的感情表现出苏联人民建设国家的乐观精神。文章中常回荡着俄罗斯式的悲壮、雄浑的格调，此为中国报告文学的先声。瞿秋白还擅写杂文，在 20 世纪 30 年代，他的许多杂感随笔都是针砭时弊或参与论争的，作品深深烙有那个革命年代的精神印记。

此外，文学研究会的散文作家还有擅写散文诗的王统照、以感伤的书信体散文赢得读者的庐隐，以及属于乡土文学派的鲁彦、蹇先艾等。

Chapter 2
第二章　大家诞生

【概论】

一、20 世纪 30 年代文学运动发展的基本线索

20 世纪 30 年代，决定文学基本面貌的是无产阶级文学运动及其文学，和民主主义、自由主义作家的文学运动及其文学。前者一般又被称为“左翼文学运动”。以“左联”为中心，拥有一批发表园地，包括“左联”成立以前的《创造月刊》《文化批判》《太阳月刊》和“左联”成立前后的《拓荒者》（蒋光慈主编）、《萌芽月刊》（鲁迅、冯雪峰主编）、《十字街头》（鲁迅主编）、《北斗》（丁玲主编）、《文学月报》（姚蓬子、周起应主编）、《光明》半月刊（洪深、沈起予编辑）等刊物和秘密发行的《文学导报》（创刊号名为《前哨》），这些刊物的发行形成了一种声势。这一时期“左联”之外的作家无论在政治上还是文艺上都具有不同倾向，本身也处于不断分化中：有的民主主义作家受到“左联”的巨大影响和帮助，是无产阶级革命文学的同盟军；有的自由主义作家则在不同程度上倾向于国民党（但又不同于专门致力于国民党党制文学的作家），与无产阶级文学存在着矛盾与斗争。这些民主主义、自由主义作家没有“左联”那样共同的严密组织，未形成统一的文学运动，也没有像前一时期一样，组成众多的文学社团。他们往往由于文学见解比较一致而出版刊物、编辑丛书，由此集合了一批文学爱好尚相近的作家，共同开展活动。无产阶级文学与民主主义、自由主义文学的各自发展、演变，构成了 20 世纪 30 年代现代文学的两条基本历史线索，它们之间在文艺思想上的斗争、在文学创作上的互相竞争，共同促进着 20 世纪 30 年代的文坛焕发活力。

二、革命文学论争与无产阶级文艺思潮

1929 年 9 月，国民党召开“全国宣传会议”，提出以“三民主义的文艺政策”来清理并统一文坛，扼杀“革命文学”“无产阶级文学”。共产党则指示创造社、太阳社停止攻击鲁迅，让他们同鲁迅以及其他革命的“同路人”联合起来，成立统一的革命文学组织，对抗国民党的文化围剿。这样一来，历时近两年的存在于无产阶级文学与自由主义文学中的

论争便停止了，之后便从 1929 年年底开始筹备并于 1930 年 3 月 2 日在上海成立了中国左翼作家联盟，简称“左联”。出席成立会议的有鲁迅、冯雪峰、沈端先、冯乃超、柔石、李初梨、蒋光慈、彭康、田汉、钱杏邨、阳翰笙等四十余人。当时加盟的有五十余人，郭沫若、郁达夫都加入了“左联”。会上通过的理论纲领宣告：“我们的艺术是反封建阶级的，反资产阶级的，又反对‘失掉了社会地位’的小资产阶级的倾向”，并且表明要“援助而且从事无产阶级艺术的产生”。会上选举了沈端先、冯乃超、钱杏邨、鲁迅、田汉、郑伯奇、洪灵菲七人为常务委员。后来，茅盾、周起应（周扬）相继从日本回国，也参加了“左联”。

“左联”成立后，先后出版的刊物有《拓荒者》、《萌芽》月刊、《北斗》、《文学周报》、《文学导报》、《文学》半月刊等，另外接办和改组了《大众文艺》《现代小说》《文艺新闻》等期刊。“左联”在国内一些城市设立了小组，在日本东京设有分盟，另在北平有相对独立的“北方左翼作家联盟”与上海的“左联”遥相呼应，吸引了大批追求革命的文学青年。“左联”作为国际革命作家联盟的一个支部，许多活动都与国际上的无产阶级文学运动同步。许多“左联”作家同时又是革命者，从事实际的革命活动，因而也遭到国民党当局的压迫，“左联”的一些刊物和书籍被查禁，其成员被通缉、逮捕甚至杀害。为了服从旨在抵抗日本侵略的民族统一战线政策，1936 年春“左联”解散，其前后活动存在六年时间，对 20 世纪 30 年代乃至后来的文学发展产生了巨大的影响。

三、两大文艺思潮的对立

两种文艺思潮的论争贯穿于 20 世纪 30 年代，比较重要的是左翼作家与“新月派”的论争。

1927 年左右，原“现代评论派”的骨干胡适、徐志摩等陆续到了上海。1927 年春他们办了新月书店，由胡适任董事长，1928 年 3 月又创办《新月》杂志，主要撰稿人有徐志摩、罗隆基、胡适、梁实秋等。“新月派”的主要理论家梁实秋并不讳言，他们的聚集是因为不能不正视这种紧迫的事实：无产阶级的运动已“由政治的运动转为文化的运动”，要“打倒资产的文学来争夺文学的领域”。因此，这可以说是一场双方都自觉意识到的、争夺文艺阵地与领导权的斗争。“新月派”的目的在于从根本上否定无产阶级文学存在的理论基础，他们首先打出“人性”的旗帜，抹杀左翼文学家所看重的文学的社会阶级基础，以“永恒的人性的文学”否定“无产阶级的阶级的文学”。争论的焦点，不在于肯定或否定“人性”的存在，而在于梁实秋等人是以人性的普遍存在论来反对阶级论。

“新月派”的第二面理论旗帜是“天才论”。梁实秋认为：“一切的文明，都是极少数天才的创造”，他进而把文明与资本主义制度联系在一起，宣称攻击资产制度即反抗文明，优胜劣败的定律注定“反文明”的无产阶级势力“早晚要被（资产者的）文明的势力所征服”。在梁实秋的心目中，革命文学也好，左翼文学也好，都不过是“五四”时期浪漫主义文学的延续和发展，所以他有时称左翼文学为“伤感的革命主义”或“浅薄的人道主义”①。梁实秋的“天才论”典型地表现了“新月派”自由主义作家及其文艺思想的保守倾向和贵族色彩。

第一节　小说大家茅盾

一、开创新的文学范式

茅盾（1896年—1981年），原名沈德鸿，字雁冰。出生于浙江桐乡一个古老的文化气息浓厚的水乡——乌镇，因地处杭嘉湖平原，距上海仅半天的路程，稻桑兼作，颇得近代经济发展的风气之先。“茅盾”这一名字是他1927年发表第一篇小说《幻灭》时开始使用的，后来成为他最主要的笔名。

茅盾是20世纪30年代极具代表性的现代文学作家，他建立起在当时来说属于全新的革命现实主义文学模式，这样就把“30年代”与“五四”划分开，另一个文学时代由此出现。“五四”文学的激情、张扬个性、离不开个人见闻感受的特质，被茅盾大规模地、全景式地反映刚刚逝去的、甚至是正在发生的社会现实，以及表现各种矛盾斗争中的阶级和人的创作气魄所代替。历史性的巨大内容、宏伟的结构、客观的叙述，以及不断创造时代典型的努力，都是建筑在他的精细观察和运用一定的社会科学思想对社会生活进行分析之上的。这种依靠理性分析来开拓形象思维的创作方法，从典型环境来解释并塑造典型人物，在戏剧性强的情节中体现人物性格及其成长史的写法，逐渐成为“左翼”文学公认的主流，因而影响深远。以茅盾作品为首的这一类小说，近年来被称为“社会剖析小说”。

茅盾能够担负起开创新的文学范式的历史任务，绝非偶然。他是在有了理论、生活、文学修养上的充分准备之后才开始创作的。在“五四”时期，茅盾已经积极从事外国文学的介绍工作，还改革老牌的《小说月报》，使其由“鸳鸯蝴蝶派”的大本营转化为新文学的重要阵地，这给他带来很大的名声。在文学理论批评方面，他在一个时期内主张采自然主义之长来改造旧文学的概念化、公式化描写，提倡法国泰纳关于文学的“时代、环境、种族三成因”的学说，这是他以后形成的现实主义观念的起始。他是中国现代作家中较早接受马克思主义学说的人，并亲自参加建立中国共产党、促进国共合作和大革命的政治实践活动。他深厚的社会科学理论修养，开阔的思想、生活、艺术视野，对他开创“社会剖析小说”起了极大的作用。叶圣陶曾说：“我有这么个印象，他写《子夜》是兼具文艺家写作品与科学家写论文的精神的。”② 茅盾正是这样一位具有社会科学家气质的小说家。

同时，茅盾在运用思想对社会现象进行不懈的理解和分析中，构思鸿篇巨制。他是彻底改变“五四”中长篇小说的幼稚状态，使之走向成熟的最突出的小说家。他的中长篇小说从《幻灭》《动摇》《追来》（《蚀》的三部曲）到《子夜》，标志着现代文学第二个十年中长篇小说所达到的高峰。茅盾在20世纪初所写的《读〈倪焕之〉》一文中曾说道，“《呐喊》所表现的，确是现代中国的人生”，不过只是“受不着新思潮的冲击”“难得变动”的

---

① 梁实秋．文学与革命［J］．新月，1928（4）．

② 叶圣陶．略谈雁冰兄的文学工作［M］//朱成蓉．叶圣陶散文·甲集．成都：四川人民出版社，1983：495，496．

“老中国的暗陬的乡村，以及生活在这些暗陬的老中国的儿女们，但是没有都市，没有都市中青年的心的跳动”。他认为到这时，就要求文学不仅能够表现古老乡村的一隅，还能表现在西方资本主义工业文明的冲击下，处于急剧变动中的、正在走向现代化的都市生活。这是生活本身向文学提出的任务。这个任务，“五四”作家未能完成，而是由茅盾及其同时代的作家巴金、老舍等人完成的。当中国在东南沿海一带的社会经济结构逐渐为现代化生产、商业所代替时，这巨大而复杂的生活内容，就提供了文学形式相应改变的可能性。茅盾的贡献之一便是适应了30年代生活内容的变化，对鲁迅所开创的中国现代短篇小说文体进行了新的拓展，向中长篇延伸，大大提高了中国现代小说反映生活和人的心灵的深度广度的可能性。

茅盾是由“五四”育成的一代具有世界眼光的作家，茅盾就是这样以自觉创造革命文学的理论和实践来建立、发展、完善中国现代小说文体的，而且绝不割断它与世界文学的联系，从而显示出他独特的文学史地位和作用。

二、茅盾的小说成就

茅盾独特的小说艺术探索，首先表现在题材的选择与主题的开掘上。他的小说注重题材与主题的时代性与重大性，要求创作与历史事变尽量地同步，自觉地追求“巨大的思想深度”与“广阔的历史内容”，具有能反映时代全貌及其发展的史诗性特点。

写于1942年年初的《霜叶红似二月花》揭开了20世纪初五四运动前夕中国社会的一角：中国早期民族资产阶级代表惠利轮船公司经理王伯申与封建没落地主代表赵守义之间的钩心斗角，青年地主钱良材改良主义的努力及失败，以及他们的家庭生活的变迁及各成员感情世界的微妙变化，都显示出了中国社会在发生巨大变化之前的种种征兆。这部“本来打算写从‘五四’到1927年这一时期的政治、社会和思想的大变动”① 的作品，20世纪40年代只写出了第一部，成为残稿。直至1974年作者试图续写，维持了张婉卿形象的重要地位，表现了中国旧式女性的现代蜕变，完整地表现了北伐战争中“国共合作”以及国民党左派青年的矛盾、斗争的历史性情景。续稿继续延续第一部原来便有的对浙江富裕家庭内部琐碎事故的如实描写和对男女两性婚姻关系的细致刻画风格，于宏大布局中融进了中国言情小说描写人物服饰、环境场面的纤细笔调。②

《子夜》写成于1931年至1932年期间，从它开始，茅盾更自觉地展开了对于自己所处的时代“全方位”的正面描绘。这里有：在帝国主义侵略下30年代经济大崩溃中的买办资产阶级与民族资产阶级之间的生死搏斗，农民的破产与暴动，中小城镇商业的凋残，市民阶层的破产，知识分子的苦闷与毫无出路，以及面临日本帝国主义侵略造成的民族意识的初步觉醒与爱国抗日运动的最初发动。通过对民族资本家吴荪甫悲剧命运的阐述，作家准确地把握了20世纪30年代社会各阶级、各阶层的人的思想、性格、心理、命运及其历史纠葛和流动，力求完整地反映出整个大时代的全部丰富性与复杂性。《子夜》发表后

---

① 茅盾．霜叶红似二月花·新版后记［M］//茅盾全集（第6卷），北京：人民文学出版社，1984：250.

② 茅盾．霜叶红似二月花（续稿）［J］．收获，1996.

轰动社会，三个月内重印四次，成为革命现实主义的里程碑式作品。瞿秋白说：“这是中国第一部写实主义的成功的长篇小说”“一九三三年在将来的文学史上，没有疑问地要记录《子夜》的出版”①。不久后茅盾写出的重要短篇小说《春蚕》（与另两篇短篇小说《秋收》《残冬》，被合称为“农村三部曲”）、《林家铺子》等，同样具有鲜明的30年代的时代特征，这几部作品不仅显示了茅盾自身创作趋于成熟，而且集中体现了30年代中国现代社会历史小说的主要特色与主要成就，由此形成了中国现代社会历史小说的基本格局，并起着长久的领导作用。

1941年茅盾又以特有的胆识，及时发表了长篇小说《腐蚀》。以国民党政府发动“皖南事变”为背景，以一个失足的女特务的日记的形式，暴露了国民党大后方酷烈的特务统治。由于茅盾丰厚的生活积累，以及他对人物（特别是女性）内心隐秘世界的敏锐观察力和充沛的艺术表现力，因此，即使是处理这样一个具有尖锐政治性和即时性的题材，仍然显得充裕自如，并达到了相当高的艺术水平。1945年，茅盾创作了他唯一的剧作《清明前后》，在这个小说化的戏剧里，通过叙述女性民族资本家赵自芳和丈夫林永清在兴办民族工业中的种种艰辛曲折，形象地展现了抗日战争后期中国民族资产阶级的挣扎、苦斗，剧本最后写出林永清、赵自芳夫妇的初步觉醒，指出民族资产阶级只有在争取建立民主、自由、独立的新中国的斗争中才有出路，实际上这也是对作家在其全部作品中所展现的20世纪前半世纪中国社会历史的艺术总结。

同时，我们可以看到，茅盾小说以社会斗争为故事的轴心，就必然会显示出题材的强烈政治性。他的爱情描写，也是从属于青年知识分子阶层的表现，是作为社会生活的一个方面来展开的。小说叙述者的身份，与“五四”时期大部分的叙事作品以个人立场叙述不同，所持的是社会化的、集体化的立脚点。这样，茅盾的小说叙述人，显出个人化体验的缺乏，更多以历史代言者的面目亮相了。

为了适应以长篇小说为主的小说艺术发展的需要，在小说人物形象的塑造上，茅盾也有着与鲁迅不同的艺术追求。不同于鲁迅抓住人物性格的主要特征予以传神的勾勒的白描手法，茅盾更注重表现人物性格的多面性与复杂性，对人物的行为、情感、心理、个性诸点加以展开，追求“立体化”的油画效果。从茅盾的文艺观念来说，人物是小说的中心，而人是一切社会关系的总和，是历史客观条件、客观环境造成了人，所以，他总是从多方面的错综复杂的社会关系及其变化中来突出人物性格及其发展，在错综复杂的社会关系中又特别注重人物的经济关系及经济地位的变化，这也有别于鲁迅往往着重从人物精神状态去展现人物性格、命运的写法。最能体现茅盾上述艺术追求，并最能代表其艺术成就的，无疑是《子夜》中吴荪甫形象的塑造。

吴荪甫是第二次国内革命战争时期的民族资本家的典型代表，作者十分自觉地把他置于多方面的错综复杂的社会关系中来加以刻画。这里主要涉及的社会关系是吴荪甫与官僚资本家赵伯韬的关系，与工人的关系，与中小资本家朱吟秋等的关系。围绕着上述三个主要社会关系，又展开了更为错综复杂的关系网：吴荪甫与作为没落地主阶级的象征的吴老

---

① 瞿秋白．子夜和国货年［M］//瞿秋白文集：文学编（第2卷），北京：人民文学出版社，1986：71.

太爷的关系，与其亲属的关系，与其精干的亲自提拔的下属屠维岳的关系，与同伙王和甫等的关系，与双桥镇农民的关系，等等。所有这些不同的社会关系如同一面面镜子，从各个侧面照出了吴荪甫复杂的性格。茅盾笔下的吴荪甫，其性格的基本特征是似强实弱、外强中干。随着小说情节的发展，吴荪甫性格中强与弱两个方面不断进行搏斗，其发展趋势是前者不断地让位于后者。吴荪甫是中国现代社会出现的“新人”——与旧的封建地主阶级完全不同的民族资产阶级，他在精神上无疑是西方资产阶级的兄弟。茅盾称他为“二十世纪机械工业时代的英雄、骑士和王子”，他有着发展中国独立的民族工业的雄才大略，有着活跃的生命力，刚毅、顽强、果断的铁腕与魄力，更有现代科学管理的经营之才，他确实应该是时代英雄传奇中理所当然的主角。然而茅盾通过小说告诉我们：他生不逢时。他处于半封建半殖民地的中国社会，而且是 20 世纪 30 年代世界经济危机冲击下，帝国主义经济大肆侵入中国社会这一时期的民族资本家，他有着种种不可克服的矛盾：他自身所具有的封建性（这突出地表现在他的家庭生活和与部下以及工人的关系中带有的封建专断性质，以及他依靠剥削农民作为积累资金的手段）使他在与包括妻子在内的周围人的关系中经常处于孤立地位；作为民族资产阶级，他在与背后有着帝国主义撑腰的厚颜无耻的买办资产阶级的搏斗中，不能不感到自己在政治、经济上的软弱无力。这种软弱性投影在他的心灵、性格上，就形成了他本质上软弱的一面。在他表面的果决善断的背后是他的狐疑惶惑，在他充满自信的背后是悲观绝望，在他遇事胸有成竹的背后是张皇失措，这些最后导致了他精神上的崩溃。吴荪甫性格的复杂性，表现了中国民族资产阶级的两面性。而吴荪甫的悲剧命运正是说明了：在帝国主义统治下，中国民族工业是永远得不到发展的，半封建半殖民地的中国是永远不可能走上资本主义道路的。这是《子夜》的主旨所在。

吴荪甫这个人物引起的读者感情也是复杂的。他的自私、贪婪、专断与残酷，以及他内心深处的平庸面，都会引起读者的反感，然而，他那强悍的生命力量却是我们柔弱的民族性格中所缺乏的，我们的民族可以说自 21 世纪以来就在不断呼唤着吴荪甫这样的“铁腕人物”出现，以他的雄才大略、经营之才与大刀阔斧的魄力打破沉滞不前的局面，实现中国工业的现代化。因此，吴荪甫落入中国当时的政治、经济和社会关系网中，困兽般挣扎，终不免失败的结局，能够引起读者（包括今天的读者）的同情。正像作者在《再来补充几句》中所说：“吴荪甫的悲剧中是带有某些悲壮性的。”茅盾对吴荪甫复杂性格的刻画对比以往文学单一化的性格描写无疑是一个新的突破，但对这个人物性格复杂性的过于明确化与理性化的把握与表现，却仍然未能摆脱把无限丰富的人物与生活加以简单化的历史局限。这表明：茅盾对人物塑造“立体化”的努力及成就，只是现代小说人物刻画艺术所能历史地达到的一个阶段，但其积极意义及影响仍是不可低估的。

茅盾人物刻画的另一个重要贡献，是他进行了“人物形象系列”的自觉创造。作为一个有着鲜明艺术个性的自觉的长篇小说艺术家，茅盾创造了自己的艺术世界。对于进入他艺术视野的人物，总是对他们的性格与命运保持着持久的热情与关注，这些人物在他的写于不同历史时期的小说中不断出现，最终形成了形象系列，各自构成了某一类型人物思想性格的发展历史。在茅盾的作品中，主要创造了民族资本家与时代新女性两个形象系列。从 20 世纪初与地主阶级顽固派相对抗的轮船老板王伯申（《霜叶红似二月花》），到 30 年代既与帝国主义支持下的买办资产阶级斗法，又疯狂镇压工人运动的吴荪甫，以及处于各种矛盾关系之中的二老板唐子嘉（《多角关系》），到抗战初期被人民斗争所推动，终于加入爱国斗争行列的何耀先（《第一阶段的故事》）、严仲平（《锻炼》），还有直到抗战中、后期才在人民民主运动中找到出路的林永清夫妇（《清明前后》），茅盾十分清晰地勾勒出了20世纪前半世纪中，中国民族资产阶级所走过的历史道路，既写出了中国民族资产阶级的总体历史特点与发展趋向，又展示了现代史发展不同阶段的不同特点，具有了历史的具体性。中国民族资本家是颇能显示中国现代社会与革命的历史特点的新的阶段、新的人，本应当成为中国现代文学的重要角色，由于种种原因，在现代文学的人物画廊里民族资本家形象始终是一个薄弱的环节。茅盾的独特创造在一定程度上弥补了这一缺陷，具有特殊的、历史的、美学的价值。

茅盾笔下的时代新女性形象系列比之民族资本家形象系列较少有理念化的痕迹，取得了更大的成功。这显然与作家对时代新女性更为熟悉，并倾注了更多的主观情感有关。茅盾说过：他的作品中的“女子虽然很多，我所着力描写的，却只有二型：静女士、方太太，属于同型；慧女士，孙舞阳，章秋柳，属于又一的同型”[①]。前者和谐、匀称，与传统的东方女性有更多的精神联系；后者热烈、狂欢，则从道德伦理观念、生活追求到性格、气质都迥异于传统东方女性，是受着欧风美雨新思潮的直接影响而产生的西方型女性——这也是中国现代社会出现的“新人”。她们声称“既定的道德标准是没有的，能够使自己愉快的便是道德”，她们是真正的“现代”人：“既不依恋感伤于‘过去’，亦不冥想‘未来’”[②]，反对克己的清教徒生活，崇尚享乐，厌恶灰色的平庸，追求刺激，有着活跃的生命，强悍的、泼辣的个性，她们在精神实质上与民族资本家的男“英雄”们是相通的。她们本来都不是革命者，但是，“只要环境转变，这样的女子是能够革命的”[③]。在茅盾20世纪二三十年代的作品里，显然对于这一类现代女性有所偏爱，无论是《蚀》里的慧女士、孙舞阳、章秋柳，还是《虹》里的梅行素、《子夜》里的张素素，作家对她们的趋于极端、易于动摇虽有所批评，但主要着力点却在肯定她们思想、性格里反封建的叛逆方面，真实地描写了她们尽管有动摇，却最终走上了革命道路。作家反复强调：“如果读者并不觉得她们可爱可同情，那便是作者描写的失败。”[④] 但在《子夜》林佩瑶的身上，已经透露出了这些时代新女性的悲剧性结局，作者的笔调中批判性因素逐渐加浓。茅盾写于20世纪40年代的《腐蚀》中的女主人公赵惠明，就其追求的性格，应该是30年代梅行素们的精神姐妹，但她已不再是作家倾心的“英雄”，同情中含有更多更严峻的批判。赵惠明的利己主义、追求享乐、刺激，不再具有反封建的意义，而成为她堕落为国民党特务的内在原因。对于西方型时代新女性的政治、道德、审美评价的上述转变，与对东方型女性的传统美德的再发掘、再肯定（主要表现在《霜叶红似二月花》中对张婉卿的塑造上）的文学潮流是同时发生的，它深刻地反映了20世纪40年代民族解放运动热潮中，社会文化心理、观念的变化。

---

① 茅盾．从牯岭到东京［M］//茅盾全集（第19卷）．北京：人民文学出版社，1991：179.
② 茅盾．写在〈野蔷薇〉的前面［M］//茅盾全集（第9卷）．北京：人民文学出版社，1985：522、524.
③ 茅盾．写在〈野蔷薇〉的前面［M］//茅盾全集（第9卷）．北京：人民文学出版社，1985：522、524.
④ 茅盾．从牯岭到东京［M］//茅盾全集（第19卷）．北京：人民文学出版社，1991：179.

茅盾塑造的这两种文学人物，主要生活在都市里。茅盾的小说也是20世纪30年代都市文学最早的代表作品。与中国都市文学其他的两种表现形态相比，即与用城乡对照表现乡村的善良人性和都市的罪恶人性，或用现代人的感觉来体验都市这些方式来比，茅盾属于历史斗争模式，以都市中阶级的对峙、人与人的斗争作为主线来表现一个亢奋的、变化的、贫富差别显著的城市社会。以茅盾为首的这一派都市文学也自有它的位置。

茅盾对小说结构非常注意，他追求宏大而严谨的布局，他的作品总是人物众多，情节复杂，线索纷繁交错而又完整。这种结构方式是更适合于长篇小说的，不同于鲁迅短篇小说单纯而严正的布局追求：作品通常规模不大，人物不多，故事情节不太曲折，矛盾冲突也不复杂，大抵有一个中心人物，配上少量陪衬人物，借助一件事或几件事的发展而组成全篇。从鲁迅到茅盾，可以看到我国现代小说结构艺术的发展。

从《子夜》开始，茅盾把小说结构的精心构制作为艺术构思中的重要一环，追求与纷繁复杂的生活更加适应的蛛网式的密集结构："把好几个线索的头，同时提出然后来交错地发展下去……在结构技巧上要竭力避免平淡。"① 小说第一章匠心独运地以吴老太爷"因为土匪实在太嚣张，而且邻省的共产党红军也有燎原之势"而来到上海起笔，不仅巧妙地将小说即将开始的20世纪30年代民族资本家的故事置于中国共产党的土地革命背景下，而且以吴老太爷的猝死而象征封建地主阶级旧的一章已经结束，而中国新兴资产阶级新的历史悲喜剧开始了。这一章实际上起了序幕的作用；第二、三章通过吴老太爷的丧事，小说的主要人物全部出场，小说各种矛盾全面铺开；第五章到第八章写吴荪甫三条战线同时作战，最后以胜利告终，出现了情节上的一个"松弛"；第九章至第十三章，写吴、赵斗法；第十三章至第十六章写工人运动，把吴荪甫置于两面作战的困境之中，充满了外在的紧张感，逐渐将故事推向高潮；第十七章至第十九章，写吴荪甫背水一战，着重写吴荪甫的内心活动，充满紧张感，最后以吴荪甫的失败结束。小说情节安排有张有弛，很有节奏，多种矛盾的同时出现、互相纠缠，既有利于多侧面地展开主人公的多重性格，又便于揭示生活中各种矛盾的内在联系和相互影响，使小说的结构形式与所要反映的纷繁复杂的内容取得了某种一致性。在《子夜》之后，茅盾对结构艺术的创新始终保持着热情，他的部分短篇小说就采取了一种开放性的结构，即作者并不交代事件的最后结果，而留下更多的空白让读者进行艺术的再创造。

在小说的艺术表现上，茅盾特别注重细腻的心理刻画，他追求社会历史的剖析与社会人的心理剖析相统一。在他的艺术创造中，不仅努力挖掘与揭示人物心理活动的深刻的社会历史原因，而且注意把人物置于广阔的社会历史运动中，展现人物心理发展的历程。同时，他又十分注意调动一切心理描写的手段，加以综合地运用，以表现人物心理活动的丰富性与复杂性。茅盾的创作实践提高了心理刻画在我国现代长篇小说艺术中的地位，具有重要意义。

① 茅盾．子夜是怎么写成的［M］．茅盾全集（第22卷）．北京：人民文学出版社，1993：56.

第二节　小说大家老舍

一、文化批评视野中的市民世界

老舍（1899 年—1966 年），原名舒庆春，字舍予，笔名老舍，满族人。他生于北京城的一个贫民家庭，在大杂院里度过了艰难的幼年和少年时代。他非常熟悉社会底层的市民生活，喜爱流传于市井巷里的戏曲和民间说唱艺术，这种阅历有利于他日后创作中平民化与“京味”风格的形成。他没有直接参与激进的新文化运动，甚至对五四运动也采取旁观的态度，在 20 世纪二三十年代，他始终与时代主流保持一些距离，在创作上也常表现出不苟时尚的自足心态。他常常试图在创作中超越一般感时忧国的范畴，去探索现代文明的病源。

1924 年之后老舍经历了一段五年旅居英国的生活，这打开了他的眼界，也激发了他的创作兴趣。1926 年他写成长篇小说《老张的哲学》，接着又创作了另外两部长篇小说《赵子曰》（1926 年）与《二马》（1929 年）。1930 年他回国，到 20 世纪 30 年代中期，其创作进入鼎盛时期。此间最出色的作品是《骆驼祥子》（1936 年），也是现代文学史上最优秀的长篇小说之一。此外，他还贡献了《猫城记》（1932 年）、《离婚》（1933 年）、《牛天赐传》（1936 年）等鸿篇巨制，《我这一辈子》等中篇小说，以及《继魂枪》《月牙儿》《柳家大院》《微神》等短篇小说。抗日战争把老舍卷进了时代的洪流，1938 年中华全国文艺界抗敌协会成立后，老舍曾任总务部主任，积极投身于抗战文艺工作。20 世纪 40 年代他创作了最主要的长篇小说《四世同堂》。到了五六十年代他还继续写作，最成功的作品有话剧《茶馆》（1957 年）和小说《正红旗下》（1961 年 —1962 年，未完成）。老舍是多产作家，一生共写了一千多篇（部）作品，约七八百万字。

老舍在中国现代文学史上的独特地位与价值在于他对文化批判与民族性问题的格外关注，他的作品存在着对转型期中国文化尤其是俗文化的冷静审视，其中既有批判，又有眷恋，而这一切又都是通过对北京市民日常生活全景式的风俗描写来达到的。他是第一个把“乡土”中国社会现代性变革过程中小市民阶层的命运、思想与心理通过文学表现出来的作家，并获得了巨大成功。老舍的作品注重文化，谱写世态，是那么真实而又有世俗的品位，加上其表现形式又适应并能提高市民阶层的欣赏趣味，所以能为现代文学赢得知识分子之外的众多读者。北京文化孕育了老舍的创作，而老舍笔下的市民世界又最能体现北京文化的人文景观，这甚至成为一种文化史的象征，一说到北京文化，就不能不联想到老舍的文学世界。

老舍的作品在中国现代小说艺术发展中有十分突出的地位，与茅盾、巴金的长篇创作一起，构成现代长篇小说艺术的三大高峰。老舍的贡献不在于长篇小说的结构方面，而在于其独特的文体风格。老舍远离 20 世纪二三十年代的“新文艺腔”，他作品的“北京味儿”“幽默风”，以及以北京话为基础的俗白、凝练、纯净的语言，在现代作家中独具一格。老舍的作品是“京味小说”的源头。老舍创作的成功，标志着我国现代小说（主要是长篇小说）在民族化与个性化的追求中已经取得了重要的突破。

二、《骆驼祥子》：对城市文明病与人性关系的探讨

老舍笔下除了有老派、新派与理想市民几种形象系列外，还有一种属于城市底层的贫民形象系列，他们在老舍的市民世界中占有显著的位置。这里有洋车夫祥子、老马、小崔、老巡警、拳师少子龙、剃头匠孙七、妓女小福子、艺人方宝庆和小文夫妇，等等。这个形象系列集中体现了老舍与下层人民深刻的精神联系。如果说在对老派市民与新派市民的描写中，通俗喜剧的色彩往往构成主调，那么，刻画城市贫民形象的作品就具有浓烈的悲剧性。《骆驼祥子》就是写城市贫民悲剧命运的代表作，这部小说在老舍的全部创作中是一座高峰。通常认为这部小说的成功在于其真实地反映了旧中国城市底层人民的苦难生活，揭示了一个破产了的农民如何市民化，又如何被社会抛入流氓无产者行列的过程，以及这一过程中所经历的精神毁灭的悲剧。就作品描写的生活情状及主要人物的典型性而言，这部作品的确有助于人们认识 20 世纪二三十年代中国城市社会的黑暗图景。然而如果更进一步探究，会发现这部小说还有更深入的意蕴，那就是对城市文明病与人性关系的思考。这部作品所写的，主要是一个来自农村的纯朴的农民在与现代城市文明相对立的过程中所产生的道德堕落与心灵腐蚀的故事。

祥子从农村来到城市谋生，“带着乡间小伙子的粗壮与诚实，凡是卖力气能吃饭的事儿几乎全做过了”。他把买一辆自己的车作为生活目标，幻想着有了车就如同在乡间有了地一样，能凭着自己的勤劳换取安稳的生活。经过三年的艰辛，祥子终于买下一辆新车，不料才半年就被匪兵抢去。他虎口逃生，路上捡到三匹骆驼，卖了三十元钱，准备积攒着买第二部车，不久又被孙侦探抢走。车厂老板刘四爷的女儿虎妞喜欢祥子，祥子虽然讨厌她又老又丑，却也防不住性诱惑的陷阱，不得不与她结婚，并用她的私房钱买下第三部车。不久虎妞因难产死去，祥子只得卖掉车子料理丧事。老舍以极大的同情描写祥子的不幸遭遇：“一个拉车的吞的是粗粮，冒出来的是血；他要卖最大的力气，得最低的报酬；要立在人间的最低处，等着一切人一切法一切困苦的击打。”

祥子“做一个独立的劳动者”的善良愿望的毁灭，是有社会原因的，小说所写的“逃匪”“侦探”等的欺压，都反映出 20 世纪二三十年代那个动荡的社会背景，使得祥子的悲剧有了社会批判的内涵。但作家同时揭示和批判了祥子自身固有的缺陷。他不合群，别扭，自私，死命要赚钱，“不得哥儿们”。“在没有公道的世界里，穷人仗着狠心维持个人的自由，哪怕很小很小的一点自由”，这就决定了他的孤独、脆弱，最终完全向命运屈服，一步步走向堕落深渊。小说最后写祥子完全变了个人，他变得懒惰、贪婪、麻木、缺德，他打架，使坏，逛窑子……“为个人努力的也知道怎么毁灭个人”，他真正成了“个人主义的末路鬼”。

这正是对祥子这类小生产者个人奋斗的思想、性格悲剧的深刻概括。老舍在祥子等下层城市贫民身上所发现的不敢正视现实、自欺欺人的幻想，以及人与人之间的冷漠、个人奋斗道路破灭以后的苟且忍让，与他在其他一些小说中常写到的“老中国的儿女”之间显然存在着某种共同点，这是同一经济文化的产物，在一定程度上也反映了中国国民性格中的某些弱点。这样，《骆驼祥子》中对城市贫民性格弱点的批判，就纳入了老舍小说“批

判国民性弱点”这一总主题中。

祥子似乎注定被腐败的环境锁住而不得不堕落，他想向命运搏斗却最终向命运屈服，他的一切幻想和努力都成为泡影，恶劣的社会毁灭了一个人的全部人性。这种表现是悲观的，因为老舍不止于批判现实社会，也不止于批判传统文明和落后的国民性，他显然在思考城市文明病如何和人性冲突的问题。老舍说他写《骆驼祥子》很重要的一点便是“由车夫的内心状态观察地狱是什么样子”。这个“地狱”是那个在城市化过程中产生的道德沦落的社会，也是为金钱所腐蚀了的畸形的人伦关系。像虎妞的变态情欲、二强子逼女卖淫的病态行为，以及小福子自杀的悲剧等，对祥子来说，都是锁住他的“心狱”。

小说写祥子的一个个不幸遭遇，蕴含着一个不断向自我和人类的内心探究的旅程。祥子从农村来到城市，幻想当一个有稳固生活的劳动者，可是他的人生旅途每经过一站，他都更沉沦堕落一层，也愈来愈接近最黑暗的地狱层。无论是祥子初来乍到就看到的那个无恶不作的“人和车厂”，还是在他结婚后搬进去的杂乱肮脏的大杂院，或者他最后走向那如同“无底的深坑”的妓院白房子，小说都是通过祥子内心的感觉来写丑恶的环境如何扭曲人性，写他在环境的驱使下如何层层给自己的灵魂泼上污水，从洁身自好到心中的“污浊仿佛永远也洗不掉”，最后破罐子破摔，彻底沉沦。祥子被物欲横流的城市所吞噬，自己也成为那城市丑恶风景的一部分。小说直接解剖环境中的各式人的心灵，揭示文明失落如何引发“人心所藏的污浊与兽性”。老舍对城市中“欲”（情欲、财产贪欲等）的嫌恶，对城市人伦关系中“丑”的反感，主要是出于道德的审视。人们从《骆驼祥子》阴暗龌龊的图景中，能感触到老舍对病态的城市文明给人性带来伤害的深深的忧虑。在20世纪30年代，像《骆驼祥子》这样在批判现实的同时又试图探索现代文明病源的作品是独树一帜的。

三、老舍作品的京味与幽默

老舍作品中最引人注目的是“京味”。“京味”作为一种风格现象，它包括作家对北京特有风韵、特具的人文景观的展示及展示中所注入的文化趣味。因此“京味”首先表现为取材的特色。老舍聚集其北京的生活经验写大小杂院、四合院和胡同，写市民凡俗生活中所呈现的场景风致，写已经斑驳破败仍不失雍容气度的文化情趣，还有那构成古城景观的各种职业活动和寻常世相，为读者提供了丰富多彩的北京风俗画卷。这画卷所充溢着的“北京味儿”有浓郁的地域文化特色，具有很高的民俗学价值。“京味”作为小说的风格氛围，又体现在作家描写北京市民庸常人生时对北京文化心理结构的揭示。北京长期作为皇都，形成了帝辇之下特有的传统生活方式和文化心理、习惯，以及与之相应的审美追求，迥异于有更浓厚的商业气息的“上海文化”。老舍用“官样”一语来概括北京文化的特征，包括讲究体面、排场、气派，追求精巧的“生活艺术”；讲究礼仪，固守养老抚幼的老“规矩”；性格的懒散、苟安、谦和、温厚与懦弱，等等。这类“北京文化”的“精魂”渗透于老舍作品的人物刻画、习俗描绘和气氛渲染之中。

老舍作品中处处写到礼仪，礼仪既是北京人的风习，亦是北京人的气质，“连走卒小贩全另有风度”。北京人多礼，《二马》中老马赔本送礼，《离婚》中老李的家眷从乡下来同事们要送礼，张大哥儿子从监狱里放出来更得送礼，《骆驼祥子》中虎妞要祥子讨好刘四爷更需送礼，《四世同堂》则直接详尽描写祁老人“自幼长在北京，耳濡目染，向旗籍人学习了许多规矩礼路”。这不仅是一种习俗，更表现了一种“文化”“性格”。《四世同堂》第一章就写道：无论战事如何紧张，祁家人也不能不为祁老人祝寿，“别管天下怎么乱，咱们北平人绝不能忘了礼节”。就连没有一点文化的车夫小崔也熏染了这种北京“礼节”，他敢于打一个不给车钱的日本兵，可是在女流氓大赤包打了他一记耳光时，却不敢还手，因为他不能违反“好男不与女斗”的“礼”。这种“北京文化”甚至影响到中国的市民知识分子。

《四世同堂》里的祁瑞宣就有这样一个衰老的北京文化在新思潮冲击下产生的矛盾性格。小说写了一个细节，当台儿庄大捷的消息传到北京后，作为一个“当代中国人”，他十分振奋，但他没有“高呼狂喊”：“即使有机会，他也不会高呼狂喊，他是北平人。他的声音似乎是专为吟咏用的，北平的庄严肃穆不允许狂喊乱闹，所以他的声音必须温柔和善，好去配合北平的静穆与雍容。”祁瑞宣因此而感叹自己缺乏那种新兴民族的英武好动，说打就打，说笑就笑，敢为一件事，不论是为保护国家，还是为试验飞机或汽车的速度去牺牲性命。

老舍对“北京文化”的描写，是牵动了他的全部复杂情感的，这种复杂情感里既充满了对“北京文化”所蕴含的特有的高雅、舒展、含蓄、精致的美的不由自主地欣赏、陶醉，以致因这种美的丧失、毁灭油然而生的感伤、悲哀，以及若有所失的怅惘，同时又时时为“文化过熟”导致的柔弱、无用而惋叹不已。对北京文化的沉痛批判和由其现代命运引发的挽歌情调交织在一起，使老舍作品呈现出比同时代许多主流派的创作作品更复杂的审美特征。老舍作品中的“京味”正是这种主观情愫与对北京市民社会文化心理结构的客观描绘的统一。

老舍性情温厚，其写作姿态也比较平和，常常处于非激情状态，更像是中年的艺术。他的作品追求幽默，这一方面有来自狄更斯等英国文学作家的影响，另一方面也深深地打上“北京市民文化”的烙印，形成了更内蕴的“京味”。老舍说“北平人，正像别处的中国人，只会吵闹，而不懂什么叫严肃”，“北平人，不论是看着一个绿脸的大王打跑一个白脸的大王，还是八国联军把皇帝赶出去，都只会咪嘻咪嘻的假笑，而不会落真的眼泪”。老舍的幽默带有北京市民特有的“打哈哈”性质，既是对现实不满的一种以“笑”代“愤”的发泄，又是对自身不满的一种自我解嘲，总之，是借笑声来使艰辛的人生变得好过一些，用老舍自己的话来说，就是把幽默看成是生命的润滑剂。这样，老舍作品中的幽默就具有了两重性。当过分迎合小市民的趣味时，就流入了为幽默而幽默的“油滑”（说得严重一点，有点类似北京“京油子”的“耍贫嘴”）——这主要表现在老舍的早期创作中，老舍曾为此而深深苦恼，以致一度“故意停止幽默”。经过反复思索、总结，从《离婚》开始，老舍为得之于北京市民趣味的幽默找到了健康的发展方向：追求更加生活化，在庸常的人性矛盾中领略喜剧意味，谑而不虐，使幽默“出自事实本身的可笑，可不是从文字里硬挤出来的”；追求更高的视点，更深厚的思想底蕴，使幽默成为含有温情的自我批判；追求艺术表现上的节制与分寸感。这样一来，老舍的“幽默”逐渐克服了原有的单纯性质，产生了喜剧与悲剧、讽刺与抒情的渗透、结合，获得了一种丰厚的内在艺术力量。读其小说往往使人忍俊不禁，又会掩卷深思。

老舍的语言艺术也得益于他对北京市民语言及民间文艺的热爱与熟悉。他创造性地运用北京市民俗白浅易的口语，用老舍自己的话来说，就是“把话调动得生动有力”，烧出白话的“原味儿”来，同时又在俗白中追求讲究、精致的美（这也是北京文化的特征），写出“简单的、有力的、可读的而且美好的文章”。老舍成功地把语言的通俗性与文学性统一起来，做到了干净利落，鲜活纯熟，平易而不粗俗，精致而不雕琢。其所使用的语词、句式、语气以至说话的神态气韵，都有他独特的体味和创造，又隐约渗透着北京文化，这也是“京味”的重要表现。老舍称得上是“语言大师”，他在现代白话文学语言的创造与发展上有着突出的贡献。

第三节　小说大家巴金

一、青春的赞歌：巴金前期的小说创作

巴金是一个充满了慈爱之心的伟大作家。他给中国现代文学增加了一种热度，也增加了一种纯度。这种热度就是那种青春的放歌和赞歌；这种纯度是以一个青年人的视角来看世界，表现出一种昂扬向上、纯而又纯的激情。巴金的创作是属于青春的艺术。巴金所创造的文学世界，是一个令人心动的、令人震撼的青春世界。它充满了一种青春的活力，表现出青春的赞歌和青春的悲歌。他的作品和茅盾、老舍的作品一起，构成了 20 世纪 30 年代现代文学小说创作的一个艺术高峰。他对中国现代小说艺术的发展所做的贡献是无可替代的。

（一）巴金的创作道路

巴金 1904 年生于四川成都一个封建官僚家庭。五四运动后受新思潮影响参加社会活动，被“无政府主义”激进的思想吸引，这成为其最初的人生信仰。1923 年到上海、南京求学，1927 年赴法国留学，参加“无政府主义”活动，成为真正的理想主义者。但政治活动失败使之陷入矛盾和痛苦中，转向文学来宣泄自己的感情，1928 年年底回到上海，开始了他的职业创作和编辑生活。1928 年发表处女作《灭亡》，标志着巴金作家生涯的正式开始。小说真切地反映出某些青年知识分子在白色恐怖下的躁动、激愤与反抗的心理。

（二）20 世纪 30 年代是巴金创作的高峰

这一时期巴金共创作了五部短篇小说集，爱情三部曲（《雾》《雨》《电》），革命三部曲（《灭亡》《新生》《死去的太阳》），激流三部曲之一《家》。中篇小说《海的梦》《砂丁》《雪》《春天里的秋天》等都创作于 20 世纪 30 年代。他抗战期间创作长篇小说《火》三部曲，完成了《春》《秋》《第四病室》三部小说。20 世纪 40 年代他最有影响的作品是《憩园》和《寒夜》。

（三）巴金早期革命小说的特点

巴金早期表现社会革命、探索青年道路的代表作品有：《灭亡》、《新生》、爱情三部曲等。这类小说的思想艺术特点是：(1)“无政府主义者”的深刻印痕，如《灭亡》中的杜大心，《电》中的敏都走上暗杀的恐怖主义道路，都表现出个人革命，行动绝对自由，无纪律约束的特点。(2) 人物性格理想化、类型化。如杜大心等都拼命工作，都患重病，内

心苦恼而过着苦行僧似的生活，都是人格高尚的人。（3）艺术上存在主观倾诉、激情宣泄、激愤、绝望、哭诉的抒情风格。

到1949年，巴金一共创作了18部中长篇小说、12本短篇小说集、16部散文随笔集，还有大量的翻译作品。其中，中长篇小说代表着巴金在新中国成立前创作的主要成绩。

二、《家》的杰出成就

《家》是巴金20世纪30年代创作的“激流三部曲”中的第一部，它从1931年问世至今，一直以其特有的反封建的思想光辉和动人的艺术魅力吸引着广大读者，在中国现代文学史上占有重要的地位。长篇小说《家》以20世纪20年代初期中国内地城市四川成都为背景，真实地写出了高家这个很有代表性的封建大家庭腐烂、溃败的历史。作品中的高家是中国封建社会和家族制度的缩影。从表面看，高家“一家人读书知礼、事事如意”，家庭内部尊卑有序，礼法森严。但实际上，在这个大家族中处处都充满着激烈的尔虞我诈和钩心斗角。为了争夺家产，陈姨太、克安、克定等人打着维护家族荣誉和高老太爷的招牌，耍尽了花招。他们先是闹“鬼”，吓死了老太爷，接着又闹“避血光”，害死了瑞珏。他们很清楚是军阀混战导致商场被毁，但却硬逼觉新赔偿股票的损失，并且在老太爷尸骨未寒时大闹分家。除此而外，这个封建大家庭挥霍奢侈的寄生生活，还造就了一代整日只会挥霍无度，过着穷奢极欲的糜烂生活的“败家子”，这在高家“克”字辈人物身上显得尤为突出。如高老太爷最喜欢的五儿子克定，不但嫖、赌、抽大烟、玩小旦样样精通，而且还骗取妻子的金银首饰去当卖，在外面私设公馆，蓄妓取乐。

作品在揭露这个封建家庭罪恶的同时，还侧重表现了封建制度、封建礼教对青年一代的摧残和迫害。觉新和梅本是青梅竹马、真诚相爱的一对恋人，只是因为双方母亲在牌桌上有了摩擦，就儿戏般地拆散了这对情侣，使梅在痛苦的折磨中悲哀寂寞地离开了人间。瑞珏是在陈姨太之流闹“血光之灾”的邪说中丧命的，她和梅一样，也是封建礼教的牺牲品。被封建礼教摧残的除了梅和瑞珏外，还有在高家做丫头的鸣凤、婉儿等。鸣凤只有17岁，就被高老太爷当作一件礼物送给了“死教会”的老恶棍、年已花甲的冯乐山做小妾，结果这位年仅17岁的少女被逼得走投无路，投湖自尽了。然而，鸣凤的死却没有使这场悲剧完结，丫头婉儿又很快被高家用来替代鸣凤，继续着人生的悲剧。

作品还表现了以觉慧为代表的一代觉醒了的青年同这个罪恶家族的斗争。这些青年受“五四”反封建巨浪的影响，一方面在社会上积极参加宣传革命思想的学生运动，另一方面在家庭内部和封建势力、封建礼教展开勇猛的战斗，最后，他们真正敲响了这个封建大家庭的丧钟。

《家》是一部思想相当深刻的现实主义力作，作品通过以觉慧为代表的青年一代与以高老太爷为代表的封建腐朽势力的激烈斗争，反映了当时的社会面貌，深刻地揭露了封建社会和家族制度的腐败与黑暗，控诉和揭示了大家族和旧礼教、旧道德的罪恶以及吃人本质，并且揭示了其必然灭亡的历史命运。同时，作品还以极大的激情歌颂了青年知识分子的觉醒、抗争以及他们与罪恶的封建家庭的决裂。

《家》塑造了一系列性格鲜明、具有典型意义的人物形象。高老太爷是封建家长制和封建礼教的代表。作为这个封建大家庭至高无上的统治者，作品突出表现了他专横、冷酷的性格特征。在高家，他的话就是法律，谁也不能反对。为了维护封建礼教和封建制度，他坚决反对孙子们进学堂和参加一切社会活动。他逼觉新和瑞珏结婚，制造了觉新、瑞珏和梅三个人的爱情悲剧。他对家中男女仆人视同牲畜，硬是把只有 17 岁的鸣凤送给 60 多岁的冯乐山做小老婆。鸣凤死后，他又把婉儿抬到冯家去受煎熬。在高老太爷的生命中，维护大家庭的秩序、兴盛，是他意志的全部。也正因此，当他临终前，意识到这个家似乎已经无可挽回地走向衰败时，又极力挣扎，企图用慈祥、温和、自我忏悔的方法将已走上新路的觉慧等人拉回到老路上来。当然，高老太爷的挣扎是徒劳的，高家最终没有免于崩溃的命运。作品通过塑造高老太爷这样一位腐朽反动的人物，表现出了封建制度以及旧礼教、旧思想、旧道德必然灭亡的趋势。

觉新是作品中最重要的一个人物，也是塑造得最成功的人物。他性格上充满了矛盾，是个“有两重人格的人”。觉新善良，待人诚恳，原是旧制度培养出来的，有较强传统观念的人。由于他处于长房长孙的位置，因此，为维护这个四世同堂大家庭的“和平共处”，他凡事采取“不抵抗主义”，逆来顺受，委曲求全。他爱表妹梅，但当这段美好的恋情被长辈无理地扼杀后，他并不反抗，对父亲为他与李家订的亲事，也表示顺从，然后回房蒙头大哭一场，与瑞珏完了婚。祖父死后，陈姨太无端以“血光之灾”为由，不许瑞珏在家里生小孩。觉新虽然觉得这有如“晴天霹雳”，但还是接受了，将瑞珏送到城外荒郊的茅屋中，结果封建迷信吞噬了她的生命。觉新身上虽然有着很严重的旧观念的束缚，但他又是个接受了新思想熏染的人，因此，在他心中，善恶是非是有着清楚的界限的。他也有过美好的向往，与表妹梅的相恋就是他对爱情的追求。同时，他也同情受压制的青年，如暗中帮助觉民逃婚，帮助觉慧离家出走等。新思想虽然触动了他的心灵，但封建旧观念却如同沉重的枷锁压得他无法喘气，使他在精神上常常处于极度痛苦之中。他恨旧东西，但他自己也是旧礼教的牺牲品、封建大家族制度的殉葬品，但由于他受封建传统观念毒害较深，丧失了反抗能力，因此在“不抵抗主义”的支配下，处处妥协，不自觉地扮演着旧东西的维护者的角色。总之，觉新是一个有着“双重性格的悲剧人物”。他性格中的这种矛盾性，真实地反映出了当时的某些时代特征。作者通过塑造这一典型人物，批评了“不抵抗主义”，指明对于封建旧制度、旧观念，反抗才是避免悲剧的唯一出路。

觉慧是大胆而幼稚的叛逆者的形象。“五四”新思潮给了他民主主义、人道主义的思想武器，这使他逐渐认清了封建家庭的黑暗、腐朽以及罪恶。正因为如此，他积极投身学生运动，热心办刊物，宣传进步思想。在家中，他有正义感，同情下层人物，勇于反对封建束缚。在婚姻问题上，他敢于冲破封建等级观念，毅然和丫头鸣凤相爱，同时积极支持觉民抗拒包办婚姻。对于长辈们装神弄鬼等迷信行为，他也敢于大胆反抗。最后，他义无反顾地走出了家庭。当然，觉慧性格中除了有大胆叛逆的一面，也有单纯幼稚的一面。这主要表现在他对周围的一切（包括“家”）虽然愤恨，但还不能做出完全科学的分析，有时感到“这旧家庭里面的一切简直是一个复杂的结，他这直率的热烈的心是无法把它解开的”。他与鸣凤相爱，又经常处于矛盾中，下不了最后的决心。最后，还是因鸣凤被逼投水自杀，这段爱情突然失去了，他才感到莫大的震动。他虽然恨高老太爷，认为在家中他与祖父"像两个敌人"，但在高老太爷临终时，他又曾有过"现在的确是太迟了。他们将永远怀着隔膜，怀着祖孙两代的隔膜而分别了"的想法。这想法很幼稚，其实高老太爷即使不死，他们祖孙两代人的隔膜也是无法消除的，因为他们各自代表的是不同的社会力量。作者对觉慧的塑造完全是忠实于生活的，尽管觉慧身上有着明显的幼稚，但他却真实地反映出了"五四"时期我国觉醒了的一代青年人的某些精神面貌。

《家》还重点描写了几个有着不幸遭遇的女子形象——梅、鸣凤和瑞珏。这三个女子虽然性格不同——梅悒郁，瑞珏贤惠，鸣凤善良却柔中有刚，社会地位也不同，但她们的悲剧结局却是相同的。作品通过对这几位女子悲剧遭际的描写，进一步控诉了封建礼教以及封建道德对弱小、无辜、善良的人们的迫害，强化了全书主旨。

《家》在艺术上有着突出的成就和特色。

首先，在人物塑造上，作品非常善于通过细致入微的人物心理刻画，展示人物丰富复杂的内心世界，从而突出人物性格。如作品写鸣凤投湖时的心理，就非常细腻，是全书极感人的片段。它将一位年仅 17 岁的少女在即将走向生命尽头时的痛苦、惘然、哀怨、挣扎以及最终的绝望，一层层真实细致地剖示出来，使读者从这位被凌辱的少女身上，看到旧制度摧残人性的罪恶，看到这位弱小者生命的宁折不弯。又如，作品写觉慧在鸣凤死后的内心活动也极细致，作者还利用梦幻来剖示人物内心的隐秘，笔墨中透露出人物内心极度的悲哀与懊悔。

除此之外，作品在塑造梅、觉新等人物时，也非常注重采用细腻的心理描写方法来刻画人物。如，正是由于作品细致地写出了梅的内心，才使梅多愁善感的性格得以淋漓尽致地表现出来。而觉新是一位有着"两重人格的人"，作品多处细致地剖析他的内心，表现了人物内心深处因受新思想的启发，对现实不满，又受旧思想的羁绊而最终不能或无力抗争的苦闷、矛盾，使人物复杂的性格得以凸显。

其次，作品在结构上也很有特色。一般说来，一部作品所描写的人物多、事件多，就需要作家有精心布局结构的能力。这部小说全书描写的人物达 70 人左右，作品所写的事件也相当多，如闹学潮、梅与觉新的感情悲剧、鸣凤之死、觉民逃婚、瑞珏惨死等诸多事件。尽管作品表现的人多、事件多，但由于采用了单纯明快地讲故事的结构方式，以事件为线索，以场面串联故事，便巧妙地把高家内外的各种人物、各种矛盾纠葛，同祖孙两代的矛盾冲突这条主线交织成一体，环绕作品的主题思想，有条不紊地分别展开，使作品故事情节波澜起伏，跌宕有致，始终保持着庞大而紧凑、严密而不游离于主要情节的结构特点。

最后，作品在语言上也独具魅力。巴金的作品在语言上一向简洁生动，流畅奔放，具有浓烈的感情色彩。《家》在语言上也同样体现着巴金作品的独特风格。在作品中，作者无论是写人，或是叙事，甚至剖析人物心理，都是带着浓郁的感情色彩，这就使读者在领略人物命运时，一同体味到了作者的喜怒哀乐，使作品具有了格外感人的情感力量。

《家》是一部充分体现了巴金创作成就和风格的优秀作品，它充分显示出了巴金在现代文学小说创作领域中所取得的卓越成就。

三、巴金的创作风格

首先，巴金善于长篇小说创作，写了大量的三部曲，他的三部曲数量是同代小说家中最多的。

其次，他前后创作的风格不完全相同。20世纪30年代的作品充满激情，是激情写作、青春写作，单纯、热烈，躁动、焦虑，其主要以青年恋爱、婚姻、革命为主要表现对象。20世纪40年代他的作品趋向写实，趋于冷静，甚至呈现出冷峻的色彩。即使抒情，也是那种婉约式的情感。

最后，巴金最擅长的是写家庭，一是写封建大家庭，一是写小家庭。

激流三部曲《家》《春》《秋》是巴金的代表作，《家》尤其具有永恒的艺术价值。以1919年—1924年动荡的中国内地成都为背景，写大家族的衰落，集中控诉、暴露、展现了封建大家庭的罪恶，反映了年轻一代对封建家族制度的反抗，颂扬了人的觉醒。《春》描写的是淑英抗婚的故事以及蕙表妹的悲剧人生，表现了不合理的婚姻制度对妇女的摧残，表达了对封建专制婚姻制度的控诉与批判。《秋》揭示了旧家庭分崩离析的结局，通过高家第二代、第三代的堕落与腐化揭示封建专制主义精神支柱的崩溃。

四、关于巴金的无政府主义思想

“无政府主义”是巴金最初的人生信仰。巴金早期接受的“无政府主义”的思想基础是反封建的人道主义。

“无政府主义”在20世纪初具有积极的历史作用。特别是在中国，它具有强烈的反封建的力量，是受广大青年人所景仰的新思想。“无政府主义”在当时中国的作用是反封建的一种最有力的思想武器，它构成对封建主义的最彻底的一种扫荡打击。“无政府主义”在当时和社会主义思想具有同样大的影响力，它们的目的是一样的——推翻封建制度。巴金从一个“无政府主义者”转变为一名作家，完全是以一个战士的姿态走上创作之路的。他前期的创作是歌颂性的，被称为“青春的赞歌”；后期的创作则被称为是“人生的悲歌”。

五、深沉的悲剧艺术：巴金后期的小说创作

巴金后期的（20世纪40年代）作品，在风格上变得深沉，作品内涵复杂丰富，要比30年代更成熟，就艺术水平而言也超过了早期的作品。其中《寒夜》是这期间一部意蕴丰富、技巧精湛的作品，可以说是巴金最圆熟的艺术精品，这主要体现在两个方面：

一是出色的现实主义成就，缜密冷静的写实风格。通过小人物的平凡生活琐事揭示重大主题，作品写一个小家庭的悲剧，把家庭悲剧和社会现实联系在一起进行社会批判，详尽地描写了一个小人物的屈辱心理。

二是对人物内心尤其是病态心理的挖掘和刻画异常细腻深刻，《寒夜》主要是靠细节和心理开掘的深度来写人物的，作品进入人物的内心世界，把人物的复杂心理揭示出来，

例如作品开头对汪文宣的内心世界的描写。

（一）《寒夜》具有多重意蕴

一是社会现实批判，巴金把家庭悲剧和社会现实联系在一起，国统区黑暗腐败的现实造成了家破人亡的悲剧。

二是传统文化与现代观念的冲突，婆媳之间的矛盾反映了传统文化和现代观念之间的冲突。

三是人生思考与人性探索，汪文宣与曾树生之间的冲突最深层的根源是生命冲突，汪文宣与曾树生是两种不同的生命状态。

（二）《寒夜》和《家》在现实主义风格上的不同

不同之处主要体现在以下几方面：

一是由热到冷，由热情的抒写到冷静的写实。

二是作品的主题和题材发生变化。

三是刻画的重点由外部事件转向内心世界。

四是在心理刻画上，改变了《家》中直抒胸臆的写法，而是以揭示人物内心活动、展示其内心矛盾为主。

第四节　小说大家沈从文

沈从文（1902 年—1988 年），男，原名沈岳焕，笔名休芸芸、甲辰、上官碧、璇若等，乳名茂林，字崇文，湖南凤凰人，著名作家、历史文物研究者。

一、独特文人田园小说

在景象万千的中国现代文坛上，沈从文是一个相当独特的文人。他善于叙述故乡湘西农村特异的风俗人情，并从中提升出自己的文化理念，是田园小说的集大成者，沈从文主要的文学贡献是用小说、散文构筑起他特异的湘西世界，他的一生都在执着地叙述着这个世界的悲欢离合、哀怨忧愁。

（一）沈从文创作历程

沈从文 1917 年小学毕业后就参加当地的土著军队。20 岁时只身一人闯到了北京考燕京大学，但名落孙山。后来到北京大学当过一段时间的旁听生。这时的沈从文求学艰难，谋职不成，生活陷入困窘，之后在 1923 年得到了郁达夫的救助。第一篇作品《一封未曾付邮的信》1924 年在晨报副刊上发表，他由此步入文坛。1928 年他任中国公学讲师，1933 年编辑《大公报・文艺副刊》，次年创作著名中篇小说《边城》，成为京派小说家的代表。

抗战爆发以后，他在昆明西南联大任教，抗战胜利后，在北京大学任教。1949 年离开文坛，基本停止创作。1964 年完成文化研究专著——《中国古代服饰研究》。1980 年曾赴美讲学，1988 年逝世于北京。

沈从文是一位多产作家，20 世纪 30 年代是其创作最丰时期，30 多个集子都出于此时。1934 年创作《边城》，1938 年写了《长河》第一卷及众多优秀短篇小说。

（二）沈从文作品的类型

在 20 世纪 30 年代的文坛上，沈从文最独特的文学贡献是田园小说，他是现代文学田园小说的集大成者。他的作品数量比较多，是现代作家中成书最多的。从题材上看，这些作品可以分为两类：一为都市小说，批判、嘲讽都市文明；二为乡土小说，描写湘西风俗人情。其中第二类作品是沈从文的精品之作。沈从文把传统田园感情进行了现代的改造和升华，创作出的是熔铸了自己的人生体验和文化追求的田园小说。

沈从文创作丰富，作品的数量很大，最有影响也最有成就的是城乡两个作品系列，即湘西世界和现代都市世界，他用多种笔墨一面描画着都市堕落的面影，一面礼赞着湘西世界的人情与人性，在这两个世界中，表现出两种不同的态度。

一是对现代都市世界，作家忘不了自己乡下人的身份，总是冷嘲热讽甚至鄙视。

二是对湘西世界，作家以主人翁的身份回忆和憧憬，充满热情和理想，他的湘西世界中，也有两种不同的题材，呈现出两种不同的色彩：在现实题材中，大多表现出一种冷色，如《柏子》《萧萧》《丈夫》等。在怀旧的、理想的人生形式题材中，大多表现出一种暖色，如《边城》《龙朱》《月下小景》等。

沈从文的都市小说，都是以自然文化的价值尺度对都市文明进行嘲讽和批判，在沈从文笔下，都市环境是肮脏的、嘈杂的、拥挤的。上流社会生活堕落腐败，知识分子则卑琐虚伪，底层人为沉重的生活扭曲了灵魂，都市社会既缺乏道德感，也缺乏生命力量，人性的灵光全部沦丧，人成为生命的空壳。而另一种是以湘西生活为题材的创作，则通过描写湘西人原始、自然的生命形式，赞美人性美。

其笔下的乡村世界是在与都市社会对立互参的总体格局中获得表现的，而都市题材下的上流社会“人性的扭曲”是在他“人与自然契合”的人生理想的烛照下获得显现的，正是他这种独特的价值尺度和内涵的哲学思辨，构起了沈从文笔下的都市人生与乡村世界的桥梁，也正是这种对以金钱为核心的“现代文学”的批判，以及对理想浪漫主义的追求，使得沈从文写出了《边城》这样的理想生命之歌。

二、沈从文建造的文学世界

沈从文的创作风格趋向浪漫主义，他要求小说具有诗意效果，融写实、纪梦、象征于一体。他的小说语言格调古朴，句式简峭、主干突出，单纯而又厚实，朴实而又传神，具有浓郁的地方色彩，凸显出乡村人性特有的风韵与神采。沈从文以乡村为题材的小说是典型的乡村文化小说，它不仅在整体上与都市“现代文明”相对照，而且始终注目于湘西世界朝现代转型过程中，不同的文化碰撞所规定的乡下人的生存方式、人生足迹及历史命运。整个作品充满了对人生的隐忧和对生命的哲学思考，一如他那实在而又顽强的生命，给人教益和启示。

现实人生，以独特的视角展示了湘西底层人民古朴和谐、乐天知命、自在无为的人生形式。《柏子》《萧萧》《丈夫》《会明》《贵生》等作品构成了一个系列，以冷静客观的笔法，再现了 20 世纪 20 年代至 30 年代湘西山村儿女的苦乐人生。作者对其的感情是复杂的，笔端既洋溢着热情，又传达出一种淡淡的悲凉与惆怅。

理想的人生形式是沈从文出于对现实人生形式的不满与厌倦而创造出来的。在这里时间的概念和社会的矛盾被有意地模糊了，呈现出牧歌式的边城世界。如《龙朱》《媚金》《豹子》《那羊》《月下小景》等篇。

作者从民间故事、苗族传说和佛经故事中汲取营养，在浪漫主义的格调中回荡着历史的悠长的余音。最典型的是他的代表作《边城》不仅表现了作者理想的人生形式以及社会理想，更以其浑圆完整、凝练畅达的结构形式和独特的审美品格，为中国现代抒情小说提供了一个独特的境界。

（一）梦幻般的边城

作品创造了一个封闭的田园环境——偏远的小城茶峒，这里是原始的、自然状态的生活方式。这里山清水秀，民风淳朴，人人善良淳朴，古道热肠，自足快乐，过着无忧无虑的生活。作品以湘西小山城茶峒为背景，描写了一个发生在翠翠、天保、傩送三人间的凄美动人的爱情故事，通过爱情的悲剧反映了一种美好的人性。造成爱情悲剧的既不是社会环境，也不是文化，更不是人性恶，而是人性善。这里的悲剧之所以发生，最主要的原因是翠翠的天真、纯洁。《边城》以一个动人的爱情故事和特异的乡土习俗，表达了作者对美好人性的追求和渴望，体现了沈从文的自然文化理想。

《边城》是他的代表作，寄寓着沈从文“美”与“爱”的美学理想，是他表现人性美最突出的作品，通过湘西儿女翠翠和恋人傩送的爱情悲剧，反映出湘西在“自然”“人事”面前不能把握自己的命运，一代又一代重复着悲凉的人生的困局，寄托了作者对民族的和个人的隐痛。

（二）《柏子》

柏子是沈从文家乡河船上的众多水手之一。他们吃的是水上饭，在恶浪急流的险滩上，无论寒暑辛勤劳作，收入菲薄，命悬一线。在沿河的吊脚楼上也有众多的谋生的妓女，她们的年纪从十三四岁到五十以上不等。虽然她们养身靠四川商人，但是却与那些河上的水手结情。虽然四、五十天才见一面，但他们却情深义重，互相牵挂。每当船一靠岸，这些敏捷的水手就在桅杆上如同儿戏一般，一边整理绳索一边唱着歌，而住在吊脚楼里的女人却能准确地从嘈杂声中听出情人的声音。柏子就是这些年轻水手中的一个，他腰里塞满了铜钱，走上河街那亮着红灯的吊脚小楼，把自己沉浸在欢乐的空气中，虽然这里的酒是劣质酒，烟也是平常的烟，女人更非国色天香，但他们并不缺少欢乐。四十几天的艰苦劳作赚来的钱，全部花在了女人身上。这种花费对柏子这些水手来讲，是一种最好的花费。

这一次欢乐能抵得过一个月的辛劳，“柏子们”明天又会充满希望地出去工作，不到两个月就又回来了。水手的生活是危险而辛苦的，妓女的生活也是人最为卑贱的生活状态。但是，揭示这些下层人的苦难，不是沈从文小说的目的，这只是一个背景，沈从文透过这些所要表达的是湘西下层人民自然而热烈、毫不矫揉造作的生命状态和生命形式。

（三）《萧萧》

萧萧从小失去了母亲，寄养在大伯家。十二岁嫁到了婆婆家做童养媳。她的小丈夫还不到三岁，还没有断奶。按地方规矩过了门先喊他弟弟，每天做的事就是抱着弟弟到村前的柳树下去玩，白天照看他，夜里哄他睡觉。在婆家的日子一天天过去，萧萧长到了十五六岁，家人们讲述的关于女学生的事情听起来像另一个世界的事情。萧萧在绩麻的时候认识了一个叫花狗的工人，他唱情歌引诱了萧萧，萧萧怀了孕，但胆小怕事的花狗却悄悄地离开了。事情败露后，婆家找来了萧萧的伯父，按族规或沉塘或卖掉。伯父不忍将萧萧沉塘，因而主张卖掉，婆家也同意了。

可是一时又没有人家来要萧萧，因此还暂住婆家。萧萧和小丈夫依然有说有笑，小丈夫已然离不开萧萧，萧萧也不愿意走。等到第二年春，萧萧生了个团头大眼的儿子，大家都把母子俩照顾得好好的，也都喜欢这个孩子。生下的既然是儿子，萧萧也就自然不用嫁到别处了。到萧萧和自己的丈夫正式拜堂成亲时，大儿子已经有十岁了，能看牛割草，成了家里的半个劳力。到了儿子十二岁的时候，萧萧也为他结了亲，媳妇大六岁，唢呐吹到门前时，忙坏了祖父和曾祖父，而萧萧自己则抱着新生的小儿子毛毛，在树下看热闹，同十年前抱着自己的丈夫一样。这里有命运的变故，却没有命运的压迫和悲剧。沈从文不是写萧萧没有实现女学生的梦想，也不是写她被花狗引诱又抛弃的悲剧，而是写一种出自自然和生命的生活形式。他们以一种自在的方式存在着，充满神性的理想人生形式。沈从文把未被现代文明浸润扭曲的人生形式看作理想的人生形式，其极致就是爱和美结合的神性，那种真挚、大胆、热烈的生命状态是最高的人性，也是最高的神性。

三、沈从文小说的创作特征

沈从文从伦理道德的角度去表现人生之无常，构建独立自主的艺术系统。其文学理想不是从政治经济的角度去探索社会进步的道路，而是从人性的角度去寻求重造民族品德的门径。

他广泛吸收外国文学汁液，丰富自己的艺术表现手段。受契诃夫影响对小人物、平民众生进行关注；受屠格涅夫影响创作的小说抒情性自然性强，呈现出温柔淡远的牧歌情调。

他重视创作主体情绪的投入，追求小说的抒情性、浪漫性。

他的小说有丰富多样的结构体式，古朴俭约的语言风格。

在沈从文的作品中浓郁的抒情气氛、乡土气息和田园抒情风格把乡土日常生活进行了诗化处理，在日常生活中寻找美的感情。这主要表现在以下三点：环境描写处于重要位置；情节淡化；人物性格单纯。

含蓄简约地描写古老而常新的梦幻世界，这一世界即为湘西社会，不是真实的历史，而是创作出的梦幻世界，是沈从文人性理想和文化理想的象征。沈从文说《边城》，追求的不是生活真实，而是感情真实，我要表现的本是一种“人生形式”，一种优美、健康、自然，而又不悖乎人性的人生形式，表达的是对美好人性的渴望。

第五节　杂文大家鲁迅

一、鲁迅杂文的重大意义

在他的一生中，特别是后期思想最成熟的年月里，鲁迅倾注了大部分生命与心血于杂文创作中。事实上，鲁迅的名字是与杂文紧紧联系在一起的，但引起最大争议的，也是鲁迅的杂文。从鲁迅生前，直到现在，对鲁迅杂文的讨论，就从未停止过。尽管人们无数次地宣布，鲁迅的杂文时代已经过去，尽管鲁迅自己也一再表示希望他的针砭时弊的杂文“与时弊同时灭亡”，但一个无情的事实却是，鲁迅的杂文始终为一切关心与思考社会、历史、思想、文化、人生、人性……问题的中国人（中国青年）所钟爱，鲁迅的杂文任何时候都是中国现实中活生生的“存在”，对正在进行（发展）的中国思想、文化（包括文学）发生作用，对现实的中国人心产生影响。它可以不断地重新发表，仍然给读者以仿佛针对当前的现实而写的感觉；它能够一遍又一遍地被阅读，每读一次，都会有新的感受，新的发现，常读而常新。对以上似乎矛盾的阅读现象进一步思考，可以发现鲁迅杂文有如下意义：

第一，作为一种报刊文体，杂文与现代传播有着血肉般的联系。人们说起杂文，总是要联想到“五四”时期的《新青年》《语丝》《莽原》《京报副刊》《晨报副刊》，20 世纪 30 年代的《萌芽》《太白》《文学》《申报 · 自由谈》等，这大概不是偶然的。从这个意义上讲，杂文是富于现代性的文体；或者说，它是现代作家（知识分子）通过现代传播媒介与他所处的时代、中国（以及世界）的社会、思想、文化现实发生有机联系的一个重要、有效的方式。鲁迅正是通过杂文这种形式，自由地深入现代生活的各个领域，迅速地接纳、反映瞬息万变的时代信息，做出政治的、社会历史的、伦理道德的、审美的评价与判断，并及时地得到生活的回应与社会的反馈。在一定的意义上，可以说鲁迅的杂文不仅是现代中国社会、政治、历史、法律、宗教、哲学、道德、文学、艺术，乃至经济、军事的“百科全书”，而且以其对中国现代国民的文化心理、行为准则、价值取向，以及民性、民情、民俗、民魂的真实、生动而深刻的描绘，成为一部活的现代中国人的“人史”。人们说，要了解中国的特别国情，就要了解创造这特别国情的中国人，而要了解中国人，莫过于细心阅读鲁迅的杂文，这是有道理的。

第二，鲁迅曾这样说：“我们试去查一通美国的‘文学概论’或中国什么大学的讲义，的确，总不能发现一种叫作杂文的东西。”杂文是一个未经规范化的文体，在这个意义上，它是一种无体之文。“无体”固然会给它的学习、推广、再生产造成困难，却同时给它的创作提供了特别大的自由创造的空间。“以为非这样写不可，就这样写”，一切出于内心自由欲念的驱动，最方便地表达自己。我们看到鲁迅是那样自由地飞翔于杂文这广阔的天地间，进行着既是现实的，又是超越性的思考，无忌地出入于文学、历史、地理、哲学、心理、民俗、人类学、政治学、文化学，以至自然科学等各门学科，无拘地表现自己的大愤怒、大憎恶、大轻蔑与大欢喜，将各种艺术形式——诗的、戏剧的、小说的、散文的、绘画的，以至音乐的熔为一炉。

二、鲁迅杂文的思想、艺术特质

（一）批判性、否定性、攻击性的特色

鲁迅说，杂文作者的任务，“是在对于有害的事物，立刻给以反响或抗争”①。鲁迅曾把杂文分为“社会批评”与“文明批评”两类，所强调的正是杂文的“批评（批判）”内涵与功能。鲁迅杂文所显示的这种“不克厥敌，战则不止”的不屈不挠的批判精神，从根本上有违于中国文化与中国士大夫知识分子的“恕道”“中庸”传统，集中地体现了鲁迅其人其文的反叛性、异质性。因此，几乎从诞生那一天起，鲁迅的杂文就遭到否定、抗拒，以致辱骂，从当年的“刀笔吏”（“现代评论派的君子”语），“睚眦必报”（“创造社的才子”语），“不满于现状的批评家”（“新月派的绅士”语），直到今日明里暗里、口诛腹诽的“鲁迅好骂人”之类的评价，都从未停息。

（二）在“反常规”的“多疑”思维烛照下批判的犀利与刻毒

鲁迅的批判，不同于一般的思想评论，他把自己的批判锋芒始终对准人、人的心理与灵魂：这就是一种文学家的观照。应该说鲁迅的杂文思维也是非规范化的，他常在常规思维路线之外，另辟蹊径，别出心裁，这就打开了全新的思路。鲁迅杂文的犀利、刻毒，令人难以接受，还在于他违反“常规”的联想力（想象力）。在鲁迅联想的两端，一端是高贵者及其殿堂，一端全是地上“最不干净的地方”。经鲁迅妙笔牵连，就达到了“神圣”（之人，之物）的“戏谑化”，“高雅”的“恶俗化”，这其实揭示了更大的真实，被嘲弄者（即自命的“高贵者”）一方越不齿于此，越是仿佛被追慑其魂一般，摆脱不掉，自然视为“刻毒”之极。

（三）杂文思维中的“个”与“类”

一旦成为论战的对手，特别是成为杂文的题材，鲁迅给自己规定的任务，就不是对某人做出全面评价，而是将某人一时一地的言行作为一种典型现象来加以解剖，他所采取的方法是“攻其一点，不及其余”，只抓住具有普遍意义的某一点，而有意排除了为这一点所不能包容的某人的其他个别性、特殊性，从中提炼出一种社会类型。这样，在鲁迅杂文里被指名道姓的人与事（陈源、梁实秋、林语堂等），实际上只是一种社会类型的“代名词”，并不是对个人的“盖棺论定”（至多只是对所争论的具体问题的是非判断）。鲁迅说他的论战杂文里“没有私敌，只有公仇”，所强调的也正是这一点。

（四）鲁迅杂文的主观性

鲁迅宣称，他的杂文“不过是，将我所遇到的，所想到的，所要说的，一任它怎样浅薄，怎样偏激，有时便都用笔写了下来……”，这就是说，鲁迅杂文确是由某一外在客观人事引发的，但它所关注与表现的，却是作者自己的主观反应。一切客观人事都是要通过鲁迅主观心灵（思维、感情、心理等）的过滤、折射，才成为他的杂文的题材。读者如果不能进入鲁迅的精神世界，恐怕就很难领悟鲁迅杂文的神韵——这需要读者自身生命的投

---

① 鲁迅全集（第六卷）[M]. 北京：人民文学出版社，2005：6.

入，通过体味、感同身受而达到心灵的沟通。

（五）自由创造的杂文语言

与思想的天马行空相适应，鲁迅杂文的语言也是自由无拘而极富创造力的。这是从《记念刘和珍君》中随意拈来的句子："四十多个青年的血，洋溢在我的周围，使我艰于呼吸视听，那里还有什么言语?""始终微笑着的刘和珍君确是死掉了，这是真的有她自己的尸骸为证；沉勇而友爱的杨德群也死掉了，有她自己的尸骸为证；只有一样沉勇而友爱的张静淑君还在医院里呻吟""惨象，已使我目不忍睹；流言，尤使我耳不忍闻。我还有什么话可说呢？我懂得衰亡民族之所以默无声息的缘由了。沉默呵，沉默呵！不在沉默中爆发，就在沉默中灭亡。"一方面，鲁迅是那样自如地运用着中国汉语的各种句式：或口语与文言句式交杂；或排比、重复句式的交叉运用；或长句与短句、陈述句与反问句的相互交错，混合着散文的朴实与骈文的华美与气势，真可谓"声情并茂"。鲁迅的杂文可以说把汉语的表意、抒情功能发挥到了极致。另一方面，鲁迅杂文的语言又是反规范的，他仿佛故意地破坏语法规则，违反常规用法，制造一种不和谐的"拗体"，以打破语言对思想的束缚，同时取得荒诞、奇峻的美学效果，这都是鲁迅表达自己对外部事物的独特反应、内心世界的"离奇和芜芜"[①] 所需要的。

第六节　散文大家林语堂

林语堂（1895 年—1976 年），福建龙溪（今漳州）人，原名和乐，后改为玉堂，又改为语堂，中国现代著名作家、学者、翻译家、语言学家，新道家代表人物。

他早年留学美国、德国，获哈佛大学文学硕士，莱比锡大学语言学博士。回国后在清华大学、北京大学、厦门大学任教。1945 年赴新加坡筹建南洋大学，任校长。曾任联合国教科文组织美术与文学主任、国际笔会副会长等职。林语堂先后四次获得诺贝尔文学奖提名。曾创办《论语》《人世间》《宇宙风》等刊物，作品包括小说《京华烟云》《啼笑皆非》。有散文和杂文文集《人生的盛宴》《生活的艺术》以及译著《东坡诗文选》《浮生六记》等。1966 年定居台湾，1967 年受聘为香港中文大学研究教授，主持编撰《林语堂当代汉英词典》。1976 年在香港逝世，享年 80 岁。

一、林语堂的散文

林语堂的散文半雅半俗，亦庄亦谐，深入浅出，入情入理，往往以一种超脱与悠闲的心境来旁观世情，用平淡的话语去赞扬美文，这样便形成一种庄谐并用、私房娓语式的闲适笔调。他的文字自然流畅，幽默而不荒唐，自有意趣。不过有时轻松过度，少了一份厚重。林语堂的文风有别于左翼作家所主张之战斗的文风，而是站在高于现实处，以自由主义精神写"热心冷眼看人间"的智慧文章。他的文章虽也讲要直面人生，不过并不缀以惨淡的笔墨；也讲改造国民性，但并不攻击任何对象。他以观者的姿态把世间

① 鲁迅．朝花夕拾小引．鲁迅全集（第 2 卷）[M]．北京：人民文学出版社，2005：229.

纷繁视为一出戏，书写其滑稽可笑处，进而追求一种心灵的启悟，以达到冲淡的心境为最上乘。

林语堂被称为“幽默大师”，他谈吐诙谐，热衷幽默。对中国幽默文学的异军突起起了作用。他也一向以童心未泯自况。他富有创造性地把英文的 Humour 音译为中文的“幽默”，这一词语在中国迅速流行开来。

林语堂的幽默像是生活的一种调味品。林语堂抗战前寓居上海近九年，并被谑称为“幽默大师”。他在自己的《八十自叙》中说：“并不是因为我是第一流的幽默家，而是在我们这个假道学充斥而幽默则极为缺乏的国度里，我是第一个招呼大家注意幽默的重要的人罢了。”

林语堂经常撰写文章，阐发幽默，林语堂及其同人积极提倡幽默文学，主张文风应该“清淡”“隽永”“甘美”，作品要具有“性灵”“闲适”的特点，逐渐自成一个小品散文流派。

二、小说创作与翻译作品

（一）小说创作

在林语堂最著名的三部小说《吾国与吾民》《京华烟云》《风声鹤唳》中，《京华烟云》享现代版《红楼梦》之美誉，是他最负盛名的传世之作，四度获诺贝尔文学奖提名。《京华烟云》是林语堂于 1938 年 8 月至 1939 年 8 月旅居巴黎时用英文写就的长篇小说，并题献给“英勇的中国士兵”，英文书名为 *Momentin Peking*，《京华烟云》是它转译为中文后的书名，也有译本将这本书译为《瞬息京华》。林语堂原本打算将《红楼梦》译作英文介绍给西方读者，因故未能译成，此后决定仿照《红楼梦》的结构写一部长篇小说，于是写出了《京华烟云》。《京华烟云》讲述了北平曾、姚、牛三大家族从 1901 年义和团运动起到抗日战争爆发，这 30 多年间的悲欢离合和恩怨情仇，并在其中安插了袁世凯篡国、张勋复辟、直奉大战、军阀割据、五四运动、“三·一八”惨案、“语丝派”与“现代评论派”笔战、青年“左倾”、二战爆发等历史事件，全景式地展现了现代中国社会风云变幻的历史风貌。

《京华烟云》自 1939 年年底在美国出版后，短短半年内即行销五万多册，美国《时代》周刊称其“极有可能成为关于现代中国社会现实的经典作品”。

（二）翻译作品

林语堂的翻译作品的特点是通俗易懂，少用“行语”，中等文化的读者都能看得懂。1936 年他翻译《生活的艺术》，写到 260 页时，他觉得用语深奥、论辩枯燥会失去读者，于是推倒重来，换用一套话语，以风可吟、云可看、雨可听、雪可赏、月可弄、山可观、水可玩、石可鉴之类细腻动人的东方情调去观照竞争残酷、节奏飞快的西方现代生活，于是文风变得空灵动人。他避用哲学概念，弃用政治口号，引俗入雅，降雅为俗，将雅俗融合，写出了无学究气、智慧而快乐的生活哲学。

第七节 戏剧大家曹禺

20 世纪 30 年代，在中国现代话剧史上出现了一位大师级的剧作家——曹禺（1910 年—1996 年）。他原名万家宝，出身于一个官僚家庭里，他从小就有机会欣赏中国的传统戏曲，在称为“中国话剧运动摇篮”的南开中学又获得了丰富的舞台实践经验，在清华大学西洋文学系就读时，更是广泛接触了从莎士比亚、易卜生到契诃夫、奥尼尔的西方戏剧，并孜孜不倦地探讨着戏剧艺术。这使他与中国现代话剧运动结下了不解之缘。正是他所创作的《雷雨》《日出》《原野》《北京人》《家》等经典剧作，使中国现代话剧剧场艺术得以确立，并在中国的观众中扎根，中国的现代话剧由此走向成熟。曹禺的剧作影响甚至培养了几代中国剧作者、导演、演员，他在中国现代话剧中留下了深深的印记。

一、为剧而生的时代骄子

曹禺从在母亲怀里时就开始接受戏曲的熏陶，这是他最初对戏剧的直观感受。之后在南开中学他开始了演剧生涯，他在这里积累了舞台演出的经验。在清华大学的系统学习使曹禺对戏剧有了一个理论上的质的提升，并在 1933 年写成《雷雨》。曹禺一生共创作了 14 个话剧剧本（包括合著的），其中，《雷雨》《日出》和《原野》，被称为曹禺的三大杰作。

曹禺的创作可分为三个阶段，从《雷雨》《日出》到《原野》，是第一阶段。反封建与个性解放的主题在这三部剧作中不断发展和深化。三部作品都是悲剧，共同的主题是揭露中国社会的封建性和黑暗性。从《全民总动员》到《桥》是第二阶段，现实性明显加强，出现了《蜕变》《北京人》《家》等优秀作品。从《明朗的天》到《王昭君》是第三个阶段，这一阶段的作品都没能超过他以前的几部优秀作品。

二、从《雷雨》到《原野》

《雷雨》是曹禺的第一个戏剧作品，也是现代话剧成熟的标志。和一切经典作品一样，《雷雨》也具有极高的研究价值：人们可以从不同角度、不同方面去开掘与阐释它。虽然曹禺一再声明，他在创作开始时“并没有显明地意识匡正、讽刺或攻击些什么”，但他同时又承认“也许写到末了，隐隐仿佛有一种情感的汹涌的流来推动我，我在发泄着被抑压的愤懑，毁谤着中国的家庭和社会”[①]，以后人们基本上就按照这一作家的“追认”来阐释《雷雨》，于是可以注意到，剧本在一天的时间里（上午到午夜两点钟）、两个场景（周家客厅和鲁家住房）内集中展开了周、鲁两家前后 30 年的复杂的矛盾纠葛，全剧交织着“过去的戏剧”（周朴园与侍萍“始乱终弃”的故事，作为后母的蘩漪与周家长子周萍恋爱的故事），与“现在的戏剧”（蘩漪与周朴园的冲撞，蘩漪、周萍、四凤、周冲之间的情感纠葛，周朴园与侍萍的相逢，周朴园与大海的冲突），同时展现着下层妇女（侍萍）被离弃的悲剧，上层妇女（蘩漪）个性受压抑的悲剧，青年男女（周萍、四凤）得不到正常的

---

① 曹禺．雷雨序．曹禺文集（第 1 卷）[M]．北京：中国戏剧出版社，1988：211.

爱情的悲剧，青春幻梦（周冲）破灭的悲剧，以及劳动者（大海）反抗失败的悲剧，血缘的关系与阶级的矛盾相互纠缠，所有的悲剧都最后归结于“罪恶的渊薮”——作为具有浓厚封建色彩的资产阶级家庭家长的象征（代表）的周朴园。而戏剧的结尾，无辜的年轻一代都死了，只留下了与悲剧性的历史有牵连的年老一代，这就更加强化了对“不公平”的社会（与命运）的控诉力量。

（一）一鸣惊人的《雷雨》

一部纠缠着复杂的血缘关系，聚集着许多的巧合但却透露着必然的悲剧，蕴含着深刻的思想内涵和令人惊心动魄的艺术震撼力。主要人物周朴园是一位既有资产阶级自由平等思想，又有封建专制思想的新兴资本家。他的性格特征，主要是通过他与侍萍、蘩漪两位女性以及他与鲁大海等人物的关系表现出来的。他性格冷酷、自私、虚伪，重视自己家庭的秩序和自己在家庭中君临一切的地位，专横独断，唯我独尊。周朴园的形象意义在于：揭示了中国几千年来的封建制度有着一种可怕的力量，在半封建半殖民地社会中成长的资产阶级，同封建阶级有着深刻的经济上和思想上的血肉联系。

蘩漪是一位新旧结合的人物，她聪明、美丽、热情，有追求自由和爱情的强烈愿望，又是封建家庭中的受害者。蘩漪身上交织着最残酷的爱和最不忍的恨，蘩漪的悲剧有较深刻的意义，这个有着复杂性格的人物的反抗，既有反对封建压迫争取民主的进步性，也带有自身的局限性。

雷雨的艺术成就主要在于其精湛巧妙的戏剧结构，鲜明生动的人物性格，曲折跌宕的戏剧情节，简练精确的个性化语言。

（二）名震剧坛的《日出》

与《日出》相比较，《雷雨》是回溯式的，结构为纵向描写，写的是封建专制对人的压抑造成的家庭悲剧，而《日出》是横断面的戏剧结构，写的是金钱社会对人的毒化造成的社会悲剧。《日出》的内容是对于损不足以奉有余的社会的揭露，主要是通过两个社会阶层的对比来实现的。《日出》剧本人物众多，但全剧十五个人物中却没有一个可以统帅全剧矛盾的主角。陈白露虽是全剧的主人公，但她只是一个贯穿人物。而作为一个处于舞台中心的贯穿人物，她的悲剧形象展示了剧本的灵魂。一方面，她清醒，有正义感，仍保留着对生活的一丝热情；另一方面，她沉沦、堕落，无力摆脱资产阶级腐朽的享乐生活和对金钱的依赖。

（三）别具一格的《原野》

一改以往所擅长表现的都市生活，曹禺在《原野》中描写了一个发生在旧中国农村中的复仇故事。《原野》是曹禺写得最深、最富争议，也是最好的一部戏，其思想深度、艺术成就远远超出《雷雨》与《日出》。它是曹禺在戏剧创作上的一次新开拓。曹禺用浪漫主义、象征主义等手法，表现了这个传奇故事。

一部悲剧却写得像散文诗般凄美、悲壮、浪漫。《原野》中的人物形象刻画得栩栩如生，仇虎的形象中有一股原始的力，剧本通过内外两种冲突来塑造仇虎的形象。在他身上交织成两种戏剧冲突：一是复仇杀人，一是杀人后的自责负罪感。花金子是一个满怀着狂热的青春激情而又风流、泼野的女性，她的性格是在与仇虎的激情呼应中得以展示的。

二、曹禺悲剧的艺术风格

曹禺从自己的创作个性出发，有机地吸收了西方戏剧艺术与民族古典文学营养，形成了个人的创作风格，成功地塑造了具有浓郁抒情性的悲剧形象。他擅于处理戏剧冲突能深入剧中人的内心世界，戏剧语言富有心灵动作性和抒情性。曹禺的戏剧对中国现代戏剧的贡献集中深刻地表现了反封建与个性解放的主题，发展了我国戏剧的悲剧艺术，进一步开拓了悲剧文学的表现领域与精神刻画的深度，为悲剧艺术提供了典范。曹禺戏剧的高度艺术成就对我国现代话剧文学样式的成熟起了决定性作用，奠定了“五四”以来话剧这一新的艺术样式在我国现代文学中的地位。

三、曹禺剧作的命运

在 1933 年—1942 年的十年间，曹禺为中国现代话剧奉献了《雷雨》《日出》《原野》《北京人》《家》五部堪称经典的杰作。而且每一部新作，都在现实人生与人性的开掘及戏剧形式上有新的试验与创造。可以看出，曹禺执着追求的，是一种“大融合”的戏剧境界。这是人类戏剧宝库中的精华——从希腊悲剧与喜剧、莎士比亚，到易卜生、契诃夫、奥尼尔的大融合；这是中国传统戏剧艺术与西方戏剧艺术的融合，是中国传统诗学与西方象征主义的融合；这是戏剧与哲学、具体与抽象、形而下与形而上的融合；这是追求“生活幻觉”效果与舞台“假定性”效果的融合；这是情节剧、佳构剧与心理剧的融合，是戏剧与诗、戏剧与散文、戏剧化的戏剧与生活化的戏剧的融合，是写实与写意、写实与非写实的融合。这是喜剧与悲剧的融合。

因此，曹禺对于中国现代话剧的意义，不仅在于他的戏剧创作标志着并促进了中国现代话剧的成熟。更重要的是，他的极富想象力与创造力的实验性创作，为中国现代话剧的发展开拓了广阔的领域，提供了无限丰富的可能性，展示了多元的、自由创造的发展前景。但曹禺的创造，对于现代中国话剧来说又是超前的，也就是说，他的创造力与想象力都大大超过了时代接受水平。最能说明这一点的，是曹禺接受史上的矛盾现象：曹禺既是拥有最多读者、导演、演员与观众的现代剧作家，又是最不被理解的现代剧作家；人们空前热情地读着、演着、欣赏着、赞叹着他的戏剧，又肆无忌惮地肢解着、曲解着、误解着他的戏剧，以致他的戏剧上演了千百次，却没有一次是完整的、按原貌演出的（无论作家本人如何抗议，《日出》的第三幕、《北京人》里的有关“远古北京人”的描写总是长期以来被删削，《雷雨》的序幕与尾声至今也从未搬上舞台）。读者、导演、演员、观众、研究者们只能（只愿）接受曹禺戏剧中为时代主流思潮所能容忍的部分，例如他的剧作中的社会的、现实的、政治的内容，写实的、戏剧化的、悲剧性的艺术（形式）因素，而对与上述方面交融为一体的另一侧面，例如对人的生存困境的形而上的探索，非写实的、非戏剧性的因素，特别是打破常规、突破传统的、个人的天才创造，则不理解，不接受，却又颇为大胆地轻率地视为“局限性”而大加讨伐。在某种意义上，曹禺这位天才的剧作家正是被落后于他的时代所“骂杀”与“捧杀”的。这是中国现代文学史（戏剧史）上最为沉重、也最发人深省的一页。

第八节　20 世纪 30 年代的其他文学足迹

一、报告文学与游记

（一）20 世纪 30 年代的报告文学

由外国传入的“报告文学”（这个名称是从英语 reportage 译出），并有意识地提倡这种文体，是与 20 世纪 30 年代的“左联”分不开的。在“左联”的刊物上，早就介绍过著名的捷克报告文学作家基希，《光明》《中流》《文学界》也成为当时重要的刊载报告文学的刊物。东北“九一八”与上海“一二八”事变发生后，曾形成了初次的报告文学热潮。

20 世纪 30 年代中国报告文学成熟和繁荣起来主要有三个原因。一是急剧变动的社会生活需要具有很强新闻性和纪实性的文学样式做出迅速的反映。二是，“左联”的积极倡导和组织。三是外国报告文学理论和作品的翻译，为中国报告文学的发展提供了范式和推动力。20 世纪 30 年代的报告文学集有 1932 年阿英编纂的《上海事变与报告文学》，这是我国第一部以报告文学名义出版的报告文学集。1936 年茅盾仿效高尔基主编的《世界一日》，编写了《中国一日》的大型报告文学集。《中国一日》以 1936 年 5 月 21 日这一天发生在全国的事件为题，从征求的三千多篇稿件中，选编出 500 篇文章出版。这一年报告文学兴起，并引发了 20 世纪 40 年代报告文学创作的高潮。

本时期的报告文学中，成就最大的是夏衍和宋之的作品。夏衍的《包身工》被称为在中国的报告文学上开创了新的纪录；宋之的《一九三六年春在太原》逼真地写出了山西军阀不抗日、专防共的情景，这两个作品的出现标志着中国现代报告文学的成熟。

夏衍的《包身工》被公认为早期报告文学的代表作。作者亲自到上海杨树浦的工厂调查了两个月，搜集了许多素材。作者以阶级分析的眼光，鲜明地表现这完全真实的新闻故事，用细致的描写，揭露出东洋纱厂这个人间地狱里包身工惨绝人寰的生活真相。《包身工》的文学与政治的影响都很深远，像李乔的《锡是如何炼成的》描写工人的非人处境，明显地与《包身工》一脉相承。

报告文学以其新闻性、纪实性吸引了大批读者，许多新闻界和报界作者都注重与文学联手，报刊上登载报告通讯一类的文字日见增多。著名的期刊《生活》《大众生活》的主编邹韬奋（1895 年—1944 年）是这时期最有成就的新闻作家。他把 1933 年后流亡欧洲，访问苏联的见闻，写成《萍踪寄语》（有初集、二集、三集）和《萍踪忆语》。这些作品有爱国主义激情、对西方民主的清醒认识和对社会主义的衷心向往，属于政治性、社会性强的报告文学。其特点是材料翔实可靠，叙述和分析多于描写，又因为涉及如何看待欧美资本主义与苏联社会主义这个敏感的题目，所以格外引人注意。新闻体游记因及时传播时事和描写风光互相结合的特点也拥有众多读者。萧乾 1932 年开始便给《大公报》写旅行通讯，后收入《人生采访》集的《流民图》，写北方难民与塞外风光，都是其较有名的作品。

后来，他还写了《平绥琐记》一文。他也是第二次世界大战中活跃的国际记者。另一位进步新闻工作者范长江（1909 年—1970 年），1939 年后以《大公报》记者身份赴西北数省考察，他对西安事变、长征和陕北解放区的报道，汇成的书集有《中国的西北角》《塞上行》《西线风云》（与人合写），这些创作注重事实，分析客观，文笔简朴苍凉，夹叙夹议，间或以古今事例类比。

报告文学与它的时代同命运、共呼吸，所引起的轰动性阅读效应，往往不是一般的文学作品所能达到的。

（二）游记

这一时期作家们还写了不少国际题材的游记，其中引起读者较大反响的有朱自清的《欧游杂记》《伦敦杂记》，李健吾的《意大利书简》，郑振铎的《欧行日记》，小默（刘思慕）的《欧游漫忆》，以及胡愈之的《莫斯科印象记》等。这些游记多采用类似随笔的比较自由的写法，虽写的是异域风光，却颇能显示游记作者的个性。朱自清写得较为纪实，在语言的洗练上颇下功夫；李健吾在历史文物的描述中显示了自己的博学与机智；郑振铎则热衷于研究资料的搜集与记录，表现了学者的勤奋与专注；作为国际问题专家的小默、胡愈之则带有更多的政论色彩。

二、夏衍、李建吾等人的创作

（一）夏衍的剧作

夏衍（1900 年—1995 年），原名沈乃熙，字端先，浙江杭州人，祖籍河南开封，生于浙江省余杭县彭埠镇严家弄，毕业于浙江省立甲重工业学校（浙江理工大学前身）。中国著名文学、电影、戏剧家和社会活动家，中国左翼电影运动的开拓者、组织者和领导者之一。

早年参加五四运动，编辑进步刊物《浙江新潮》。从浙江省立甲重工业学校毕业后公费留学日本，入明治专门学校学电工技术。留学期间接触日本共产党，参加日本工人运动和左翼文化运动。1927 年夏衍被日本驱逐回国，同年加入中国共产党。1929 年夏衍同鲁迅筹建中国左翼作家联盟。“左联”成立后任执行委员，后发起、组织中国左翼戏剧家联盟。新中国成立后历任上海市委常委、宣传部部长、文化部副部长、中国文联副主席、中日友协会长、中顾委委员、全国人大代表、全国政协常委。

夏衍创作了多幕剧，如《赛金花》《自由魂》（《秋瑾传》）《上海屋檐下》等，其中历史剧《赛金花》被誉为国防戏剧的力作。

《赛金花》以庚子事变为背景，写清末一个微不足道的妓女赛金花，凭借姿色与机智替清朝同八国联军交涉，减轻了侵略者对京师百姓、官吏的欺凌，由此反映了清朝政府的腐朽无能。

《一年间》为四幕剧，写了乡绅刘爱庐一家逃难中的悲欢离合，剧本表现了战争年代普通人的心灵变化。

《法西斯细菌》表现的主题是法西斯与科学势不两立，故事主要讲述的是细菌学研究的科学家俞实夫，在日本侵略军烧杀抢掠的残酷事实面前，终于从不问政治演变到走入反法西斯斗争行列的觉醒过程。

他成熟的代表作《上海屋檐下》，截取了上海一条普通弄堂里一天的生活，共时地展开了五个家庭的灰暗生活场景。戏剧的重心是杨彩玉与林志成、匡复之间的戏剧关系。其他四个家庭分别是：小学教员赵振宇一家，大学毕业生黄家楣夫妇，海员的妻子施小宝和老报贩李陵碑。匡复、林志成、杨彩玉三人的爱情纠葛为结构主线，另外四条线索交错相辅。

真实性是夏衍现实主义戏剧艺术的基本特征。选取平凡的人物和普通的日常生活来展示时代的风貌，善于创造和人物心境相契合的氛围，这种氛围带有明显的象征性，如上海屋檐下的黄梅时节。夏衍戏剧讲究结构艺术，与淡化情节相一致，其戏剧结构往往呈现出散文化的特征。如《上海屋檐下》中五户人家的故事同时展开，五线并进，纵横连接，主次分明。

（二）李健吾的话剧创作

李健吾自幼酷爱戏剧，学生时期即参加话剧演出，曾任清华大学清华戏剧社社长。1923 年发表剧本《出走之前》，一生先后共创作、改编近 50 部剧作。他的剧本贯穿着反对帝国主义、封建军阀的爱国、民主思想，注意反映劳苦大众的生活感情，情节紧凑，布局严谨，人物性格鲜明，语言生动，被称为具有浪漫主义特征的剧作家。

20 世纪 30 年代是李健吾思想活跃、勤于艺术探索的时期，剧本题材多样，风格各异。其中有充满对国家命运的忧虑、大声疾呼抗日的《信号》（原名《火线之外》，1932 年）和《老王和他的同志们》（原名《火线之内》，1932 年）；有反映革命斗争，歌颂革命者，揭露封建军阀的丑恶面目，寄希望于共产党的《这不过是春天》（1934 年）和《十三年》（原名《一个没有登记的同志》，1937 年）；有以沉郁的笔触，通过惊世骇俗的故事，反映农村生活及人性善良与邪恶的斗争，带有浪漫主义特征和法国戏剧影响的《村长之家》（1933 年）和《梁允达》（1934 年）；还有将锋芒对准新、旧道学家，批判并存于中国的封建道德、资本主义文化的两部喜剧《以身作则》（1936 年）和《新学究》（1937 年）。这些作品，多数是多幕剧。

20 世纪 40 年代是李健吾剧本创作的黄金时期，其中以改编中外名著为多，这主要是由于沦陷后的上海言路堵塞，创作殊艰，除《黄花》（1941 年）、《贩马记》（原名《草莽》上部，1942 年）、《青春》（1944 年）外，其余十多部都是改编剧本，较著名的有《秋》（1942 年）、《金小玉》（1944 年）、《王德明》、《阿史那》（以上两本为 1945 年出版）等。

1937 年后的孤岛文学盛极一时，而其时孤岛文学的戏剧运动也是最为活跃的，其中优秀剧作的代表就有李健吾的《草莽》。

三、戴望舒、卞之琳等诗人的创作

（一）雨巷诗人戴望舒

戴望舒的作品以抗战爆发为界分为前期和后期，内容上从忧郁凄凉的呻吟转为对民族苦难的悲愤。前期内容比较狭窄，主要是述说个人的悲剧人生体验，呈现出浓郁的、忧郁凄凉的情感特征，代表作品有《夕阳下》《寒风中闻雀声》《烦忧》《寻梦者》《雨巷》等；后期内涵扩大，一些作品抒发了民族苦难，把自我与民族融合在了一起，代表作品有《我用残损的手掌》《狱中题壁》《萧红墓畔口占》《白蝴蝶》等。

其作品风格上具有民族化的象征主义特点：古典韵味与现代情绪相融合；追求意象，最典型的意象是枯枝、落叶、暗夜、黄昏、夕阳、荒坟、眼泪、雨巷等，构成一种凄凉的意境；语调往往都是低调的、压抑的、哀怨的。

《雨巷》是戴望舒的成名作和前期的代表作，写于 1927 年夏天。首先是象征性的表达：诗中的雨巷，徘徊的独行者，结着愁怨的姑娘，都是象征性的意象，这些意象又共同构成了一种象征性的意境，含蓄地暗示出作者既迷惘感伤又有期待的情怀，并给人一种朦胧而又幽深的美感。其次富有音乐性：诗中运用了复沓、叠句、重唱等手法，造成了回环往复的旋律和宛转悦耳的乐感。叶圣陶称赞这首诗为中国新诗的音节开了一个新纪元。最后，这首诗受到古代诗词作品的启发，有李商隐，李璟等人作品的影响，在构成雨巷的意境和形象时，诗人既吸取了前人的成果，又有了自己的创造。

（二）卞之琳

卞之琳（1910 年—2000 年），1929 年毕业于上海浦东中学，后进入北京大学英文系就读，接触了英国浪漫派、法国象征派的诗歌，以及新诗创作。1933 年毕业于北京大学英文系，就学期间曾师从徐志摩，深受其赏识，徐志摩不仅将卞之琳的诗歌在其编辑的《诗刊》上发表，还请沈从文先生写题记。因为这段经历，卞之琳被公认为“新文化运动”中重要的诗歌流派“新月派”的代表诗人。他是杰出的翻译家，中国莎士比亚研究会副会长。

卞之琳于 20 世纪 30 年代出现于诗坛，曾经受过“新月派”的影响，但他更醉心于法国象征派，并且善于从中国古典诗词中汲取营养，形成自己独特的风格。他的诗精巧玲珑，联想丰富，跳跃性强，尤其注意理智化、戏剧化和哲理化，善于从日常生活中发现诗的内容并进一步挖掘出常人意料不到的深刻内涵，诗意大多偏于晦涩深曲，整体上冷僻奇兀，耐人寻味。

卞之琳的诗以 1938 年为界，分作前后两期。第一本诗集《三秋草》，由新月书店出版，20 世纪 30 年代的诗作除了《汉园集》《数行集》外，还有《音尘集》《鱼目集》等。代表诗有《组织的距离》《尺八》《白螺壳》《断章》等，这些作品是卞之琳诗作成就的顶峰。

卞之琳善于对日常生活现象进行哲学的思考与开掘，于平淡中出奇。最具代表性的、甚至成为他诗歌名片的是那首著名的《断章》：“你站在桥上看风景，看风景的人在楼上看你。明月装饰了你的窗子，你装饰了别人的梦。”深沉隽永，可以有多种理解，并含有一定的哲理。他的诗的还具有非个人化风格，大多数的诗作里的我，也可以和你、他互换并不具备强烈的个人性。

Chapter 3
第三章　抗战文学

【概论】

从1937年7月抗战爆发到1949年9月新中国成立前的这一段时间的创作，其间经历了抗日战争、解放战争，共计12年。战争环境制约下不同政治地域的文学呈现出分割并存的局面，出现了三个区域：国统区、解放区、沦陷区。这三个区域既有共性，又呈现出不同的创作风貌。

国统区：国民党统治的地区，当时面积最大；

解放区：共产党领导的抗日敌后武装根据地；

沦陷区：日本侵略军占领的地区和上海“孤岛”，即1937年11月日军占领上海后，租界处于被包围之中，直到1941年12月珍珠港事件发生后，日军进入租界区的这段时间。

第一节　国统区创作概况

一、抗战文学

（一）全民族亢奋中的文学的“统一”

从卢沟桥事变到武汉失守，当时整个国统区文学的基调为昂扬激愤的英雄主义。当时的文学观念统一为抗战服务，“救亡”成为文学活动的轴心，色彩统一、鲜明而单纯。

1938年3月27日，中华全国文艺界抗敌协会在武汉成立，简称“文协”。“文协”的成立标志着20世纪30年代无产阶级革命文学、自由主义文学以及国民党民族主义文学等几种文学运动的汇流，组成了文学界的抗日民族统一战线，是现代文学史上第一次，也是唯一的一次包括国共两党作家在内的大联合。《抗战文艺》是当时最大的杂志。

这一时期，文学形式出现了新的文学样式——“小型化”。包括“广场艺术”（墙头诗、传单诗、枪杆诗）、“壁报文学”等大众化的小型轻便的艺术形式，还有用来解说宣传抗战的故事、鼓词、唱本、街头剧和戏曲等。代表作有街头剧《放下你的鞭子》，在抗战初期影响最为广泛，与《三江好》《最后一计》一起，被称作“好一记鞭子”，风行一时。

（二）抗战题材小说

抗战题材的文学作品大都直接反映抗战现实，富有战地实感。代表作有丘东平的《一个连长的战斗遭遇》《第七连》和姚雪垠的《差半车麦秸》。

二、钱钟书与《围城》

（一）钱钟书及其创作

钱钟书，字默存，江苏无锡人。他是一位独特的学贯中西、博古通今的学者型作家，被称为“现代中国第一博学鸿儒”。

其代表作《围城》的情节是以方鸿渐的三次旅行组成的，围绕着上海和三闾大学两个地方展现了其留学、恋爱、求职、婚姻等人生过程。主要人物有方鸿渐、鲍小姐、苏文纨、唐晓芙、赵辛楣、孙柔嘉等人。

从表面上看，“围城”二字取自法国的一句古语，其含义是：爱情、婚姻或一种人生，“好像是一座被围困的城堡，城外的人想冲进去，城里的人想逃出来”。小说似乎也形象地描绘了方鸿渐等人“冲进”“逃出”的人生经历。其实整部小说所反映的远比这些要深刻得多，作者将这种心理倾向扩展到人生万事等诸方面，小说中的许多人物进进出出于事业、爱情、家庭等“围城”，结果几乎是屡屡败北，象征着当时人生“一无可进的进口，一无可去的去处”的困厄，反映了抗战时期上层知识分子的生活和心态，具有强烈的社会意义，也包含深刻的人生哲理。

（二）《围城》解读

1. 中国现代杰出的讽刺小说

《围城》揭露了讽刺世态和社会弊端：新儒林的病态灵魂；学者、名流、教授、名媛、淑女的爱情纠葛；人事倾轧及道德堕落。

2. 新“儒林外史”小说

小说表现了社会的病态，包括知识分子阶层的钩心斗角、尔虞我诈、虚伪龌龊的丑恶灵魂。代表人物有李梅亭、韩学愈、高松年、苏文纨、范懿等人。

3. 象征性小说

方鸿渐的旅途是一个精神追寻的历程，是逐渐失败以至于全部人生价值彻底丧失的过程，更是精神上的彻底萎缩和人生信念的空无过程。方鸿渐“进城→出城→进城→出城……”，从一座“围城”进入另一座“围城”，进进出出盲目的行为终究都是无用功。

（三）方鸿渐的性格特征

他正直善良、聪明幽默，但意志薄弱、优柔寡断，既缺乏明确坚定的人生信念，又不懂得人情世态的炎凉。极易受环境支配，被他人牵制，常常陷入尴尬境地：满足他人虚荣心买假文凭；被鲍小姐引诱然后被抛弃；被苏文纨纠缠然后惨遭报复；被孙柔嘉诓骗然后被驾驭。他性格和顺，思想大于行动，嘴上机敏而内心怯弱无能，时常卖弄小聪明，滑稽而玩世不恭。

（四）《围城》的三重意蕴

首先，在现实批判层面，通过方鸿渐的人生历程，《围城》广泛地触及了20世纪三四十年代的社会众生面，尖锐地揭露和讽刺了当时种种的人生病态和社会弊端。

其次，在文化反省层面，书中对高等学府中的钩心斗角、反动政府的思想文化控制、“新式”文人（新儒林）的种种心态等都进行了批判。

最后，在哲理思考层面，小说隐含着西方现代主义的人生感受和宇宙意识，失望感与孤独感。有看破红尘的味道，也有人生虚无的感觉。

三、萧红

萧红（1911年—1942年），民国四大才女（吕碧城、石评梅、张爱玲）之一。代表作有《生死场》《呼兰河传》《马伯乐》《小城三月》。

（一）长篇自传体：《呼兰河传》

《呼兰河传》为萧红的代表作，1941年出版。全文用细腻的抒情笔调，从儿童视角出发，呈现出温馨而感伤、深婉忧郁的乡愁与思考。

小说展示了20世纪20年代呼兰河城的民俗风情：对北方城镇呼兰河的整体勾勒，描绘出平凡、迷信、保守的生活形态，展现了一个小女孩的寂寞生活。通过刻画小团圆媳妇、长工有二伯、冯歪嘴子的命运，揭示其所具有的劣根性。如文中写道：“蚊子似地生活着，糊糊涂涂地生殖，乱七八糟地死亡”和“在乡村，人和动物一起忙着生，忙着死”。

（二）文体探索意识的自觉

茅盾曾说，《呼兰河传》不像是一部严格意义的小说，但“它于这‘不像’之外，还有些别的东西——一些比‘像’一部小说更为‘诱人’的东西：它是一篇叙事诗，一幅多彩的风土画，一串凄婉的歌谣。”这部小说有诗的别才和散文的风韵，有强烈的抒情性，散文化的小说结构和清新优美的文笔。

四、通俗小说集大成者——张恨水

张恨水（1895年—1967年），原名张心远，安徽安庆潜山县人。他是中国章回小说家，鸳鸯蝴蝶派代表作家，被称为现代文学史上的“章回小说大家”。“恨水”是笔名，取自李煜“自是人生长恨水长东”之句。1918年任《皖江日报》总编，1924年接编《世界晚报》副刊《夜光》。

1911年，张恨水开始发表作品；1924年，张恨水凭借90万字的章回小说《春明外史》一举成名；此后，长篇小说《金粉世家》《啼笑因缘》的问世让张恨水的声望达到顶峰。张恨水的作品上承章回小说，下启通俗小说，雅俗共赏，对旧章回小说进行了革新，促进了新文学与通俗文学的交融。

张恨水作为杰出的章回小说大师，拥有庞大的读者群，是“国内唯一的妇孺皆知的老作家”（老舍），是著名的通俗小说家。《金粉世家》112回，100万字，是第一部具有现代意义的通俗巨制，写了国务总理之子金燕西与平民女子冷清秋由恋爱、结婚到反目、离散的故事，再现豪门的盛衰过程。他借鉴《红楼梦》的艺术手法，运用多种手段塑造人物性格。本书被誉为“民国红楼梦”，作品故事性强，人物形象生动，很受读者的欢迎，承袭了晚清谴责小说的传统作风。

五、新诗——七月诗派的出现

七月诗派是以文艺理论家胡风主编的《七月》和《希望》等刊物为主要阵地而形成的一个现实主义抒情诗流派。它因《七月》杂志而得名，主要代表诗人有鲁藜、绿原、阿垅、曾卓、芦甸、孙钿、化铁、方然和牛汉等。

七月诗派诞生和成长在灾难深重的时代，因此在诗人们的情感世界和艺术世界里充满了深重的忧患意识和浓烈的郁愤情绪，在他们的诗中都有一股苍凉悲壮的气息。同时，又因为七月诗人是诞生在一个民族意识与群体意识觉醒的时代，所以他们的诗又凸现出一种强劲的生命感和力度，有鲜明的个性。

七月诗派的整体风格呈现出斑斓浓烈的美感特征：普遍采用的是一种喷发式的抒情手段，注重主观感情的直接宣泄和抒发；重视抒情的形象化，意象新颖明确，想象丰富奇丽，象征确切深刻；诗的形式呈现出千姿百态的特征；语言上重视运用灵活自然、充满生活气息的口语，简洁有力，色彩强烈。

七月诗派中的部分诗人先后去了延安或短期进入过根据地和解放区，新的天地及新的生活触发了新鲜感受。胡征在《五月的城》中礼赞延安是“喷香的城/发光的城/红色的城”；艾漠的《跃进》抒写初入延安的新奇与兴奋，可以代表先进青年的共同感触；郑思的组诗《挺进者》描绘了桂北敌后根据地军民的斗争生活；鲁藜的《延安散歌》撷取延安生活的日常片段，颂扬这里自由欢快、朝气蓬勃的生活，并从平凡的人、事中挖掘深沉的哲理，如《泥土》以四行的篇幅容纳丰富的含义：“老是把自己当作珍珠/就时时有怕被埋没的痛苦/把自己当作泥土吧/让众人把你踩成一条路。”

七月诗派在诗体形式上是自由体坚定而成功的实践者，他们钟情于诗的无拘无束；在语言运用上，他们偏爱口语的鲜活、质朴、明朗、丰富，追求诗歌语言的散文美；在美学风格上，他们崇尚“力之美”，一展阳刚之气，成为 20 世纪 40 年代诗坛最富英雄气概、理想精神、浪漫色彩和力量之美的现实主义流派。

第二节　孤岛文学

一、张爱玲的“传奇”人生

张爱玲有贵族血统门第，但她的父母很早就离异了。由于自幼就失去了正常的家庭温暖，又耳濡目染了封建大家庭内部的尔虞我诈，不仅使她形成孤独、敏感的内省个性，还使她过早地积累了对人对事的否定情绪，习惯于以审慎、怀疑的态度注视周围的世界。

1943 年，张爱玲正式开始写小说，《茉莉香片》《倾城之恋》《金锁记》《心经》《琉璃瓦》《连环套》等作品相继发表，她的创作从一开始就进入高潮，形成自己的艺术巅峰，以后一直没有逾越它。她还有小说集《传奇》，散文集《流言》（均出版于 1944 年）。

她的代表作有：《沉香屑第一炉香》《金锁记》《红玫瑰与白玫瑰》《倾城之恋》。

二、张爱玲的小说

张爱玲的女性写作风格是现代文学在主流文学之外的重要收获。相对于新文学的启蒙话语与革命话语，张爱玲是私人性的话语，是现代都市女性的话语。

（一）一个潇洒而苍凉的手势

从创作主体心态的角度来看，张爱玲早年的身世影响了其人格心理的发展，进而影响到她对外部世界的感受和体验。张爱玲像一位洞悟人生而又难以接近的“巫女”，以冷峭、阴郁甚至有些刻薄恶毒的眼光注视着社会与人生，揭示了人性阴暗的一角。

张爱玲擅长对女性琐细的日常生活的发现与肯定。作品的主人公生活在一个日常的物质生活世界中，她们打量的是衣服、房子、钱财、首饰，她们的喜怒哀乐与她们的情欲、嫉妒、虚荣紧紧相连。张爱玲十分关心人性在现代社会的迷失，人情在金钱诱惑下的冷漠，由此产生对生命本体的思考。她擅长塑造由“怨女”变为“恶妇”的女性形象，如《金锁记》中的曹七巧，《怨女》中的银娣，《十八春》中的曼璐等。

（二）女性情欲的研究——《金锁记》

《金锁记》是张爱玲的小说中文化内蕴最丰厚的作品，刻画了一个阴鸷毒辣的“母亲”形象——曹七巧。这是一个把自己锁在黄金枷锁中的女人，性格暴躁，心理变态，有着强烈的占有欲和疯狂的报复欲，由金钱的牺牲品沦为金钱的奴隶。

作品描写了性压抑和金钱欲望对女性的心灵扭曲，这是一部关于黄金和情欲的心理传奇。傅雷当年评价这是“文坛最美的收获之一”。

曹七巧一生都被金钱、情欲所支配。在金钱与情欲的双重压力之下，心理极度扭曲、变态。她原为麻油店主的女儿，是小家碧玉。但是，家里攀权附贵，把她嫁给了姜家患骨痨的二少爷，外部地位的不平等和实际生活的不幸，是造成她悲剧的外在客观原因。而造成她悲剧的内在原因在于她个人粗野刁钻的性格。曹七巧具有饱满旺盛的欲望，身体欲望与金钱欲望及其矛盾是她性格的深层结构，这也决定了她的不幸命运。

作者从人性的视角透视曹七巧的一生，发现黄金欲可以把一个本属悲剧性的人物演化为一个邪恶的人，这一人物“无疑是新文学中最复杂、最深刻、最成功的妇女形象之一”。

曹七巧与姜二爷的婚姻并非“良缘”，而是以七巧的青春、健康——人，与姜家的地位、金钱——物，做出交换，造成了婚姻构架的倾斜，人与物价值的互换倒置。曹七巧精神极度空虚，黄金锁住了她的情感，摧残了她的人性，她被禁锢在心狱之中。作者不仅以同情的笔墨写出七巧的畸形反抗，还写出了这种反抗如何蛰伏在金钱统治的脚下，使她由金钱的牺牲品沦为金钱的奴隶。

（三） 张爱玲小说的美学特征

一是雅俗融合的特征。她的小说既有传统小说的叙事套路，又有“现代派”的味道，具有雅俗融合的特征。

二是精细地描写人物的衣饰及环境，具有清晰的时代感与精细的把握能力，通过衣饰与环境的描写，将时代社会的变化在物上和空间上生动具体地表现出来。

三是繁复、丰富的意象，意象具有鲜明的都市特征，使小说有独特的风貌。

三、张爱玲对新文学的贡献

（1）提升了现代都市通俗小说的品位，扭转了五四新文学长期与民间相隔离的局面。

（2）突出地刻画了都市现代经济支配下的人生观：对金钱的疯狂追求。

（3）张爱玲以冷峻的笔调，写了这样一个疯狂的故事，不仅意在揭示原欲对人的折磨、支配与惩罚，更着意于把人摆在旧中国文化关系“被食、自食与食人”的循环链条中来考察，揭露了封建文化“吃人”的本质。张爱玲还敏感地发现了人类之爱甚至亲情之中虚伪和残忍的一面。曹七巧一次次在变态阴暗心理的驱使下破坏着儿子、女儿的幸福，变成了施虐狂。

（4）张爱玲以敏锐的目光审视着现实，选择两性关系作为切入点，讲述着大都市里的小市民恋爱与婚姻的故事，冷冷地告诉人们：人间无爱，至多只有一层温情的面纱。

（5）她笔下的女性既不是追求自我价值的强者，也不是纯真浪漫的情种，而是为了“谋生”而“成家”的女人。

后　记

本教材由张炜教授发起、策划、主持，由李晓红、程佳佳老师参与编写，耗时将近一年。张炜教授负责统筹各方面工作。李晓红老师在教学实践中，不断检验、修订、完善其教材内容。程佳佳老师负责资料的收集和部分内容的撰写，字数六万字以上，耗时两年之久。

本教材参考了四卷本的《中国文学史》（袁行霈主编），在时间轴上从远古神话讲到清朝鸦片战争，又参考《中国现代文学三十年》（钱理群等著）将清朝接续到1949年，在整个教材编著的内容上，轻史的部分，着重优秀文学内容的介绍与赏析，让学生学会欣赏文学的精髓，增强文化自信。

本教材从空间轴上对中西方文学进行了对比，旨在帮助学生打开视野，了解民族与世界的文学特色与文化张力。

整本教材从内容到训练设计，较为充分地考虑了当下年轻人的阅读习惯、接受程度与相应的喜好，从因材施教的初心，兼顾学院培养人才的专业方向，针对性更强，学生的消化吸收程度也会更好。感谢各方的努力，希望本教材能对学生的学习起到应有的作用。

图书在版编目（CIP）数据

文学基础新编：叙事理论与实践/张炜，李晓红，程佳佳编．--北京：中国传媒大学出版社，2019.10（2024.5 重印）

ISBN 978-7-5657-2588-3

Ⅰ.①文… Ⅱ.①张…②李…③程… Ⅲ.①中国文学-文学史 Ⅳ.①I209

中国版本图书馆 CIP 数据核字（2019）第 213958 号

文学基础新编：叙事理论与实践

WENXUE JICHU XINBIAN：XUSHI LILUN YU SHIJIAN

编　　者　张　炜　李晓红　程佳佳
责任编辑　张莉莉　曾婧娴
特约编辑　魏　征
责任印刷　李志鹏

出版发行　中国传媒大学出版社
社　　址　北京市朝阳区定福庄东街 1 号　　邮　　编　100024
电　　话　86-10-65450532　65450528　　传　　真　65779405
网　　址　http://cucp.cuc.edu.cn
经　　销　全国新华书店

印　　刷　艺堂印刷（天津）有限公司
开　　本　787mm×1092mm　1/16
印　　张　18.25
字　　数　420 千字
版　　次　2019 年 10 月第 1 版
印　　次　2024 年 5 月第 5 次印刷

书　　号　ISBN 978-7-5657-2588-3/I·2588　　定　　价　58.00 元

本社法律顾问：北京嘉润律师事务所　郭建平